SETE DIAS EM JUNHO

TIA WILLIAMS

SETE DIAS EM JUNHO

Tradução
Carolina Candido

1ª edição
Rio de Janeiro-RJ / São Paulo-SP, 2024

Título original
Seven Days in June

ISBN: 978-65-5924-238-2

Copyright © Tia Williams, 2021

Copyright da capa © Hachette Book Group, Inc., 2021

Tradução © Verus Editora, 2024

Direitos reservados em língua portuguesa, no Brasil, por Verus Editora. Nenhuma parte desta obra pode ser reproduzida ou transmitida por qualquer forma e/ou quaisquer meios (eletrônico ou mecânico, incluindo fotocópia e gravação) ou arquivada em qualquer sistema ou banco de dados sem permissão escrita da editora.

Verus Editora Ltda.
Rua Argentina, 171, São Cristóvão, Rio de Janeiro/RJ, 20921-380
www.veruseditora.com.br

CIP-BRASIL. CATALOGAÇÃO NA FONTE
SINDICATO NACIONAL DOS EDITORES DE LIVROS, RJ

W691s

Williams, Tia, 1975-
  Sete dias em junho / Tia Williams ; tradução Carolina Candido. - 1. ed. - Rio de Janeiro : Verus, 2024.

  Tradução de: Seven Days in June
  ISBN 978-65-5924-238-2

  1. Romance americano. I. Candido, Carolina. II. Título.

23-87508

CDD: 813
CDU: 82-31(73)

Meri Gleice Rodrigues de Souza - Bibliotecária - CRB-7/6439

Revisado conforme o novo acordo ortográfico.

Seja um leitor preferencial Record.
Cadastre-se no site www.record.com.br e receba informações sobre nossos lançamentos e nossas promoções.

Atendimento e venda direta ao leitor:
sac@record.com.br

Para CC e FF, meus amores

Prólogo

Em 2019 depois de Cristo, Eva Mercy, com trinta e dois anos, quase morreu engasgada com o chiclete. Estava se masturbando quando ele ficou preso na garganta, cortando a entrada de ar. Enquanto apagava pouco a pouco, imaginava a filha, Audre, encontrando-a se debatendo em seu pijama natalino, segurando com força um tubo de lubrificante de morango e um consolo realístico chamado Quarterback (que vibrava em uma frequência maior que a anunciada — frequência *engasgue com um chiclete*). Seu obituário diria "Morte por vibrador". Um puta legado a se deixar para uma menina órfã aos doze anos.

Mas Eva não morreu. Acabou tossindo até cuspir o chiclete. Abalada, enfiou o consolo no fundo de uma gaveta repleta de camisetas de shows de hip-hop, colocou seu antigo anel camafeu e marchou pelo corredor para acordar Audre para a festa de aniversário da melhor amiga nos Hamptons. Não tinha tempo para gastar flertando com a morte.

Apesar de reconhecer que era uma ótima mãe e uma romancista competente, o verdadeiro talento de Eva era a habilidade de deixar coisas estranhas de lado e seguir em frente com a vida. Dessa vez, ela fez isso tão bem que acabou ignorando o óbvio.

Quando Eva Mercy era pequena, sua mãe lhe disse que mulheres crioulas tinham visões. Naquela época, a única coisa que Eva sabia sobre "crioulas" era que elas, de certa forma, estavam ligadas às pessoas negras de Louisiana com sobrenome francês. Foi só no ensino médio que percebeu que a mãe era — qual seria uma palavra boa? — *excêntrica* e inventava "visões" para justificar seus caprichos. (*Mariah Carey lançou um álbum chamado* Charmbracelet? *Vamos gastar o dinheiro do aluguel em bijuterias com zircônia!*). A questão é que Eva foi criada para acreditar que o universo enviava mensagens para ela.

Então ela deve ter pensado que algo que mudaria sua vida aconteceria depois do Escândalo do Trident. Afinal, já tivera uma experiência de quase morte antes.

E daquela vez — assim como agora — acordou com seu mundo de cabeça para baixo.

DOMINGO

· 1 ·

Me morda

— Um brinde à nossa deusa do sexo, Eva Mercy! — gritou um anjo em forma de mulher, erguendo a taça de champanhe. Eva, cuja garganta ainda arranhava por causa do incidente com o chiclete no dia anterior, tossiu e bufou ao ouvir "deusa do sexo".

As quarenta mulheres amontoadas em longas mesas de jantar vibraram alto. Estavam bêbadas. O clube do livro, composto de mulheres brancas e barulhentas de classe média alta na casa dos cinquenta e poucos anos, viajara de Dayton, Ohio, até Manhattan para celebrar Eva com um brunch. Era o aniversário de quinze anos de sua série erótica *Amaldiçoada*, um sucesso de vendas (bom, pelo menos já tinha sido).

Lacey, a presidente do grupo, ajustou o chapéu roxo de bruxa e se virou para Eva, na ponta da mesa.

— Hoje — ela berrou — celebramos o dia mágico em que conhecemos nosso vampiro com olhos cor de mel, Sebastian, e o verdadeiro amor da vida dele, a bruxa durona, mas não má, Gia!

Todas nas mesas irromperam em gritos histéricos. Eva estava aliviada pelo restaurante, A Place of Yes, localizado na Times Square e com uma temática bastante brega de S&M, ter providenciado uma sala privativa para o grupo. E, ah, que sala. O teto era coberto de veludo vermelho, e uma teia de cordas de bondage e chicotes decorava as paredes. Candelabros góticos pendiam perigosamente baixos sobre as mesas laqueadas de preto.

O menu dor/prazer era *a* verdadeira atração turística. Dependendo da sua escolha, garçons com roupas de couro a açoitariam de leve ou dançariam no seu colo ou qualquer outra coisa do tipo. Se você quisesse.

Eva não queria. Mas sabia levar as coisas na esportiva, e as Real Housewives de Dayton fizeram uma longa viagem. Aquelas pessoas estavam ali por causa dela — o grupo de fãs fervorosas que a mantinha relevante. Sobretudo nos últimos tempos, quando o fenômeno dos vampiros (e as vendas dos livros dela) tinha esfriado.

Eva, então, escolheu a opção no cardápio que dizia "Algemas + biscoitos". E agora estava sentada em um trono gótico, as mãos algemadas atrás da cadeira, enquanto uma garçonete entediada em um corpete de couro sintético dava biscoitos amanteigados na sua boca.

Eram duas e quarenta e cinco da tarde.

Ela deveria estar envergonhada. Mas não era como se não estivesse acostumada com aquilo. Afinal de contas, Eva escrevia o tipo de livro erótico barato que fica perto dos caixas no supermercado. Enquanto grande parte dos autores dava palestras em livrarias, faculdades e casas chiques e particulares, os eventos de que Eva participava eram, bom, mais picantes. Ela dava autógrafos em sex shops, clubes burlescos e workshops tântricos. Chegou até mesmo a vender livros na *after-party* da Feira da Pornografia Feminista (FPF) de 2008.

O trabalho era esse. Ela distribuía sorrisos generosos enquanto suas leitoras desmaiavam por causa dos dois esquisitos disfuncionais e cheios de tesão que teriam dezenove anos para sempre, inventados quando ela mesma era uma esquisita disfuncional e cheia de tesão de dezenove anos.

Eva nunca tinha pensado que seu nome seria sinônimo de bruxas, vampiros e orgasmos. Tendo se formado em escrita criativa e em melancolia avançada, ela entrou naquele mundo por acaso. Eram as férias de inverno do segundo ano de faculdade. Ela não tinha para onde ir. Então se escondeu em seu quarto no dormitório e despejou toda a sua angústia adolescente e delírios de fãs de terror em uma violenta libertinagem — que a colega de quarto enviou escondido para o concurso de nova ficção da revista *Jumpscare*. Ela ficou em primeiro lugar e ganhou uma agente literária. Três meses depois, Eva tinha largado a faculdade e assinado um acordo de seis dígitos para uma série de livros.

Era irônico ganhar a vida escrevendo sobre sexo. Eva não conseguia lembrar quando fora a última vez que ficara pelada na frente de alguém, morto ou vivo. Entre escrever, fazer turnês, ser mãe solo de um tornado adolescente e lutar contra uma doença crônica que ia de controlável a debilitante, ela ficava esgotada demais para viver romances com pênis da vida real.

E isso não tinha problema algum. Quando Eva sentia desejo, descontava em seus livros. Como um boxeador que se abstinha de sexo antes de uma grande luta, ela usava sua luxúria não consumada para dar à história de Sebastian e Gia uma vertente selvagem. Era combustível para a ficção.

Mas, na era das redes sociais, ninguém queria imaginar sua autora de livros eróticos favorita babando no sofá às 21h25 toda noite, loucona de remédios para dor. Então, em público, Eva fazia seu papel. Ela tinha a própria versão da sensualidade molecona-chique. Naquele dia, usava um vestido-camiseta cinza e curto da Adidas, brincos de argola dourados vintage e um delineado esfumado. Com os óculos sensuais de secretária, sua marca registrada, e cachos na altura dos ombros quase podia convencer qualquer um de que era uma devoradora de homens.

Eva era ótima em fazer de conta.

— E obrigada — continuou Lacey — por inspirar a nossa fé na paixão, ainda que uma antiga maldição obrigue Gia e Sebastian a acordarem em lados opostos do mundo logo após gozarem. Você nos deu uma comunidade. Uma OBSESSÃO. Mal posso esperar pelo livro 15 de *Amaldiçoada*!

Em meio aos aplausos, Eva abriu um leve sorriso e tentou se levantar. Infelizmente, esqueceu que estava algemada na cadeira e foi puxada com tudo de volta para baixo. Todas arfaram quando Eva se espatifou no chão. A garçonete dominatrix entrou em ação com dois segundos de atraso, soltando-a da cadeira virada.

— Uau, tomei vinho demais — riu Eva, levantando-se de novo. Era mentira; ela não podia beber álcool por conta de seus problemas de saúde. Dois goles fariam com que ela acabasse no pronto-socorro.

Eva ergueu o copo de água com gás acima do mar de boomers felizes e bêbadas. A maioria delas, como Lacey, usava o chapéu roxo de bruxa característico de Gia. Algumas tinham um pingente brilhante com a letra s preso às blusas de alfaiataria. Era o s de Sebastian, uma imitação da assinatura rabiscada do vampiro (custava 29,99 dólares no site evamercymercyme.com).

Eva tinha o mesmo s tatuado no braço. Uma decisão lamentável tomada anos antes em uma noite confusa por uma mulher confusa.

— Não tenho como agradecer — ela disse, emocionada. — De verdade, o apoio de vocês faz com que o universo de *Amaldiçoada* continue existindo. Espero que o livro 15 corresponda às expectativas.

Se eu chegar a escrevê-lo. O manuscrito deveria ser entregue em uma semana, mas, paralisada pelo bloqueio criativo, ela mal havia juntado cinco capítulos.

Mudou rapidamente de assunto.

— Alguém aqui lê a *Variety*?

Aquele era um grupo de leitoras de *Marie Claire* e *Casa Vogue*, então não.

— Divulgaram uma novidade muito empolgante ontem. — Eva colocou o copo na mesa e apoiou as unhas pintadas de preto embaixo do queixo. — Nosso desejo foi atendido. *Amaldiçoada* vai virar filme!

Gritos. Alguém jogou um chapéu de bruxa no ar. Uma loira corada pegou o iPhone e gravou o discurso de Eva para postar na página de *Amaldiçoada* no Facebook mais tarde. Além das contas no Tumblr e no Twitter, a página no Facebook era uma forma importante de promover os livros de Eva, já que ali os leitores podiam compartilhar as artes que criavam, fofocar, escrever fanfics obscenas e discutir as escolhas de elenco para o filme com que sonhavam havia anos.

— Consegui uma produtora — *uma produtora mulher e negra. Obrigada, Deus* — que de fato entende nosso mundo. O último filme dela, que esteve em Sundance, foi um curta-metragem bem quente sobre uma corretora de imóveis que seduz um lobisomem! Agora vamos entrevistar diretores.

— Um Sebastian em carne e osso! Conseguem imaginar? — derreteu-se uma mulher de cabelos vermelhos tingidos. — Precisamos de um ator negro com olhos cor de mel. Um que saiba morder.

— Eva, como posso pedir para meu marido me morder? — choramingou uma mulher parecida com Meryl Streep. Aquilo sempre acontecia, a conversa sobre sexo.

— Ficar excitada com mordidas acontece, sabia. Chama odaxelagnia — Eva disse. — É só falar para ele que você quer. Sussurre na orelha dele.

— *Vamos fazer odaxelagnia* — Meryl disse com a voz arrastada.

— Isso vai pegar — Eva disse, piscando.

— Empolgada pra ver a Gia nas telonas — uma morena de voz rouca disse. — Ela é uma guerreira tão destemida. O Sebastian deveria ser o mais assustador, mas foi ela que matou exércitos de caçadores de vampiro para protegê-lo.

— Não é? A força da paixão de uma adolescente pode mover nações. — Com um brilho nos olhos, Eva começou o minidiscurso que havia aperfeiçoado anos atrás. Essa parte ainda era divertida. — Nos ensinam que os homens são puro impulso animal e controlados pelo id. Mas as mulheres chegam lá primeiro.

— E aí a sociedade pisa na gente — disse a morena.

— É isso. — A dor estava se aproximando, Eva sabia. Antes de uma crise, a máscara caía e a escuridão surgia.

— É só olhar para a história — continuou Eva, esfregando a têmpora. — Roxanne Shanté venceu homens adultos aos catorze anos. Serena ganhou o US Open aos dezessete. Mary Shelley escreveu *Frankenstein* aos dezoito. Josephine Baker conquistou Paris aos dezenove. O diário escolar de Zelda Fitzgerald era tão bom que o futuro marido dela roubou *passagens inteiras* para escrever *O grande Gatsby*. A poeta do século XVIII Phillis Wheatley publicou seu primeiro poema aos catorze anos, enquanto era escravizada. Joana D'Arc. Greta Thunberg. Garotas adolescentes reorganizam a porra do mundo.

Um silêncio eletrificado recaiu sobre o grupo. Mas Eva estava afundando. A pressão em suas têmporas se acentuava a cada milésimo de segundo. O açúcar piorava sua condição, e tinha comido todos aqueles biscoitos à força. Ela devia ter sido mais esperta — mas fora algemada.

Distraída, Eva puxou o elástico que sempre usava no pulso direito. Era uma distração da dor. Um velho truque.

— Lembram quando a Kate Winslet escapou do *Titanic*? — perguntou a morena. — *Então pulou de volta no mar* pra ficar com o Leo? Aquilo é uma paixão de adolescente.

— Eu faria isso hoje pelo Leo — admitiu Lacey —, tenho quarenta e um anos. — Ela tinha cinquenta e cinco.

— Que nem a Gia — arfou uma mulher pequena com um coque de aplique. — Em todos os livros, ela encontra o caminho de volta até o Sebastian, apesar de saber que, quando transarem, vão se separar de novo por causa da maldição.

— É uma metáfora — disse Eva, a visão embaçando —, não importa quanto a jornada for perigosa, ela nunca acaba quando se trata de almas gêmeas. Quem *não* quer uma conexão duradoura, apesar da distância, do tempo e de maldições?

Ela não queria. Era só pensar em amor e jornadas perigosas que já começava a sentir náuseas.

— Uma confissão — sussurrou uma loira corada na quarta taça de rosé. — Meu filho joga basquete no Ohio State, e fico tão excitada durante os jogos. Para mim, todos aqueles lindos jogadores negros são o Sebastian.

Sem saber o que falar, Eva engoliu sua água com gás.

Este vai ser meu legado, ela pensou. *Tenho amigos organizando protestos e recebendo prêmios Pulitzer com ensaios que escrevem para a* The New Yorker *sobre raça nos Estados Unidos. Minha própria filha é tão militante que implorou a um policial para prendê-la na Marcha do Ensino Fundamental em Midtown. Mas minha contribuição para esses tempos conturbados será incitar mulheres brancas de certa idade a sexualizar atletas estudantes negros que só querem chegar à NBA em paz.*

Então Eva sentiu sua cabeça martelando estrondosamente. Ela se agarrou na ponta da cadeira com os dedos trêmulos, preparando-se para cada um dos golpes. O mundo ficou confuso. Os traços das pessoas pareciam derreter como os relógios de Dalí; a mistura de perfumes na sala revirava seu estômago, e sua cabeça martelava com mais força e mais frequência, mutilando sua visão e fazendo com que ela ouvisse tudo em um volume horroroso — o ar-condicionado, o barulho dos talheres e, Deus misericordioso, quem tinha acabado de abrir uma embalagem de doce em Connecticut?

Elas sempre ficavam mais fortes bem rápido, as enxaquecas impiedosamente violentas que a torturavam desde a infância e intrigavam os especialistas mais condecorados da Costa Leste.

As pálpebras de Eva começaram a cair. Em um fingimento bem praticado, ela ergueu as sobrancelhas para parecer alerta, abrindo um sorriso deslumbrante para o público. Ao olhar para aquelas mulheres obscenas, sentiu o tipo de inveja que sempre sentia quando estava em grupo. Elas eram normais. Podiam fazer coisas.

Coisas normais pra caramba. Como mergulhar de cabeça em uma piscina. Prolongar uma conversa por mais de vinte minutos. Acender velas perfumadas. Ficar bêbada. Sobreviver no metrô enquanto um saxofonista berrava "Ain't Nobody" por nove paradas. Desfrutar do sexo em posições ousadas. Rir com vontade. Chorar desesperadamente. Respirar fundo. Andar rápido.

Viver, ponto. Seria capaz de apostar que aquelas mulheres podiam fazer a maioria dessas coisas sem que a agonia as rasgasse como uma punição de um deus raivoso. Como seria isso, se dar ao luxo de não sofrer?

Sou uma alienígena, pensou Eva. Ela sempre se sentia como se estivesse se passando por humana, e aceitava. Mas nunca parava de fantasiar a ideia de como seria não estar doente.

— Gente... com licença, só um segundo — Eva conseguiu dizer —, p-preciso ligar pra minha filha.

Segurando a bolsa com calma, ela atravessou a porta de veludo vermelho da sala privativa. Passou pelas mesas de suburbanos que frequentavam teatro e falavam sobre *Hamilton* e avistou o banheiro feminino atrás da área de recepção. Entrou correndo, invadiu uma cabine com pia para deficientes e vomitou no vaso sanitário.

Durante alguns instantes, Eva ficou ali, respirando fundo, como a equipe de neurologistas, acupunturistas e curandeiros orientais a ensinaram. Então, vomitou de novo.

Sem equilíbrio, agarrou-se na borda da pia para não cair. O delineado estava uma bagunça. Era por isso que ela sempre fazia um delineado esfumado. Nunca tinha como saber quando teria uma crise, então, se a estética da maquiagem fosse Rihanna-às-três-da-manhã, podia fingir que era de propósito.

Eva pegou a caixa com as seringas descartáveis de analgésico na bolsa. Levantou o vestido, expondo a coxa cheia de cicatrizes, espetou-se e jogou a agulha no lixo. Para completar, pegou a lata de balinha e escolheu um ursinho de goma de maconha medicinal (prescrito pelo maior especialista em dor de Nova York, muito obrigada). Mordeu uma das orelhas dele. *Que se foda*, pensou, colocando o urso inteiro na boca. Aquilo ajudaria a aliviar a tensão até a noite, para que pudesse passar pelos rituais de mãe-e-filha depois da escola e então se jogar na cama.

Com cuidado, Eva se recostou na parede de azulejos. Suas pálpebras se fecharam.

Não era sexy ter uma doença. E a sua era invisível — ela não tinha um membro faltando, nem precisava ficar com o corpo inteiro engessado. Parecia impossível que os outros compreendessem a intensidade de seu sofrimento. Afinal, todo mundo tem dores de cabeça às vezes, quando ficam algum tempo sem tomar café ou estão gripados. Então, ela escondia. Tudo o que as pessoas sabiam era que Eva cancelava os planos com frequência ("Estou ocupada escrevendo!"). E que desmaiava de vez em quando, como no casamento de Denise e Todd ("Prosecco demais!"). Ou que esquecia as palavras no meio da frase ("Desculpe, estava distraída"). Ou que desaparecia por semanas a fio ("Retiro de escrita!", definitivamente não tinha sido internada na enfermaria do hospital Mount Sinai por causa da dor).

Era mais fácil lidar com mentiras inofensivas do que com a verdade.

Por exemplo: o que as Orgásmicas de Ohio pensariam se soubessem que ela tinha vontade de estrangular Sebastian e Gia? De banir os dois para qualquer lugar em que aqueles malditos de *Crepúsculo* foram parar?

Amava seus livros no começo. Escrevia para agradar a si mesma, suas ideias brilhavam como fogo. Então passou a escrever para os leitores. Agora pegava ideias para a trama dos comentários de fãs de *Amaldiçoada* — o mais fundo que uma autora trapaceira podia chegar.

Ela simplesmente não conseguia mais vender "romances atordoados". Anos antes, pensava que o amor não era real a não ser que houvesse sangue. Ela, Sebastian e Gia foram todos adolescentes uma vez, compartilhavam o mesmo cérebro distorcido. Sebastian e Gia não cresceram. Mas Eva sim.

Ela queria que *Amaldiçoada* morresse, mas a série proporcionava uma vida estável e segura para Audre. Eva enfrentou um leão por dia para que a filha não tivesse a mesma infância que ela. E ganhou. Só queria poder encontrar sua faísca novamente. O filme podia ajudá-la.

E tem mais; no fundo, Eva esperava que isso lhe proporcionasse um novo começo. Com o que recebesse do contrato, poderia enfim deixar *Amaldiçoada* de lado por um tempo e trabalhar em seu livro dos sonhos, aquele que desde sempre fazia sua pele se arrepiar. Ela era muito mais que seu romance bobo e atrevido (ou ao menos esperava que fosse). Estava na hora de provar isso para si mesma.

Sentindo-se um pouco melhor, Eva bochechou com o enxaguante bucal tamanho viagem. Quase sem perceber, ergueu o dedo médio esquerdo, onde sempre usava o antigo anel camafeu (se sentia nua sem ele), até o nariz e o cheirou. Era um hábito antigo — o cheiro quase inexistente do perfume de alguma mulher de tempos atrás sempre a acalmava.

Finalmente, mais tranquila, decidiu checar o celular.

Hoje, 12h45
RAINHA CECE
MULHER, onde você está? Como sua editora, ESPERO que esteja escrevendo. Como sua melhor amiga, EXIJO que faça uma pausa. Tenho NOVIDADES BOMBÁSTICAS. Me responde.

Hoje, 13h11
SIDNEY, A PRODUTORA
Estou tentando falar com você tem três horas! Acho que encontrei nossa diretora! Me liga.

Hoje, 14h40
MEU BEBÊ
vc comprou as penas pro projeto de arte #íconefeminista preciso delas pro retrato da vovó na vdd pro cabelo q era tão fofinho obg mamãe curte teu almoço erótico *cringe* bjs

Hoje, 15h04
JACKIE, A BABÁ ESTRANHAMENTE HIPOCONDRÍACA QUE SÓ CHAMO EM EMERGÊNCIAS
A Audre já chegou do almoço na pizzaria com o Time de Debate. Mas trouxe vinte crianças com ela. Avisei no meu perfil do childcare.com que não cuido de grupos grandes. (Tenho agorafobia, germofobia e claustrofobia.)

— *Puta merda, Audre* — ela murmurou.

Sentindo-se aérea depois do coquetel de ursinho-e-injeção, ela chamou um Uber, pediu desculpas às mulheres de Ohio e em seis minutos já estava no Brooklyn.

· 2 ·

Mãe solo super-heroína

— Jackie! Cadê a Audre?

Eva estava parada na porta do apartamento, sem conseguir respirar. Ela analisou com rapidez o espaço brilhante e eclético. As almofadas e tapetes da Indonésia (comprados na HomeGoods) estavam em seu devido lugar. Nenhum livro torto na estante que ia de parede a parede, atrás do armário roxo que comprou quando Prince morreu. Sua casa em Park Slope, inspirada no Pinterest, estava exatamente como ela a havia deixado.

Park Slope era um bairro meio hippie no Brooklyn, completamente gentrificado por famílias ricas e liberais. A maioria dos pais teve filhos quando estavam na casa dos trinta e muitos anos, depois de terem conquistado carreira nos novos meios de comunicação, em propaganda, publicidade, ou, em um caso bastante celebrado, como compositor do filme *Frozen*. Em sua maioria pessoas brancas, o bairro *parecia* diverso por ter alguns pais do mesmo sexo e crianças birraciais (predominantemente asiáticos judeus, negros judeus ou asiáticos negros).

Eva e Audre se destacavam porque (a) Eva era dez anos mais nova que as outras mães; (b) era solteira; e (c) Audre tinha mãe e pai negros, em vez de o pai ser judeu ou vietnamita. Ou uma mulher.

— Ah, oi. — Jackie, a babá, estava descansando no sofá com os pés apoiados no pufe otomano.

— Jackie, eu estava *trabalhando*! Tive que correr da Times Square até aqui.

— A pé? — Jackie, estudante de teologia na Universidade Columbia, era bastante literal.

Eva a encarou.

— A Audre está no quarto dela com as crianças. No Snapchat.

Eva fechou os olhos e cerrou os punhos.

— *Audre Zora Toni Mercy-Moore!*

Ela ouviu cochichos vindos do quarto de Audre, no fim do curto corredor. Então uma batida e risadinhas. Por fim, Audre abriu a porta e saiu, com um sorrisinho culpado.

Aos doze anos, Audre tinha a altura de Eva, com as mesmas covinhas, os mesmos cachos e a mesma pele cor de avelã. Mas seguia as dicas de estilo de Willow Smith e Yara Shahidi, o que explicava os coques duplos no topo da cabeça, o cropped tie-dye, o jeans rasgado e o tênis Fila. Com aqueles cílios gigantescos e corpo desajeitado, ela parecia o Bambi indo para o primeiro Coachella.

Audre galopou até a mãe e deu um abraço bem apertado nela.

— Mamãe! Essa calça jeans é minha? Fica óóótima em você!

Eva se soltou dos braços de Audre.

— Eu disse que você podia trazer todo o grupo de debate para casa?

— Mas... a gente só ia...

— Você acha que eu não sei o que estão fazendo? — Eva abaixou a voz. — Você cobrou delas?

Audre balbuciou.

— Você. Cobrou. Delas.

— É UMA TROCA DE SERVIÇOS, MÃE! Eu presto serviços de aconselhamento e elas me pagam! Todo mundo no Cheshire é viciado nas minhas sessões de terapia no Snapchat. Lembra a vez que curei o medo que a Delilah tinha de voar de econômica? Eu sou uma lenda.

— Você é uma criança. Quando está com sono, ainda fala *café da mamã* em vez de *café da manhã*.

Audre resmungou.

— Olha, quando eu for uma celebridade da terapia ganhando milhões por ano, vamos rir disso tudo enquanto tomamos chá gelado.

— Já mandei você parar com esse negócio de terapia — disse Eva. — Não coloquei você naquela escola particular chique pra ficar perturbando crianças brancas e pegando o dinheiro do almoço delas.

— Reparação histórica — disse Jackie do sofá.

Eva deu um pulo, tinha esquecido que a babá ainda estava ali. Sentindo que estava dispensada, Jackie correu porta afora enquanto Audre a fuzilava com o olhar.

Ela se virou para a mãe e disse:

— Estou velha demais para ter uma babá! E a Jackie é *a pior de todas*, sempre me julgando com aqueles olhos e usando Crocs com meia.

— Audre — começou Eva, esfregando a bochecha. — O que é que eu sempre digo?

— Resistir, persistir, insistir — recitou ela.

— E o que mais?

— Nunca tive tanto sono quanto agora.

— E O QUE MAIS?

Audre deu um suspiro resignado.

— Eu confio em você e você confia em mim.

— Isso mesmo. Quando você quebra minhas regras, não posso confiar em você. Está de castigo. Sem eletrônicos por duas semanas.

Audre deu um gritinho. O barulho reverberou na cabeça de Eva por trinta segundos.

— SEM CELULAR? O que eu vou fazer?

— E eu lá vou saber? Leia *Goosebumps* e escreva poemas para o Usher, como eu fazia na sua idade.

Eva caminhou depressa pelo corredor e entrou no quarto de Audre. Vinte garotas estavam amontoadas no beliche e no chão, um borrão de peles bronzeadas e tops curtos.

— Oi, meninas! Vocês sabem que são sempre bem-vindas aqui, se a Audre pedir minha permissão antes. Mas ela não pediu, então... hora de ir pra casa. — Eva sorriu, tomando cuidado para não quebrar a imagem de "mãe legal", que não devia ser importante, mas era.

— Vamos convidar vocês para dormir aqui logo, logo — prometeu Eva. — Vai ser lacração.

— *Me diga que você não acabou de falar "lacração"* — resmungou Audre da sala.

Uma por uma, as meninas saíram do quarto. Audre continuou encostada perto da porta de entrada, demonstrando toda a sua infelicidade. Tirou um maço de dinheiro do bolso de trás e, conforme as meninas saíam, entregava a cada uma delas os vinte dólares que recebera. Algumas delas a abraçaram. Parecia um cortejo fúnebre.

— Ei! — Eva notou um menino loiro tentando fugir com a multidão. Ele endireitou a postura. Era cerca de três cabeças mais alto que Eva.

— Quem é você?

— Pelamor, mãe. É o meio-irmão da Coco-Jean.

— Você é o meio-irmão da Coco-Jean? Por que você é tão alto?

— Tenho dezesseis anos.

— Você está no ensino médio? — Eva lançou um olhar para Audre, que correu pelo corredor e se jogou no beliche de baixo.

— Estou, mas sou de boa. Faço parte do programa de honra da Dalton.

— Ah, que grande alívio. Por que está andando com meninas de doze anos?

— A Audre é, tipo, muito talentosa e especialista em saúde mental. Ela está me ajudando a controlar minha ansiedade, causada pela alergia a glúten.

— Uma perguntinha bem rápida. Foi a minha filha que deu esse diagnóstico de alergia a glúten?

— Ele tem espinhas toda vez que come focaccia ou crostini! — Audre gritou do quarto. — O que *você* diria que é?

— Olha só, você parece um menino muito legal — e *ingênuo*, pensou ela —, mas não pode de jeito nenhum estar na minha casa sem que eu saiba.

— Não acredito que perdi minha aula de hip-hop com violino por causa disso — resmungou ele, saindo irritado.

Eva se apoiou na porta por alguns instantes, tentando decidir quão grande seria seu surto. Em momentos como aquele, desejava ter o tipo de mãe para quem pudesse ligar e pedir conselhos.

Ela tinha um ex-marido, mas também não podia ligar para ele e pedir conselhos. Troy Moore, um animador da Pixar, tinha dois estados de ânimo: alegre e muito alegre. Emoções complicadas perturbavam sua visão de mundo. Foi por isso que Eva se apaixonou por ele. Ele tinha sido um raio de luz quando tudo no mundo de Eva era escuridão.

Tinha literalmente tropeçado nele no saguão do hospital Mount Sinai. Troy estava ali como voluntário, desenhando retratos para pacientes. Ela percebeu que gostava dele quando se esforçou para esconder os hematomas intravenosos de seus braços (resultado de sua estadia de uma semana no andar de cima). Após seis semanas de encontros românticos, eles se casaram na prefeitura. Audre nasceu sete meses depois. Mas, àquela altura, eles já não estavam mais tão conectados. A garota por quem Troy se apaixonara, aquela que conseguia ser espontânea e alegre em encontros e quando passava noites vigorosas na casa dele, ficou diferente quando começaram a morar juntos. Cheia de dores e de pílulas. E logo a doença dela tomou conta da vida de Troy — matando a paciência, sufocando o amor.

Troy pertencia à igreja Tenha Somente Bons Pensamentos. Apesar de ver o sofrimento de Eva — as noites em que ela batia a testa repetidas vezes na cabeceira da cama durante o sono, ou a vez que ela desmaiou durante uma sessão de + *Velozes* + *Furiosos* na Blockbuster —, ele acreditava que o verdadeiro problema estava na forma como ela encarava tudo aquilo. Será que não podia meditar? Enviar energias positivas para o universo? (Isso sempre deixou Eva desconcertada. *Onde* no universo? Ele poderia dar o endereço correto? Alguém iria saudar a energia positiva quando ela chegasse? Seria essa pessoa Glinda, a bruxa boa do sul, interpretada por Lena Horne em *O mágico inesquecível*, como ela imaginava?)

Certa vez, depois de trabalhar até tarde na Pixar, Troy se deitou na cama ao lado da esposa em posição fetal. Ela tinha acabado de se dar uma injeção de Toradol na coxa, e um pouco de sangue vazava através do curativo nos lençóis cinza. Mexer-se era uma tarefa dolorosa e, por isso, Eva ficou deitada. Pelos olhos semicerrados, ela viu a repulsa do marido e, abaixo dela, o martírio.

Ela era nojenta. Mulheres bonitas não deveriam ser nojentas. Em silêncio, Troy se levantou e foi dormir no sofá — e nunca mais se deitou na cama deles. Na única sessão de terapia de casal que fizeram, ele admitiu a verdade.

— Eu queria uma esposa — ele reclamou. — Não uma paciente.

Troy era educado demais para terminar o relacionamento. Então Eva o libertou. Audre tinha dezenove meses; ela, vinte e dois anos.

Troy passou a ser feliz com sua segunda esposa, uma praticante de ioga chamada Athena Marigold. Eles usavam palavras como *paleolítica* e *artesanal* e moravam em Santa Monica, onde Audre passava os verões. No domingo seguinte, ela iria para "Papaifórnia" (o nome que Audre deu a suas viagens pela Costa Oeste), onde Troy se destacava como um pai descolado no verão.

Mas falar sobre problemas? Sobre um *quase homem* entrando escondido no quarto da bebê dele? Não era a praia de Troy.

Eva cambaleou até o sofá. Nunca conseguiu pensar de forma clara com jeans, então se contorceu para tirá-lo. Sentada ali de calcinha da Mulher-Maravilha, ela pesquisou DICAS PARA DISCIPLINAR ADOLESCENTES no celular. O artigo principal sugeria um "contrato de comportamento". Ela não tinha capacidade jurídica nem energia para elaborar um contrato! Bufando, jogou o celular de lado e entrou no Apple TV. Quando a vida se tornava muito desafiadora, ela assistia a *Insecure*.

— Mamãe?

Ela olhou para cima e lá estava Audre, emoldurada pelo arco da porta de cento e vinte anos. O rosto inchado e lágrimas caindo. Acrescentara um xale preto e um ray-ban grande ao look.

Eva tentou parecer brava. Mas era difícil quando se estava sem calça.

— Audre, que roupa é essa?
— É a minha roupa de Tristeza Chique.
— Acertou em cheio — admitiu Eva.
Audre limpou a garganta.
— Eu gosto muito de terapia. Mas devia ter parado de fazer quando você mandou. Desculpa por isso e por ter deixado o irmão da Coco-Jean vir aqui. Mas é bastante heteronormativo da sua parte achar que, só porque ele é um menino, estávamos fazendo... coisas.

Heteronormativo. As escolas particulares do Brooklyn produziam estudantes progressistas demais. Eles protestavam contra a proibição do aborto e marchavam a favor do controle de armas. No mês anterior, a turma do sétimo ano de Audre tinha carregado baldes d'água por três quilômetros pelo Prospect Park em solidariedade à situação das mulheres subsaarianas.

O lado bom? Uma educação liberal de alto nível. O lado ruim? Crianças que tinham dificuldade com casas decimais ou em dizer a capital de cada estado.

— Querida, você pode me dar um segundo? — Eva suspirou, fechando os olhos. — Preciso pensar.

Audre sabia que "pensar" significava "dar um descanso para a cabeça" e se enfiou de volta no quarto. Observando-a com um olho aberto, Eva sentiu uma pontada de melancolia. Audre tinha sido a criança mais sonhadora e encantadora. Agora ela era um revirar de olhos em forma de gente. Em breve faria treze anos, e quem poderia adivinhar os horrores que viriam com isso? Ia aprender a sair de fininho de casa, ou a mentir, ou descobrir a maconha. Mas não a de Eva, que ficava bem escondida na gaveta do vibrador.

Nesse instante, o celular dela apitou. Era Cece Sinclair, a melhor amiga de Eva e a editora mais celebrada da Parker + Rowe Publishing.

Eva atendeu com um enfastiado:
— Quêêêêê?
— Você está viva!
— De acordo com meu smartwatch, faz algumas semanas que morri.

— Você está em casa. Estou ouvindo a Issa Rae pelo celular. Estou aqui fora. Posso entrar?

Cece passou pela porta segundos depois. Era uma pessoa esmagadora em todos os sentidos — um metro e oitenta de altura, pele cremosa da cor do cacau, cachos loiros descoloridos. Fruto do Spelman College, dos verões de Vineyard e dos cotilhões de luvas brancas adeptos do ativismo negro e das dívidas universitárias, ela só usava roupas vintage da Halston e sempre parecia que tinha saído de uma capa da *Vogue* de 1978. Ou ao menos parecia ser alguém que conhecia Pat Cleveland.

E ela de fato conhecia. Cece conhecia todo mundo. Aos quarenta e cinco anos, era uma das editoras mais notórias da indústria, mas seu título não oficial era de Rainha da Sociedade da Literatura Negra. Ela colecionava autores, cuidando deles e sussurrando conselhos para o enredo enquanto bebiam coquetéis — e suas festas de livros/arte/cinema mundial, em que era necessário ser membro para entrar, eram lendárias. Eva descobriu tudo isso rapidamente após ganhar o concurso de contos e Cece se tornar sua editora.

Durante o almoço introdutório no campus de Princeton, Cece deu uma olhada nos "olhos de corça assombrados e nos cachos caóticos daquela poeta de cafeteria" (uma descrição que ela repetia com frequência), e sua alma gritou: *Projeto!*

Antes que pudesse perceber, Eva ganhara uma irmã mais velha amorosa. Cece a ajudou a se mudar para o Brooklyn, largar seus vícios e aprender a arte de cuidar dos cachos — e a apresentou a um círculo social de jovens escritores.

Cece era mandona pra caramba, mas não haveria Eva sem ela.

Cantarolando, aquele mulherão desapareceu na cozinha e emergiu segundos depois com uma taça de pinot gris e a bolsa de gelo que Eva mantinha no freezer. Sentando-se ao lado dela, Cece colocou o pacote gelado na cabeça de Eva com um floreio, como se fosse uma coroa.

Cece era uma das poucas pessoas que sabia da verdadeira condição de Eva, e a ajudava como podia.

— Estou aqui — anunciou grandiosamente — para falar sobre a mesa "Condições do autor negro".

— O evento que você vai moderar amanhã à noite no Museu do Brooklyn? A Belinda é uma palestrante, certo? — A célebre poeta Belinda Love era sua amiga íntima.

— Tia Cece! — Audre surgiu de novo, vestindo o terceiro look do dia: um macacão de unicórnio em tons neon.

— Audrezinha! Estava pensando em te mandar uma mensagem pra pedir conselhos de como lidar com o estresse. A reforma da minha cozinha está saindo cara demais.

Audre sentou no colo de Cece.

— Tente fazer a meditação com chocolate. Você enfia um bombom inteiro na boca e fica sentada, quieta, até que ele derreta. Sem mastigar. É bom para ter atenção plena.

— Não duvido disso, querida, mas tem uma opção sem açúcar?

— Cece, foco — disse Eva, apertando a bolsa de gelo no rosto. — O que que tem a mesa?

— Ah. Uma autora desistiu. Ela pegou salmonela em uma barraquinha de comida na Colúmbia Britânica.

Audre franziu a testa.

— Tem uma parte britânica na Colômbia?

As escolas do Brooklyn atacam de novo, pensou Eva. *Não sabe nada de geografia, mas aprendeu tudo sobre atenção plena.*

— Colúmbia Britânica fica no Canadá, querida — Eva disse.

— Que interessante. Podia ter pesquisado isso se tivesse celular. — Irritada, Audre se levantou e desapareceu de novo no quarto.

— Para resumir — continuou Cece —, mencionei que você poderia ir no lugar dela. E agora você vai fazer parte da mesa! — Ela balançou os ombros, satisfeita com sua feitiçaria. — Todos os meios de comunicação mais relevantes vão estar lá. Vai ser transmitido ao vivo. É *desse* empurrão que sua carreira precisa.

Eva ficou branca que nem cera.

— Eu? Não. Eu não posso... não tenho condições de falar sobre raça nos Estados Unidos. Você *sabe* como essas conversas são intensas. Todo evento de livro negro desde as eleições tem virado um engajamento.

— O nome da sua filha é em homenagem a uma reconhecida guerreira dos direitos civis. Vai me dizer que não é engajada?

— Sou engajada *recreativamente*. A Belinda e os outros palestrantes são engajados *profissionalmente*. Eles têm prêmios NAACP e estão no circuito de talk show! Quem foi a palestrante que teve intoxicação alimentar?

Cece fez uma pausa.

— A Zadie Smith.

Com uma careta de derrota, Eva deslizou a bolsa de gelo sobre os olhos.

— Cece, essa é uma mesa patrocinada pelo *The New York Times* no Museu do Brooklyn. Não sou uma autora séria. Sou autora de livros que as pessoas compram no aeroporto de última hora.

Cece franziu a testa.

— Vamos ser cem por cento sinceras. Você tentou por muito tempo conseguir um contrato para fazer um filme. Você finalmente conseguiu uma produtora e agora os diretores de qualidade não estão mordendo a isca, porque *Amaldiçoada* é muito nichado. Você precisa mostrar seu poder para Hollywood! Isso vai ser excelente para você. Bom, isso e o Prêmio de Excelência Literária Negra de 2019 que você vai ganhar no domingo.

— Você acha que vou ganhar?

— Tem uma cena de sexo a três com vampiro, bruxa e sereia no livro 14 de *Amaldiçoada* — observou Cece. — Você vai ganhar só pela audácia.

Eva resmungou com a cara enfiada em uma almofada.

— Eu não quero fazer isso.

— Está nervosa por dividir o palco com a Belinda? A filha de uma *cabeleireira*?

Eva olhou para ela.

— A Beyoncé é filha de uma cabeleireira.

— Tudo bem. Então vá explicar para a Audre porque você tem medo de experimentar coisas novas.

Ela ergueu as mãos. Claro que Cece ia usar a cartada de Audre. A cada movimento que fazia, Eva considerava como isso refletiria na filha.

O estilo de maternidade de Eva não seria aprovado pelos blogs de maternidade. Elas costumavam comer pizza no jantar e cair no sono assistindo a *Succession* e, como ter alguém para cuidar da filha era um luxo, Audre participava de muitos eventos de adultos. Além disso, quando não estava em um dia bom, Eva permitia que Audre passasse horas vendo o TikTok depois da lição de casa, para que ela pudesse dormir um pouco.

Mas Eva parou de se cobrar por essas coisas. Quando se tratava de maternidade, o que importava para ela era ser um bom exemplo. Eva queria que Audre se lembrasse dela como uma mulher corajosa que criou sua vida do zero. Sem homem, sem ajuda, sem problemas.

O mito da mãe solo super-heroína, pensou Eva, *que não passa de uma armadilha.*

Eva coçou os olhos com a palma da mão.

— E o que é que vou vestir?

Cece sorriu.

— Já tenho uma roupa da Gucci separada pra você. Você é uma graça, mas se veste como se fosse a anfitriã de um podcast de hip-hop — disse com um suspiro. — Vai ser uma aventura! Escritoras precisam de estímulo. A melhor parte do seu dia não pode ser memorizar as resenhas positivas na Amazon.

— Eu não faço mais isso — resmungou Eva.

— E, por falar em estímulo, será que você pode baixar o Tinder de novo? Quando foi a última vez que você encontrou alguém sem dar um perdido depois de três encontros?

— Isso é um favor que faço pra eles. — Eva apontou para a calcinha da Mulher-Maravilha. — Você comeria alguém que usasse isso?

— Tem fetiche pra tudo — disse Cece, generosamente.

Eva riu.

— Quando me sinto sozinha, passo um tempo no Tinder e me lembro do que estou perdendo. Caras com barbas cheias de óleo de coco, todos tirando fotos na mesma parede grafitada em Dumbo e só emojis no perfil.

E lembro que não estou solitária. Estou *sozinha*. Quando escrever e ser mãe me deixam em estado de coma, quando estou com dores demais para cozinhar, falar ou sorrir, eu me enrolo na solidão como em um cobertor. Para a solidão, tanto faz se depilo as pernas no inverno. Ela nunca se decepciona comigo. — Eva suspirou. — É o melhor relacionamento que já tive.

— Você está falando metaforicamente ou está me contando que namora uma moça chamada Solidão? — perguntou Cece.

— Você não pode estar falando sério.

— Meu porteiro é um rapper do SoundCloud chamado Sincero. Nunca se sabe.

— Eu gosto de ser solteira — Eva continuou calmamente. — Não quero que ninguém tenha que me ver de fato.

As duas ficaram sentadas em silêncio, Eva puxando com preguiça o elástico no pulso.

— Estou com medo — admitiu por fim.

— Que bom. — Cece beijou sua bochecha. — Já vi o que você é capaz de fazer quando está com medo.

· 3 ·
Comédia romântica

2004

— Querida, está acordada?

O sotaque da Louisiana de Lizette era ao mesmo tempo meloso e leve. Nenhuma outra mãe soava assim.

— Está acordada? Genevieve? Minha querida Evie? Minha Eva Diva? Está acordada?

Bom, Genevieve, também conhecida como Eva Diva, estava acordada. As cobertas iam até suas sobrancelhas, e ela estava deitada em posição fetal no colchão de molas antigo. Exatamente quatro dias antes, quando Genevieve Mercier e sua mãe dirigiram de Cincinnati para a cidade de Washington, elas arrastaram o colchão pelo prédio de cinco andares sem elevador e o jogaram no carpete todo feio do chão do quarto. E lá ele ficou. Genevieve e Lizette, as duas bastante magricelas, não podiam pagar pela mudança, então, depois de toda a dificuldade para carregar o colchão de Genevieve e o colchão da mãe, além de uma pequena mesa de cozinha e duas cadeiras dobráveis, escadas acima — no calor escaldante de junho, ainda por cima —, a dupla de nômades mãe e filha decidiu que não precisava de mais decorações.

Genevieve abriu um olho e analisou o espaço minúsculo. Tinha dezessete anos, e aquele era um quarto novo, mas poderia ser qualquer um dos que tinha ocupado em uma das cidades que vivera aos quinze, doze ou onze anos. Era comum, com alguns detalhes dispensáveis, exceto uma coisa que com certeza era dela: uma mala xadrez explodindo de roupas, remédios e livros. Ela apertou os olhos para o despertador da loja de um dólar no parapeito vazio. Eram 6h05 da manhã. Bem na hora.

Lizette sempre chegava em casa quando Genevieve estava acordando para ir à escola. A mãe era um animal puramente noturno. Era como se suas personalidades fossem grandes demais para existirem ao mesmo tempo — então a mãe reivindicou a noite e a filha ficou com o dia.

O dia era para pessoas responsáveis, e Lizette era uma mulher delicada e distraída, muito fraca para lidar com os detalhes da vida adulta. Como cozinhar, pagar impostos, limpar. (Certa vez, Genevieve observou enquanto a mãe passava o aspirador na casa durante uma hora, até perceber que não estava ligado). A beleza de Lizette as mantinha à tona, o que era um trabalho árduo, Genevieve sabia — então ela cuidava de todo o resto. Ela falsificava a assinatura da mãe em bancos. Monitorava as pílulas nos fracos de Valium de Lizette. Esquentava os Hot Pocket dela. Enrolava o cabelo de Lizette antes que ela saísse para seus "encontros financeiros" (*Você está se vendendo. Só assuma logo essa porra...*)

Elas se mudaram diversas vezes desde que Genevieve era criança. Cada vez por causa de um homem diferente que prometia uma vida deslumbrante a Lizette. Eles sempre arranjavam um lugar para ela morar, com todas as despesas pagas. E costumava ser uma aventura. Genevieve passou o primeiro ano morando em uma casa de campo bem decorada em Laurel Canyon — alugada para elas por um famoso produtor de música pop que lhe comprou um papagaio chamado Alanis. No ano anterior, um figurão do petróleo as instalou em um chalé de Saint Moritz, onde a cozinheira a ensinou a pedir *Birchermüesli* em um alemão suíço impecável. Mas, quando os anos de "jovem gostosa" de Lizette começaram a ficar para trás, o deslumbramento diminuiu. Lentamente, e então de repente, as cidades ficaram mais decadentes; os apartamentos, mais miseráveis; e os homens; mais malvados.

Aquele último cara não estava pagando pelo apartamento. Mas deu a Lizette um emprego como recepcionista em seu salão de coquetéis, o

Foxxx Trap. E pagava o dobro do salário para ela. Por que, Genevieve não queria saber.

Lizette se enfiou embaixo das cobertas, ainda usando o vestido justinho, e se aconchegou na filha. Deu um beijo de batom na bochecha de Genevieve e apertou sua mão. Com um suspiro resignado, Genevieve afundou no abraço luxuriante e perfumado da mãe. Lizette sempre usava White Diamonds de Elizabeth Taylor, e Genevieve achava o perfume extremamente glamoroso, mas também reconfortante.

Essa era a definição de sua mãe. White Diamonds.

E drama negro.

— Veja como está sua dor, sangue do meu sangue — Lizette ordenou em seu ultrajante sotaque do sudoeste de Louisiana.

Genevieve levantou a cabeça do travesseiro e a sacudiu. Fazia isso todas as manhãs para avaliar a dor que sentia e decidir quantos analgésicos teria que tomar para começar o dia. Felizmente, não estava tão ruim. A dor parecia uma batida leve e constante à porta. Ainda conseguia respirar entre um golpe e outro.

— Vou sobreviver — disse.

— Que bom, então me conte uma história.

— Estou dormindo!

— Não está, não. Anda, você sabe que não consigo dormir sem uma história.

— Não podemos voltar para a época em que *você* contava histórias?

— Eu voltaria, mas cinco anos atrás você me proibiu de contar histórias, sua merdinha — ela murmurou, o hálito com cheiro de bourbon.

Anos antes, Lizette voltava para casa de manhã e contava histórias a Genevieve antes de ela se levantar para a escola primária. Suas histórias favoritas envolviam escândalos antigos da cidade natal de Lizette na Louisiana, Belle Fleur. E, apesar de nunca ter ido lá, Genevieve conhecia o lugar de cor.

Belle Fleur era um pequeno bayou em que havia cerca de oito sobrenomes apenas, a raça era negra, a cultura crioula, e era possível traçar a linhagem de qualquer pessoa até o mesmo casal do século XVIII: um francês proprietário de uma *plantation* e uma mulher africana escravizada. Ao longo do caminho, seus descendentes se misturaram com rebeldes da Revolução Haitiana, povos indígenas e espanhóis, para produzir uma cultura rica, insular e com sabor de filé, muito religiosa e profundamente supersticiosa. E pitorescas ao extremo.

As mais pitorescas, porém, eram a mãe e a avó de Lizette. A reputação delas era tão selvagem e dramática quanto os nomes — Clotilde e Delphine. Tiveram a vida afetada por assassinatos, loucura e raiva misteriosa. Segredos explosivos e uma notável ausência de pais. Era como se toda a linhagem matriarcal de Genevieve tivesse se regenerado espontaneamente de cápsulas alienígenas.

Quando criança, Genevieve acreditava que essas histórias eram falsas, meias verdades. Mas, ainda assim, a avó e a bisavó pareciam maravilhosas.

Lizette não era sentimental. Só se importava com o presente, com o momento que estava vivendo. Mas mantinha guardado um álbum fino e desgastado cheio de recortes, que Genevieve descobrira, na infância, em uma caixa de papelão durante uma das mudanças. Na última página, havia duas fotos em preto e branco de 10×15 centímetros com "Delphine" e "Clotilde" escritos embaixo, na letra cursiva de escola católica de Lizette. Genevieve encarou e encarou o rosto delas até seus olhos perderem o foco, as fotos se misturando umas com as outras. Era como se o tempo tivesse soluçado. E ela soube então que as histórias de Lizette eram reais.

Delphine e Clotilde pareciam assombradas, intensas, selvagens. Pareciam mulheres que nasceram com a mente errada na hora errada. Pareciam a mãe dela. Pareciam com ela mesma, Genevieve.

E, de repente, elas não pareciam mais maravilhosas. Tornaram-se sombrias, perigosas e autodestrutivas. E isso era familiar demais.

Genevieve se aterrorizava com alguns cantos de seu cérebro. Não tinha amigos e era inquieta, e a dor dominava tudo. Em seus melhores dias, ela sentia como se estivesse se agarrando à sanidade com as unhas. Se a bisavó, a avó e a mãe eram loucas (a mãe definitivamente era), então ela estava próxima de ser.

Genevieve queria ser normal. Então decidiu que seria ela a contar as histórias. Como geralmente era muito cedo para pensar em uma coisa original, ela narrava sinopses de filmes para Lizette.

— Era uma vez — ela começou — uma linda mulher sem sorte chamada Lizette. Ela usava botas de cano alto e uma peruca platinada e trabalhava... hã, no Hollywood Boulevard. Em recursos humanos. Uma noite, ela conhece um empresário arrojado e rico. Ele não se importa com o fato de ela não saber comer lagosta direito...

— *Uma linda mulher* — suspirou Lizette. — O Richard Gere é negro, eu sinto isso.

— Você acha que todo mundo é negro até que se prove o contrário.

— Não vou ficar em paz até ver a árvore genealógica dele.

Lizette achava que, como Belle Fleur estava repleta de negros que pareciam brancos, os números sugeriam que muitos brancos podiam ser negros. Era tudo uma linha tênue no Sul, ela dizia. Dado que aqueles donos de *plantations* cheios de pecado e estupradores tinham bebês brancos e bebês negros, todos estavam a seis pessoas de separação um do outro. E isso era o que mais assustava os brancos do Sul.

Lizette soltou a mão de Genevieve e se esticou como um gato.

— Vai ser *difícil* dormir. Querida, pode me preparar um Lipton?

Genevieve concordou roboticamente. Eram 6h17, e ela devia estar dormindo. Mas aquele era o trabalho dela. Era a responsável pelo dia. Então se desvencilhou de Lizette e se arrastou pelo curto corredor até a cozinha.

O corredor estava escuro, mas a luz da cozinha estava acesa. Estranho. Lizette era maníaca por manter as luzes apagadas, a menos que fosse absolutamente necessário. Para manter a conta de luz razoável, e para deixar a iluminação mais ambiente.

Ela congelou, um arrepio subindo no peito.

Não. Hoje não.

Ela implorou para que a mãe não convidasse os namorados para casa. E Lizette sempre garantia que iria parar, que a casa delas seria uma zona livre de homens. Mas, no fim de uma longa noite encharcada de bebida,

Lizette nunca se lembrava de suas promessas. Ou por que ela as fazia em primeiro lugar.

Genevieve sentiu o cheiro dele antes de vê-lo. Hennessy e cigarros mentolados. Lá estava ele, um homenzinho redondo que parecia ter uns sessenta anos, caído sobre a pequena mesa da cozinha do Exército da Salvação, roncando irregularmente. Vestia um terno barato — brilhante nos cotovelos e joelhos — e uma peruca preta exuberante e encaracolada tão torta quanto vergonhosa.

Genevieve deu um passo hesitante para dentro da cozinha, e o piso de linóleo estalou um pouco. Abaixando-se na frente dele, estalou os dedos na frente do rosto do homem. Nada.

Bom, ela pensou. Desmaiado, era inofensivo.

Prendendo a respiração, ela foi na ponta dos pés até o armário sobre a pia. Ao pegar o Lipton, derrubou uma caixa de massa pronta. Ela atingiu o balcão com um baque surdo, levantando uma nuvem de mistura para panqueca.

— Genevieve — disse ele com a fala arrastada, a voz em um tom mais alto do que deveria. E tão rouca que parecia que ele comia cigarros. — E aí, Genevieve? É seu nome, né?

— É — disse ela, virando-se para olhar para ele. — Nos conhecemos ontem.

Ele sorriu para ela com os dentes manchados.

— Eu lembro.

— Aposto que sim — murmurou ela. E se recostou no balcão cruzando os braços defensivamente na frente do peito. Rindo, ele tirou o paletó e o jogou na direção de Genevieve.

— Pendura isso em algum lugar, bebê — que soou como *pendurissonalgumlugabebê*.

Ela olhou para a jaqueta com um nojo extremo.

— Não temos cabides.

Com uma gargalhada, ele deu de ombros e jogou a jaqueta no chão. Então, se recostou na cadeira e arrumou a calça com uma precisão meticulosa e lenta. Enquanto o fazia, olhava para Genevieve de cima a baixo, do topo do rabo de cavalo até as meias.

Genevieve vestia uma camiseta masculina grande da marca Hanes e um moletom; ele com certeza não conseguia ver seu corpo de verdade. Mas isso não importava. Tipos como aquele só queriam intimidar. Assegurar seu domínio.

Ela queria chamar a mãe, que sabia que já estaria dormindo. De qualquer forma, Lizette não teria ajudado. A última vez que contara para a mãe sobre um desentendimento com um dos namorados dela, uma sombra de... alguma coisa... passara por trás dos olhos de Lizette, e ela logo ignorou.

— Ah, menina, ele já passou do ponto de ser perdoado por Deus — disse alegre, com seu sorriso de estrela de cinema. — Você gosta de ter roupas para vestir e comida para comer?

Genevieve assentiu, com lágrimas nos olhos, mas quase entorpecida.

— Então. Seja legal. Seja boazinha — ela avisou, ainda sorrindo. — Além disso, você é esperta demais para se tornar uma presa.

Diferente de mim, era o que Lizette deixava subentendido. De fato, a mãe não era inteligente quando se tratava de homens. Toda vez que um de seus relacionamentos terrivelmente disfuncionais implodia, ela ficava confusa e atordoada. E depois se atirava em outro idiota, com uma esperança renovada. A esperança era o maior problema de Lizette. Ela era como uma criança em uma daquelas máquinas cheias de brinquedo do Chuck E. Cheese. A garra nunca pega um brinquedo, não importa quão estratégico você seja nos movimentos — o jogo é obviamente manipulado. Mas você tenta todas as vezes, para sentir a emoção da esperança de que dessa vez vai funcionar.

— Você é bonita — o cara disse, o branco de seus olhos manchado de vermelho. — Igual a sua mãe. Sorte a sua.

— É — ela disse, seca. — Tem funcionado muito bem para mim.

Genevieve olhou para aquele idiota — a peruca horrível, a aliança de casamento — e desejou ser um menino, o que não era a primeira vez. Se fosse um menino, ela faria aquele homem ir dessa para uma melhor só pelo tom dele. E mais uma vez por ser casado. E de novo por permitir que a mãe dela bebesse no trabalho, porque ele sabia que era a única maneira de ela concordar em oferecer serviços caros e fora do cardápio para clientes VIP.

Seja legal. Seja boazinha.

— Mas você é? — ele perguntou.

— Sou o quê?

Ele acariciou o tecido brilhante em sua coxa carnuda.

— Igual a sua mãe?

— De... que modo exatamente? — Genevieve estava tentando ganhar tempo, tentando decidir como se defenderia se fosse necessário. — Você quer dizer, tipo, as coisas que gosto de fazer e meus interesses? Meu signo? Meu favorito do Ying Yang Twins?

Ele gargalhou de novo e balançou o dedo para ela.

— Você é uma espertinha.

Ele se levantou da cadeira dobrável, caminhou até Genevieve e parou a cerca de trinta centímetros de onde ela estava. Apesar da crescente sensação de desconforto, ela tentou parecer durona.

— Quantos anos você tem? — ele perguntou.

— Dezessete.

— Parece mais nova — ele disse, aproximando-se mais.

Por Deus, ele é um daqueles, pensou Genevieve, sua mente a milhão. Pesava cinquenta quilos a mais que ela, mas também estava bêbado e lento — e ela era rápida. Os olhos dela percorreram a cozinha com desespero. Não havia nada duro com que pudesse bater nele, como uma panela ou uma chaleira. Não havia nada além de cereais de mel, garfos de plástico e sucos de caixinha.

Meu canivete está no quarto.

Ela queria machucá-lo antes que ele a machucasse. Mas então teve aquela velha hesitação. A mãe precisava daquele cara. Ele tinha encontrado aquele apartamento de merda para elas. Dera um emprego para a mãe. Ele as sustentava. Ela e a mãe eram um time.

Seja legal. Seja boazinha.

— Quantos anos você tem? — ela perguntou, enrolando ainda mais.

— Cinquenta e oito. — Ele se aproximou um pouco mais, andando de forma instável. O cheiro que exalava dele depois de horas no bar era pungente. — Mas tenho muita energia.

Sorrindo, bateu a palma suada no antebraço de Genevieve. A parte do cérebro dela que estava conectada a Lizette se desligou. Ela ficou completamente imóvel. Seus olhos se estreitaram. Seus sentidos se aguçaram.

— Quer ouvir uma piada? — ela perguntou abruptamente, com um sorriso gentil.

— Uma piada? — Ele foi pego de surpresa. — Ah. Tudo bem, eu gosto de piadas.

— Sabe o que é um exemplo de energia desperdiçada?

— Não sei. O quê?

Ela riu um pouco.

— Quer mesmo saber?

— Pare de brincar. Diga logo!

Ela olhou para a peruca na cabeça dele.

— Contar uma piada de arrepiar os cabelos para um careca.

A boca dele se abriu grotescamente.

— O-o quê? Ah, sua *putinha*.

Ele pulou na direção dela. Genevieve se esquivou para a esquerda, fugindo do alcance dele. Desequilibrado, ele tombou bêbado e depois caiu no chão, um pedaço de toucinho pesado e lento. Momentaneamente paralisada pelo choque, ela ficou ali parada, respirando pesado — então ele agarrou o tornozelo dela e a puxou para o chão. Ela caiu com força. Sua cabeça explodiu em mil cacos de vidro afiados.

— *Vai! Se! Foder!* — ela chorou, colocando a mão na cabeça. Em um reflexo causado pela dor, recuou e o chutou com força nas costelas.

Enquanto ele rugia, ela se arrastou para fora da cozinha, apoiada nas mãos e nos joelhos, e correu para o banheiro. Bateu a porta e a trancou com as mãos trêmulas. Com uma mão no rosto, a cabeça trovejando, ela pegou um frasco de oxicodona da gaveta da pia, subiu na banheira e fechou a cortina do chuveiro. E foi só aí que parou para respirar.

Pela porta barata do banheiro, Genevieve ouviu o cara gritando o nome de Lizette. Em seguida, ouviu o leve ruído dos pés da mãe enquanto ela corria pelo corredor até a cozinha, gritando bobagens confusas.

Por experiência própria, Genevieve sabia que devia esperar no banheiro. Colocou dois comprimidos na boca e os mastigou secos. (Eles foram prescritos por seu médico de Cincinnati, que, como os inúmeros médicos frustrados antes dele, resolveu seu problema insolúvel com opioides). Enquanto Lizette e seu homem estrelavam a própria versão do Chitlin' Circuit na cozinha, ela se curvou de lado, esperando o alívio.

Lizette havia parado a histeria. Agora ela estava murmurando. Então Genevieve ouviu passos indo em direção ao quarto principal — os dedos dos pés de Lizette, como os de Sininho, mal tocavam o chão, seus passos pesados, pouco naturais. Genevieve sabia que aquela era a maneira de a mãe protegê-la: atraí-lo e trancar a porta. Claro, nunca ocorreu a Lizette expulsá-lo. Terminar com ele. Chamar a polícia. Ficar sozinha por um minuto, na verdade. Arranjar emprego por conta própria. Sustentar-se com o próprio dinheiro. Ser ela a salvar o dia em vez de depender de homens horríveis para fazer isso por ela.

Você é igual a sua mãe?

Genevieve se encolheu ainda mais, tentando diminuir de tamanho. Estava exausta. Tudo o que queria era escapar daquele inferno repetitivo e sem sentido.

Fechou os olhos. Tinha apenas mais alguns minutos para se recompor. Precisava se preparar.

Aquele era seu primeiro dia na nova escola.

SEGUNDA-FEIRA

· 4 ·

Mantra

— Você tem que me deixar falar com o Ty, diretora Scott.

A mulher, acuada, se inclinou na escrivaninha coberta de papéis.

— Senhor Hall, da última vez que você "falou" com o Ty, eu o encontrei sentado na janela do quinto andar com os pés para o lado de fora do prédio.

— A escrita dele era linear. Ele precisava de uma mudança de perspectiva.

— Ele tem treze anos. Você encorajou uma criança a tentar coisas possivelmente fatais.

— O Ty passou o último ano em um centro de detenção juvenil de segurança máxima. Você acha que aquela janela foi o pior momento da vida dele? — O professor sorriu agradavelmente, ocultando o pânico que de fato sentiu.

Shane Hall não estava onde deveria estar. De acordo com o itinerário publicado pelo departamento de publicidade de sua editora, ele deveria estar no aeroporto havia cinco minutos. Mas Ty era o aluno favorito dele. E pessoas saudáveis e funcionais não iam embora da cidade sem se despedir.

Aos trinta e dois anos, ser saudável e funcional era algo novo para Shane. Quando, vinte e seis meses e catorze dias antes, acordou limpo pela primeira vez desde que tinha um metro e meio de altura, percebeu que finalmente sabia como se manter sóbrio. Mas não sabia ao certo como ser um adulto responsável. O programa encorajava a terapia, mas *nem pensar*. Ele era um escritor — por que entregaria as merdas em sua cabeça de graça? Em vez disso, corria oito quilômetros por dia. Bebia o equivalente a seu peso em água. Punha sementes de chia nas coisas. Evitava carne vermelha. E açúcar. E prostitutas.

Esperava com paciência pelo dia em que isso faria com que se sentisse normal.

A única coisa que Shane conseguia fazer direito era escrever, mas só havia feito isso quando estava bêbado. Tinha se tornado o queridinho dos críticos enquanto estava bêbado. Tinha ficado rico enquanto estava bêbado. Tinha produzido quatro "elegias hipnóticas e extasiantes à juventude despedaçada" — de acordo com o *The New York Times* — enquanto estava bêbado. Tinha ganhado o National Book Award enquanto estava bêbado. Nunca escrevera nem mesmo uma frase sóbrio e, francamente, estava com medo de tentar. Então tinha parado de escrever por enquanto. Começou a fazer o que todo escritor não praticante faz — dar aulas. Porque seu nome abria portas (e atraía doações) em escolas privadas com mensalidades caras, passou a ser requisitado no circuito da "bolsa do autor visitante".

Shane ensinava escrita criativa para os burguesinhos em Dallas, Portland, Hartford, Richmond, San Francisco — e agora Providence, Rhode Island. Costumava ser contratado apenas por um semestre. Tempo suficiente para sacudir os alunos, fazer buracos na visão de mundo privilegiada deles antes que voltassem à complacência. Bom, mas esses não eram os motivos reais pelos quais aceitava ser professor visitante.

Sempre que chegava a uma cidade nova, perguntava ao motorista do Uber qual era o pior bairro dali. Ele ia até a escola mais carente da área — o tipo de escola que fazia alunos de sete anos formarem fila no frio às 7h15 para a inspeção de segurança que levava quase uma hora, fazendo com que se atrasassem para a aula, só para depois os expulsarem por causa do atraso. O tipo de escola que fazia vista grossa aos agentes de segurança escolar que batiam nas crianças por usarem "linguagem obscena". O tipo de escola que permitia que crianças traumatizadas, abusadas, desnutridas, descuidadas e muitas vezes sem-teto fossem levadas a prisões infantis por infrações inventadas.

Receberiam a *verdadeira* educação no reformatório. E, aos dezoito anos, perceberiam que a maior qualificação que tinham era para se tornarem presidiários.

Shane encontrava escolas como essas em toda cidade e então praticamente se jogava no diretor, oferecendo aulas particulares, mentoria, qualquer coisa. Shane tinha um desejo incansável de ajudar essas crianças. Na verdade, ele não tinha certeza de quem mais ajudava quem.

Shane estava do outro lado da mesa da diretora Scott, observando o escritório úmido do tamanho de um armário. E, por alguma razão, seus olhos se demoraram em um pôster amarelado colado na parede pintada de verde-vômito:

ITENS PROIBIDOS: ELETRÔNICOS, ÓCULOS DE SOL E ROUPAS COM AS CORES DE GANGUES.

"Cores de gangues" estava escrito em tinta vermelha, provavelmente direcionado aos membros da gangue Bloods com ideias mirabolantes — e a falta de noção disso fazia Shane sentir vergonha. Teria sido ideia da diretora Scott? Ele tinha certeza de que vinte anos antes, ela aceitara aquele emprego pensando que poderia salvar a juventude, como Morgan Freeman em *Meu mestre, minha vida*. Mas ela já havia desistido disso — tinha um machucado violeta em sua bochecha, onde um aluno arremessara um apontador de lápis. Shane vira isso acontecer.

— Senhor Hall — disse ela, cansada —, você teria tentado o truque da janela com um dos seus alunos da escola privada?

— Não, porque estou pouco me fodendo para eles. — Ele congelou, percebendo o que acabara de dizer. Merda, ele tinha que parar de falar o que quer que estivesse pensando. — Quer dizer, eu me importo, sim. Mas não tanto. Aqueles alunos são privilegiados em universidades da Ivy League; eles já estão com a vida feita. Estão me usando só para cartas de recomendação e para tirar selfies.

— Você tira selfies com seus alunos?

Era antiético isso? Shane não entendia as redes sociais; nessa questão, não sabia de nada. Em relação ao comportamento civilizado, ele tinha muitos pontos cegos. Shane não estava muito distante do homem que fora quando desmaiou no ombro de Gayle King no momento que Jesse

Williams anunciou que havia ganhado o prêmio NAACP de 2009 de melhor ficção.

Seus fãs o achavam misterioso — vivendo fora do alcance do público, sem autógrafos, leituras ou aparições, porque era um bad boy que estava pouco se fodendo. Mas, na verdade, Shane era apenas uma confusão completa. Só não queria que o público soubesse dessa confusão. Então, assim que ele pôde se dar ao luxo de ser um nômade, ferrando cada aspecto de sua vida de forma privada em cantos obscuros do globo, foi exatamente o que fez.

Em Tobago, ele dividia seu barraco de praia com um cara que não ficava chocado com seu comportamento grosseiro à mesa ou seu padrão infantil de sono, porque ele era uma tartaruga. Shane gostava de compartilhar suas confissões mais dementes com aquela garçonete em Cartagena, porque ela falava quatro idiomas e nenhum deles era inglês.

Apesar de Shane Hall ter obtido tremendo sucesso graças à sua escrita, a escrita vinha de uma pessoa que nunca deveria ser famosa.

O que, no mundo literário altamente convencional, só o tornava ainda mais famoso.

Olhando para o relógio, percebeu que estava perigosamente perto de perder o voo. Avaliando suas opções, Shane franziu a testa. Então coçou o bíceps, logo abaixo da manga da camiseta. Puxou o lábio inferior um pouco, distraído. Tiques nervosos, cada um deles. Mas Shane sentiu uma leve mudança de energia na sala. O olhar da diretora Scott passou de cansado para... atento.

Shane era uma pessoa inquieta (mais uma coisa que percebera, agora que *sentia* tudo). Mas chamar a atenção para sua boca, seu braço, seu qualquer coisa não era justo. Ele sabia que provocava uma forte reação nas mulheres. Percebera isso pela primeira vez quando não era muito mais velho que Ty. Naquela época, Shane de fato não sabia por que provocava esse tipo reação, e não se importava. Só ficava grato por ter uma carta na manga, uma coisa que pudesse usar quando estivesse desesperado, faminto e sozinho.

Você acha que eu pareço um anjo? Bom, talvez você me deixe aqui com a caixa registradora enquanto pega meu refrigerante favorito lá atrás.

Acha que sou malandrão? Bom, talvez você me contrate para roubar a casa do seu ex. Quer dar para mim? Bom, talvez você me dê um lugar para ficar por um mês.

Shane se acalmou. Pessoas saudáveis e funcionais não pegavam atalhos.

— Pago seu almoço por um mês — ele disse de repente.

— Como é que é?

E lá se vai o não pegar atalhos.

— Você tem cartão virtual? Não costumo andar com dinheiro, sou comprador impulsivo.

Rindo sem entusiasmo, ela disse:

— Vá em frente. Ele está na deten...

Antes que ela pudesse terminar a palavra, Shane já estava no meio do corredor.

Quando Shane encontrou Ty, ele estava largado em uma cadeira na sala de aula vazia. Parecendo em transe, rabiscava na capa de seu caderno. Rabiscara tanto que não era mais possível ver os desenhos. Mas, se passasse os dedos sobre ele, poderia sentir os sulcos da caneta esferográfica. Shane o via fazer isso havia semanas. Devia ser reconfortante, de alguma forma.

Ty era enorme para sua idade — cerca de cento e trinta quilos — e tinha um metro e noventa, cinco centímetros mais alto que Shane. O menino tinha uma autoconsciência taciturna que logo se transformava em raiva quando se sentia ameaçado ou com vergonha. Mas confiava em Shane. Shane não o criticava por usar a mesma calça enorme e o mesmo moletom todos os dias. E Shane sabia que ele morava com a tia em uma boca de fumo comandada por gangues (e que a mãe e a irmã foram vistas pela última vez se prostituindo juntas, em Hartford Park), mas nunca mencionou isso. Shane falava com Ty como se eles fossem iguais.

Shane ficou na frente dele, encostado na mesa do professor, e disse a Ty que teria que deixar Providence.

Ty não ergueu a cabeça.

— Vai para onde.

— Para o Brooklyn. O prêmio Littie vai ser lá, este domingo — ele explicou. — Eu vou apresentar. O que é estranho, porque nunca vou em prêmios como esse.

— Por quê.

— Já ouviu falar do Gayle King?

— Quem?

— Deixa pra lá — murmurou Shane. — Eu não vou porque são insignificantes. Em 2013, o National Book Critics Circle deu o prêmio de melhor ficção para a Chimamanda Ngozi Adichie em vez de mim. Ela escreve melhor do que eu? Não. Mas é tudo subjetivo.

A boca de Ty se curvou nos cantos.

— Você tá puto.

— Eu tô — disse Shane — porque eu me importo. Foi preciso fazer e perder fortunas, uma leitura de tarô e muitas reuniões do AA para que eu evoluísse o suficiente para dizer essas palavras. *Eu me importo com as coisas.*

Ty sabia que aquela conversa tinha um objetivo.

— Por que você tá dizendo isso.

— Ty, por que todas as suas perguntas soam como afirmações?

— Que porra isso quer dizer.

— Olha, estou admitindo que me importo com prêmios. Você se importa com o quê?

— Nada. Não sou um *fracote*, negão.

— Não tem nenhum negão aqui.

Ty estava confuso.

— Você é dominicano?

— O quê? Não. E dominicanos são negros. Pesquise no Google "diáspora africana" e aprenda alguma coisa. Meu Deus. — Shane balançou a cabeça. O tempo estava passando. — Olha, se importar com as coisas não faz de você um fracote. Mas uma pessoa viva.

Ty deu de ombros.

Shane olhou para Ty por um momento, a expressão séria. Ty devolveu o olhar, desafiando-o.

— Tyree.
— Fala.
— Você precisa me ouvir.
— Fala.
— Essa escola não foi projetada para você se destacar. Ela está criando você para ir para a cadeia. Cada movimento seu é criminalizado, esse é o padrão. Na maioria das escolas, as crianças não são expulsas por dizer "foda-se" nem são punidas por atraso ou encarceradas por perder uma detenção. Na maioria das escolas, meninos do oitavo ano não são aterrorizados dessa maneira. Eles podem ser crianças, com nada na cabeça além de boceta e *Roblox*.

Ty olhou para o caderno. Estava dolorosamente ciente de que Shane se referia a ele. Fora enviado ao reformatório por perder uma detenção.

— Você está puto por algum motivo? Quer brigar? Não está errado. Eles vão dizer que você é um animal, mas você não é. *Você é uma pessoa sã reagindo a uma situação maluca.* E eu sei disso, porque já fui você. Precisei ser preso três vezes no terceiro ano para aprender a lição que você vai aprender hoje.

Shane parou, percebendo que estava falando tão rápido que as palavras se chocavam umas nas outras.

— Eu lutei também. Igual a você.

Bom, não exatamente. Como Ty, "violento e imprevisível" estava carimbado na ficha escolar de Shane desde o ensino fundamental. Ao contrário de Ty, a violência de Shane não vinha da raiva. Ele nem ao menos lutava para vencer. Vinha de se machucar, acalmar sua veia autodestrutiva — rasgar sua pele, quebrar seus ossos, vomitar sangue. E foi isso que o fez ir de lares adotivos para lares coletivos para finalmente nada, porque ninguém queria adotar um menino negro pré-adolescente de olhos vazios e com histórico de compulsões perturbadoras e uma... beleza... incômoda estranha em uma criança tão trágica.

— Ninguém vai vir salvar você. Você precisa fazer isso — Shane falou mais baixo, querendo que Ty se esforçasse para ouvir. — *Não* reaja contra os agentes de segurança da escola. *Não* brigue. Fique quieto, trabalhe duro, se forme e saia dessa porra de cidade. E não volte até ter condições de ajudar uma criança como você. Está me entendendo?

Silêncio.

— Ty? — Shane deu um passo para a frente e desferiu um soco na mesa de Ty. O menino pulou. — Você me entendeu?

Ty concordou em seu torpor. Shane era como um falso tio divertido. Ele nunca o tinha visto tão sério. Hesitante, ele disse:

— Eu me irrito tanto. Não consigo ficar quieto.

— Consegue, sim. — Os ombros de Shane relaxaram um pouco. — Tenha fé.

— Ah. A igreja.

— Quer dizer, se isso funcionar pra você. Mas quero dizer fé em você mesmo. Do que você gosta?

Ty deu de ombros.

— Acho que... planetas.

— Por quê?

— Eu gosto... do fato de ter mais lá fora. Não sei. Gosto de pensar sobre outros mundos. — Estava perdido tentando descrever uma coisa em que nunca pensara a respeito. — Eu... costumava desenhar os planetas quando era pequeno. É uma idiotice, eu sei.

— Legal. — Shane tirou um pacote de Trident do bolso e colocou dois deles na boca. Então jogou um para Ty, que o pegou com a mão.

— São oito planetas, certo? Não me lembro do nome deles. Você lembra?

— Mercúrio, Vênus, Terra, Marte, Júpiter, Saturno, Urano e Netuno.

Shane cruzou os braços.

— Quando quiser brigar, fale o nome dos planetas na sua cabeça. É um mantra. Um mantra é como um feitiço mágico para o cérebro, que manda ele se acalmar.

— Que coisa besta.

— É? Você gosta de *Game of Thrones*, né?

— Não.

— Você aprendeu dothraki sozinho. Já vi no seu caderno.

Ty deu de ombros de novo, o queixo desaparecendo no pescoço.

— O que a Arya faz? Quando está em perigo? Ela recita o nome das pessoas das quais quer se vingar. É o mantra dela, e a mantém viva. Os planetas vão ser seu mantra.

Ty mal conseguia esconder a alegria e o choque por ser comparado a Arya Stark, e sua cabeça afundou ainda mais no pescoço, camadas de pele se acumulando nas bochechas.

— Você tem um mantra? — Ty realmente fez essa pergunta com uma entonação de pergunta.

— Tenho.

— Qual é?

— O meu — disse Shane apenas. Ele tinha um. Fora presente de uma menina quando ele era pequeno. E, quando de fato precisara dele, tinha funcionado.

Verificou o relógio. Era hora de ir para Nova York.

— Você precisa de alguma atividade — declarou Shane. — Seu professor de ciências me disse que você gosta de astronomia. Então arranjei um estágio para você no Planetário Providence. Além disso, toda sexta, às três e meia da tarde, você vai ser tutor de ciências para alunos com dificuldades. E não se esqueça, *Mercúrio, Vênus, Terra, Marte, Júpiter, Saturno, Urano, Netuno.*

— Calma aí. Você já sabia que eu gostava de planetas?

Shane sorriu e deu um soquinho amoroso em Ty.

— E você disse que não sabia o nome de todos eles, mas acabou de falar!

— Claro que eu conheço os planetas — disse Shane, batendo nos bolsos do jeans para se certificar de que estava com a carteira. — Eu enganei você.

Ty abriu a boca.

— Esse mantra é seu, não meu. *Você* que tinha que dizer ele em voz alta para que tivesse poder.

— Eu sou muito burro — sussurrou Ty, com admiração.

Shane riu um pouco. Ia sentir bastante falta de Ty. Queria abraçá-lo, mas seu arquivo dizia que ele não gostava de ser tocado. Shane entendia; ele também não gostava.

Estava indo para a porta, quando a voz de Ty o fez parar.

— Você... vai precisar de ajuda? Em Nova York?

Shane se virou para olhar para ele.

— Ajuda?

— Posso ir com você? — A voz de Ty era um murmúrio tímido. — Posso ser seu assistente.

Os ombros de Shane caíram um pouco.

— Se precisar de mim, eu volto. A qualquer momento. Por qualquer razão. Prometo.

Ty piscou várias vezes e afundou na cadeira.

— Você nem vai ter tempo de sentir minha falta, cara. Vou te mandar um monte de mensagens.

O menino assentiu.

— Tenho que ir. Se comporte. Só... se comporte — disse Shane, então saiu correndo pela porta. Ficou sem saber o que dizer. E estava atrasado. E havia um nó em sua garganta e um formigamento atrás dos olhos. Mas não ia chorar. Não fazia isso desde os dezessete anos.

Shane deslizou para o banco do motorista do Audi alugado, colocou o ar-condicionado no máximo e acelerou pela rota 1 em direção ao aeroporto Green. Ele amava demais aquele garoto. Não sabia como orientar sem amar. Talvez fazer isso não fosse saudável.

Sabia que Ty provavelmente não compareceria ao estágio no planetário. Talvez não conseguisse, e ponto-final. Shane não podia controlar isso, mas manteria contato. Sempre fizera isso. Tinha um Ty ou Diamond ou Marisol ou Rashaad em cada cidade. Ele os manteria vivos por pura força de vontade.

O novo Shane não amava e depois desaparecia.

Fora isso que fizera com ela. E esse era o verdadeiro motivo pelo qual estava indo para Nova York.

Shane não queria — ou merecia — nada dela. E odiava a ideia de atrapalhar a vida dela ou desenterrar o passado. Mas tinha que explicar o que não conseguira antes. Então ele iria.

Ele sabia que era uma ideia terrível, mas não ia desistir.

Precisava fazer isso. Shane não podia fingir ter abraçado sua nova vida quando ainda estava fugindo da antiga.

Ela era um fogo que ele atiçara havia muitos anos — e, por muito tempo, limitou-se a deixar que queimasse. Estava na hora de apagá-lo.

· 5 ·
Diversão negra

O evento "Condições do autor negro" era uma cena e tanto. A mesa estava sendo realizada no espaçoso Cantor Auditorium do Museu do Brooklyn, e fora planejada à perfeição. Para encontrar o espaço, era preciso percorrer um labirinto de salas com a exposição mais badalada da cidade, *Ninguém te prometeu o amanhã: a arte cinquenta anos depois de Stonewall*. Todo hipster informado fingia que já tinha visto. Quando a multidão terminou de ver aquela arte de protesto maravilhosamente organizada, todos já haviam entrado no auditório, empolgados para uma conversa inflamada.

O espaço era austero, moderno e industrial, com cerca de duzentos assentos e uma janela enorme com vista para a caribenha Eastern Parkway. A multidão explodia em cores. Era a primeira semana quente do ano, e os vestidos de verão, os batons e os penteados naturais estavam a pleno vapor. Havia uma mistura de altos e baixos intelectuais: escritores da velha guarda (cujo apogeu foi por volta dos anos 70 e 80); ensaístas, romancistas e jornalistas culturais da geração Y; um punhado de blogueiros de livros profundamente temidos e de óculos; e alunas de Columbia e da Universidade de Nova York — as camisetas com slogans e sandálias da moda gritavam "graduação em estudos feministas". Surgindo por toda parte estavam repórteres digitais e seus fotógrafos, lendo cada etiqueta que dizia OLÁ MEU NOME É para ver quem era digno de ser entrevistado.

Eva estava bebericando água com gás com um manjericão de enfeite. E concentrada em parecer alguém que não tentava reprimir um ataque de pânico. Apesar de ter passado certo tempo jogando conversa fora com os poucos veteranos do mundo editorial que conhecia, logo percebeu que, para a maioria da plateia, Eva Mercy era um nome desconhecido — ou, na melhor das hipóteses, um "nome" de um gênero que inspirava um público bem bobinho. E, em alguns minutos, ela teria que falar com conhecimento de causa sobre assuntos sérios na frente de todos eles.

Relaxe, mulher, ela disse para si mesma, girando o antigo anel camafeu no dedo. Era seu talismã da sorte, e ela estava contando com a sorte para sobreviver àquela noite. O anel sempre a acalmava. Estava manchado e arranhado e devia ter uns cem anos. Eva não fazia ideia a que mulher vitoriana ele pertencera originalmente, mas o descobrira décadas antes, na caixinha de joias da mãe. Sem dúvidas tinha sido presente de algum namorado. Mas Lizette odiava joias antigas — só queria diamantes novos, meu bem —, então nunca o usava. Eva, no entanto, gostava de coisas antigas. Um dia, quando estava se sentindo sozinha e cheia de espinhas aos treze anos, Eva o roubou do quarto da mãe. Lizette nunca chegou a notar. Ela nunca notava nada.

— Amiga!

Ouvindo a voz familiar, Eva se virou com um sorriso aliviado. Era Belinda Love, a poeta vencedora do Pulitzer que participaria da mesa com Eva. Em seu livro, Belinda penetrava no cérebro de figuras negras históricas e escrevia poesias líricas sobre a vida moderna do ponto de vista específico delas. O poema de Langston Hughes, "Nem tudo são hashtags", era icônico.

Ela se encantara instantaneamente com Belinda anos antes, quando sentaram perto uma da outra em uma das festas exclusivas de Cece. Criada por pais humildes, ambos cabeleireiros, em Silver Spring, Maryland, Belinda frequentara a Sidwell Friends School com uma bolsa de estudos durante os anos de Chelsea Clinton e fora consultora de dialeto durante dez anos para filmes com pessoas escravizadas ou pessoas negras da era de Jim Crow (não é preciso dizer que dificilmente ficava sem trabalho). Por melhor que fosse seu currículo, sua aura era uma charmosa e acessível mistura de mãezona e mulher independente. Ela gostava de reiki e leituras xamânicas — mas também de memes explícitos e de seduzir jovens rapazes que trabalhavam com atendimento ao público. Havia terminado recentemente com uma belezinha chilena que conhecera enquanto ele distribuía folhetos na frente de uma loja de eletrônicos.

— Oiii, Belinda. — Eva a abraçou com delicadeza para não bagunçar todos os colares comprados em feirinhas de rua. As tranças *box braid* que eram marca registrada de Belinda saíam do lenço com estampa tribal enrolado em sua cabeça, caindo até a bunda em forma de pêssego. Ela parecia uma doula sexy.

— E esse vestido, hein? E esse corpo?

— Para ser sincera, não consigo me mexer — Eva sussurrou. Estava usando um vestido preto justo e sem mangas da Gucci com uma enorme fenda e botas de salto fino escarlate. Os seios quase encostavam no queixo, e o cabelo fora escovado até ficar bem liso.

— Você. Não. Está. Para. Brincadeira. Hoje. — Belinda dava uma rebolada a cada palavra.

Eva remexeu a bainha do vestido.

— Estou me sentindo a víbora do escritório em um drama picante sobre advogados.

— Funcionou para a Meghan Markle. Vem, vamos socializar.

Belinda deu o braço para Eva e começaram a andar pela multidão, conversando.

— Mulher — começou Eva —, tem alguém que quero apresentar pra você. Ele é *um gato*, gato mesmo. Olha o insta dele, @oralpro.

A boca de Belinda se abriu.

— Mas quê...?

— Calma, ele é ortodontista. Fez um trabalho incrível com a Audre.

— Passo. Já estou de olho no gostosão que cuida das verduras no supermercado em que faço compras. Fui lá hoje mais cedo buscar umas coisinhas para o curso de confeitaria vegana. A professora é pioneira em fazer brioches com a levedura da vagina.

— Brioches com a levedura da vagina — Eva repetiu.

— Ela ficou famosa por causa disso.

— Tem mais do que uma pessoa famosa por fazer brioches com a levedura da vagina?

— Enfim, pare de tentar arranjar alguém pra mim. Você só quer explorar minha vida sexual para achar inspiração para seus livros. Por que *você* não sai com o @oralpro? Se joga! Pare de desperdiçar essas pernas bonitas e essa pele jovem.

— Sabe por que a minha pele é boa? — Eva piscou. — Porque não tem nenhum homem me estressando.

A cabeça de Cece surgiu de repente no meio das duas.

— Pergunte pra Eva sobre *Sozinha* — ela anunciou. Então, agarrou a água com gás com o gelo já derretido de Eva e a substituiu por outra, desaparecendo a seguir na multidão.

Belinda arfou.

— Como ela consegue se *materializar* dessa forma? E do que ela está falando?

Antes que Eva pudesse responder, uma jovem com um penteado afro tingido de loiro e um top se jogou nos braços de Belinda.

— Sua poesia é a única coisa que me dá forças para enfrentar as provas finais da NYU! Autografa meu livro? — Ela enfiou uma cópia surrada nas mãos de Belinda.

— É claro! — Belinda assinou a folha de rosto e apontou para Eva com o cotovelo. — Essa é a Eva Mercy. Você já deve ter ouvido falar de *Amaldiçoada*.

— Minha madrasta lê essa série — ela disse antes de tirar rapidamente uma selfie com Belinda. — Mas evito livros com sexo explícito cis-heteropatriarcal. Desculpa.

A menina ergueu a mão fechada em punho, fazendo o gesto do movimento negro, e saiu. Em segundos, Cece se materializou de novo, olhando para ela.

— Quem deixou essa coisinha oxigenada entrar? — Cece era a rainha de fiscalizar mulheres que fazem mudanças no cabelo. Ou seja, metade do Brooklyn. — Ela está usando um jeans do Walmart?

— Você já entrou em um Walmart? — perguntou Eva.

— Fisicamente, sim. Espiritualmente, não. — Ela girou nos calcanhares. — Para o palco! Está na hora do show.

Belinda agarrou a mão de Eva e as duas seguiram Cece pela multidão, como filhotes.

O palco era intimista: quatro poltronas para Cece, Eva, Belinda e Khalil. Khalil só apareceu depois da introdução de Cece, por causa de um desentendimento com o motorista do Uber. Ele tinha roubado a corrida de outra pessoa e o motorista o expulsou.

Khalil era um homem de trinta e sete anos com doutorado em estudos culturais que gostava de usar calças de sarja da Ralph Lauren em tons pastel e gravatas-borboleta. Era famoso por escrever grossos volumes sobre racismo sistêmico — e morava com uma herdeira sueca de sessenta e poucos anos, que bancava as calças da Ralph Lauren e as gravatas.

No verão do divórcio de Eva, quando Khalil era um colunista da *Vibe*, ele tentou, sem sucesso, aproximar-se dela durante diversos churrascos nos terraços de Clinton Hill. A palavra *mansplaining* ainda não tinha sido inventada, mas teria vindo muito a calhar.

A sala cheia estava bastante engajada na viva discussão dos participantes da mesa — concordando, rindo e fazendo live no Instagram pelo celular. Eva estava sentada impassível, as pernas cruzadas em uma posição de dama distinta.

E estava arrasando.

Sim, é verdade que, nas primeiras vezes que falou, algumas pessoas lançaram olhares como se perguntassem *quem é essa aí mesmo?*, mas ela conseguiu ganhá-las pouco a pouco. Foi tão bem que começou a se questionar porque se preocupou tanto.

Conforme ela, Belinda e Khalil respondiam às perguntas feitas por Cece, seus papéis se tornavam mais explícitos: Belinda era a militante amigona adepta do "pronto, falei mesmo"; Khalil, o militante exaltado e presunçoso; e Eva, a Desesperadamente Embriagada com o Sucesso Inesperado.

— E eis uma coisa muito interessante — continuou Belinda —, o mercado editorial tem dificuldade para entender a existência de personagens negros a não ser que eles estejam sofrendo.

A audiência concordou e murmurou.

— Esperam que autores escrevam sobre traumas, opressões ou escravidão, porque esses são enredos negros fáceis de gerar marketing. As editoras têm dificuldade em nos ver tendo o mesmo tipo de experiências banais, divertidas e extravagantes que todo ser humano tem...

— Porque isso significaria que *somos* humanos — interrompeu Khalil. — A SOCIEDADE ESTADUNIDENSE DEPENDE DA DESUMANIZAÇÃO, DEGRADAÇÃO E NEGAÇÃO DO HOMEM NEGRO.

Belinda o ignorou.

— Meu primeiro romance é sobre um arquiteto e uma chef que testemunham um assassinato em uma rua durante o apagão de 2003, e fazem um sexo gostoso e ardente enquanto resolvem esse mistério. Ele foi rejeitado por todas as editoras. Eu ouvia a mesma desculpa: "Gostamos da história, mas será que podemos ouvir mais sobre as dificuldades deles como negros em profissões predominantemente brancas?" — Belinda suspirou. — Tipo, que droga, não tem espaço para um pouco de diversão negra? Por que não posso fazer milhões como em *A garota no trem* ou *Cinquenta tons de cinza*?

— *Cinquenta tons* até que não era ruim — fungou Cece —, eu queria que a Ana tivesse depilado as pernas dela. Mas sim. Autores brancos têm a liberdade de contar uma boa história apenas por contar uma boa história.

— Imagine se um de nós tivesse tentado publicar *A garota no trem* — disse Eva. — *Para garotas de cor no trem quando o suicídio não é o suficiente*.

A plateia irrompeu em gargalhadas, e Eva sorriu como se tivesse acabado de chegar aos portões do céu. Os raios de sol surgiram de suas orelhas e suas pupilas viraram dois emojis de coração.

— Na adolescência, eu era obcecada por terror e fantasia — disse ela. — Mas personagens negros eram invisíveis nessas histórias. Por que eu não podia ir para Nárnia ou Hogwarts? Quando escrevi sobre uma bruxa e vampira negra, a indústria ficou chocada. Tipo, criaturas paranormais podem *ser* não brancas? Apesar da rica tradição de vampiros negros, quer dizer, olha só, Blade, Blacula, o espírito Fifollet de Louisiana. E não vou nem falar das bruxas negras como a Bonnie em *Diários de um vampiro* ou a Naomie Harris em *Piratas do Caribe*... — Ela parou, percebendo que estava sendo nerd demais e perdendo a audiência. — Enfim, só uma pequena parte de nós tem sucesso nesse gênero, porque pode ser difícil visualizar um mundo, mesmo que de fantasia, em que todos os personagens mais poderosos sejam negros. É a mesma coisa nos quadrinhos. Alguém aqui já foi na Comic-Con?

Só uma pessoa, lá no fundo, levantou a mão. Ela estreitou os olhos atrás dos óculos para enxergar o rosto da pessoa e viu um homem de quarenta e poucos anos usando sombra cintilante e o chapéu de bruxa roxo da Gia. Um fã de *Amaldiçoada*. Para além das mães bebedoras de vinho, homens queer da geração x eram seus leitores mais ávidos — e eram fielmente dedicados às contas de fãs de *Amaldiçoada* nas redes sociais. O que fazia Eva se sentir muito lisonjeada.

Mas o chapéu de bruxa? Ali? Quando ela estava tentando parecer uma autora séria?

— Eu reprovo a cultura dos quadrinhos — cuspiu Khalil. — Até mesmo *Pantera Negra*. O verdadeiro herói é o Erik Killmonger. Mas, é claro, Hollywood ESTRATEGICAMENTE CASTRA O DIVINO HOMEM NEGRO ASIÁTICO PARA APAZIGUAR AS AUDIÊNCIAS EUROCÊNTRICAS.

— Você pega seu material de discurso em um gerador de palavras conspiratórias negras? — Belinda perguntou, fora do microfone.

— Vai se ferrar, Belinda — ele silvou, continuando: — Olha, sinto que estou usando meu dom errado se não falo em nome da marginalização do homem negro. A DUALIDADE do CONSUMO e da DESTRUIÇÃO simultâneos dos homens negros.

Belinda deixou escapar uma risada sarcástica e irritada.

— Acho muito cansativo e sombrio a forma como você só ressalta seu compromisso com os homens negros. Existem mulheres negras no seu mundo?

— Khalil, sua misoginia está aparecendo — disse Eva, e a audiência riu de novo. Ela estava *arrasando*.

— O meu ponto é que, se as *pessoas* negras não estão escrevendo com a intenção de DESMANTELAR A crueldade DOS SUPREMACISTAS BRANCOS, então estamos desperdiçando nossa voz. — Ele endireitou a gravata-borboleta. — Dito isso, livros como os da Eva também são importantes. Coisas fofinhas são uma forma de escape.

— Fofinhas? — Eva se sentiu ofendida.

— Talvez fosse melhor dizer coisas fáceis de ler — disse Khalil.

— Talvez seja melhor continuarmos — interrompeu Cece, parando de repente. Ela olhou para a audiência e começou a respirar com dificuldade, agarrando as coxas endurecidas pelo pilates. Uma vez que era impossível chocar aquela mulher, Eva sabia que alguma coisa catastrófica tinha acontecido. Um homem mascarado estava se esgueirando com uma arma em punho? Zadie Smith aparecera, no fim das contas?

Os participantes da mesa voltaram-se para a direção que Cece estava olhando. Havia uma figura masculina e alta se inclinando em uma porta no fundo escuro do auditório.

Com um rosto familiar.

— *Shane*... — começou Cece.

— *Hall* — terminou Belinda.

A audiência começou a espiar por cima dos ombros, os olhos correndo a sala inteira. Uma série de exclamações subiu dos assentos.

— O quê? ONDE? Pare!

Eva não disse nada.

Quando uma personagem de filme de terror vê um fantasma, ela solta um grito que faz o sangue congelar nas veias. E corre para salvar a própria vida. Eva estava encurralada no palco sob o olhar atento da comunidade literária de Nova York, então não fez nenhuma dessas coisas. Em vez disso, seus braços ficaram moles, e o microfone caiu no chão com um baque pesado.

Ninguém percebeu, porque todos estavam focados *nele*.

— Shane! — bradou Cece. — É você?

Ele espiou pela sala, com um sorriso sem graça.

— Não — disse ele.

— *É, sim!* — gritou alguém.

— Venha aqui — ordenou Cece.

Ele balançou a cabeça, com um olhar de desespero que dizia *por favor, não me obrigue a fazer isso.*

— Como assim? Eu descobri você limpando quartos no Beverly Wilshire, rapaz, queira fazer o favor de subir aqui. E você deve isso a todas as pessoas nesta sala que contribuíram para a sua popularidade, apesar de nos tratar de forma tão negligente.

Shane olhou para trás, como se estivesse analisando se poderia sair correndo. Relutante, ele foi em direção ao palco.

Eva raramente via as coisas com nitidez. Mesmo quando estava de óculos. Sua cabeça sempre deixava o mundo um pouco confuso. Mas, enquanto Shane caminhava pelo corredor em direção aos palestrantes — na direção dela —, cada detalhe da sala ficou nítido. Ela estava agonizantemente a par de tudo e de cada parte de si mesma.

Aquilo não podia estar acontecendo. Mas ela sabia que estava, porque a reação de seu corpo foi sistemática. Sua respiração ficou mais superficial. A pulsação, acelerada. Ela começou a tremer, pega no fogo cruzado de um zilhão de emoções poderosas e conflitantes. Eva não era particularmente religiosa, mas sempre sentiu que havia... alguma coisa... lá em cima, cuidando dela. Por muitos motivos, mas sobretudo porque nunca tinha encontrado Shane Hall. Nunca. Depois de todo aquele tempo, era com certeza surpreendente, visto que os dois eram autores negros da mesma idade, que fizeram sucesso na mesma época. Se isso não fosse intervenção divina, ela não sabia o que era.

Mas agora ele estava ali, em carne e osso. Era o momento que ela sempre temera. Mas, além disso, enfiado nos bolsos de seu inconsciente — não era também o momento que sempre aguardara? Que planejara? Até mesmo chegara a sonhar?

Talvez. Mas não assim. Não em público. Não sem estar preparada.

O aplauso ensurdecedor fez com que o pulsar suave em suas têmporas se transformasse em punhaladas e fez Eva se lembrar de onde estava. A sala se encontrava em alvoroço. Shane era uma estrela literária. Havia escrito apenas quatro romances — *Oito*, *Gangorra*, *Coma na cozinha* e *Tranque a porta ao entrar*. Mas eram canônicos. O cenário era sempre o mesmo bairro sem nome, assolado pela pobreza.

Seus personagens eram humanos engraçados, vívidos, praticamente mitificados. E, por meio da atenção extasiante aos detalhes, às emoções e às nuances, ele manipulava artisticamente os leitores a se envolverem tanto em cada pensamento de seus personagens que cinquenta páginas se passavam antes que percebessem que não havia enredo. Nenhum. Apenas uma garota chamada Oito, que perdera as chaves. Mas eles choravam com a beleza daquilo. Oito podia ter visto um cara morrer a tiros na rua enquanto estava trancada para fora, mas os leitores se importariam apenas com *ela*.

Shane enganava seus leitores para ver a humanidade, não as circunstâncias. Ao terminar de ler seus livros, você ficava atordoado, imaginando como ele conseguiu arrancar seu coração antes que pudesse perceber o que estava acontecendo.

A cada cinco anos, mais ou menos, ele lançava um livro, então dava algumas entrevistas pouco reveladoras, participava mal-humorado de um programa da rede de televisão MSNBC, arrastava-se pela temporada de prêmios (a não ser que estivesse concorrendo contra Junot Díaz), conseguia uma bolsa robusta para ir a algum lugar escrever mais clássicos e depois desaparecia outra vez.

Claro, ele nunca desaparecia por completo. Às vezes era visto. Visitou a recepção de abertura de uma exposição de Kara Walker em Amsterdã três primaveras antes, mas, quando chegou a hora de ler o prefácio que escrevera para o show, ele desapareceu (assim como a publicitária curvilínea de Kara, Claudia). Em 2008, foi ao Jantar dos Correspondentes da Casa Branca, mas passou o tempo todo secando pratos com os ajudantes na cozinha. Ele definitivamente compareceu às núpcias de J. Cole na Carolina do Norte, porque disse a um convidado que a única coisa de que gostava no Sul era Bojangles — o que foi parar no Twitter na mesma hora.

Anos antes, um editor do *L.A. Times* começou um boato de que Shane era uma farsa. De que outra pessoa escrevia os livros dele. Porque ele não se comportava como os autores classe A e, francamente, não se parecia com um. Era todo maxilar, boca carnuda e cílios inacreditáveis — um rosto que o tornou especial antes mesmo que provasse isso.

Shane Hall era tão bonito que intimidava. E, no entanto, nas raras oçasiões em que sorria, era tão radiante, tão caloroso. Era como olhar para um maldito raio de sol. O efeito era desnorteante. Você queria beliscar as bochechas dele ou implorar que te comesse com força em uma superfície macia. Você precisava daquilo que ele tinha.

Eva sabia disso melhor do que ninguém.

Pelo menos, antes ele sabia. Eva não o via desde o terceiro ano do ensino médio.

• 6 •
A bruxa supera o monstro

— Ele voltou.

Eva não percebeu que disse isso em voz alta até que Khalil e Belinda viraram a cabeça na direção dela.

— O quê? — perguntou Khalil.

— Voltou de onde? Você o conhece? — Belinda sussurrou, cobrindo o microfone com a mão. O público estava agitado. E Shane estava demorando todo o tempo do mundo para chegar ao palco, porque as pessoas não paravam de apertar a mão dele e de pedir que autografasse suas coisas (a programação do evento, livros, o braço de uma mulher paqueradora...).

— Quis dizer que não acredito que ele tenha feito uma aparição pública — Eva gaguejou. — Você sabe quem é ele, não?

— Sei, nós dois tínhamos bolsas Fulbright em 2006. Passamos um verão escrevendo na Universidade de Londres — sussurrou Belinda —, mas mal me encontrava com ele. Sabe como é, tem um pub em cada esquina do Leste de Londres.

— É supervalorizado — disse Khalil. — Era para eu fazer uma entrevista com ele para a *Vibe* uma vez. Ele me fez esperar em um Starbucks em West Hollywood por quatro horas, então apareceu, tagarelou sobre uma tartaruga por dez minutos e sumiu. A matéria não foi publicada, é claro. *Palhaço*. É por isso que os pretos não conseguem se dar bem.

— O ódio é forte nesse aí — Belinda disse com sarcasmo.

Ele olhou furioso para ela.

— Estou ficando cansado de você.

Eva não estava mais prestando atenção. Porque ali estava Shane. No palco com eles, preso no abraço possessivo de Cece, ao som de milhares de flashes de iPhones. Então Cece o soltou, e os palestrantes se levantaram (Eva desequilibrada em seus saltos, totalmente perturbada). Shane cumprimentou Khalil com um soquinho de mão e deu um abraço em Belinda, então restaram somente ele e Eva.

Ela tremia incontrolavelmente. Não podia abraçá-lo de jeito nenhum. Nem sequer se aproximar um pouco mais dele. Em vez disso, ela estendeu a mão — que se projetava de seu braço como um estranho apêndice — e ele a apertou.

— Eu sou o Shane — ele disse, ainda segurando a mão dela. — Amo seu trabalho.

— O-obrigada. Eu… sou a Eva. — Eva parecia não ter certeza do próprio nome. Ele apertou um pouco a mão dela, um gesto íntimo, dizendo para ela relaxar. Ela imediatamente puxou a mão.

Um estagiário do *The New York Times* surgiu de uma das alas com uma cadeira extra, colocou-a entre Cece e Belinda e entregou um microfone para Shane. Todos sentaram. Khalil estava indignado.

— Bom — começou Cece —, não é preciso apresentar essa pessoa, tenho certeza. Vamos acolher Shane Hall com carinho, tudo bem? Shane, você pode ficar aqui por alguns minutos, né?

Cece o abençoou com um sorriso de mãe orgulhosa. Como Diana costumava olhar para Michael: *sou um gênio, eu que descobri esse unicórnio.*

— Quer dizer, eu preciso? — disse Shane, com um tom bem-humorado. Ele cresceu no Sudeste da cidade de Washington, e as inflexões ainda se faziam presentes no sotaque vagaroso e com um leve toque do Sul. Demorou dez anos para falar *quer dizeeeer.*

— Você não tem escolha. É o pagamento por permitir que aquele editor da Random House roubasse você de mim. — Cece apontou na direção de Eva e companhia.

— Mas eu... hã... não sou muito bom falando em público. Só vim assistir. Isso é constrangedor. — Ele olhou para a plateia meio que pedindo desculpa. — Mas, quando Cece Sinclair manda você fazer alguma coisa, você faz. Não sou louco.

— Sujeito a confirmação — murmurou Khalil.

Antes que Shane pudesse responder essa indireta, uma jovem ergueu a mão. Ela usava um boné que dizia FAÇA DA AMÉRICA NOVA YORK. O rosto estava vermelho como pimentão.

— Senhor H-Hall — ela gaguejou —, sem querer ser grosseira, mas eu amo você.

Ele sorriu.

— Seria grosseiro dizer "eu odeio você".

Ela riu um pouco demais.

— Não acredito que você está aqui. Eu precisava dizer que *Oito* é o que me levou a escrever. Oito, a personagem, sou *eu*. Não existem mulheres negras angustiadas e depressivas na cultura pop. Não tem um *Geração Prozac* ou um *Garota interrompida* negro. Amo que ela narre todos os livros.

— Obrigado. — Ele se remexeu um pouco na cadeira. — Também gosto dela.

— A Oito é baseada em uma pessoa de verdade? Você a descreve de uma forma tão íntima. É como se eu estivesse espiando um lugar que não deveria.

— Você acha que a Oito é real?

— Com certeza — ela disse, assentindo.

— Então ela é.

— Isso não é uma resposta.

— Eu sei — ele sorriu.

Então Eva teve que fazer. Ela finalmente criou coragem para olhar para ele — e se arrependeu na mesma hora.

A idade deixou a pele ao redor dos olhos dele mais enrugada. Eva tinha esquecido a cicatriz que serpenteava o nariz. Ele tinha cicatrizes em todos os lugares. Uma vez, enquanto ele dormia, ela contou todas.

Traçou uma por uma com a boca. Então deu nome a elas, como se fossem constelações.

Jeans perfeito, botas robustas, relógio caro, corpo magro e musculoso, a barba dois dias sem fazer, uma camiseta branca simples. Talvez da Hanes ou da Helmut Lang. Que se foda — era exatamente o que ela queria estar usando.

Como vou sobreviver a isso?

Uma jornalista loira que Eva reconheceu do *Publishers Weekly* ergueu a mão. Cece apontou na direção dela.

— Por falar na Oito — começou a loira —, você foi criticado por escrever exclusivamente do ponto de vista de uma mulher. Isso é justo? Como homem, você se sente qualificado para falar do ponto de vista feminino?

Àquela altura, Eva, Belinda e Khalil estavam efetivamente em segundo plano.

Shane mordeu o lábio inferior e olhou para o microfone, como se ali estivessem as respostas para todos os mistérios.

— Eu acho... Não penso muito se sou ou não qualificado para fazer as coisas. Eu só faço.

— Mas precisa ter culhões para explorar a angústia de uma mulher jovem de forma tão íntima sendo homem.

— Eu não acho que esteja explorando a angústia feminina. Estou só... escrevendo uma personagem? Que tem essa angústia. — Ele esfregou as mãos no jeans, parecendo bastante desconfortável. — Escritores devem ir além da própria experiência, certo? Se não consigo lidar de forma adequada com uma voz feminina, então é provável que esteja na profissão errada e seria melhor revisar meu LinkedIn.

— Ah! Você tem LinkedIn?

— Não — disse ele, com bom humor nos olhos. Então sussurrou para Cece: — Eu disse que era péssimo nisso.

E, naquele instante, o que quer que estivesse contendo Eva estourou. De repente, ela se sentiu vulcanicamente ofendida pela existência dele. Trabalhara duro para se preparar para o evento, revendo as falas com Audre e se enfiando naquele vestido, mas Shane foi autorizado a ser exatamente quem era. Durante toda a carreira, ele fez tudo que queria — fugiu de entrevistas, sumiu da face da Terra, passou como sonâmbulo por eventos que Eva mataria para ser convidada — e seu mau comportamento era aprovado de uma forma que, na história das atividades criativas, nenhuma artista jamais tinha sido. Mulheres não podiam se comportar mal.

"Eu não penso, só faço."

Shane fazia tudo parecer tão fácil. Tudo que Eva fazia exigia tanto esforço. Mas sabe qual era a pior parte? Aquele deveria ser o momento em que ela provaria que era uma autora de verdade, uma força a ser reconhecida. E tudo foi jogado para o alto no segundo em que Aquele que Realmente Importa apareceu. Aquilo era mesmo a vida real ou uma produção de Mona Scott-Young?

Por todos esses motivos — além dos mais antigos e obscuros —, ela precisava dizer alguma coisa.

— Entendo o que a repórter quer dizer — começou Eva, devagar, para abrandar o tremor em sua voz. — Você está cooptando uma experiência sobre a qual não sabe nada. A Oito é problemática. Ela se automutila. É suicida. E você romantiza isso, fazendo dela uma menina adorável e triste. A depressão não é uma "menina catastrófica" derramando uma única e bonita lágrima enquanto olha por uma janela manchada de chuva e solta frases de efeito. A depressão é trágica. A Oito é trágica. E é inapropriado que um autor homem romantize a doença mental de uma mulher.

— Você está certa — Shane disse. Ele coçou o queixo lentamente, pensando, então ergueu os olhos para Eva. Pela primeira vez, ela olhou de volta. O que foi um erro.

O ar ficou espesso. Os dois piscaram. Uma, duas vezes, e depois continuaram olhando um para o outro. Não se encarando. Olhando. De uma forma tão obstinada que se esqueceram da plateia. Que se esqueceram do evento.

Belinda e Khalil estavam sentados entre eles, olhando para um lado e para o outro como se estivessem nas arquibancadas de Wimbledon. Os olhos de Cece se arregalaram na proporção de um anime. O que eles estavam testemunhando?

— É verdade, eu não sou uma mulher — começou Shane.

— Exatamente.

— E você não é um vampiro. Ou homem.

— Eita — murmurou Belinda.

— E mesmo assim, o Sebastian é uma das imagens mais vívidas e verdadeiras da masculinidade que já li. Sobretudo no terceiro e quinto livros. O Sebastian literalmente, e figurativamente, suga a vida de tudo o que está ao redor dele. E ele vai drenar o sangue da Gia um dia também, ele *sabe* que vai, mas ainda assim a ama, não consegue deixar de amar. Talvez seja porque ele sabe que, no fim, ela vai sobreviver a ele. E ele sabe que a Gia é mais forte que ele. Por ser mulher, é mais forte. Mulheres carregam o peso do mundo todo sem ter onde se apoiar. O poder e a magia que nascem dessa luta são tão aterrorizantes para os homens que inventamos razões para queimar todas vocês na fogueira, apenas para continuar com nosso pau duro. — Ele fez uma pausa. — Você fez a vassoura mágica da Gia dez vezes mais forte que as presas do Sebastian. A bruxa supera o monstro. Isso me diz tudo que preciso saber sobre o porquê de os homens terem medo das mulheres.

Eva estava chocada demais para respirar. Contra sua vontade, seus olhos encontraram os de Shane de novo. Seja lá o que ele tenha visto, fez com que ele hesitasse por um instante. Mas então voltou a falar:

— Você não é homem, mas escreve bem pra caralho sobre as contradições da masculinidade. Você não é homem e isso não importa, porque você escreve com os sentidos aguçados e nota aquilo que ninguém nota, e sua intuição criativa é tão poderosa que você consegue embalar qualquer narrativa. Você *vê*. E você *escreve*. Eu fiz a mesma coisa com a Oito. — Ele olhou para ela com uma familiaridade inconfundível. — Só não sou tão bom quanto você.

Belinda se inclinou na direção de Khalil e sussurrou:

— Você quer voltar para a conversa de coisas *fofinhas*, ou tá de boa?

O maxilar de Eva ficou um pouco frouxo. Tonta, ela assentiu em câmera lenta. Não deixaria que ele percebesse quão atordoada estava. E se recusava a deixar que ele tivesse a última palavra.

— Bom — ela conseguiu dizer —, essa foi uma interpretação e tanto.

— Foi uma leitura e tanto — ele disse, a voz baixa.
— A sua... também.
— Agradeço.

Eva, por fim, desviou os olhos de Shane. E só então ele pareceu se lembrar de que estava em público e soltou um pequeno suspiro.

Havia um silêncio absoluto na plateia. Ninguém falava, todos estavam paralisados. Em mais de uma década de estrelato, Shane Hall mal havia falado cinco frases (compreensíveis) para o público. E, de repente, ele estava ali, em pessoa, apresentando um monólogo feminista lúcido. Sobre Eva Mercy? Era emocionante a aleatoriedade daquilo. E curiosamente, inequivocamente carregado. Quase ninguém na plateia tinha lido a série *Amaldiçoada* antes daquela noite, e agora não conseguiam acessar o aplicativo da Amazon com rapidez o suficiente.

Eva se esquecera do público. Era apenas ela ali em cima, presa nos espaços entre as palavras de Shane — as coisas que ele não disse.

Ele leu minha série inteira, ela pensou nervosa, mexendo freneticamente no anel camafeu. *Cada palavra*.

Nesse instante, o único leitor de *Amaldiçoada* na plateia começou a aplaudir, o chapéu roxo balançando. Então ele exclamou:

— Você também é um fã da série! Você tem o broche com o s do Sebastian?

— Não, está esgotado toda vez que entro no EvaMercyMercyMe.com.

O rosto de Eva estava pegando fogo. *Ele tentou comprar o broche? Ele sabe qual é meu site?*

— Só mais uma pergunta e vamos deixar o senhor Hall ir embora — disse Cece, quebrando o feitiço com uma tosse afetada. Ela teve que fazer isso porque Khalil estava tão irritado por ter perdido a atenção da audiência que parecia que fumaça sairia pelas orelhas dele, como nos desenhos animados.

Um ruivo de vinte e poucos anos se levantou. Ele se parecia com o príncipe Harry, se o príncipe Harry morasse em Red Hook.

— Oi. Meu nome é Rich, trabalho na *Slate*. Brenda, Khalil e Shane, o trabalho de vocês é muito poderoso. Eva, eu não conhecia seu trabalho, mas esse foi um depoimento e tanto do Shane.

Eva abriu um sorriso de uma mulher no leito de morte tentando parecer forte para aqueles que ama.

— Vocês podem falar um pouco mais sobre o racismo explícito que sofrem como autores negros? Shane?

— Eu? Hã... não.

— Não?

— Não — Shane repetiu.

— Não é por isso que você está aqui? — perguntou Khalil.

— É por isso que você está aqui — disse Shane.

Ok, mas por que VOCÊ está aqui?, o cérebro de Eva gritava. Com as têmporas latejando, ela, sem perceber, puxou seu fiel elástico contra o pulso direito.

Como se ouvisse os pensamentos dela, Shane lhe lançou um olhar rápido. Quando viu o elástico, sua expressão ficou turva, preocupada. Ele fez uma pausa, como se tivesse esquecido o que diria a seguir. Era um olhar que ela lembrava vividamente. Eva deixou a mão balançar ao lado do corpo.

— Quer saber a verdade, Rich? — perguntou Shane.

— Por favor — disse Rich, os olhos se iluminando da mesma forma que os de muitas pessoas brancas liberais desde a eleição. Como se estivessem ansiosas para que alguém dissesse quanto eram ruins, a culpa as transformando em masoquistas. O polegar de Rich pairou sobre o aplicativo de gravação de voz do celular. — Nesse clima, é importante compartilhar depoimentos. Vamos fazer os Estados Unidos assumirem a culpa. Vamos levar os crimes deles a sério.

Shane mordeu o lábio inferior, pensando.

— Mas eu não levo os Estados Unidos a sério — disse com a desenvoltura de uma pessoa que nunca precisou se preocupar com o politicamente correto. Ou com o correto de modo geral. (O departamento de publicidade da Random House redigiria um pedido de desculpa à imprensa às oito da manhã do dia seguinte.)

Por fora ele parecia à vontade. Ninguém além de Eva notou que, desde a conversa entre eles, Shane segurava o microfone com tanta força que a ponta dos dedos estava branca. Era a única coisa que o entregava.

Isso e o fato de o microfone estar tremendo.

— Olha, esse, entre aspas, clima sociopolítico atual sempre foi meu clima. Eu tenho enfrentado Trumps e Pences e Lindsey Grahams desde sempre. O primeiro foi o guarda com quem fiquei preso sozinho em uma cela aos oito anos. Sem leis, sem câmeras, sem piedade. O que aconteceu naquela hora me tornou o tipo de pessoa que não se sente obrigada a ensinar racismo aos brancos. — Ele deu de ombros. — Não cabe a mim explicar isso, Rich. O fardo é de vocês e vocês precisam lidar com isso. Boa sorte.

Shane falou com tanta brandura que não ficou claro se ele se importava ao extremo ou não. De todo modo, disse uma frase de efeito bastante forte. Depois de se recusar a falar sobre a luta diária dos negros, fizera exatamente isso, e sua breve história pessoal ressoou mais do que uma hora dos discursos falocêntricos de Khalil.

— Entendido — disse Rich.

Estreitando um pouco os olhos, Shane olhou para o crachá na camisa de Rich. Uma expressão travessa se espalhou por seu rosto, e ele mudou de assunto com naturalidade.

— Mas tenho vontade de falar sobre tagliatelle de cenoura.

Rich arfou.

— Você... você leu meu...

— Você é *Rich Morgan*, certo? De vez em quando faz matérias sobre comida para a *Slate*? Aquele artigo foi revelador. Eu não sabia que era possível fazer macarrão com vegetais.

— Sugiro o espiralizador de cinco lâminas da Amazon Prime — Belinda se empolgou.

— Comprei o meu em uma lojinha *linda* de casa e cozinha em Lake Como — disse Cece.

Eva fechou os olhos, se perguntando se alguém tinha colocado ácido em sua água com gás. Aquela conversa era ridícula. Sozinho, Shane mudou o clima de uma sala em questão de segundos. Quando ele ficou tão destemido? Tão tagarela? Ela nunca o ouviu dizer mais que um grunhido para ninguém além dela.

— Vou encomendar um pra mim — disse Shane. — Sou novo nisso de alimentação saudável. Tipo, eu ainda estou na torrada com abacate. Obrigado pelo seu serviço, Rich.

Rich sorriu e voltou para seu assento.

Khalil estava enojado.

— Me ajuda a entender isso. Você *não* fala sobre racismo, mas *faz* um discurso sobre um macarrão hipster?

Shane deu de ombros.

— Saúde é o que interessa.

Cece acenou pelo palco com um floreio.

— Shane Hall, senhoras e senhores!

Então Shane entregou o microfone para Cece, enxugou a palma das mãos no jeans, *não* olhou para Eva e voltou para a plateia, que aplaudia freneticamente.

Faltavam vinte minutos para terminar, mas a mesa estava efetivamente encerrada. Shane tinha roubado a cena na frente deles.

E Eva estava destruída.

· 7 ·

Você primeiro

Trinta minutos depois, os participantes ainda se aglomeravam em torno dos palestrantes, conversando com eles, pedindo a Belinda e Khalil que assinassem os livros surrados que carregavam na mala. Ninguém trouxe nenhuma cópia de *Amaldiçoada* para Eva autografar, mas de repente foi cercada por um grande número de pessoas ansiosas para ouvir mais sobre sua série de "fantasia feminista". Enquanto isso, o homem com o chapéu de bruxa fazia as vezes de assessor de Eva, pulando de grupo em grupo, espalhando o evangelho de Sebastian e Gia.

Era tudo o que Eva esperava que acontecesse. De repente, ela estava no radar de um grupo completamente diferente de pessoas que compravam livros. *Tipos intelectuais*. E eles tuitariam e postariam no Instagram sobre ela e o burburinho cresceria, e (com sorte) ela ascenderia de autora popular de nicho para uma voz importante no mundo dos livros. Alguém reconhecida! Cujo filme de sexo entre espécies você pagaria para ver!

Mas, naquele momento, ela não sentia nada disso.

Tanto Belinda quanto Cece tentaram encurralá-la várias vezes, com um brilho voraz e curioso nos olhos. Mas Eva se via convenientemente envolvida em uma nova conversa a cada vez. Ela não conseguiria enfrentá-las. Ainda não. Por onde ia começar?

Com o coração acelerado, ela olhou para Shane do outro lado da sala. Visivelmente desconfortável com a multidão de fãs à sua volta, ele de alguma forma conseguiu escapar para um canto no fundo. (O Shane de 2019 ficava mais confortável perto de outras pessoas do que o Shane de 2004, mas ainda assim não era extrovertido.) Ele fingia falar ao telefone. Eva sabia que ele estava fingindo porque, apesar de estar com o celular na orelha, não dizia nada. E ela sabia disso porque não tirava os olhos dele.

E ele também lançava alguns olhares para ela. De vez em quando, e depois, como se não pudesse se conter, o tempo todo. Eva estava ficando tonta. Tudo a deixava tonta. A pulsação lenta em suas têmporas. Os saltos. O vestido sensual. Estava ainda mais apertado de alguma forma, embalando-a como papel-filme. Ela trocava o peso do corpo de um pé para o outro. Era um modelo tamanho 36, que na verdade era mais um 34, e Eva usava 38, mas 40 quando estava de TPM. Entre todas essas coisas e o seu passado colidindo tão indelicadamente com o presente, fazia horas que não respirava.

O celular dela soou com uma enxurrada de mensagens de Audre repreendendo-a por ter se esquecido de comprar os materiais para o projeto final de arte, "Ícones feministas":

Hoje, 19h35
MEU BEBÊ
mamãe vc esqueceu de comprar as coisas pro retrato da vovó lizette! tenho q entregar sexta! ñ consigo terminar se ñ tiver penas pra pôr no cabelo dela mas blza tudo bem continue ameaçando minha criatividade artística até dps bjs

Pela primeira vez, escolheu ignorar a filha. Também estava deixando de lado a vergonha que sentia por ter feito Audre acreditar que a avó era um ícone feminista. O auge do revisionismo. Uma mentira descarada, na pior das hipóteses.

O celular tocou de novo, uma nova notificação de postagem do principal grupo de fãs de *Amaldiçoada* no Facebook. A moderadora era uma dona de casa de Vermont cheia de energia cujo marido rico, que trabalhava fornecendo árvores de Natal, pagou para que ela fosse em todas as turnês que Eva já fez. @GagaForGia era sua maior fã. E a mais rica.

GRUPO DA GANGUE DAS AMALDIÇOADAS

Fofoca vinda direto de um evento com autores no Museu do Brooklyn. Nossa querida Eva (e dois autores x) discursou em uma mesa sobre racismo ou coisa do tipo. Fontes dizem que UM DE NÓS esteve no palco! Um autor famoso chamado Shane Hall? E ele FALOU MARAVILHAS de *Amaldiçoada*. Além disso, sabem que a Eva tem a assinatura de Sebastian tatuada no pulso? O S em zigue-zague?

Esse tal de Shane aí tem um G no pulso. NO MESMO LUGAR, COM A MESMA CALIGRAFIA EM ZIGUE-ZAGUE. G é de Gia, é claro. Ele é obcecadoooo.

Mas a coisa é bem mais complicada, amigos. Sabemos que Gia não escreve usando o alfabeto fenício. E a assinatura dela nunca foi mencionada em *Amaldiçoada*.

E tem mais. Shane Hall tem OLHOS DE MEL. Que nem o Sebastian.

Como sempre, deixem suas previsões para o livro 15 nos comentários. E #continuemamaldiçoadas

Eva sentiu um frio no estômago.

Em questão de quarenta e cinco minutos, a vida bastante privada dela se tornara uma novela de domínio público.

Eva não fazia ideia de por que Shane tinha voltado para sua vida em uma segunda à noite, mas sabia de uma coisa: ele tinha que ir embora. Não em breve, *agora*.

Essa urgência não era por causa de Shane. Eva tinha medo de quem tinha sido quando estivera com ele: sem controle. Irresponsável. Um grande e raivoso impulso. Precisou de tudo que tinha para enterrar aquela adolescente problemática. E agora que ele estava ali, aquela menina ia ressurgir.

Dois anos depois de Shane, ela pousou em Nova York com um livro, dinheiro e nome novos. Genevieve Mercier logo se tornou Eva Mercy. E Eva Mercy se dedicou a construir uma vida que fosse tão segura quanto um filme da Disney. Casou com o homem menos complicado do mundo e depois teve o divórcio mais amigável. Morava no bairro mais familiar do Brooklyn. A série *Amaldiçoada* era obscena, claro, mas a recusa em tentar escrever algo novo? O auge da segurança.

Mas ela pensava nele de vez em quando. Deitada sozinha na cama do hospital às duas da manhã, ou durante os períodos de bloqueio criativo. Ele aparecia nas frestas de seus pensamentos — sem rosto, só um sentimento. O cheiro quente de baunilha e menta. A aspereza macia da pele dele, como veludo esfregado em grãos.

Eles se mantiveram fora do caminho um do outro por quinze anos. Eva precisava descobrir por que ele estava ali agora. Também estava preparada para oferecer os pontos que tinha no cartão de crédito para ajudá-lo a comprar o voo de volta. Precisava que Shane fosse embora.

Eva sentiu que ele a olhava de novo. Com uma leve inclinação do queixo, ele a chamou para o canto da sala em que estava. Franzindo a testa, ela gesticulou para que ele viesse até ela. Aquela situação era estressante o suficiente sem que ela tivesse que mancar pela sala em cima daqueles saltos.

Shane concordou. Hesitou. Então enfiou as mãos nos bolsos e foi até ela.

Eva enfiou o celular na bolsa. Quando olhou para cima, lá estava Shane. Bem à frente dela.

As conversas preenchiam o ambiente. Mas Eva de repente sentiu que tudo diminuiu para pouco mais de um sussurro. Por Deus, ele estava mais alto? Parecia tão confortável na própria pele agora. Os ombros mais largos, tão... mais. Até demais.

Ela lembrou que precisava respirar. Tinha que parar imediatamente. De examiná-lo assim, em público. Depois do pequeno espetáculo no palco, tinham um público.

— Olá, sumido — disse ela, retorcendo-se por inteiro.

— Oi.

Shane olhou nos olhos dela. O frio na barriga voltou.

Está tudo bem. Diga o que você precisa dizer e se afaste rápido. Agora...

— Você pode me encontrar...

— Você quer...

— Desculpa, pode falar.

— Não, fala você.

Eva endireitou os ombros e começou de novo. Aquilo era excruciante.

— Você pode me encontrar no café Kosciusko, no fim da Eastern Parkway? Amanhã de manhã, às dez?

Shane raramente fazia o que diziam. Mas concordou de modo enfático.

— Sim, vamos fazer isso.

— Bom — disse Eva e começou a balbuciar de nervoso. — Eu até... hã... iria agora, mas... esqueci que preciso comprar umas coisas para o projeto de arte da minha família. Penas. Hashtag vida de mãe! Além do mais, preciso tirar esse vestido.

Então ela pôs um pedaço de papel na mão dele. Era o número dela, rabiscado em uma notinha de um restaurante que estava na bolsa. — Caso você precise...

Shane enfiou o papel no bolso do jeans e não disse nada por um instante.

— Ei. Eu não sabia que você estaria aqui.

— Agora não.

— É sério, seu nome não estava no convite. Eu não ia simplesmente aparecer...

— Agora não.

Eva devia se afastar. Mas não conseguia se mexer. Ficou parada ali, as bochechas latejando, o coração acelerado. As pessoas começavam a sair do auditório, fazendo planos para o restante da noite, tirando fotos. Rindo. Tudo parecia normal. E Shane e Eva estavam parados ali no meio. Sendo tudo, menos normais.

Agindo com uma impulsividade que achou que tinha perdido para sempre, Eva se aproximou de Shane, diminuindo o espaço entre eles. Estavam perto. Muito perto.

— Mais uma coisa — ela sussurrou, a boca perto do maxilar dele. Não queria que ninguém ouvisse. — Antes que eu me esqueça.

— O quê?

— *Pare de escrever sobre mim.*

Somente Eva podia ter reparado na mudança de expressão dele. Viu como Shane se retraiu. A curva de satisfação que surgiu devagar em sua boca. Os olhos cor de mel brilhando. Era como se ele tivesse esperado anos para ouvir aquelas palavras. Como se a menina com as trancinhas que ele puxava o ano inteiro no intervalo finalmente o tivesse empurrado de volta. Ele parecia *grato*.

Em uma voz ao mesmo tempo rouca e baixa, e tão, tão familiar, Shane disse:

— Você primeiro.

· 8 ·

E assim, com um beijo, eu morro

2004

As têmporas de Genevieve latejavam loucamente. O confronto com o namorado pedófilo de Lizette mais cedo destruíra sua cabeça. E a luz do sol, tão brilhante no pátio da escola, não estava ajudando.

Era a primeira segunda de junho, e seu primeiro dia no ensino médio daquela escola da cidade de Washington.

Era preciso reconhecer que entrar numa escola no último ano era estranho. Mas Genevieve dominava a arte de não se encaixar. Nas quatro escolas em que estudara, alternava entre servir de isca para meninas malvadas genéricas ou ser ignorada. Mas a cada noite, com a precisão de um relógio, ela pegava um caderno e consertava isso. Reescrevia o dia a seu favor. Transformava-se em uma super-heroína. Vingava-se de todos na ficção.

É minha culpa. Quem ia querer ser meu amigo?

Seu rosto geralmente estava contorcido em uma careta induzida pela dor. No que diz respeito à conversa, ela tinha dois modos: direta demais ou muito sarcástica. Não dava risadinhas. Genevieve não queria ser antipática, mas, assim como naquele dia, costumava viver cinco vidas antes de chegar à escola. Ainda não havia aprendido a colocar uma máscara de "estou bem", apesar de seus desastres pessoais.

E, até então, o terceiro ano do ensino médio tinha sido um desastre. Sempre conseguira manter as notas na média. Mas naquele ano as enxaquecas adentraram um território tenebroso. Com muita dor para prestar atenção nas aulas, começou a faltar, passando muitos dias seguidos na cama — seja com uma agonia paralisante, seja chapada de remédios para dor, ou uma combinação nauseante das duas coisas. Seus dez tinham se tornado cinco, fazendo com que Princeton retirasse sua admissão. Princeton era a salvação dela. O que a salvaria agora?

Na banheira naquela manhã, Genevieve teve uma epifania. Estava na hora de uma amizade. Queria saber os segredos de alguém. E precisava que alguém soubesse os dela.

A cidade de Washington seria um novo começo. Escolheria alguém e pronto. Quão difícil seria? Pessoas horríveis tinham amigos. O. J. Simpson tinha amigos.

A vida fora difícil na última escola, em Cincinnati. Mas o Colégio West Truman era ainda mais difícil. No pátio da escola havia um caos de crianças, sem nenhum professor à vista. A multidão parecia um clipe do G-Unit com camisas de basquete, botas Timberland e perucas coloridas. Batidas frenéticas de percussão explodiam de um aparelho de som, e metade da escola usava camisetas da banda Madness.

Em contraste, o estilo de Genevieve estava mais para "molecona" misturada com "estou pouco me fodendo". Vestia uma antiga camiseta de um show do álbum *Illmatic* do rapper Nas, calça de moletom que cortara para fazer um shorts e tênis Nike Air Force 1. Seus cachos estavam presos em um enorme rabo de cavalo em cima da cabeça. Como de costume, ela escondia seu corpo esquelético em uma camiseta masculina grande demais.

Ela se posicionou perto das arquibancadas, que mais pareciam um grande cinzeiro. A Operação Amigo era desanimadora. A turma do pátio da escola parecia impenetrável e exclusiva. Mas havia alguns alunos solitários espalhados nas arquibancadas. Estreitando os olhos por causa do sol, examinou-os em busca de um rosto amigável.

Ele estava sentado na primeira fila da arquibancada, encostado na parede de tijolos coberta de pichações. Camiseta branca e bota Timberland. Tinha um livro no colo e lia concentrado, com a testa franzida, mordendo a boca. Parecia que estava vivendo as palavras.

Eu também leio assim, ela pensou.

Então ele virou a página, e ela teve um vislumbre de seus olhos castanhos salpicados de ouro. Quando o sol batia, ficavam da cor do mel. Seria um truque de luz? Aquele menino irradiava tranquilidade. Um anjo entre os mortais.

Genevieve confiava em garotos bonitos. Sentia-se segura perto deles, porque eles queriam rainhas do baile, não ela. Só precisava se preocupar com garotos que estivessem à sua altura.

Ela se dirigiu para as arquibancadas balançantes. Foi então que notou o gesso desgastado no braço esquerdo dele. Sem assinaturas. Ao se aproximar, viu que ele tinha uma ferida recente no nariz. Deu mais um passo e reparou que os nós dos dedos (de ambas as mãos) estavam roxos e verdes. E suas pupilas, muito, *muito* dilatadas.

Ok, ele parecia menos angelical. Mas, agora que estava em pé na frente dele, era tarde demais para voltar atrás. Ele olhou para ela com uma leve curiosidade e depois voltou a ler o livro. *Terra estranha*, de James Baldwin.

— Ei — disse ela. — Posso sentar aqui?

Silêncio.

Antes que perdesse a coragem, ela se jogou ao lado dele.

— Sou Genevieve Mercier. — Ela pronunciou Jã-ne-vi-évi Mérr-ci-ê.

Ele franziu a sobrancelha para ela.

— É francês.

Ele a olhou como quem diz *cê jura?*

— Tudo bem se eu sentar aqui?

— Não.

— Você é um babaca?

— *Oui*.

Experimento social falhado com sucesso. Genevieve sabia que não devia igualar beleza com perfeição. Ela morava com uma ex-Miss Louisiana que parecia imaculada, mas certa vez limpou todo o apartamento com um lenço demaquilante Neutrogena.

Ela ainda tinha quinze minutos até que o sinal tocasse — e enquanto isso o sol estava massacrando sua cabeça. Desajeitada, vasculhou a mochila e tirou um roll-on de óleo essencial de lavanda e hortelã-pimenta do tamanho da palma da mão e o esfregou nas têmporas. Sentiu o entorpecimento prazeroso.

Então Genevieve percebeu que ele estava olhando para ela, o livro já abandonado.

— Eu tenho enxaqueca — ela explicou. — É tão forte que praticamente não mexo a cabeça. Por exemplo, se quiser olhar para a direita, preciso mover o corpo todo. Tipo assim.

Ela virou da cintura para cima para olhá-lo. A expressão dele estava anuviada pela desconfiança e perplexidade.

— Isso é uma pegadinha? Alguém vai pular em mim? — Sua voz estava sonolenta e entediada. — Você é traficante? Foi mal se te devo dinheiro.

— Eu pareço traficante?

— Já vi meninas traficantes. — Ele dá de ombros. — Sou feminista.

— Eu não armaria pra você ser atacado. Eu mesma faria isso.

Ele analisou o tamanho dela.

— Você é do tamanho de uma formiga.

— Eu sofro de complexo de Napoleão.

— Garotas não podem sofrer disso.

— Tá bom então, *feminista*.

Genevieve revirou os olhos, causando um pequeno tornado em suas têmporas. Duas garotas passaram, olharam para eles e riram antes de sair correndo.

Ele fez uma careta para ela.

— Por que você está aqui?

— Estou tentando fazer amigos — disse Genevieve.

— Eu não tenho amigos.

— Difícil de imaginar o porquê.

— Não sei o que dizer para as pessoas. — Ele enfiou a borracha da ponta de um lápis no gesso e, em câmera lenta, arrastou-a para a frente e para trás. — Sobre o que as pessoas normais falam? Baile de formatura? Crime organizado?

— Como se eu soubesse — ela admitiu. — Mas não tem problema! Podemos ficar sentados em silêncio.

— Fique à vontade. — Ele voltou a ler o livro.

Bom, ele não foi super-receptivo. Mas pelo menos agora ela conhecia alguém naquela grande e intimidante escola. Sem saber o que fazer, ela protegeu os olhos do sol com a mão e esfregou mais óleo nas têmporas.

Genevieve sentiu que o cara a olhava. Estava prestes a explicar os benefícios da lavanda para aliviar a tensão quando ele tirou um Ray-Ban do jeans e entregou para ela. Chocada com a generosidade dele, ela o pôs. Então ele suspirou (com resignação?), fechou o livro e se recostou na parede de tijolos, de olhos fechados.

Genevieve não pôde deixar de olhar. Nunca tinha visto um rosto como o dele. Seu estômago vibrou um pouco, e ela mordeu o lábio. *Não*. Não podia se apaixonar. Não confiava em si mesma; sempre ia longe demais.

Mas olhar para ele não faria mal. Estudou sua expressão sonhadora e distante, imaginando o que ele teria tomado.

— Morfina? — perguntou. — Quetamina?

Ele abriu um olho.

— Tem certeza que não é traficante?

— Tenho prescrições legais. Sou basicamente uma farmacêutica. — Ela fez uma pausa. — Ó, honesto boticário. Rápida é a droga.

— E assim, com um beijo, eu morro — ele respondeu por reflexo. — John Keats?

— Shakespeare! — exclamou Genevieve. — Lembra qual peça?

— *Romeu e Julieta* — resmungou ele.

— Você é escritor? Ou só viciado em inglês avançado?

Ele deu de ombros.

— Eu também escrevo. Você é bom?

Ele repetiu o gesto.

Ela sorriu.

— Eu sou melhor.

Então ele riu. E foi uma coisa improvável e surpreendente, como ser pisoteada por uma debandada de unicórnios em Nárnia. Jesus, ele era muito. Ela precisava de uma distração.

— Eu estou... com fome — deixou escapar desajeitadamente. — Quer um pêssego? Tenho dois.

Ele balançou a cabeça. Genevieve abriu o zíper da mochila, desenterrando um pêssego e um canivete delicado e afiado. Apoiando os cotovelos nos joelhos, ela o abriu e o passou ao longo do pêssego. Era sempre tão satisfatório sentir a firmeza da pele sob a lâmina. A tensão. Com uma pressão suave, a pele estourou e o suco escorreu. Ela o lambeu. Então, cortou um pedaço, usando o polegar como apoio, e o enfiou na boca.

Mastigando, Genevieve olhou para o novo amigo. Ele parecia ter visto um arco-íris pela primeira vez.

— É assim que você come pêssego?

— Gosto de facas.

Ele piscou. Uma vez. Duas vezes. Então sacudiu a cabeça rápido, como se estivesse colocando o cérebro no lugar.

— Não, cara — disse ele —, você tem que ir embora. Estou tentando ficar longe de problemas.

— Problemas? Mas...

— Você é perigosa. E eu sou pior. Eu seria prejudicial à sua saúde.

— Eu já sou um perigo para a saúde. — Genevieve arrancou os óculos escuros para dar ênfase. — Somos amigos! Você disse que não sabe falar com as pessoas, mas tá falando comigo!

— Eu disse que não sei falar com pessoas *normais*. — Olhou para ela. — Você não é normal.

Apesar de não ter certeza, aquilo pareceu um elogio. Ela se sentiu compreendida. Era uma coisa nova. E lá estavam as borboletas no estômago de novo.

— Como você sabe que não sou normal? Acabamos de nos conhecer.

— O que você é, então?

Genevieve apoiou o queixo nas mãos, os cotovelos nas coxas. Ela não sabia como responder. O que *era* ela?

Era uma pessoa cansada. Cansada de estar doente, cansada de ter problemas por falar demais, cansada de se mudar, cansada de brigar com homens que achavam que mãe e filha eram um pacote só, e cansada de odiar quem era.

Talvez ela não devesse dizer a verdade para ele. Era feia demais. Mas talvez fosse preciso ser honesta para fazer amigos de verdade.

Seja legal. Seja boazinha.

— Eu não sou legal — ela admitiu baixinho. — Não sou boazinha.

Ele concordou devagar. Então coçou o maxilar, olhando para as botas Timberland.

— Eu também não.

Foi assim que começou. Essa pequena confissão. Genevieve nunca tinha dito para ninguém que não era boazinha, e parecia que ele também não. Virou-se para ele para falar. E congelou. Porque ele já estava olhando para ela.

Algo estalou entre eles, um entendimento, uma conexão mútua — e era tão extraordinário, tão involuntário que Genevieve chegou a arfar. Maravilhada, ela abriu a boca um pouco. Então não conseguiu mais respirar, porque o olhar sonolento e entorpecido dele foi até a boca dela e depois de volta aos olhos. Um sorriso seguro e satisfeito surgiu em seu rosto. Hesitante, ela sorriu de volta.

E foi isso. Ele voltou a ler o livro, como se aquele olhar tão íntimo não tivesse acontecido. E o mundo de Genevieve virou de cabeça para baixo. Mas de uma coisa ela tinha certeza.

Eu tenho que conhecê-lo, ela pensou.

— Entãããão — ela disse —, qual é seu nome?

— Já disse, eu não tenho amigos. Me deixa pensar em paz.

— Não resista. Qual é a do gesso?

Ele suspirou.

— Estou sempre quebrando o braço.

— Que droga. Falta de cálcio?

— Não. Faço de propósito.

Genevieve olhou para ele. O sino tocou. Uma voz de barítono gritou alguma coisa nos alto-falantes e a animada população estudantil se enfileirou na frente do prédio da escola. Nenhum dos dois se mexeu.

— Você não quebra os seus ossos — sussurrou ela. — Só é antissocial e está tentando me assustar pra que eu vá embora.

— Funcionou?

— Não. — Genevieve estava chocada. — Qual o seu problema?

Ele suspirou.

— Muitos.

— Não consigo imaginar alguém fazendo uma coisa tão doentia dessas.

— Não?

Ela seguiu o olhar dele, que tinha descido até o braço direito dela. A camisa masculina havia escapado do ombro. E os cortes rasos e horizontais em seu antebraço estavam à mostra. Alguns tinham curativos em cima, o resto eram crostas e outros viraram cicatrizes. Genevieve usava aquela camisa grande todos os dias para esconder aquilo — e a camisa já caíra na escola algumas vezes. Estava sempre preparada para dizer que era eczema. Ninguém nunca perguntou.

Ela puxou a manga de volta para o ombro.

— Você não sabe como é minha vida — cuspiu ela.

— Me conte — ele disse, seus olhos de galáxia a comendo viva.

Uma eletricidade selvagem passou por ela, uma coisa primitiva, suja, desesperada, confusa. Era essa a sensação de ser vista como realmente era? Ser reparada? Era inebriante e aterrorizante. Genevieve queria ter alguém com quem compartilhar segredos. Mas não tinha esperado alguém tão louco quanto ela. E não tinha esperado que fosse um menino, um menino com aquela aparência, que olhasse para ela daquele jeito.

De alguma forma, ele se enfiou como uma serpente na cabeça dela e afundou suas presas no cérebro dela, envenenando-a com esperança. Um truque cruel.

Genevieve deu um salto para a frente e agarrou a camiseta dele, puxando-o para que ficasse na altura dela.

— Pare de olhar para mim como se seu pau estivesse na minha boca — disse ela, fervendo, ainda segurando o pêssego na mão esquerda. — E agora, você gosta de mim? Pensa que você é original? Os meninos adoram torturar a garota esquisita, a aberração. Mas adivinhe? Eu já estou em pedaços, então...

Com uma rapidez feroz, ele se soltou do puxão e prendeu o braço dela atrás das costas. Genevieve se arqueou, respirando fundo. Um delicioso tremor a percorreu.

Ele a segurou assim por um instante, então aproximou a boca do ouvido dela.

— Não.

— N-não o quê?

— Não diga que você é uma aberração.

Ele a soltou. Então pegou o pêssego da mão dela e deu uma mordida deliberadamente indulgente e úmida. Limpou a boca com a mão.

— Meu nome é Shane — disse, com um brilho de triunfo nos olhos. E foi embora.

Genevieve encontrou a sala de aula. Viu o caos que estava quando espiou pela porta. Alguns alunos faziam rimas, uma desfazia as próprias tranças e outro batia com a mesa no chão. Quatro alunos cochilavam na carteira; outro, no chão. Na lousa, o professor explicava a fotossíntese, coisa que Genevieve aprendeu no quinto ano na escola particular.

Em um canto distante, bastante reclinado na cadeira, estava Shane.

Ela não estava pronta para vê-lo depois do que quer que fosse aquela coisa monumental que haviam acabado de experimentar. Saíra cambaleando para longe das arquibancadas, sentindo-se como se tivesse tropeçado em um tornado.

Ela mexeu no anel camafeu vintage que uma vez roubou da caixa de joias de Lizette. Isso geralmente a acalmava. Mas agora não.

Com uma respiração profunda, entrou na sala. A classe pouco a pouco se acalmou em um silêncio atento. Trinta pares de olhos seguiram Genevieve até uma mesa vazia na frente. Ela se sentou.

Reagindo ao silêncio repentino, o professor se virou.

— Quem é você?

— Genevieve Mercier. Desculpa, eu me... perdi.

— Estamos todos perdidos. — O sr. Weismuller era muito magro e tinha a pele pálida. Parecia ter mononucleose. — Turma, deem as boas-vindas para a Genevieve.

— Que porra de *nome* é esse? — uma garota gritou.

— Mano, por que o nome dela parece Pepé Le Pew?

Genevieve afundou mais na cadeira. O sr. Weismuller se virou para a lousa.

— Essa vaca acha que é a Aaliyah só porque tem um punhado de cabelo.

— Que nem é dela — disse uma menina alta com jeans da Apple Bottom sentada atrás de Genevieve.

Ela se virou para encará-la. Do canto, Shane olhou para ela. E balançou a cabeça. Um aviso que Genevieve ignorou.

— O que você disse?

— Eu disse que esse cabelo não é seu, sua vagabunda. Por quê?

— É, por quê? — disse um garoto franzino que se materializou ao lado de Apple Bottom, provavelmente o namorado dela. A classe inteira olhava para Genevieve. Ela estava cercada. A única pessoa que conhecia estava a quatro fileiras de distância. Ela não tinha como ganhar.

— Por nada — murmurou.

— Foi o que pensei — disse Apple Bottom, e a turma voltou a conversar. Atrás dela, Genevieve ouviu o Namorado sussurrar "isso aí" para Apple Bottom.

Houve uma calma tensa. De repente, o pescoço de Genevieve tombou com força para trás, e sua cabeça parecia estranhamente leve. Ela se virou, e Apple Bottom estava segurando três quartos do rabo de cavalo de Genevieve em uma mão e uma tesoura na outra. O Namorado gargalhou.

— Vou chamar o diretor Miller — disse o sr. Weismuller sem pressa alguma, e saiu da sala.

Genevieve tateou atrás do pescoço, onde já não havia mais cabelo. Dominada pela fúria, empurrou a mesa de Apple Bottom com violência, derrubando-a para trás. Apple Bottom gritou. Não tinha se machucado, mas ficara presa debaixo da cadeira.

— Mate essa vaca — gritou o Namorado para ninguém.

— Não — disse Shane, levantando-se. — Você. Vem brigar comigo.

Todos olharam para o Namorado. Estava claro que ele não queria fazer isso.

Uma garota disse:

— Não. Quando o Shane começa com essa merda, eu tô fora. Vocês não vão fazer palhaçada e me fazer ser suspensa antes da formatura.

Ela pegou a mochila e saiu.

— Vem brigar comigo, negão — repetiu Shane. Eles estavam cara a cara agora. A multidão formou um grande círculo ao redor deles.

O Namorado deu um soco fraco, acertando Shane no nariz. Shane cruzou os braços. O Namorado o atingiu com mais força. Então, Shane sussurrou alguma coisa no ouvido dele, o que o fez recuar e acertar Shane na têmpora. Os alunos começaram a gritar "*Acaba com ele, acaba com ele*", e o Namorado empurrou Shane para o chão, socando sem parar. O nariz e a boca de Shane sangravam, mas ele não revidou.

— Parem! — gritou Genevieve. — Meu Deus, Shane, é só um pouco de cabelo!

Abruptamente, Shane tirou o garoto de cima dele e se levantou. Sua respiração era irregular, errática. Então, ergueu o braço machucado, o que estava engessado, e deu um soco no rosto do Namorado, com força, com um baque repugnante. O Namorado caiu.

Shane apertou o braço machucado contra o peito, o osso quebrado mais uma vez. Ficou ali parado, tremendo, cerrando os dentes, o brilho se esvaindo de sua pele. Então lançou um sorriso sangrento a Genevieve e caiu no chão. Era a coisa mais aterrorizante e graciosa que ela já tinha visto.

— *Alguém chame ajuda. Ele...*

A última coisa que Genevieve viu foi o punho fechado de Apple Bottom a centímetros de seu nariz e, em seguida, um zilhão de luzes brilhantes.

Seis horas depois, Genevieve e Shane estavam deitados um ao lado do outro, em camas dobráveis em um espaço isolado por cortinas na sala de emergência do United Medical Center. Ficaram ali o dia todo com a orientadora escolar, sra. Guzman, empoleirada entre eles em uma cadeira dobrável. O Namorado teve alta e foi para casa com a avó, ostentando uma fratura na maçã do rosto. Apple Bottom foi embora com a tia e um ombro machucado. Colocaram outro gesso no braço de Shane, que levou um total de catorze pontos entre o lábio superior e a sobrancelha esquerda. Genevieve se saiu melhor, com um olho roxo medonho e um corte de cabelo ainda mais medonho.

Ela e Shane foram suspensos, mas como tinham menos de dezessete anos não poderiam ser liberados legalmente até que um dos pais ou tutor os buscasse. A sra. Guzman não conseguiu falar com Lizette, o que não foi nenhuma surpresa.

Também não conseguiu encontrar o guardião de Shane. Aparentemente, ele morava em um abrigo para crianças e nenhum administrador estava disponível.

Eles estavam apenas deitados ali. Enquanto a sra. Guzman escapava para fora para fumar seu 37º cigarro.

Genevieve estava agoniada. O soco sacudira seu cérebro. Os médicos do pronto-socorro trataram do seu olho machucado, mas, apesar de seus apelos cada vez mais cheios de pânico, lhe deram apenas Advil para a cabeça. Com a dor que sentia, aquilo era tão útil quanto um M&M.

Tremendo muito, ela se encolheu como um tatu, arranhando o antebraço com as unhas para se distrair.

— Genevieve? — sussurrou Shane de sua cama.

— Jã-ne-vi-évi — gemeu ela, com os dentes cerrados.

— Você tá bem?

— Não.

Ela o observou olhar para o corredor e depois fechar a cortina. Enfiou a mão no bolso da calça, tirou um saquinho de comprimidos e pegou um copo descartável com água. Entregou tudo a ela.

— Oxicodona ajuda?

— Pode amassar — murmurou ela.

Shane puxou um cartão de pagamento eletrônico (nome desconhecido) do bolso mágico e amassou as pílulas em quatro linhas de pó grosso em uma bandeja de metal. Gentilmente, ele segurou a bandeja sob o nariz de Genevieve, firmando a parte de trás da cabeça dela com a mão boa, e ela cheirou cada linha. Foi difícil, mas funcionou rápido — sentiu um entorpecimento tomar a dor, o rosto relaxou, os músculos amoleceram. *Tão bom*. Oxicodona não acabava com a dor, apenas fazia com que ela deixasse de importar.

Ele arrumou os cachos arruinados em volta do rosto dela. Genevieve pôs a mão dele na bochecha. Ficava bem ali.

— Você é meu melhormelhormelhor amigo — suspirou, entorpecida e pateta.

— Então preciso aprender a falar seu nome.

— Não ligo como você me chama — disse, a voz arrastada. — Só me chame.

Shane sorriu.

— Vamos embora.

— Pra onde?

— Eu conheço um lugar. Mas ninguém dá a mínima pra onde estou. Seus pais se preocupam com você?

Genevieve pensou em Lizette em casa, esperando que a filha a acordasse para o trabalho nojento na sala do namorado nojento.

A resposta era óbvia.

Eles caminharam pelo corredor sem pressa, com calma. Mas, no segundo em que chegaram na porta de saída, deram as mãos e correram. Aonde quer que Shane fosse, ela também iria.

TERÇA-FEIRA

· 9 ·
Um rubor verbal

Shane chegou vinte e cinco minutos antes ao Kosciusko Café, que estava longe de ser um café. Era uma lanchonete antiquada de sessenta anos, remanescente dos dias em que Crown Heights ainda era um bairro polonês. A decoração parecia congelada em 1964: mesas de fórmica, iluminação fluorescente intensa, cabines de vinil vermelho-brilhante e ventiladores de teto em vez de ar-condicionado. De acordo com o olhar superficial de Shane no Google, a especialidade deles era lasanha. Mas ele estava ansioso demais para comer.

Ansioso demais para fazer qualquer coisa além de sentar em uma mesa perto da janela. E esperar. E acalmar o coração acelerado assistindo a vídeos de reencontros em aeroportos no YouTube. (Além da corrida, aquele era seu mecanismo de defesa para continuar limpo.)

Às 10h02, Eva entrou apressada. Aproximou-se do balcão da recepcionista, parecendo bem diferente do elegante mulherão da noite anterior. Estava simples, com os cachos soltos, uma regata justa, um jeans boyfriend e tênis Jordan. Óculos excessivamente sensuais. Estava ainda mais perigosa naquela manhã — se isso fosse possível.

E Shane passou de um adulto feito para um adolescente obcecado.

Genevieve. Era mesmo ela, toda crescida. Eva. Mas também definitivamente Genevieve.

Os pensamentos de Shane eram pura confusão. Como de costume, não tinha pensado em todos os detalhes na noite anterior. Nunca nem sonhara que Genevieve estaria no evento. Seu único objetivo era conversar com Cece e pedir com indiferença o contato de Genevieve. E se Cece perguntasse por quê? Bem, ele não tinha certeza do que teria dito.

Se tivesse pensado demais nisso, não teria ido até lá.

Shane viu Genevieve (*Eva*, precisava se acostumar com o novo nome dela) sussurrar alguma coisa para a recepcionista. Ela não o tinha visto ainda, no entanto, e ele aproveitou esse breve e secreto momento para absorvê-la. Para tentar conectar a menina e a mulher.

Quando menina, ela tinha os contornos bem fortes, era uma vela de ignição magra e imprevisível. Um pouco assustadora. De tirar o fôlego por completo. Suas expressões eram em alta definição — seu rosto transmitia tudo. E tinha a covinha, aquela covinha adorável na bochecha direita. Surgia quando ela dava um sorriso, quando falava, quando respirava. Tinha outra na bochecha esquerda, combinando, mas menos saliente. Como se, após delinear com maestria a da direita, Deus tivesse dito: *estou exausto, tá bom assim.*

A menina era irresistível. Aquela mulher era uma coisa completamente diferente. Os contornos tinham se suavizado. Tinha uma postura melhor e falava com inteligência e confiança. Era uma escritora durona, um sucesso editorial desde os dezenove anos. A fúria adolescente tinha se transformado em algo a mais: poder.

A recepcionista apontou para Shane, e Eva foi até ele. Austera e maravilhosa.

E ele sabia que estava fodido.

Ela se sentou na cadeira em frente a ele, largando a bolsa que dizia MULHER, NEGRA E LEITORA. E, por fim, estavam sozinhos.

Eva, cuja escrita era ousada o suficiente para inspirar mães das associações de pais e mestres a sonharem em montar em uma vassoura (ou em um cara negro e gostosão) e escaparem de sua vida, disse:

— Então. Hm. Oi.

Shane, cuja escrita era lírica o suficiente para fazer a enfadonha comissão do Pulitzer querer bolar um, assistir a *Damn* e ruminar nos mistérios paradoxais do homem, conseguiu responder:

— Óculos. Legal.

— Ah... sério? O-obrigada — ela disse. — Descobri que tinha miopia quando comecei a escrever, então fiz a cirurgia de correção. Minha vista ficou perfeita por muito tempo, mas então, alguns anos atrás, em 2017... não, 2015... ela começou a deteriorar. E meu oftalmologista, um judeu hassídico sempre tão prestativo, doutor Steinberg, disse que eu tinha desenvolvido astigmatismo. Então, óculos. Agora tenho que usar.

Shane tentou não sorrir ao ouvir aquilo, mas não conseguiu. As palavras dela eram um rubor verbal.

— A palavra *astigmatismo* parece errada — ele disse. — Tipo, deveria ser *estigmatismo*.

— "Losango" também. Sempre acho que querem dizer "losângulo".

— Então isso não é nada constrangedor.

— Supernormal — disse Eva, bebendo todo o copo d'água.

— Eu... estou um pouco sem palavras — gaguejou ele, ainda intimidado. — Você está igual, mas tão diferente.

— A Cece me fez usar aquele vestido naquela noite. E cabelo alisado. — Ela brincou nervosamente com a franja. — Esta é a minha aparência de verdade.

— Eu sei qual é a sua aparência de verdade — disse ele, apenas.

Eva se mexeu um pouco no sofá e pegou o cardápio laminado de cima do prato.

— Você também está diferente — começou ela.

— Como?

— Seus olhos estão abertos.

— Estou sóbrio.

— Estou... chocada.

— Eu também.

— Há quanto tempo?

— Dois anos e dois meses.

— Está dando certo?

— Posso te contar daqui a alguns anos.

— Não, você consegue.

Uma onda de calor irradiou no peito dele, mas ele ignorou.

— Então. Você teve que me transformar no malvado, hein? Um vampiro?

— Se as presas servem — ela rebateu. — Você precisava me transformar em uma fugitiva adorável com coração de ouro?

— Eu não te transformei nisso. Você era assim.

Eva pegou um pão meia-lua de sete grãos da cesta e começou a parti-lo com ansiedade. O que quer que estivesse sentindo, ele não queria que ela ficasse sozinha naquele sentimento. Em sinal de solidariedade, ele também pegou um pão.

Nesse instante, uma garçonete apareceu para anotar os pedidos de bebida. Era uma mulher atrevida de sessenta e poucos anos com uma faixa de cabelo fúcsia e sotaque do Leste Europeu.

— Só água — disse Eva com afetação. — Não, quero um milk-shake de chocolate.

— Dois canudos? — perguntou a garçonete. — Ela piscou para Eva e olhou Shane de cima a baixo. — Nossa, você é um donut de chocolate e tanto, não?

— Um canudo — disse Eva.

Shane sondou o cardápio, parando nos sucos naturais, o novo estilo de vida saudável sempre em mente.

— Acho que vou tomar o suco verde de hortelã e couve para detox profundo?

— Não parece que você quer mesmo isso — a garçonete comentou e foi embora.

— Então — começou Eva. — Você leu minha série completa.

— Cada linha. — Ele colocou um pedaço de pão na boca. — Você também leu a minha.

— Com um marcador de texto.

— Eu estava falando sério lá — disse ele. — Sou seu maior fã. Sou professor de inglês agora, e, enquanto meus alunos leem Hawthorne na aula, eu leio você.

— *Você* dá aulas? — O ceticismo de Eva era palpável. — Que escola permitiria que você se aproximasse de alunos?

— Eu mudei. — O sorriso confiante dele tornava aquilo crível. — Acho que é isso que os escritores chamam de arco do personagem.

— Entendi. — Eva inclinou a cabeça. — Por falar em escritores. O seu pequeno discurso sobre *Amaldiçoada*? Foi como... tipo... o que você...

Shane se encolheu. Ele nunca pensou que chegaria o dia em que não saberiam como falar um com o outro. Anos antes, tinham um ritmo puramente instintivo. Uma conexão tão crua e sem palavras que minutos depois de se conhecerem já estavam conectados. Mas adultos que pensam de forma racional não se dão essas liberdades.

É claro que, historicamente, Shane não era bom em ser adulto.

— É só conversar comigo — disse ele. — Seja o que for, posso aguentar.

— Tá bom. — Ela ajeitou os óculos no nariz, um gesto nada elegante, mas irresistível. — Seu discurso de *Amaldiçoada* foi coisa demais. Você não pode só pular de 2004 para 2019, quase me matar de choque e então me atingir com uma... tese arrebatadora nível doutorado do meu romance erótico com seres sobrenaturais. Esse livros são meus bebês, e até eu sei que eles não são bons. Ouvir você falar daquele jeito? *Você?* Depois de quinze anos? Eu não conseguia respirar — ela disse, irritada. — Por que você subiu no palco ontem à noite?

— A Cece me obrigou.

— Você podia ter dito não.

— Verdade. E você podia ter colocado calça jeans.

— Tá bom, nada mais justo. A Cece manda em todos nós.

— Honestamente? Eu fiquei em choque. — Shane pegou mais pão. — Não esperava te ver. Quando percebi, estávamos ali juntos, e você falou de *Oito*, e eu só... apaguei e falei demais.

— Não estávamos falando dos nossos livros de verdade, Shane. Todo mundo sabia.

— Eu sei. *Caralho*. Ganhei um certificado de melhor comunicador no AA. Como cheguei aqui?

— Boa pergunta — ela disse mordazmente.

Com um timing impressionante, a garçonete chegou à mesa com o suco de hortelã e couve verde-radioativo de Shane e o milk-shake de Eva.

Shane deu um gole e se arrependeu na mesma hora. A hortelã era horrível. Parecia uma vitamina de Listerine. Ele engoliu, com as bochechas infladas. Generosa, Eva deslizou o milk-shake na direção dele.

— Obrigado — disse ele, dando um gole. Odiava ser saudável. — Estou aqui para me apresentar no prêmio Littie este domingo.

— Não. Você não participa de cerimônias de premiação. Ou mesas. E nunca vem ao Brooklyn. Você tem sido muito cuidadoso em me evitar.

— Tenho evitado a vida de forma geral.

Eva revirou os olhos de modo extravagante.

— É verdade! — insistiu Shane. — Enquanto isso, você está arrasando. Estudou em Princeton. Casou, teve uma filha linda.

— Como sabe disso? Você não tem redes sociais.

— Não, as pessoas são estranhas o suficiente na vida real. Não preciso ver a psicose delas com um filtro sépia — disse ele, carrancudo. — Mas, sim, em alguns instantes de masoquismo, procurei por você. Você e a Audre são tipo uma versão mãe e filha de Thelma e Louise, com os passeios em museus e viagens de carro e comícios. Travis Scott na Radio City.

Eva se envaideceu, e com motivo.

— A Audre é uma ótima menina. Pegou o melhor de mim e do pai.

— Como ele é? — Shane sabia que estava indo longe demais.

— O Travis Scott?

— O pai da Audre.

Eva se reclinou no sofá, com força. Fez uma careta e massageou a bochecha com os nós dos dedos.

— Ele é *estável*.

Shane continuou.

— Onde ele está?

— Me diga você. Pra onde os homens vão quando se cansam? — Havia fúria em seus olhos. — Ele não é da sua conta. Você não me conhece mais.

— Eu te conheço demais — disse ele, as palavras com o peso de dores antigas. Do tipo que mora para sempre nos pensamentos.

— Não conhece — suspirou ela. — Eu não sou como antes. E, quando olho para trás, fico aterrorizada.

— Você só estava tentando sobreviver — disse Shane. — Quando estamos nos afogando, fazemos de tudo em busca de ar.

Eva analisou as unhas pretas, a expressão enlouquecidamente vazia. Então o cérebro de Shane ordenou que dissesse a frase mais idiota de todos os tempos.

— Estive pensando em ligar pra você.

Quando se ouviu dizer isso, Shane soube que merecia a erguida de sobrancelha de Eva, incrédula, ultrajada. Ela parecia prestes a virar a mesa ou a morrer de rir.

— Fascinante — disse ela. — Estive pensando em fazer extensão de cílios.

Shane tentou de novo.

— Eu não podia ligar pra você, porque estava fodido demais para tomar boas decisões. As coisas ficaram ruins durante anos pra mim.

— Para com isso — zombou ela. — Você é um dos escritores mais celebrados da nossa geração.

— E um dos mais bêbados — disse ele. — Olha, a fama não tem o poder de salvar. Ela só quer dizer que fãs vão tentar hackear sua conta no Pornhub para roubar as informações do cartão de crédito, rastrear sua localização e aparecer no seu Airbnb na Nova Zelândia em roupas reveladoras.

— Roupas reveladoras? Estou com dificuldade de entender aonde você quer chegar.

— Você faz homens adultos usarem chapéu de bruxa. Coragem.

— E por que você não assiste Pornhub, como uma pessoa civilizada? Shane pareceu ofendido.

— Vírus.

— Ah.

— Enfim — disse ele, estalando os dedos —, parte do AA é consertar as coisas. Eu queria estar permanentemente sóbrio antes de falar com você de novo. Agora estou pronto.

— Ah, então você entra em contato quando *você* está pronto? É *arrogante* o suficiente para achar que quero falar com você?

Shane olhou fundo nos olhos dela.

— É. Eu sou.

— Vai se foder. — Eva agarrou a bolsa e se levantou.

— Não vá embora — disse ele de repente, hesitante, com os olhos de súplica. — Por favor. Sei que não tem como perdoar o que eu fiz. Quebrei nossa promessa. E agora posso explicar o porquê.

— Não, não pode. Estou ótima! — Ela não estava ótima. Estava tremendo e isto, saber que a angústia dela era culpa dele, o matava.

Sempre foi, pensou ele.

— Temos coisas pra resolver — disse ele. — Você sabe que temos. Fizemos carreira com base nisso.

Eva se sentou de novo. A tensão entre eles crescia, carregando o ar e se estendendo por segundos que pareciam horas. Shane rezava para que ela dissesse alguma coisa — mas Eva continuou sentada ali, fulminando-o e olhando para a mesa. Devagar, começou a rasgar o guardanapo em pedacinhos, a boca uma linha fina.

Quando por fim olhou para ele, seu olhar era uma conflagração.

— *Nós* não fizemos carreira. *Eu* fiz uma carreira — gritou ela em um sussurro. — Você escreveu quatro clássicos enquanto estava bêbado? Eu tenho que escrever um livro de merda por ano para sobreviver. Fazer turnês não te agrada? Eu tenho que me promover constantemente. Sua filosofia de vida te faz não gostar de redes sociais? Eu tenho que postar todos os dias para continuar tendo relevância. Você vai ter sorte se eu não tirar uma selfie com você só pelas curtidas!

— Com essa iluminação?

No AA, Shane dissipava a tensão com uma piada. Para a sorte dele, Eva estava mergulhada demais em seus incômodos para ouvir.

— E eu nunca nem fui para a Nova Zelândia! Passo todo o meu tempo escrevendo *Amaldiçoada*! Estou devendo um novo livro pra Cece e não tenho uma única ideia, e agora vou falir, e sabe o que é ainda pior? Fico adiando meu livro dos sonhos!

— Qual seu livro dos sonhos?

— Não importa — ela explodiu. — O que quero dizer é que ralo a bunda no chão de tanto trabalhar. Enquanto você, com um esforço mínimo, se tornou uma lenda.

— Eu só sou uma "lenda" porque sou misterioso.

— Você é uma "lenda" porque escreve sobre *mim*. — Ela puxou o milkshake de volta, derrubando um pouco na mão. Começou a tomá-lo distraidamente.

O cérebro de Shane se ausentou da conversa por alguns agonizantes momentos.

— Você ganha dinheiro com o meu trauma — ela disse com raiva.

— Com um momento em que eu estava em crise. Não era bonitinho. Não era a Oito.

Shane a encarou, eviscerado. *Não era bonitinho.* Eva não fazia ideia do efeito que tinha nele. Como ele a via. Como era possível que não soubesse?

— A Oito é bonitinha porque você era. — Sua voz soava firme, decidida. — Você não faz ideia de como era naquela época.

— Eu sei como eu era.

— Não sabe. — Shane ficou sério de repente. — Você entrou com tudo na minha solidão, exigindo ser vista. Você era avassaladora. Selvagem e estranha e brilhante, e eu nunca tive escolha. Eu amava tudo em você. Até mesmo as partes assustadoras. Eu queria me afogar na água em que você tomava banho.

Eva abriu a boca para falar. Ele balançou a cabeça, silenciando-a.

— Eu idealizo você na ficção porque a idealizava na vida real — continuou ele. — *É* um olhar masculino, você está certa. E peço desculpa. Mas só tenho como escrever minhas merdas do meu jeito.

— É a *minha* merda! — Eva deu um soco na mesa. Na mesa ao lado, uma família ergueu os olhos do cardápio.

— É você quem decide quem tem o quê? — perguntou Shane, a voz se erguendo. — Eu escrevi quatro romances. Você escreveu catorze! Uma série inteira, em que colocou uma maldição crioula em mim.

Ela explodiu em uma risada sem alegria.

— Se eu pudesse te amaldiçoar, acha que me contentaria em acabar com você nos livros?

— Se sou um vampiro, ao menos me deixe fazer coisas legais! Eu passo a série inteira como um covarde nos castelos, enquanto a minha alma gêmea bruxa, que parece uma mistura de Serena Williams e Mulher-Maravilha, luta pela verdade e pela justiça. A única coisa em que o Sebastian é bom é...

— Pare! — ela interrompeu. — Essas cenas pagam minha hipoteca.

Shane não disse nada e tomou um gole de água em silêncio. Era possível ver o sorriso maldoso por trás do copo.

— Eu vou jogar esse milk-shake em você. Acha que eu não faria isso?

— Eu não estou fazendo nada!

— Olha — Eva disse, as bochechas inflando. — Não era pra ninguém ter lido *Amaldiçoada*. Eu escrevi pra mim mesma, pra esquecer você. Me coloquei como uma super-heroína para me dar a força que não tinha. E fiz de você um inútil com um pau, porque sou mesquinha. Mas isso virou uma carreira, e estou *presa* em nós dois.

— Está mesmo, será? Vampiros morrem o tempo todo. E as estacas e a luz do sol e essas merdas todas?

— Meus vampiros — disse ela, arrogante —, só morrem com bisturis prateados marinados em pasta de alho de uma plantação bem específica durante o solstício de verão em um ano bissexto.

— Exatamente. — Um sorriso convencido surgiu nos cantos da boca de Shane. — Já se perguntou por que você tornou tão difícil me matar?

— Porque preciso pagar por uma escola particular! Por que você continua escrevendo sobre mim?

— Não é óbvio?

— Aparentemente não.

— Não estou só escrevendo sobre você — disse Shane. — Estou escrevendo pra você.

As palavras dele ficaram no ar por alguns instantes — ousadas e impossíveis de serem entendidas errado. Ele hesitou, perguntando-se como ela reagiria. Sempre falava a verdade, sem se preocupar em como seria recebida. Mas se importava com o que Eva pensava.

— Escrevi meus livros como se você fosse a única pessoa que um dia fosse lê-los — continuou com cuidado. — Meus livros faziam o que eu não conseguia.

A respiração de Eva se acalmou.

— O que era?

— Falar com você — disse ele. — E, quando eu lia os seus livros, sabia que você estava lendo os meus. Você deixava bastante pistas. Quer dizer, a Gia tem que atacar o inimigo *oito vezes* com a vassoura para o matar. — A sombra de um sorriso surgiu no rosto dele. — Era uma sensação boa até quando você estava me partindo em pedaços. Era como se ainda tivéssemos nossos segredos.

A boca de Eva se abriu ligeiramente, as sobrancelhas franzidas. E Shane começou a coçar o bíceps, a barba por fazer no queixo. Nenhum dos dois estava emocionalmente preparado para aquela confissão.

Quando sentiu que Eva o observava, Shane se acalmou. Corajoso, encontrou o olhar dela e ficou preso nele, por muito tempo. Uma carga passou entre eles, cintilou e desapareceu.

Em um universo paralelo, eu nunca fui embora, pensou ele.

— Posso ser sincera? — perguntou Eva.

— Por favor.

— Eu chorei por duas semanas quando descobri que ia ser mãe. — A voz dela era quase inaudível. — Morria de medo de que ela fosse como eu. Meu único objetivo é me certificar de que o mundo da Audre seja feito de unicórnios e arco-íris. E é. Quando está triste, ela lê *O ano em que disse sim*, da Shonda Rhimes, ouve a trilha sonora de *Hamilton* e segue em frente. Ela não se machuca como eu me machuco. *Me machucava* — Eva se corrigiu. — Minha mãe, minha vó, minha bisavó? São todas malucas, e isso corre no sangue da família. Mas parou em mim.

Eva fez uma pausa.

— Ninguém sabe da minha vida antes de Nova York. Você aparecendo aqui assim... é um gatilho.

— Eu entendo — disse Shane. — E vou embora. Mas você pode me dizer uma coisa?

Eva deu de ombros vagamente.

— Você é feliz?

Ela pareceu consternada. Era como se ninguém nunca tivesse perguntado isso a ela, ou como se nunca tivesse pensado nisso. Ou as duas coisas.

— Estou bem.

— Como está sua cabeça?

— Eu disse que estou bem — repetiu ela de repente, os olhos se enchendo de lágrimas. Enfiou os nós dos dedos na têmpora de novo, claramente sentindo dor.

— Tão ruim assim? Ainda?

O silêncio de Eva era o suficiente. E as lágrimas que ameaçavam cair.

— Caralho. — O rosto de Shane era uma máscara de preocupação. — Você tem médicos bons? Você tem um... um... cara ou alguém que ajude? Alguém cuida de você?

— Alguém cuida de *você*? — explodiu ela.

— Não.

— Então por que você presume que *eu* precise de ajuda?

Eva começou a puxar o elástico no pulso. Forte o suficiente para fazer a pele ficar vermelha. Ele tinha percebido quando ela fez isso antes, no Museu do Brooklyn. Observando a maneira compulsiva como ela puxava o elástico contra a pele, um lampejo de inquietação o percorreu. Queria perguntar o que ela estava fazendo.

Mas eu já sei, não é?

— Eu não queria chatear você — disse Shane. — Só esperava que você tivesse algum apoio.

— Bom, não tenho. Por Deus, por que você veio aqui?

Destruído pela reação dela, ele disse:

— Para pedir desculpa.

— Por favor, não — sussurrou ela. — Não consigo falar daquela noite...

E uma lágrima caiu. Shane se levantou em um pulo. Foi para o outro lado da mesa e segurou os pulsos dela com gentileza.

— Genevieve — disse ele. Ela começou a soluçar.

— Não venha atrás de mim. — Ela agarrou a bolsa e saiu do restaurante.

Shane precisou de uma força de vontade que não sabia que tinha para não correr atrás dela.

Em vez disso, ele ficou observando da janela Eva descer a calçada ao longo da Eastern Parkway, ficando cada vez menor, até virar em uma esquina e desaparecer. A cada passo que ela dava, os anos se desvaneciam. Shane estava voltando para sua adolescência, antes dos livros, do sucesso, das viagens. De volta à idade das trevas, quando sua solidão era como areia movediça, quando ele se arruinava para fazê-la parar — e o único ponto positivo em tudo isso era amar uma linda garota com demônios ferozes o suficiente para matar os seus.

Por sete dias, um milhão de junhos antes.

· 10 ·

As mulheres

— Perdão? — arfou Cece, o latte gelado de lavanda grudado no peito. A condensação criava uma grande mancha úmida na blusa de seda da Gucci.

Não era nenhuma perda, a blusa já estava fora de moda. Além disso, nada importava mais que a história inacreditável de Eva.

Eva, Cece e Belinda estavam amontoadas em uma namoradeira rústica no Maman Soho, café conhecido pela atmosfera do Sul da França — ou seja, chão de azulejos azuis, cordões de luz, e garçonetes de uma beleza peculiar com franjas e manchas do batom do dia anterior. Eva não estava a fim de um almoço de última hora com as amigas naquela manhã, ainda mais depois de Shane. Mas não tinha como dizer não às duas.

— O Shane era sua paixãozinha da adolescência? — arfou Belinda.

Eva se afundou na namoradeira. As duas melhores amigas haviam testemunhado os gracejos reveladores com Shane na mesa da noite anterior — não tinha como esconder nada delas. Então, contou uma versão resumida da verdade. Que ela e Shane tiveram alguns encontros no ensino médio. Nada de mais.

— O Shane não era paixãozinha de ninguém — disse ela. — Ele era puro problema.

— Então, o Shane era Shane — disse Cece —, e você era quem?

— Alguém que não pensava direito — murmurou Eva. — Olha, nós tivemos essa... coisa momentânea. E tudo acabou. Nada de mais.

— Não. — Belinda balançou o dedo indicador para Eva, os braceletes com infusão de reiki tilintando. — Não é só isso. Detalhes, por favor.

— Eu mal lembro de detalhes! — Eva esperava ter soado convincente. — O Shane também não deve se lembrar de nada.

— Ele com certeza se lembra, madame — disse Belinda. — O jeito que ele olhou pra você? *Minha* calcinha saiu sozinha.

Eva suspirou. Precisava de um abraço, um cochilo e um pacote de bolachas de menta com chocolate. Não daquilo.

— Eva, querida — disse Cece, com uma calma exagerada. — Você é a Oito?

— Não posso confirmar nem negar isso — disse ela.

Cece ergueu uma sobrancelha ameaçadora.

— Tá bom, eu sou a Oito — admitiu Eva.

— E ele é o Sebastian?

Após dar um longo gole no latte, ela disse:

— Mais ou menos?

Belinda gritou, se abanando com o chapéu fedora de palha.

— O que estou ouvindo você dizer — começou Cece, imponente. — É que você e Shane Hall... *meu* Shane Hall... que surgiu em inúmeras conversas nossas sobre o mundo literário ao longo dos anos, conversas estas em que você *fingiu que não o conhecia*... Vocês dois eram namorados na adolescência? Almas gêmeas secretas tão inspirados um pelo outro que passaram a se comunicar pela arte que faziam através de quilômetros, décadas e anos de lembranças apaixonadas? — Ela bateu a xícara floral na mesa de tampo branco. — Estou sem *palavras*, como você conseguiu manter essa novela em segredo?

Uma garçonete com olhos grandes e inocentes lançou um olhar severo para elas. Eva abriu um enorme sorriso e abaixou o tom de voz para um sussurro.

— Porque eu quase não sobrevivi a ele. Quase não sobrevivi a mim. Foi um período obscuro. Minha vida em casa era traumática. Eu era uma menina caótica e raivosa. Para que relembrar?

— Na verdade, isso explica muito seu jeito quando nos conhecemos — ressaltou Cece. — Arisca demais. Lembra quando aquele garçom te chamou de "querida"? Você queimou a mão dele com o cigarro! E disse "anote meu pedido ou vá à merda, você escolhe".

— Não, foi "anote meu pedido ou chupe meu pau" — corrigiu Eva. Belinda bufou.

— Então, por que vocês terminaram?

— Não importa. — Eva balança a mão para encerrar o assunto. — Parece que aconteceu vidas atrás.

— Isso é verdade. — Belinda cruzou as pernas, as calças largas estampadas balançando. — Os homens não definem nossa jornada. Temos que honrar nosso "rainhado". Vibrar no nosso plano divino.

Cece revirou os olhos.

— Relaxa, Badu.

— Quando paro pra pensar nisso, *o que eu nunca faço* — começou Eva —, fico chocada com o jeito como tudo ficou tão intenso muito rápido.

— Já senti uma paixão assim — recordou Belinda. — Lembra do Kai, o segurança daquele bar de narguilé em Bushwick? Uma noite, ele me comeu até arrancar minha alma, e eu me virei e escrevi um soneto chamado "Arranha-céus penetrando o céu noturno".

— Você publicou na *Paris Review*! — disse Eva. — Admiro a sua habilidade de escrever de forma tão lírica sobre um pênis. É uma parte do corpo complicada de descrever. Um adjetivo errado e vira um tumor.

Belinda cutucou Cece com o cotovelo.

— Você já viveu um amor selvagem?

— Hmm. — Ela remexeu o canudo no latte. — Eu morreria pelo meu cabeleireiro. Todas nós já vimos o que Lionel faz com um cabelo 4C.

— Você morreria por Lionel — disse Eva —, mas não pelo marido com que está há vinte anos?

Cece conhecia o marido, Ken, um cirurgião plástico muito reservado desde a pré-escola. A aparência dele sugeria que Deus tivera dificuldade em lembrar como era Billy Dee Williams em *Mahogany*, e quase conseguira acertar. Eram um par perfeito. Spelman College. Morehouse College. Irmandade AKA. Fraternidade Alpha. Os avós tinham sido melhores amigos na Howard, turma de 1946. O que faltava em paixão compensavam em obviedade.

— Eu adoro o Ken, mas não fui feita para a paixão romântica. Homens são grandes crianças. Acabei de ler um artigo sobre a falta de mulheres na China continental. Homens adultos estão vivendo sozinhos em casas imundas e morrendo prematuramente porque não têm uma mulher para marcar consultas com médicos.

— E por falar em médicos — disse Belinda —, minha ginecologista fez um ritual das deusas na minha vagina. Ela vaporizou, aplicou salva e disse palavras de sabedoria pra minha virilha.

— Eu me pergunto se minha vagina é sábia — disse Cece.

— A minha é burra pra caralho, a julgar pelas escolhas que faz — disse Belinda.

Estou mesmo desabafando com esses dois Muppets?, Eva se perguntou.

— Preciso ir embora — disse ela. Mas ficou sentada ali, o rosto sombrio.

Belinda e Cece trocaram olhares. A história de Eva ia mais longe. E elas sabiam que nunca iriam ouvir.

Aquelas três sabiam a pizza que qualquer uma delas pedia no Roberta's, quanto cada uma calçava e as playlists favoritas do Spotify. Mas Cece e Belinda não sabiam nada sobre a vida antes do Brooklyn de Eva. Ela fizera alusão a uma infância nômade. Mas detalhes concretos? Conteúdo para um #tbt? Pode esquecer. Ela nunca voltava para casa nos feriados de fim de ano. E onde *era* a casa dela? Belinda e Cece não sabiam, mas respeitavam a privacidade de Eva. Passados misteriosos não eram incomuns para os nova-iorquinos transplantados. Mudar para Nova York significava reinventar-se. Quem não quisesse isso ficava em Kenosha, Wisconsin.

Depois de cruzar a Ponte Verrazzano, você estava livre para trocar de pele. O fundamentalista de Dallas virava um hipster de Red Hook. O caipira do Tennessee virava um degustador com um bom casamento. Em Nova York, você era quem dizia ser.

Eva era reservada. Mas claramente estava com dificuldades.

Cece puxou Eva para seus braços. Belinda abraçou as duas. Uma doutoranda que estava por perto ergueu os olhos do computador e tirou uma foto para colocar no Instagram Stories (#coraçãoficaquentinho #poderfeminino #sermulheréresistir).

— Naquela época, eu sentia que não era o suficiente — disse ela, se soltando do abraço com gentileza. — Como uma extraterrestre. Sentia tanta dor que tudo parecia queimar, meus pensamentos, minha personalidade, meus sentimentos, tudo. Até que o Shane surgiu.

— Outro extraterrestre — presumiu Cece.

— E a química ainda está lá! Qual o signo dele? — Belinda procurou o aniversário dele no Google.

— Nós nunca tivemos química — mentiu Eva, engolindo uma pílula para dor sem beber água. — Só hormônios. Sendo sincera, não devia ser permitido gozar daquele jeito antes dos vinte e um anos. Pode danificar o cérebro.

— Trinta e um de março. — Belinda fez uma careta. — Caramba, ele é de áries. As piranhas do zodíaco.

— Fuja — aconselhou Cece.

— Na verdade, pode ser que você precise de terapia de exposição — divagou Belinda, mordiscando o bolinho que Eva não tocou. — Passe bastante tempo com ele, até desmitificar a lembrança dele. É tipo comer quinze donuts em uma sentada para curar o vício em açúcar.

— Mas eu não tenho tempo para comer o Shane! — resmungou Eva. — Hoje mesmo, tenho uma reunião com uma potencial diretora e uma reunião de pais e professores...

— *E* um livro para me enviar na segunda-feira — relembrou Cece.

— Ah. Bom, a prosa vem antes da foda — concordou Belinda.

E, com isso, Eva pegou a bolsa para ir embora. Ela se sentia aérea e entorpecida por causa dos remédios para dor, as pulsações cerebrais diminuindo para ondas suaves.

— Amo vocês. Se eu sobreviver ao dia de hoje, mando mensagem.

Eva logo se viu presa entre duas mulheres dinâmicas em um cartão-postal do Soho de novo. Mas dessa vez era no Crosby Street Hotel, com Sidney Grace, produtora de *Amaldiçoada*, e Dani Acosta, a badalada diretora que queria dirigir o filme.

Localizado em uma calma rua de paralelepípedos, o saguão do hotel era como um jardim secreto e surreal — em que excêntricas estátuas de cachorros e poltronas antiquadas dividiam espaço com um generoso jardim. Que lugar seria melhor para discutir a possibilidade de dar vida ao conto de fadas adulto de Eva?

E tudo corria surpreendentemente bem, considerando que Eva estava em meio a uma crise. Nos oito meses desde que Sidney comprara os direitos do filme, uma série de diretoras importantes havia recusado a proposta de dirigi-lo. Dani Acosta era a última esperança de Eva. O filme indie mais recente dela, *A mulher que veio para tocar*, causara estrondo no Festival de Filme Internacional de Toronto. Era a história de uma violinista assombrada por um fantasma que faz amor com ela durante as apresentações. Dani usava batom azul e uma blusinha com lantejoulas, e a única coisa maior que seu entusiasmo por *Amaldiçoada* era o entusiasmo de Eva com ela.

— ... e vejo visuais sinistros e exuberantes com tons um pouco eróticos... entende o que digo? — Dani fora criada no East Harlem, e sua voz era uma suntuosa amostra dos porto-riquenhos nova-iorquinos.

— Tipo o *Drácula* de Bram Stoker! — arfou Eva.

Bêbada com a sinergia criativa, Dani ergueu as mãos aos céus, onde pairava um candelabro com formato de cabeça humana.

— Pensamos igual, eu e você.

— Literalmente — Sidney disse isso da mesma forma que teria dito *sinto muito pela sua perda*. Frequentou escolas de Los Angeles cheias de Ritchies e Jones, e agora o registro mais baixo de sua voz era impessoal e nunca variava. Filha birracial de um guitarrista do Earth, Wind & Fire e uma atriz de séries televisivas, era bem relacionada — e muito mais competente do que deixava transparecer. Aos vinte anos, já produzira dois documentários para a Netflix.

Sidney estava desesperada para produzir um longa-metragem. Dani estava desesperada para provar que não era diretora de um filme só. E Eva estava apenas desesperada.

— Dani, vi *A mulher que veio para tocar* duas vezes — disse Eva. — O que inspirou o amante invisível?

— Fiz amor com um fantasma — sussurrou Dani. — Estava de férias em um hotel bastante antigo e bizarro em Istambul. Certa noite, um espírito se enfiou debaixo dos cobertores e fizemos um sexo místico. Ele me apalpava toda com aquelas mãos fantasmagóricas.

— Uau. — Sidney não tinha paciência para aquela conversa-fiada de menininhas. E os detalhes de produção? Orçamento, locações, atores.

— Quem era o fantasma? — Eva estava de olhos arregalados.

— No fim das contas, eu estava alucinando, com um resfriado turco intenso — riu Dani. — Estava me devorando com *minhas* próprias mãos!

Eva deu um riso abafado.

— Um toque de gênio. Com o perdão do trocadilho.

— Gosto de você. — Dani se inclinou para a frente, os olhos cor de avelã fixos nos de Eva. — E gosto da sua bruxa determinada. Vamos fazer isso acontecer.

Eva olhou para Sidney, que assentiu, impassível.

— Dani Acosta — anunciou Eva —, acho que você é a diretora perfeita para *Amaldiçoada*.

— Siiiim — disse Sidney arrastadamente, que tomara a decisão quarenta minutos antes. — Vamos falar de elenco. Novatos? Zendaya? Aquelas coisas fofas de *Cara gente branca*?

— Na verdade, estava pensando em colocar gente branca mesmo — disse Dani.

— Oi? Colocar o quê? — perguntou Eva.

— Para ter distribuição e financiamento de verdade, esse filme precisa de personagens brancos.

— Mas... eles são negros — soltou Eva, dividida entre a descrença e a confusão.

— Eles são personagens de fantasia — retrucou Dani.

— Wakanda é uma fantasia, mas se passa na África!

— Wakanda tem o poder da Marvel por trás — relembrou Dani. — Colocar dois protagonistas negros é acabar com o potencial de *Amaldiçoada*. Você não quer um filme negro; quer um filme *grande*. Vejo o Sebastian como aquele menino do *Homem-Aranha*, Tom Holland? E a Kendall Jenner no papel da Gia.

Eva estava horrorizada.

— Ela mal consegue fazer papel *dela mesma*. Você já viu algum desfile dela? É como se estivesse andando na prancha.

O pânico a fazia suar frio. Pessoas negras existiam e prosperavam em todos os espaços, reinos, mundos. E Eva escrevera Gia e Sebastian tão bem que leitores de todas as raças os valorizavam. Um triunfo em qualquer gênero.

Amaldiçoada era a versão de Eva para uma literatura de protesto. Embranquecer seus personagens seria apagar sua carreira.

— Vampiros e bruxas já são "alteridade" — refletiu Dani. — Se também forem negros, ficam nichados demais. Imagina encontrar audiência para um filme sobre um lobisomem ou uma fada taiwanesa.

— Mas eu assistiria! — O celular de Eva apitou no colo, interrompendo seu próximo pensamento. Era uma mensagem de Sidney.

SEJA ESPERTA. A Dani é a nossa última opção de diretora boa. Resolvemos esses problemas depois. Diga que sim.

— Tudo bem — disse Eva, o coração afundando. — Kendall. Homem-Aranha. Genial.

Minutos depois, ela estava no metrô, a caminho da reunião de pais e professores de Audre no Brooklyn. Sentia o coração bater nas têmporas. Como tinha permitido que a reunião fugisse tanto de seu controle? Onde estava a integridade dela? Talvez não tivesse nenhuma. Só uma vendida embranqueceria seus bebês ficcionais por dinheiro. Não. Só pensar nisso já era uma humilhação avassaladora. Apenas para se preservar, Eva baniu o pensamento para o fundo de sua mente — não podia ter uma crise naquele momento; não tinha tempo para isso.

Ao menos Audre era a melhor aluna da classe. Nada para se preocupar ali.

Por isso, estava bastante alegre quando entrou no Colégio Cheshire. Ali, como em nenhum outro lugar, sabia que tudo estava certo com o mundo. Caminhou pelos corredores da enorme mansão vitoriana com a presunção de uma mulher cuja filha era a rainha do sétimo ano.

Em segredo, Eva se orgulhava da popularidade de Audre. Audre era uma líder em uma escola cheia de alfas que excediam as expectativas e eram supercompetitivos, vindos de lares com ambos os pais e dinheiro de gerações anteriores. Era preciso confiança para dominar aquele público. E Audre fazia isso sendo amigável e empática, e não uma babaca.

Minha filha de ouro, pensou Eva, entrando na sala da diretora da escola, Bridget O'Brien. Com um sorriso enorme, ela beijou a bochecha da filha e se sentou ao lado dela, à mesa de Bridget. O escritório era uma homenagem aos cento e cinquenta anos de história do colégio, com detalhes como poltronas dos anos 20 e lâmpadas eduardianas a gás.

A própria Bridget também parecia vinda de antigamente. Alta e esbelta, com cinquenta e cinco anos, tinha ar de loira de filme do Hitchcock, com seu penteado platinado para trás e vestidos Burberry com cinto. Ela tinha dois interesses: remover os pés de galinha com cirurgia a laser e garantir que o Cheshire se tornasse a melhor escola particular de Nova York antes de se aposentar, em 2021. Assim, ela favorecia os alunos que ganhavam títulos.

Audre ganhara medalhas de ouro em todos os campeonatos de debate em grupo em que todos os estados participavam, além do primeiro lugar em campeonatos regionais de artes visuais. Ela era tão vencedora que Eva tinha um convite perene para o jantar anual de férias de Bridget em sua casa em Cobble Hill.

— A Audre foi suspensa — disse Bridget.

— Desculpa?

— Fui suspensa — sussurrou Audre.

— Eu ouvi quando ela disse! — irritou-se Eva, que só naquele instante notou a vermelhidão e o inchaço ao redor dos olhos de Audre. *E o anel camafeu na mão esquerda.* Chocada, olhou para o próprio dedo vazio. A manhã fora tão frenética que não percebera que não estava com ele.

Eva olhou boquiaberta para Audre.

— O que você fez?

Audre revirou os olhos, mirando no teto de filigrana dourada. Como se a verdadeira ofensa fosse a pergunta de Eva, e não o fato de ter sido suspensa.

— No começo do ano, falamos com você sobre as sessões de terapia em grupo no Snapchat da Audre. — A voz etérea de Bridget disfarçava *um pouco* sua origem trabalhadora dos irlandeses de Boston. Até o ano em que se tornara caloura em Vassar College, falava como todo o elenco de *Os infiltrados*.

— Mas ela parou de fazer isso — Eva disse apressada.

— Parou, e os vídeos do Snapchat desaparecem depois de vinte e quatro horas. *Mas uma captura de tela dura para sempre.* — Bridget desenterrou um arquivo da gaveta de sua mesa. — Algumas semanas atrás, a Audre postou um vídeo da sessão que fez com Clementine Logan.

— Clementine Logan. — Eva tinha medo de aonde aquilo iria chegar. — A mãe dela é a Carrie Logan, orientadora dos alunos?

— Bingo — suspirou Bridget. Ela deslizou uma captura de tela impressa na direção de Audre. — A Clementine fez uma confissão alarmante sobre a mãe no vídeo. Um aluno capturou a tela e criou um meme que está circulando a semana toda.

Eva olhou para o meme impresso. Nele, Clementine estava chorando, as bochechas marcadas de lágrimas. A imagem estava embaçada, mas a legenda não:

QDO SUA MÃE TÁ SENTANDO FORTE NO PROFESSOR DE INGLÊS.

Eva ficou boquiaberta. Audre fungou.

Bridget lutava para franzir a testa, toda congelada pelo botox.

— QDO significa...

— Quando — disse Eva. — Eu sei.

— Minha mãe tem vinte e quatro mil seguidores no Instagram. — A voz de Audre estava fraca, mas soava orgulhosa. — Ela conhece os termos usados em redes sociais.

Bridget pareceu aliviada por não precisar traduzir "sentando forte".

— O professor de inglês não é o marido dela? — perguntou Eva hesitante. — Meu Deus, Audre.

— Eu postei isso *muito* tempo antes de você me fazer parar! — ela gemeu, as bochechas tremendo. — E eu não fazia ideia de que a mãe da Clementine estava tendo um caso!

— O senhor Galbraith, professor de inglês, foi demitido — anunciou Bridget.

— Bridget, peço desculpas. Mas a intenção da Audre nunca foi machucar ninguém.

— Talvez, mas ela está suspensa até o fim desta semana. — Bridget alisou o penteado à prova de balas com a ponta dos dedos, as unhas pintadas no estilo francesinha. — E o conselho de honra está indeciso a respeito de se vai convidá-la a voltar no ano que vem.

Um gemido miserável escapou da garganta de Audre. Eva olhou para sua amada bebê, sua cria saída de suas entranhas, e quis matá-la.

— Audre, você pode esperar um pouco lá fora? — Eva conseguiu dizer.

Feliz por ser dispensada, Audre escapou para o corredor.

Bridget esperou três segundos antes de trancar a porta. Então, pegou um maço de Parliament da bolsa, abriu a enorme janela e acendeu um. Depois de uma tragada que fez seu peito expandir, sua postura relaxou.

Bridget só abandonava sua fingida elegância e mostrava quem era de verdade na frente de alguns poucos pais.

— Juro por Deus, Eva — murmurou ela em uma expiração —, não preciso desse melodrama psicossexual antes de me aposentar.

Eva se juntou a ela na janela.

— Isso foi um erro de adolescentes. Como posso consertar?

Ela agarrou o braço de Bridget, *desejando* que ela se lembrasse de como tinha sido ótima no jantar das festas de fim de ano.

Bridget olhou para Eva com seus olhos cor de Listerine. Quando falou, soou exatamente como quem era: a filha de um homem que, toda noite durante sua infância, fazia apostas no porão com um grupo de drogados locais enquanto vestia uma camiseta com a estampa VIM AQUI PRA BRIGAR OU TREPAR E NÃO ESTOU VENDO SUA IRMÃ.

— Me diga você.

A pele de Bridget estava impecável graças às injeções gratuitas de ácido hialurônico do dr. Reece Nguyen — oferecidas como garantia para manter a filha no nono ano da escola após o escândalo de furto em uma Forever 21. E o enorme cabelo de Bridget fora arrumado recentemente graças às visitas gratuitas ao Owen Blandi Salon — oferecidas para que Bridget permitisse que o filho sempre chapado de Owen se formasse.

Bridget O'Brien podia ser comprada. Mas o que Eva tinha para oferecer?

— Do que você precisa? — perguntou Eva.

— Conhece algum professor de literatura inglesa? — perguntou ela, dando uma tragada.

— Acho que não, mas...

— Eva, esse escândalo não pode ser meu legado. Preciso anunciar um novo professor para enterrar tudo. Rápido. Encontre um substituto adequado para o senhor Galbraith, e Audre terá uma vaga no oitovo ano.

Eva detestava recorrer à violência. Bridget era uma vigarista, mas Eva tinha se virado a vida toda. Aquilo, no entanto, era o futuro da bebê dela. Audre não podia ser expulsa. Precisou de todas as suas forças para não cair no modo Genevieve e mandar aquela vadia se foder.

— Me dê alguns dias — disse Eva, girando nos calcanhares. Com a mão na maçaneta, ela continuou: — Você é mesmo muito corrupta, Bridget.

— Essa é a carreira acadêmica da sua filha — disse Bridget, apagando o cigarro no parapeito da janela. — Já fiz pior por menos.

— Chega de falar do seu cabelo de capacete — Eva retrucou. Então, bateu a porta com tanta força que as dobradiças tremeram.

Eva encontrou Audre encostada em uma parede, os olhos bem fechados. Estava com os pés separados e respirava de forma constante. Eva sabia que ela estava meditando.

— *Audre Zora Toni Mercy-Moore.*

Audre abriu os olhos, então se jogou em Eva, envolvendo-a em um abraço lateral.

— Mamãe, me desculpe.

— Tento ser a melhor mãe que posso — Eva falou, mais para si mesma que para Audre. — Como minha filha foi suspensa? Como?

— Sinto muito — sussurrou Audre.

Pedir desculpa não vai consertar a lâmpada, ouviu a mãe dizer.

Saia da minha cabeça!

Eva agarrou o braço de Audre e a levou até um canto recluso próximo ao banheiro feminino. Virou a filha para que ficassem frente a frente.

— Tenho quase certeza que você acabou com um casamento. Você consegue entender a gravidade disso?

— Consigo! — exclamou ela. — Mas maridos traem o tempo todo sem consequências. De certa forma, não é como se eu estivesse destruindo o patriarcado?

— Ah, *vê se cresce*. Isso não diz respeito ao patriarcado.

— Você diz que tudo diz respeito ao patriarcado! — Audre começou a chorar. As lágrimas deixaram manchas em seu blush rosa-algodão-doce (a única maquiagem que ela podia usar). Ela parecia tão jovem, como quando estava no primeiro ano brincando com a maquiagem de Eva.

— Você entende que vou ter que vender a porra da minha alma para você continuar nesta escola?

Assentindo e fungando, Audre viu uma colega de classe surgir no corredor — e rapidamente cobriu os olhos com as mãos.

— Tudo que peço — continuou Eva — é pra você ir muito bem na escola, ser excelente em artes, ser gentil e me abraçar quando assistimos a *Stranger Things*. Arruinar sua carreira acadêmica não faz parte disso.

Os olhos de Audre, brilhantes por causa das lágrimas, se estreitaram. Com uma rapidez estonteante, ela passou de triste a furiosa.

— Talvez eu queira mais que boas notas e *Stranger Things* — disse bruscamente. — Quero ser uma borboleta! Voar por aí, seguindo meu coração. E sabe do que mais? Eu nem gosto de arte. Faço porque sou ótima nisso e porque é *seu* sonho pra mim. Meu sonho é ser terapeuta de celebridades. Talvez com uma franquia de salões de manicure. O que você nunca apoiou, aliás.

— Você nunca mencionou uma franquia de manicure!

— Bom, eu pensei a respeito disso. — Audre deu um passo para trás, se afastando de Eva, as mãos nos quadris. — Olha, eu estraguei tudo. Entendi. Não sou perfeita como você.

Eva ergueu as mãos para o alto.

— Você sabe que não sou perfeita.

— Você é! Porque você não *vive*. Você só escreve livros que odeia e fica obcecada comigo. Não tem namorados, não viaja, não faz coisas divertidas nem quer nada além do que já tem. — Ela respirou fundo. — Você escreve sobre amor, mas não vai atrás dele. *Você não quer nada.*

Eva sentiu instantaneamente uma dor insuportável.

— Como... como você se atreve a bancar a terapeuta comigo?

Encorajada por seu discurso, Audre foi mais longe.

— Pergunta rápida. Por que o papai foi embora? Ele não era perfeito o suficiente para você?

— Como é que é?

— Você não é uma pessoa — disse Audre, com desdém. — Você é um robô.

Então a única coisa entre elas era um silêncio interminável e latejante. Outro aluno veio correndo pelo corredor. Dessa vez, Audre se afastou da mãe, acenou e sorriu. Mas, quando encarou Eva e viu a expressão atordoada dela, murchou. Sua coragem foi embora.

— Acabou?

Audre assentiu, imediatamente arrependida.

— Você está certa — disse Eva, com a voz trêmula. — Eu sou um robô. Um robô que cuidou para que você tivesse a liberdade de experimentar coisas novas, se meter em problemas e ainda assim ter uma vida para a qual voltar. É por *minha* causa que você pode ser uma borboleta, sua... *adolescente ingrata.*

Lágrimas ardiam em seus olhos. Não. Ela tinha que manter a calma.

— E outra coisa! — gritou Eva, decididamente não mantendo a calma. — Quando eu namoraria? Com que tempo, com que energia? Eu dou tudo pra *você*, garota. Não sobra nada pra ninguém! Pense nisso da próxima vez que *você* fizer merda e ainda tiver a audácia e a imprudência *inacreditáveis* de criticar as escolhas que faço na *minha* vida.

— Mamãe, eu...

— Sente muito, eu sei — Eva cuspiu. — Tenho prazos a cumprir, preciso ir — disse, saindo irritada. Parou de repente. — E me dê esse anel — disse ela, tirando-o do dedo de Audre.

E, com isso, deixou a preciosa filha sozinha nos corredores históricos do Colégio Cheshire.

Quando estava do lado de fora, na escaldante Park Slope Street, com as casas de tijolo alinhadas, deixou-se afundar nos degraus da escola. Sentia dor demais para andar de volta para casa. Ela engoliu um remédio para dor e ficou ali, pensando.

Eva queria coisas. Queria dar o mundo para a filha. Queria ver seus personagens nas telas de cinema, a raça deles intocada. E, lá no fundo — bem no fundo, onde ela enterrava seus desejos mais profundos —, queria ir a Louisiana fazer pesquisas para seu livro dos sonhos. Aquele que poderia virar a vida dela e de Audre de cabeça para baixo. Que revelaria a verdade sobre sua linhagem, as indomáveis e perigosamente selvagens mulheres Mercier.

Eva queria coisas. Só havia se esquecido de como consegui-las.

Costumava ser descarada. Onde estava a menina que fugira da mãe para Shane, para Princeton e para Nova York? Quem era aquela menina?

Só havia uma pessoa que se lembrava. E ele tinha enviado várias mensagens desde que ela saíra do restaurante.

Com as mãos tremendo, ela tirou o celular da bolsa.

Hoje, 11h15
S.H.
Me liga.

Hoje, 11h49
S.H.
Por favor, Genevieve.

Hoje, 12h40
S.H.
Só quero saber se você tá bem. Por favor.

Hoje, 14h10
S.H.
Tudo bem, eu não tenho mais o direito de saber qualquer coisa sobre você.

Hoje, 14h33
S.H.
Que se foda, tenho sim.

Hoje, 14h35
S.H.
Estou hospedado no West Village. Horatio Street, número 81.
Fico aqui até domingo. Por favor venha se quiser conversar.
A qualquer dia, qualquer hora. Mas, se não quiser, eu entendo. Vou embora e nunca mais perturbo você. Só saiba que te desejo tudo de mais brilhante, estranho e maravilhoso no mundo, todos os dias.

Eva encarava o celular. Como se o aparelho fosse explodir se olhasse por tempo o suficiente. E se livrasse dele para sempre.

Brilhante, estranho e maravilhoso. Quando foi a última vez que vivenciara essas coisas? Não sabia dizer.

Mas sabia que faria qualquer coisa por Audre.

Também sabia que Genevieve sempre vagara nos extremos de sua personalidade — emudecida pela maternidade, pela carreira, pela autopreservação e pelo senso comum, mas *estava ali*. Eva era mais velha agora, mas tinha os mesmos ossos sob a pele. A mesma chama, que virara cinzas, esperando uma faísca que a incendiasse de novo.

E o mais importante de tudo? Ela conhecia um professor de inglês.

· 11 ·

Um ato agressivo de reinvenção pessoal

Shane Hall corria como se a vida dele dependesse daquilo.

O desastre no restaurante embaralhara seu cérebro. O coração estava despedaçado. O estômago se desfizera. No passado, teria lidado com a situação de formas perigosas. Mas, por causa do recente ato agressivo de reinvenção pessoal, não bebia mais. Ele corria. Um corredor com C maiúsculo, e dava para ver que era sério porque comprara os Vaporfly da Nike, os tênis que as Olimpíadas quase baniram por representarem uma vantagem aos atletas. E estava usando o GPS do relógio Garmin Forerunner 945 para monitorar o ritmo, bem no estilo maratonista profissional. O que merecia mais destaque, no entanto, eram as meias de compressão de elite, recomendadas por Usain Bolt em uma edição antiga da revista *Esquire* que marcara no lounge VIP de algum aeroporto do Centro-Oeste. Seu equipamento era sensacional.

Shane não fazia nada malfeito. Corria com a mesma intensidade que bebia.

Melhor ignorar que, nas reuniões do AA, fora alertado dos perigos do vício cruzado — quando você deixa de lado a bebida e arranja uma nova obsessão, como a religião ou esquemas de pirâmide ou resgatar pit bulls. E, tudo bem, Shane sabia que levava o hábito de correr quase ao extremo.

Mas que novos vícios podiam assustá-lo? Não beber era excruciante, e ele conseguira. Seria fácil se privar de qualquer outra coisa.

Então, Shane corria e corria, até que o ritmo estável e hipnótico das passadas e a respiração modulada e focada conseguissem acalmá-lo.

Porque tivera um dia e tanto.

O sol estava prestes a se pôr além do horizonte de Upper Manhattan, e Shane estava tentando ser mais rápido que ele. Já percorrera dez quilômetros desde o lugar em que estava hospedado no West Village, descendo a West Side Highway e contornando o South Street Seaport. Agora, estava voltando. Começara em um ritmo agressivo, rápido demais, mas, nos últimos dez minutos, diminuíra um pouco. Estava à beira da exaustão. Mas era isso que fazia Shane seguir em frente, aquele lampejo de incerteza, a ameaça de esgotamento.

E tinha que continuar se movendo, porque queria estar em casa antes que a noite caísse. Não podia ficar fora do apartamento por mais de uma hora. Dissera a Eva que viesse se precisasse dele. E, desde que ela fugira do restaurante naquela manhã, chorando, ele a esperava. Provavelmente não teria notícias dela, mas precisava estar lá, caso Eva quisesse conversar.

Ele a tinha feito chorar. Era o que sempre fazia, destruía as pessoas que mais amava, as coisas que o faziam mais feliz. Vê-la tão chateada novamente, sabendo que era a causa de tudo aquilo, desencadeou um antigo pânico enraizado demais para ser removido. Ele precisava consertar essa situação. Não podia permitir que aquela fosse a última vez que se veriam.

Com o queixo para baixo, os olhos treinados olhando em frente, ele abriu caminho pela pista de corrida da West Side Highway — o brilhante rio Hudson serpenteando preguiçosamente à sua esquerda, com o horizonte de Nova Jersey se estendendo além dele. Estava muito quente, o tipo de calor que nos deixa apáticos e letárgicos. Turistas visivelmente exaustos descansavam nos bancos, enquanto o caminho estava lotado de corredores idosos que mal se moviam e grupos de mães passeando com seus bebês em carrinhos de grife. Todos, exceto Shane, estavam relaxados.

Era egoísmo querer um segundo a mais que fosse do tempo de Eva quando *ele* era o motivo pelo qual ela não estava bem? Provavelmente. Foi imprudente e infantil ter mandado todas aquelas mensagens para ela? Porra, sim. Mas ele havia analisado a situação muitas vezes desde a manhã e não sabia mais o que fazer.

Eu não devia ter vindo, pensou Shane, quase colidindo com um casal de vinte e poucos anos que de alguma forma estava conseguindo correr enquanto compartilhava um fone de ouvido.

Mas ele veio. Começara outro incêndio. Dessa vez, ficaria para apagá-lo.

Diminuindo o ritmo, Shane olhou para o horizonte para ver o pôr do sol. O céu antes do crepúsculo estava vívido com ondas de fúcsia e lavanda e, não pela primeira vez desde que estava sóbrio, ficou impressionado pelo quão vivo o mundo parecia. De repente, ele estava tão alerta. Ele era assim na infância, antes de começar a se anestesiar. Naquela época, ele sentia as coisas profundamente demais para o próprio bem.

Certa vez, enquanto esperava na fila do caixa da loja de departamentos, Shane, então com cinco anos, viu um cara roubar uma máquina de waffle do carrinho de uma mulher enquanto ela não estava olhando. Sua mente tinha espiralado em pensamentos silenciosos. E se waffles fossem tudo o que ela tinha para alimentar treze filhos durões porque o pai deles esbanjava o modesto salário de caixa em apostas de futebol e raspadinhas? *E se a vida dela dependesse daquela máquina de waffles?* Passara dias obcecado com aquilo.

E cobras faziam mal a ele. Bastava pensar nelas. Shane não podia suportar pensar naqueles répteis de aparência delicada se esforçando ao máximo para percorrer seu pedaço de floresta sem pernas e sem pés. Partia seu coração! Era injusto que fossem tão deficientes. Ele costumava rascunhar obsessivamente cobras com quatro patas, até que percebeu que, na verdade, estava desenhando lagartos.

O mundo era barulhento demais para o Shane garoto. O que ele não sabia era que estava se treinando para ser um escritor profundamente empático, capaz de compreender emoções sutis, espiar a humanidade em lugares inesperados, ver além do óbvio. Ele estava fazendo anotações para seu futuro eu, que escreveria tudo. Cada maldita coisa que via. E graças a Deus era bom nisso. No mínimo, escrever ajudava a organizar o caos em seu cérebro — mesmo que tivesse ocorrido apenas em quatro surtos intensos nos últimos quinze anos.

Já estou pensando na minha carreira no passado, refletiu, acelerando um pouco.

Shane escreveu seus livros na esperança de suavizar as arestas irregulares de sua vida, o que não funcionou de fato. Se acreditasse nos críticos, seus romances reorganizavam a maneira como o leitor pensava, provocando epifanias existenciais. Mas ele nunca conseguira fazer isso por si mesmo. Na verdade, seus maiores triunfos foram seguidos por suas maiores farras. Não importava quão vertiginosos fossem os picos profissionais, Shane simplesmente não conseguia resistir à força da maré que o puxava. A autodestruição sempre foi uma coisa iminente para ele.

Não, se escrever fosse a cura, os últimos quinze anos teriam sido muito diferentes. Ele não teria demorado tanto para ficar sóbrio. Ele poderia ter escolhido um lugar fixo para morar, criar raízes reais. Ser usuário do iFood ou do Spotify. Ele teria levado a sério essa coisa de viver.

E teria encontrado Eva havia muito tempo.

Logo à frente de Shane estava o píer 25. Famílias se aglomeravam na grama com vista para a água, tirando fotos ou esperando para entrar nos caiaques alugados. Shane olhou para os pais com filhos pequenos nos ombros, enquanto as mães equilibravam celulares, lanchinhos, bichinhos de pelúcia e caixas de suco nas mãos. Era tudo tão exótico. Sempre apreciara famílias a certa distância, observando-as como se fossem um fascinante experimento: toda aquela intimidade e vida familiar não poderiam ser mais desconhecidas.

Talvez por culpa de sua infância desconjuntada, Shane não sabia como cultivar aquela sensação de lar. Então a rejeitava. Ele sempre vivera sozinho, longe de multidões e cidades populosas — especialmente as que o faziam se lembrar de Washington —, de preferência próximo ao mar, e quase nunca por mais que seis meses. Sempre em casas alugadas. Havia certa liberdade em ficar em lugares que não eram dele. Shane se deleitava com a vibração um tanto desorientadora de pousadas, Airbnbs, uma cabana à beira-mar — lugares de passagem onde as coisas pareciam um pouco fora do lugar. Abajures em vez de luzes no teto. Lençóis com o aroma agressivo de algum amaciante importado. Ventiladores de teto instáveis e estantes empoeiradas com livros dos anos 80 (com frequência romances históricos do Velho Oeste cujas capas mostravam mulheres peitudas e, por vezes, um cavalo). Era impossível se sentir confortável demais em um lugar que a todo instante o relembrava de que aquilo não o pertencia.

E era impossível que qualquer pessoa o conhecesse também. O que era perfeito. Nos anos em que estivera perdido, não queria que pessoas vissem quanto estava instável. É claro, a sobriedade o mostrara que todo mundo estava um pouco fora da casinha. A merda dele só estava mais perto da superfície.

Qual o seu problema?, Eva perguntara naquele primeiro dia no colégio. Shane tentava responder a essa pergunta havia anos. Mas, quando Eva a fez, foi o exato momento em que de fato parou para pensar. Ela perguntara com curiosidade, sem julgamentos.

Shane era um completo estranho e tinha confessado que quebrava o braço de propósito —, mas ela não desistiu dele, não o condenou ou, pior, riu dele. Não tentou convencê-lo a parar. A generosidade de Eva era incrível — ela só queria saber o motivo.

E ele teria contado a ela. Mas naquela época não conseguia dizer porque fazia aquilo consigo mesmo.

Mantendo um ritmo constante, Shane passou pelo City Vineyard, restaurante à beira do rio com uma vista deslumbrante do horizonte do centro da cidade e nômades digitais bebendo rosé em copos de plástico. O cheiro doce e fermentado do bar flutuou sobre ele na brisa quente e seca, fazendo-o correr mais rápido. A cada passada pesada, a cada balanço da parte superior do corpo para a frente, os ossos do antebraço esquerdo reverberavam — uma batida baixa, apenas o suficiente para que ele nunca pudesse esquecer seu antigo hábito. E o que, exatamente, havia de errado com ele.

Shane tinha sete anos quando isso aconteceu pela primeira vez, o terrível evento que o levou de um lar adotivo para outro, onde aprendeu novos crimes, novas disfunções, novas maneiras de não ser amado. Isso era uma das partes. A outra era que toda vez que quebrava o braço, *doía*, mas, quando se sentia entorpecer, era atingido por uma visão notável de si mesmo. Só então via nitidamente quem era.

Na segunda vez, ele estava no terceiro ano em um centro de detenção de menores de Washington, e um guarda lhe dera uma surra, sem piedade alguma, por dormir durante a hora do almoço. Shane reagira, um Super Mouse puto da vida desferindo socos rápidos. Por fim, o guarda o derrubou com um murro veloz e certeiro no maxilar — e Shane, de propósito, usou o braço para diminuir o impacto da queda. Osso, quebrado.

Ah, ele percebeu. *Sou uma pessoa que não sabe a hora de parar.*

Outra vez, ele tinha doze anos e estava no pátio da escola. Em uma escola cheia de alunos problemáticos, desajustados e violentos, Shane já tinha a reputação de ser o pior de todos. Em frente a uma multidão, uma menina ameaçou um aluno mais velho a rachar a cabeça dele com uma garrafa de vidro. Só para ver o que Shane faria. Em um segundo, Shane deu uma chave de braço no menino e, segurando-o, se jogou na parede de tijolos — o cotovelo na frente. Osso, quebrado.

Ah, ele percebeu. *Sou alguém que as pessoas observam para se entreter.*

Depois, aos dezessete, um idiota desbocado fazia bullying com a aluna nova. Para salvá-la, Shane deu na cara dele com o braço engessado. Osso, quebrado.

Ah, ele percebeu. *Sou alguém que faria de tudo por essa garota.*

Antes que Eva o abordasse tão dramaticamente nas arquibancadas, Shane sentia-se como se estivesse escapando aos poucos. E com certeza não havia conselheiro escolar, pais ou assistentes sociais mantendo seus pés no chão. Então ele conhecera Eva, e ela respirava o mesmo ar. Ela grudou em seus ossos, enfiando-se em seu cérebro — e de fato consertou o mundo dele, da melhor maneira.

Pare de pensar no passado. Comece a pensar em como vai se explicar para essa mulher.

Shane estava mergulhado de cabeça nesses pensamentos quando o celular vibrou em seu braço (estava enfiado na braçadeira Nathan para iPhone, avaliada como o melhor acessório de 2019 pela runnersworld.com). Ele congelou. Alguns passos atrás de Shane, um grupo de marombeiros de Bushwick com bigodes hipster parou abruptamente de correr segundos antes de bater nele.

— Tá maluco, irmão?

Shane não percebeu a quase colisão, porque estava ocupado demais rezando para que fosse *agora*. Aquele era o momento. Eva finalmente queria conversar. Fez uma súplica silenciosa ao universo para que estivesse certo e arrancou o celular da braçadeira.

Eram Marisol, Datuan, Reginald e Ty, quatro de seus alunos favoritos, mandando uma mensagem depois da outra.

Limpando o suor da testa e ignorando a decepção, Shane ziguezagueou entre aqueles que corriam até um pequeno pedaço de grama que parecia ter saído de um filme de tão verde, à esquerda da pista. Encontrou um lugar vazio e se jogou ali, deitando de costas, exausto e esbaforido.

Então Eva ainda não queria falar com ele. Mas ter notícias dos alunos era a segunda melhor coisa.

Assim como fizera com Ty, Shane prometera a todos os estudantes a quem dava conselhos que estaria sempre disponível. Aquelas crianças todas corriam risco. Nenhuma delas tinha figuras paternais verdadeiras, e ele assumira tal posição com entusiasmo.

Shane duvidava seriamente de que teria filhos. Não confiava no próprio DNA. E em relação a saber quem eram seus pais biológicos — bom, ele sentia que era melhor não saber. Mas, para um nômade misantrópico sem treinamento profissional em orientação de adolescentes — e cuja própria adolescência poderia ter inspirado um documentário arrepiante na Vice TV —, ele cumpria bem seu papel. Ajustava-se a ele quase de modo confortável demais. A vida de Shane como professor tinha mais impacto e era mais gratificante que entrar na lista dos livros mais vendidos.

Ele provavelmente era apegado demais para ser pai substituto dos filhos de outras pessoas. Houve alguns momentos, como quando Bree, sua aluna favorita em Houston, foi espancada por um policial depois que um vizinho chamou a polícia por causa da festa barulhenta-mas-inocente de dezesseis anos dela, em que o envolvimento dele se tornou uma coisa nada saudável. Sua reação fora estrondosa, e aquela foi a primeira (e única) vez que se sentira instável com a sobriedade. Mas amava aquelas crianças. Elas precisavam dele. E Shane não tinha cedido ao vício, então o risco valia a pena.

> *Hoje, 19h57*
> **MARISOL**
> SENHOR HALL!! Comida de gato é venenosa pra pessoas? Coisas erradas aconteceram.

> *Hoje, 19h59*
> **DATUAN**
> E aí. Olha isso que engraçado. O diretor Parker pensava que VSF significava Vocês São Fogo.

> *Hoje, 20h02*
> **REGINALD**
> e aí terminei com a Tazjha ela ñ é uma boa namorada falei q as ações dela falam mais q palácios
> paladar*
> PALAVRAS* PALAVRAS* PALAVRAS*
> maldito autocorretor

> *Hoje, 20h06*
> **TY**
> qual a boa
> gosto do planetário

Shane arqueou as sobrancelhas, surpreso. Ty não gostava de nada! E, se gostava, com certeza nunca dizia. Ele nunca dizia nada. O objetivo de Shane ao conseguir o estágio no planetário era fazê-lo se interessar por alguma coisa, mostrar a sensação de correr atrás de uma paixão. Shane olhou para o céu. Queria estar em casa antes que anoitecesse, caso Eva aparecesse. Tinha tempo para fazer uma ligação.

— Ty! E aí, cara, como você tá? Recebi sua mensagem.

— Legal.

— Está gostando do estágio no planetário?

— É de boa.

— Me conta um pouco mais. Por que você gosta?

Silêncio.

— Ty?

— Tava dando de ombros.

Shane suspirou. Ele precisava fazer Ty melhorar as habilidades de comunicação.

— Você acabou de dizer "eu gosto do planetário". Essa é uma declaração forte de opinião. Quando você expressa uma opinião, precisa estar preparado pra fornecer evidências que a sustentem. Você gosta dele baseado em quê?

— Não sei. É tranquilo. Tipo, não sei por quê. — Ty não disse nada por alguns instantes. — Quer dizer, no teatro do cosmos...

— Teatro do cosmos!

— É assim que o senhor James chama. No teatro do cosmos, eu me sinto um astrônomo de verdade. Tipo *de verdade* verdadeira. Eu posso ver o caminho do Sol de Leste a Oeste. Ver a Lua de perto.

— Que incrível, Ty. Sei que você gosta pra caramba da Lua.

— É, e hoje aprendemos sobre objetos estelares bizarros. Estrelas de nêutrons, pulsares, buracos negros. E tem... tem... uma menina.

Shane sorriu.

— Ah, sério?

— Sério. Ela aparece lá de vez em quando. Ela desenha ou sei lá o quê. Hoje desenhou uma anã branca.

Shane olhou fixamente para o céu.

— Como assim?

— Uma anã branca é uma estrela que esgotou seu combustível nuclear.

— *Ahhh*. Qual é o nome dela? Vocês conversam?

— Não. Não posso falar com ela.

— Ela te pegou de jeito, hein?
Mais silêncio.
— Ty, você está dando de ombros?
— Estou.
— Escuta. Você é esperto. É leal. É um dos alunos mais interessantes que já tive. Nunca se sabe, vai ver essa menina vai todo dia no planetário na esperança de que você fale com ela. É só tentar.
— Posso perguntar uma coisa. — Como sempre, as perguntas de Ty soavam como afirmações. — Como você sabe quando está gostando de uma menina.

Shane se endireitou um pouco, apoiando-se nos cotovelos. Gostar da garota do planetário era uma coisa gigantesca para um garoto tão inseguro quanto Ty e deveria ser tratada com delicadeza.

— Quando é de verdade — começou Shane —, você nem precisa se fazer essa pergunta. Só é atingido. É como levar um tiro.

— Um tiro — repetiu Ty, parecendo em dúvida.

E lá se foi a delicadeza, pensou Shane.

— Me escuta — disse Shane. — É como se você soubesse que algo dramático aconteceu. Mas você não sabe que suas tripas foram diláceradas até quando já aconteceu. É essa a sensação de se apaixonar. Quando é de verdade, você não sabe que está se apaixonando. Você não tem opção. É atingido com força e só percebe depois. Entende?

Mais silêncio.

— Eu não quero levar um *tiro*, mano.

— Ty, foi só uma metáfora.

— É, mas, tipo, eu só quero perguntar se ela quer ir comigo na Cold Stone ou coisa do tipo. Tomar um sorvete — resmungou Ty. — Você tá vendo coisa demais aí.

— Viu, você nem precisa da minha ajuda! Já tem um plano — disse Shane, encorajando-o. — Convide ela pra sair amanhã. E seja confiante. Se você acreditar que é o tal, ela também vai acreditar.

— Talvez seja melhor perguntar se ela é intolerante a lactose primeiro.

— Nem pense em fazer isso.

— Não, você tá certo.

— É sério, você consegue fazer isso — falou Shane. — Me liga depois, pra contar como foi.

— Eu te atualizo. Se cuida aí — disse Ty e desligou.

Shane colocou o celular de volta na braçadeira, cheio de esperança por aquele menino. Ty vai ficar bem.

O sol acabara de se pôr e ainda havia uma chance — remota, quase nula — de que Eva aparecesse. Começou a correr pelas ruas sinuosas de West Village, de volta à Horatio Street.

Havia uma grande possibilidade de que o encontro no restaurante fosse a última vez que veria Eva. Mas ele não podia deixar de querer mais. Vê-la de novo fora estressante e fizera seu mundo girar — mas, no fundo, tinha sido bom. Bom demais. No voo para Nova York, Shane criara mil cenários para o reencontro. Tinha esperança de não sentir nada.

Mas, como acabara de dizer a Ty, ele não tinha opção, não é mesmo?

· 12 ·

Vinte perguntas

2004

Já estava escuro quando Shane levou Genevieve a uma mansão enorme e abandonada na Wisconsin Avenue. Como sempre, não sentia nada além de desprezo por pessoas que tinham um lugar como aquele e nem se preocupavam em viver ali. Se a casa fosse dele, só sairia dali à força.

A decoração parecia a de um museu. Havia filigranas com detalhes dourados e tapetes de pele de animal por toda parte. Candelabros cintilantes. Uma pintura vertiginosamente abstrata, com respingos de cores primárias, ficava acima de um sofá de crina no saguão. Aquele sofá pinicava que era um horror, impossível de ficar sentado.

Genevieve se jogou nele quase imediatamente.

Ela não perguntou como Shane sabia o código do alarme. Ou por que, apesar de a casa estar envolta pela escuridão, ele sabia andar ali dentro. No dia seguinte, ele explicaria que era a casa de uma amiga, que crescera ali. Ela morava no campus da Faculdade de Direito de Georgetown. O pai era embaixador da Coreia, e, já que os pais meio que moravam em Seoul, a casa sempre ficava vazia. Deixara um convite em aberto para que Shane fosse para lá sempre que quisesse fugir.

Esperava que Genevieve não perguntasse o que ele fazia em troca daquela generosidade. Não que tivesse vergonha. Só não queria que ela soubesse quanto estava desesperado.

Mas então Shane se lembrou da expressão dela na emergência, quando pediu que fosse embora com ele. O olhar em seu rosto era selvagem, um lampejo de desespero misturado com emoção. Ela concordou no mesmo instante, porque a alternativa era inconcebível.

Aquela garota sabia o que era desespero.

Shane a conduziu pela cozinha de ladrilhos mexicanos até uma escada de serviço e uma suíte no terceiro andar. O que antes havia sido o quarto chique de uma adolescente, agora funcionava como sótão. Álbuns de fotos, bonecas, revistas antigas, globos de neve e flautas estavam em pilhas organizadas. Havia duas enormes portas francesas que davam para um terraço com vista para o quintal verdejante, em que havia uma piscina em forma de rim. Segurando a mão de Genevieve, Shane a conduziu lentamente para a cama com dossel, forrada com roupa de cama rosa-claro.

Então ele enfiou a mão embaixo da cama e puxou uma bandeja com sacos grandes contendo uma infinidade de maconha, pílulas, seringas e pós. Foram rotulados de acordo com o que causavam: COMA (Valium), RELAXAR (maconha), ANIMAÇÃO (cocaína), PASSAR EM PROVAS (Adderall), TESÃO (ecstasy), DORMÊNCIA (oxicodona), e assim por diante.

A garota de Georgetown era uma excêntrica viciada em drogas. E ele era o traficante dela.

Shane tirou a camiseta e se jogou nas cobertas ao lado de Genevieve. Fumaram uma ponta até acabar. Em algum momento, se enrolaram um no outro, o rosto de Genevieve aninhado no pescoço de Shane, os dedos dele se enredando nos cachos dela. Era uma coisa confusa e boa, segurá-la tão perto daquela maneira inocente.

Foi o sono mais pesado de toda a vida dele.

―――

Por volta das dez da noite, Annabelle Park entrou na casa dos pais. Usava um vestido curto rosa-bebê da Juicy Couture e brincos de diamante. Aconchegada dentro da bolsa de transporte da Louis Vuitton estava sua chihuahua, Nicole Richie.

Annabelle sabia que Shane estava ali. Ele tinha ligado. Claro que ele e o lindo pau dele eram sempre bem-vindos. Além disso, ele era *ótima* companhia, porque nunca falava. Ela fofocava sobre a elite de Washington e ele ficava lá, só parecendo atento. Sorrindo, ela subiu correndo os dois lances de escada.

Annabelle abriu a porta de seu antigo quarto. No mesmo instante, foi dominada pelo cheiro decadente de maconha cara — e a visão de Shane, em sua cama, todo aninhado em uma menina qualquer. *Aquele bagunceiro filho da puta!* O primeiro instinto dela foi expulsá-lo, mas... bom, ela não era um monstro. Para onde ele iria?

Em dez meses, aprendera apenas três coisas sobre Shane. A primeira era que ele morava em algum "abrigo para crianças" da srta. Hannigan--que-se-foda. A internet informara que aquele era um orfanato para onde menores eram enviados depois de mais de vinte tentativas fracassadas de serem adotados. As crianças "boas" tomavam remédios antipsicóticos sem argumentar, enquanto as "ruins" eram colocadas na solitária, amarradas a radiadores e aquela merda vitoriana toda. Ela não podia mandá-lo de volta para lá.

(A propósito, sim, Annabelle estava com um pouco de ciúme. Mas ia passar. Afinal, estava planejando um casamento de outono de 125 mil dólares com o dr. Jonathon Kim no hotel Four Seasons em Georgetown.)

Sempre que estava vazia, a casa dos pais de Annabelle era um local de descanso para seus vários amigos viciados e os amigos viciados deles. Havia poucas coisas que ela respeitava menos do que a casa dos pais. Shane e aquela qualquer com o cabelo horrível podiam continuar ali. Os funcionários voltariam na segunda-feira seguinte para limpar, de todo modo.

Annabelle se esgueirou para vê-los mais de perto. Tanto Shane quanto a garota estavam com o olho roxo. Ela segurava o braço de Shane como se estivesse à deriva em uma tempestade bíblica e ele fosse sua única âncora.

Annabelle ficou triste por ela. Shane não podia ser a âncora de ninguém. Ele nunca amaria nada com a mesma intensidade que amava se destruir.

A segunda coisa que sabia sobre Shane é que, apesar de ser perseguido por alguns demônios poderosos, sempre saía ileso. Mas Annabelle suspeitava de que a garota que se apaixonasse por ele não teria a mesma sorte. Quando tudo acabasse, ela se afastaria cambaleando, com cicatrizes que durariam a vida inteira.

Annabelle desceu na ponta dos pés até a cozinha dos empregados. Pegou dois sacos de ervilhas congeladas e uma garrafa de vodca Polugar gelada. De volta ao andar de cima, colocou com cuidado os sacos no rosto deles (para os hematomas). Então, pôs a vodca na mesa de cabeceira. Shane não conseguia acordar sem isso. Essa era a terceira coisa que Annabelle sabia dele.

Com um movimento presunçoso de cabelo, pegou Nicole Richie, girou em seus sapatos Jimmy Choo e saiu. Os que odiavam Annabelle pensavam que ela era uma vadia malvada viciada em cocaína e com maçãs do rosto falsas — e sim, as maçãs do rosto eram mesmo falsas, mas também tinha um coração muito verdadeiro.

Annabelle Park, que logo se tornaria Annabelle Kim, tinha vinte e dois anos e estava grata por ser adulta. Mulheres adultas sabiam que não deviam se prender a bombas-relógio. As adolescentes mal podiam esperar para serem arruinadas.

⁓

Quando Shane acordou, não sabia que horas eram, que dia era ou onde estava. Tudo o que sabia é que acordara *suavemente*. Nas nuvens. Em paz.

E Shane percebeu aos poucos que estava acariciando a pele extraordinariamente delicada e macia de uma garota. E que estava dormindo de conchinha com ela, e que a garota era Genevieve. Ele se lembrou de tudo. A escola, o hospital, a corrida frenética até a casa e fumar e fumar até adormecerem juntos.

Teve flashes da noite anterior. Ele se lembrava de ter acordado de um sonho, perceber que ela estava muito longe, e de puxá-la mais para perto, com uma necessidade impensada que nunca havia se permitido sentir. A certa altura, em um breve vislumbre de consciência, percebeu que estavam fortemente agarrados um ao outro, sufocados de modo que era quase impossível respirar, mas era tão bom que antes de adormecer de novo pensou, *Foda-se, valeria a pena morrer assim.*

Shane abriu os olhos. A cabeça de Genevieve estava apoiada em seu braço bom (cem por cento dormente), e o braço com gesso estava apoiado no quadril dela. Ele observou o quarto espaçoso e feminino com o dossel sobre a cama king-size protegendo-os do sol que entrava pelas portas de vidro do terraço. O relógio na parede marcava duas da tarde. Eles tinham dormido treze horas.

Gemendo um pouco, sentiu os tremores matinais de sempre, um aviso de que precisava de uma bebida. Em breve. Mas não naquele instante. Naquele instante, precisava enterrar todo o rosto no calor com cheiro de coco do cabelo de Genevieve. A maneira como ela se tornara tão importante para ele em apenas um dia era inexplicável.

Mas coisas inexplicáveis aconteciam com ele, e Shane aceitava as esquisitices da vida. Ele não sabia se isso o tornava um aventureiro ou um idiota, mas uma coisa era verdade: nada de interessante jamais vinha de um caminho cheio de racionalidade.

Nas arquibancadas, tudo o que queria fazer era curtir sua dose de vodca e quetamina enquanto lia um livro que já havia lido catorze vezes. Era reconfortante para Shane saber quais palavras viriam a seguir. E *isso* era inexplicável em Genevieve. Parecia que ela deveria vir a seguir. Como se o capítulo já tivesse sido escrito e eles estivessem apenas tomando seus lugares. Como se ele já a conhecesse de cor.

Shane inalou seu perfume mais uma vez, saboreando-o. *Nada é melhor que isso*, pensou sonolento. Foi quando notou a vodca na mesa de cabeceira.

Subitamente bem acordado, Shane olhou da garrafa para o ombro castanho-amendoado perfeito de Genevieve e depois de volta para a garrafa. Com clareza, decidiu que as duas coisas mais urgentes do universo eram (a) mantê-la em seus braços e (b) pegar a vodca. Era uma questão de cálculo fazer isso sem acordá-la.

Cuidadosamente, com o braço bom ainda embaixo de Genevieve, ele estendeu o braço engessado por cima dela, os dedos a centímetros da garrafa. Ele a empurrou para a frente um pouco e, com um esforço hercúleo, investiu contra ela e a agarrou. Shane abriu a tampa com os dentes e tomou três grandes goles.

Quando respirou fundo e tomou outro gole, o tremor diminuiu e ele começou a se sentir normal.

Shane estendeu a mão por cima de Genevieve e colocou a garrafa de volta na mesa de cabeceira. Olhou para o teto. Então estendeu a mão para pegá-la de novo.

— Quantas vezes você vai fazer isso? — perguntou Genevieve, a voz abafada pelo travesseiro.

— Caramba! — exclamou ele. — Você tá acordada?

— Agora sim. — Ela pegou a garrafa e a entregou para ele, virando-se para que ficassem cara a cara. Como ela estava linda com a camiseta dele, os cabelos desgrenhados e as bochechas marcadas pelo travesseiro.

— Oi — disse ele, com um sorriso de orelha a orelha.

Genevieve sorriu de volta, mas então sua expressão ficou sombria.

— Qual o problema?

— Nada, eu só estou... confusa — gaguejou, parecendo perdida. — O que aconteceu? Onde estou? E... quem é você?

Shane arregalou os olhos. Genevieve tinha batido a cabeça no chão depois de levar o soco? Teve perda de memória por causa da concussão? Não. Não. Ele não entraria em pânico.

— Qual é a última coisa de que você lembra? — perguntou.

Genevieve fechou os olhos com força.

— Cincinnati.

— *Cincinnati?*

— Fica em Ohio — disse ela.

— Está falando sério? — Shane se sentou, recostando-se na cabeceira de veludo. Apoiou a cabeça nas mãos. — Não, não, não, não...

A boca de Genevieve tremeu, então seus olhos se enrugaram, e ela caiu na risada.

— Você ficou passado!

— Puta *merda* — ele disse. Contra sua vontade, sua boca se curvou em um sorriso, e ele riu, trêmulo. — Pensei que você estava mesmo com amnésia.

Parecendo orgulhosa, Genevieve se sentou ao lado dele, ombro com ombro.

— Muito realista, né? Cresci assistindo a *Days of Our Lives*.

— Você é uma pessoa muito estranha — disse ele, como que a venerando.

Assentindo, ela apoiou a cabeça no ombro de Shane.

— Não, mas de verdade. Você se lembra de como chegamos aqui, certo? Você não está com medo?

— Nada me assusta — afirmou Genevieve com confiança. Shane não acreditou muito, porque naquele momento o celular na mochila dela tocou. E ele a sentiu ficando tensa. O celular tocou e tocou, mas ela não fez menção de atendê-lo. Ele se perguntava quem estaria ligando. Deslizando o braço em volta dos ombros dela, puxou-a para mais perto, querendo fazê-la esquecer aquela preocupação (ou pelo menos abraçá-la até que isso acontecesse). Genevieve soltou um breve suspiro satisfeito que terminou em um leve gemido. E ele precisou de todas as forças que tinha para não a beijar.

Shane não podia. Não se tratava disso. Com tudo o que acontecera nas últimas vinte e quatro horas, um beijo não devia ser nada de mais. Mas, com Genevieve, seria alguma coisa. Com ela, seria uma promessa.

— Eu nem te conheço — murmurou Genevieve, traçando uma velha cicatriz no peito dele com o dedo indicador. — Por que não parece que somos desconhecidos?

— Não pergunte — disse Shane. — Você puxa um fiozinho solto e toda a merda se desfaz.

O celular dela tocou de novo. Dessa vez ela olhou para a mochila, jogada em uma cadeira de vime. Seu rosto estava nublado de preocupação e pavor, mas continuou a ignorá-lo.

Ela mordeu o lábio inferior.

— Ei. Quer ir a algum lugar e aprontar?

— Aprontar tipo ser indiscreto? Ou tipo ser preso?

— Não posso ser presa. Meu rosto está todo machucado. Já imaginou como ia ficar a foto?

— Autêntica. — Esticando-se um pouco, sua perna bateu em algo frio. Shane procurou debaixo dos lençóis e encontrou um saco de ervilhas.

— Nós dormimos com ervilhas? Isso é seu?

— Não. Todo mundo odeia ervilhas.

— Hm. — Shane deu um gole generoso. Algo oxidou em seu cérebro, e ele estava começando a se sentir bêbado. — Essa vodca é boa. — Estudou a garrafa com uma expressão interrogativa. — De quem é isso?

— *Você* tem amnésia? — Genevieve perguntou, sorrindo.

— Sério — disse ele —, minha memória de curto prazo é toda fodida.

— Quetamina faz mal.

— A vida faz mal — comentou ele, com um brilho imprudente nos olhos. — Quer ir até a piscina ficar doidona?

Antes que pudesse responder, o telefone de Genevieve tocou mais uma vez.

— É, vamos nadar! — ela concordou logo em seguida. — Mas e o seu gesso?

— Plástico-filme — ele disse, dando de ombros. — Mas nadar não vai fazer sua cabeça doer? Não quero piorar as coisas.

Genevieve apoiou o queixo no braço dele. Olhou para Shane com uma expressão suave, um traço de sorriso brincando em seus lábios.

— Ninguém nunca pergunta isso — disse ela baixinho. — Eu vou ficar bem. Mas vamos ficar muito chapados? E se a gente se afogar?

Shane não pôde responder. Estava preso no rosto dela. Perdera por completo o fio da conversa, irremediavelmente cativado por seus olhos de ônix, sua energia lânguida, o calor vibrante de sua pele contra a dele.

E se a gente se afogar?

Ele já tinha se afogado.

O celular de Genevieve tocou de novo. Dessa vez, ela lançou um olhar de desculpa a Shane e pegou o telefone da mochila. Da cama, Shane viu o nome LIZETTE na tela. Ela desligou o celular e o jogou na cadeira. E ficou ali, massageando as têmporas com os nós dos dedos. Seu humor havia mudado. Ela estava irradiando ansiedade.

— Sua amiga tem alguma coisa pra dor? — Parecia vaga e distante. — Não estou com meus comprimidos aqui.

Shane enfiou a mão embaixo da cama para pegar o estoque de Annabelle e rastejou para fora do colchão, entregando a Genevieve o saquinho com o rótulo DORMÊNCIA.

— Sim, vendi a maior parte dessa porcaria pra ela. Posso reabastecer mais tarde.

— Obrigada. — Com os olhos baixos, ela pegou uma bolsa do tamanho de um canivete da mochila, transferindo o peso do corpo de um pé para o outro. Preocupada, começou a coçar a parte interna do braço, a pele ardendo em um vermelho raivoso.

— Genevieve. Você está bem? — perguntou ele, aproximando-se.

— Não! — Ela levantou a mão para fazê-lo parar. — Quer dizer, sim. Eu só... preciso... usar o banheiro. Só um minutinho.

Assentindo, ele disse:

— Fique à vontade.

Genevieve atravessou o piso de madeira polido à perfeição rumo ao banheiro, cujo interior era decorado com papel de parede xadrez e acessórios dourados. Fechou a porta atrás de si.

Shane sabia o que ela estava fazendo lá. Queria impedi-la, mas não era da sua conta. Por um lado, eles *estavam* no mesmo espaço. Por outro lado, seria hipócrita da parte dele ditar quais comportamentos destrutivos eram ou não apropriados.

Segurando a vodca, Shane bateu na porta do banheiro.

— Posso só ficar aqui? Do outro lado da porta?

O silêncio durou tempo demais. Shane se perguntou se ele conseguiria arrombar a porta se fosse necessário.

— Por quê? — A voz de Genevieve parecia fraca.

— Pra você não ficar sozinha.

— Sério? — Ela fez uma pausa. Quando falou de novo, sua voz estava mais próxima: — Acho que pode.

Shane encostou as costas na porta. Coçou o queixo, repuxou o lábio inferior, estalou os nós dos dedos.

— Você quer conversar, ou...

Só então, sentiu uma pressão do tamanho de Genevieve do outro lado da porta.

— Tá. — Ela parecia perto o suficiente para ser tocada. — Vamos conversar.

— Vinte perguntas — disse ele, limpando a garganta. — Eu primeiro. Que tipo de francesa você é? Haitiana? Argelina?

— Louisiana.

— Seu pai é de Louisiana?

— Não sei quem é meu pai.

— Eu também não sei quem é o meu.

— Já se perguntou quem ele é?

— Não, estou tranquilo. O conceito de "pai" parece uma coisa inventada, como o Papai Noel ou o Coelhinho da Páscoa. — Shane bateu a garrafa na perna. — Também nunca acreditei nesses manos aí.

— Quando eu era criança — disse Genevieve —, sonhava que ele fosse o Mufasa.

Shane ficou em silêncio.

— Vou dizer uma coisa polêmica.

— Não me diga que você nunca viu *O rei leão*.

— É só que... a história é escrita pelos vencedores, certo? E, se o Mufasa fosse o cara mau e não sabemos disso, porque ele é a estrela da história? "Ciclo sem fim" parece uma propaganda política para colocar os animais da classe trabalhadora no lugar deles. Tipo, cale a boca, seu destino é ser comido. Talvez eu esteja viajando.

— Você não está viajando; você é um *psicopata* — disse ela, mas ele podia ouvir um sorriso em sua voz. — Minha vez. Você conhece sua mãe?

— Não. Sou órfão. Você tem mãe?

O silêncio dela parecia pesado.

— Às vezes.

— Melhor do que nada, certo?

— Há controvérsias — ela suspirou. — Minha vez. Algum talento oculto?

Shane tocou o lábio inferior, imaginando se iria admitir isso para ela.

— Eu canto bem — confessou, hesitante. — Bem de verdade. Em um ritmo meio R&B e essa merda toda. Tipo, não importa a música, pode ser "Parabéns pra você", eu soo como o Ginuwine. É vergonhoso pra caralho.

Genevieve chorou de tanto rir.

— Canta alguma coisa! Uma música grande, tipo "End of the Road". "The Thong Song". "Beautiful", da Aguilera.

Ele deu um meio sorriso.

— Você quer que eu me humilhe por você?

— Não, quero que você *queira* se humilhar por mim.

Eles riram e logo ficaram quietos. Shane dando goles comedidos na vodca e Genevieve em silêncio.

Shane começou a ver dobrado. Fechou um olho e a visão voltou ao normal.

— Ei — ele começou. — Por que você faz isso?

— Não sei. Eu entro em transe. — Ela parecia distante novamente. — E depois sinto um alívio.

— Dói?

— É esse o objetivo.

— A mesma coisa com meu braço — admitiu. — Dói, mas eu preciso disso. Como se fosse a cola que me mantém inteiro.

Ela disse alguma coisa que ele não conseguiu escutar. Então:

— Vou me sentar agora.

Shane sentiu o peso dela deslizar pela porta. Ele se sentou também. Não sabia havia quanto tempo estavam assim. O tempo era elástico. Depois de um momento, Shane desmaiou. Deve ter dormido muito, porque, quando Genevieve enfim abriu a porta, ele caiu de costas com um baque surdo.

— Vamos pra piscina! — Ela parecia forte, alegre.

Shane olhou para ela do chão. Genevieve estava com um sorriso brilhante, como se as pílulas tivessem surtido efeito e o que a estava machucando tivesse parado. Ela estava encharcada, o cabelo pingando. Tinha tomado banho sem tirar a roupa?

O único sinal de que havia se cortado era o discreto curativo na parte interna do antebraço.

Embasbacado, Shane olhou para a camiseta dela, encharcada, grudada na pele, o sutiã, a calcinha — e foi dominado por uma onda de excitação e fascinação. *É como se nada tivesse acontecido.* Ela não parecia ferida. Parecia triunfante. Uma força da natureza.

Por um momento, acentuado pela embriaguez, Shane pensou que tinha alucinado a coisa toda.

Mas então, confiante, ela passou por cima dele, pingando por toda parte e saindo do quarto.

— Levanta! — gritou por cima do ombro.

E ele levantou sem pensar.

QUARTA-FEIRA

· 13 ·
Meloso demais

Na manhã seguinte, as coisas ainda estavam intoleravelmente estranhas entre Eva e Audre. O estômago de Eva se revirava. Era menos pela briga, na verdade, e mais pela forma como falaram uma com a outra. Nunca haviam dito coisas ofensivas de propósito. Outras mães e filhas faziam isso. Mas não elas.

Em silêncio, Audre saiu de casa sem tomar café da manhã.

Eva estava destruída — de verdade. Mas sabia que precisava fazer aquilo. Assim que Audre saiu, colocou um vestido de alcinha curto, mas casual, atiçou os cachos para que ficassem com a elegância de uma youtuber de cabelo e caminhou rapidamente até o trem F. Nos três quarteirões até o metrô, a enxaqueca passou de leve a intensa (a umidade de junho!) e ameaçava perfurar sua coragem. Ela se enfiou no banheiro de uma loja de vinhos e injetou o analgésico na coxa. Quando chegou no West Village, a coxa estava dormente; o cérebro, zonzo; e os cabelos, murchos — mas ainda assim manteve o foco. Depois de pegar dois cafés gelados em uma cafeteria caindo aos pedaços na Eight Avenue, caminhou apressada pelas labirínticas ruas de paralelepípedos até encontrar o endereço.

Horatio Street transbordava com o charme e o esplendor da velha Nova York. Sob a sombra de árvores exuberantes e enormes, o número 81 era o penúltimo do quarteirão, uma casa de tijolos vermelhos do século XIX.

Era um andar mais alta que o restante, com uma imponente varanda que conduzia a uma porta azul-celeste espetacular.

Eva subiu os majestosos degraus do alpendre da casa e parou no último respirando fundo, as mãos congeladas, os cafés gelados pingando em seus Adidas.

Sem mão livre para bater na porta, ela a chutou com gentileza. Nada. Outro chute. Ainda nada. Por fim, a porta se abriu.

Shane estava parado ali, os ombros frustrantemente largos, os olhos brilhantes, encantador — camiseta branca amarrotada e calças de corrida cinza (*pornográfico*) —, a expressão demonstrando puro e inconfundível choque.

— É você — suspirou Eva.

— Não, *você* — disse ele, expirando. — Você veio.

Eva assentiu.

— Vim.

Ele mordeu o lábio inferior, tentando não sorrir.

— Por quê?

— Pra trazer café — disse ela, porque não sabia como dizer a verdade. Enfiou o copo na mão dele.

— Obrigado? — agradeceu ele, confuso. — Hm. Então. Exagerei demais nas mensagens. Desculpa. Foi por causa do jeito que você foi embora. Fiquei preocupado.

— Não precisa, eu estou bem. — Ela viu seu reflexo extremamente nervoso e inquieto na janela. Não parecia bem. Parecia estar no quinto latte grande.

— Quer entrar?

— Melhor não.

— Ah. — Shane hesitou um pouco antes de acrescentar: — Quer que eu saia?

Eva cambaleou um pouco, subitamente desequilibrada. Ali estava ela, parada diante dele, em frente àquela casa bela e antiga, e não tinha pensado direito em como iniciar a conversa.

— Você está me devendo — deixou escapar.

— Estou te devendo — repetiu ele.

— É.

Movendo-se um pouco, ele enfiou a mão no bolso.

— O café?

Era difícil demais.

— Não, quer dizer... olha, não estou aqui para falar do passado. Mas depois do jeito que terminamos? Naquela época? Você sabe que está me devendo.

— Ah — disse ele. — Porra, sim, estou te devendo.

— Preciso de um favor.

— O que você quiser.

— Mesmo?

Concordando devagar, ele olhou nos olhos dela.

— Do que você precisa?

Foco.

— Você daria aula de inglês na escola da mi...

— Daria — interrompeu ele.

— Minha filha? Não sei quanto tempo você vai ficar lá. Mas a diretora está desesperada por um professor de literatura inglesa para o próximo ano. É meio que uma emergência.

— Sim.

— Você não quer saber o motivo?

Piscando os olhos, ele disse:

— Me conte depois.

— Ousado da sua parte achar que vai ter um depois.

— Ousado da sua parte achar que não vai ter.

Eva ergueu as sobrancelhas.

— Como é que é?

— Um depois platônico. — Shane acenou com a mão que segurava o café. — Você disse que o passado ficou pra trás, certo?

— Certo.

— Então vamos começar de novo. Ser amigos. Você está atrasada para ir a algum lugar?

Franzindo a testa, ela olhou para o relógio.

— Estou. Minha vida está... bom, desmoronando.

— Quer falar sobre isso?

Ela balançou a cabeça.

— Não, melhor eu ir embora.

— Tá bom. — A expressão de Shane era impassível. — Tchau.

Surpresa e irritada, Eva bufou involuntariamente.

— Tchau?

Apoiando-se na porta, Shane disse:

— Você quer que eu te convença a fugir das suas obrigações? Se quer fazer, então faça. Você já é adulta.

— Tá bom. — Ela inclinou a cabeça, olhando-o de cima a baixo. — Você ainda é perigoso?

Ele riu.

— Você é?

— Sou mãe. Escrevo cartas para diretores de escola exigindo salas de aula com eficiência energética.

— E eu estava pesquisando um retiro zen cinco minutos antes de você aparecer. Somos tão entediantes agora. Em que confusão podemos nos meter?

Mordendo o lábio inferior, ele ergueu o café para ela.

— Uma hora — disse ela, brindando com ele. — No máximo.

Ela analisou o sorriso satisfeito e seguro dele. Nunca fora forte o suficiente para resistir àquilo.

Antes de mais nada, Eva precisava contar a novidade para Bridget O'Brien. Enquanto enviava um rápido e-mail para ela, os dedos voando com empolgação pelo celular, uma sensação de alívio misturado com entusiasmo a inundou. A vaga de Audre no Cheshire — e tudo aquilo pelo que haviam batalhado — estava a salvo. A carreira acadêmica de sua bebê estava salva! Graças a Shane.

Mas, tão rápido quanto veio, o alívio começou a se dissolver em outra coisa — conforme lentamente se dava conta de que Shane ficaria por ali. Shane, na cidade dela. Infiltrado em seu mundo.

Era um preço pequeno a se pagar pela carreira acadêmica de Audre. Ela não se preocuparia com isso agora. Tudo o que sentia era gratidão.

O sol ardia amarelo, mas havia uma brisa maravilhosa — um dia perfeito para perambular sem rumo. Então, quando Shane sugeriu que caminhassem ao longo do High Line, ela concordou com cautela. Seria um passeio tranquilo para um casal de velhos... amigos? Fossem o que fossem, Shane e Eva subiram a escada escondida até o High Line, logo atrás do Whitney Museum lotado de turistas. O calçadão elevado que ligava West Village a Chelsea estava cheio de carrinhos de comida, fontes e jardins sombreados com vista para a cidade. Depois de uma curta caminhada, eles encontraram o minianfiteatro com parede de vidro e vista para a Tenth Avenue.

Eva estava sempre uma pilha de nervos, mas se sentia surpreendentemente calma na presença de Shane. A multidão esparsa nos degraus irradiava uma calma contagiante de dia de preguiça: uma mãe amamentando, um passeador de cães tomando banho de sol com quatro yorkshires, um casal mais velho bebendo limonada. Eva e Shane escolheram um lugar e se enveredaram com cuidado em uma conversa-fiada. Sobre o tempo. Vendas de livros. A segunda temporada de *Atlanta*.

Logo, depois de caírem em um silêncio confortável, Eva deixou de lado o papo furado e mergulhou de cabeça.

— Então — ela começou. — Horatio Street, número 81.

— O que tem meu endereço? — Ele balançou o café, o gelo derretendo.

— Era a casa de James Baldwin.

— Conforme explicado — ressaltou ele — na placa da porta.

— Não, eu sou obcecada por Baldwin. Sei que ele morou ali de 1958 a 1961. — Ela ergueu as sobrancelhas severamente. — Escreveu *Terra estranha* naquela casa.

— Escreveu, não foi?

Cruzando os braços, Eva lançou um olhar desconfiado para ele.

— Era esse livro que você estava lendo na arquibancada. Quando nos conhecemos.

Ele também cruzou os braços e olhou nos olhos dela.

— Coincidência poética.

— *Shane*.

Ele sorriu.

— Você é meloso demais, cara — ela disse.

— E você se lembrou. Significa que você também é. — Com aquele sorriso tão amplo que dividia seu rosto, Shane se reclinou, apoiando-se nos braços e cruzando as pernas. O sol refletia na pele dele. Para Eva, estava estupidamente irresistível.

— Se você tem a oportunidade de tornar um momento significativo, por que não aproveitar? — ele continuou. — Eu poderia ter me hospedado em um hotel popular qualquer com vendedores tristes morrendo pouco a pouco de clichê e tédio. Ou poderia alugar a casa do meu autor favorito e, com sorte, encontrar inspiração para escrever. Senão, ao menos curtir uma semana com um ciclo completo de simbolismo.

— E está dando certo?

— O ciclo completo de simbolismo? Bom, estamos sentados nas arquibancadas de novo, quinze junhos depois, então eu diria que está dando muito certo.

Eles se olharam em silêncio. Eva desviou o olhar primeiro.

— Eu quis dizer a escrita — enfatizou ela.

— Não consigo mais fazer as palavras fazerem o que quero que façam. — Ele parecia conformado.

Eva abaixou o café.

— É como naqueles casos em que as pessoas sofrem um traumatismo craniano severo, entram em coma e acordam falando uma língua diferente. Imagino que seja essa a sensação. Escrever sóbrio pela primeira vez.

— Sim — disse Shane, ponderando. Então soltou uma pequena e triste risada. — É exatamente assim. Como se eu tivesse acordado um dia e não soubesse inglês. Estou tentando escrever em uma língua que não falo mais. — Então, completou: — Não consigo escrever sóbrio. É a primeira vez que digo isso em voz alta.

Eva se reclinou, e os ombros deles estavam quase encostados.

— Não que eu tenha assistido a algum vídeo seu ao longo dos anos. — Ela sorriu para ele. — Mas nunca pareceu que você estivesse caindo de bêbado. Apenas sonolento.

— Por Deus, você está falando do NAACP?

— Só quis dizer que você disfarçou bem.

— Fingir sobriedade é uma arte — explicou ele. — O truque é falar *bem* pouco e ficar *bem* parado. E, se você fizer isso direito, é inevitável sentir sono.

— Li em algum lugar — começou Eva — que nos sets de filmagem os atores giram várias vezes antes de gravar uma cena em que estão bêbados. Para ficarem tontos e sem equilíbrio.

— Espertos — disse ele, remexendo o café gelado de novo, um som alegre e calmante. — Sabe o que figurantes em cenas cheias de pessoas fazem para parecer que estão conversando? Repetem "ervilhas e cenouras" sem parar. Mas gesticulando, como se de fato estivessem falando alguma coisa.

— É verdade? — Ela o empurrou com o ombro. — Loucuras da atuação.

Franzindo as belas feições em uma carranca ameaçadora, ele murmurou, *ervilhas e cenouras, ervilhas e cenouras*. Parecia um golden retriever furioso.

Eva começou a rir.

— Qual a graça?

— Você não é mais assustador, Shane Hall.

— Eu sei. Sou o mel de meliante.

Ambos riram, até se esquecerem do que estavam rindo. Por fim, caíram em um silêncio confortável, aproveitando o sol. Quando o celular de Shane apitou, ele olhou com preguiça para baixo e viu que era uma mensagem de Ty. Uma selfie do rosto redondo sorrindo ao lado de uma linda menina com tranças, ambos segurando sorvetes de casquinha.

Hoje é um dia perfeito, ele pensou, quase vertiginosamente. *Tudo está perfeito.*

— É inacreditável quanto você está mais leve — disse Eva, analisando a expressão dele. — Posso perguntar como você parou? Foi o AA?

Shane pensou a respeito, dobrando a embalagem do canudo em um quadradinho.

— Não, eu odiei o AA. Toda hora compartilhando histórias, e a terapia em grupo. Tudo para descobrir por que você bebe. Eu sempre soube o motivo, e isso nunca me impediu. Fiquei sóbrio porque queria. Era parar ou morrer. — Ele se virou e olhou para ela. — Sou narcisista demais pra morrer.

— Hm. Tem certeza que a terapia não funcionou?

Shane estava prestes a responder, então se distraiu com o brilho do sol nos braços nus de Eva. Seus olhos percorreram a pele dela, não mais marcada, mas repleta de delicadas tatuagens pretas. Uma meia-lua, o símbolo do estado da Louisiana, uma pena, a data de nascimento de alguém gravada em uma trepadeira etérea e cheia de flores em volta do pulso. Uma bela distração.

Nunca era possível saber o que havia por baixo.

— Como você parou, Genevieve?

— Eva — ela corrigiu, baixinho.

— Eu sei — respondeu ele, após uma pausa. — É difícil de dizer.

— Tudo bem — disse ela, e estava mesmo. — Depois de... nós, fui obrigada a frequentar um centro psiquiátrico, para automutilação.

— Sua mãe te mandou?

— Não, a polícia — falou ela, sem dar mais informações. — No centro, descobri que me cortar era uma reação ao meu sentimento de desamparo. Era a única hora que me sentia no controle. — Ela passou a mão pelo braço esquerdo, para cima e para baixo, como se o protegesse de lembranças abrasadoras. — Antes, pensava nisso como um ritual divino. Os maias acreditavam que os deuses presenteavam os seres humanos com sangue, então se cortar era uma forma de retribuir. Como uma limpeza espiritual.

— Você sente falta? — perguntou Shane.

— Às vezes — admitiu ela em voz baixa. — Geralmente na hora do banho. Sinto falta do ardor quando a água caía nos cortes. Loucura, né?

— Não para mim — disse ele, sem julgamento. Eva mergulhou na energia dele, relaxando um pouco, grata.

— Não sinto falta de beber — ele continuou. — Mas sinto falta de ter um escape. No começo, olhava para as pessoas sóbrias e pensava, tipo, caramba, vocês andam mesmo por aí sentindo tudo?

— É. Sinto falta de ter como colocar as coisas no mudo.

— Sinto falta de ter vícios.

Ficaram sentados em silêncio lado a lado, a centímetros de distância, o corpo na mesma posição, mas sem se tocarem.

— Você ainda usa o anel — comentou ele.

Não tinha percebido que ele estava olhando para ela. Com o coração palpitando, Eva ergueu a mão, olhando de soslaio para seu velho anel camafeu.

— Faz com que eu me sinta protegida… não sei por quê. Você tem alguma coisa assim? Tipo um amuleto?

— Não. — Shane olhou para a rua. — Não mais.

Eva ajeitou um cacho atrás da orelha, observando os hipsters saírem da Artichoke Basille's Pizza na Tenth Avenue. Então, abrindo um sorriso tímido para Shane, se levantou, descendo as arquibancadas até a parede de vidro.

De pé ali, ela se inclinou para a frente até apoiar a testa no vidro frio. A sensação era incrível. Era como se estivesse suspensa no ar, sobre a rua. Como se o mundo parasse e começasse ali. Fechou os olhos e sentiu Shane ao seu lado.

— Fiz isso uma vez com a Audre — contou para ele. — Parece que você está flutuando, não? Fecha os olhos.

Ficaram lá por um segundo, ou dois ou três, e depois olhou para Shane. Os olhos de Shane não estavam fechados. Ele a absorvia, a expressão visível e hipnotizada. Sob a luz do sol, os olhos dele estavam mais claros que o normal. Eva se lembrava daquela cor, daquele mel salpicado de ouro. Ela se lembrava de tudo. Como era fácil mergulhar nele. Em um minuto estava bem; no minuto seguinte, estava entregue.

— Vamos embora — disse Shane, quebrando o feitiço sob o qual estavam.

Eva piscou.

— Pra onde?

— Encontrar vícios novos. Que não sejam perigosos.

— Eles valem a pena — perguntou Eva — se não forem perigosos?

— Não sei. — E, com uma alegria pueril, ele disse: — Vamos descobrir.

───

Shane e Eva encontraram o primeiro vício seguro — uma barraca de gelato artesanal na Little West Twelfth. E foram com tudo. Pediram casquinhas com três bolas antes de voltar para as ruas labirínticas e salpicadas de sombras de West Village.

A casquinha de Shane estava cheia de sorvete de azeite, e o de Eva era de cappuccino e canela. Uma delícia. A tarde inteira foi deliciosa — tanto que Shane já estava nostálgico antes mesmo de terminar.

Era como se o contínuo espaço-tempo tivesse soluçado e eles sempre tivessem se conhecido. Estavam leves como o ar, tontos com a chama da amizade que reacendera. Shane não ousaria provocar o destino pedindo mais que isso. Aquele momento era perfeito o suficiente. Só isso. Só Eva. Uma Afrodite de Adidas. A Eva perturbadora, tão sexy que o desorientava e que mal havia tocado em seu gelato, porque passara os últimos sete quarteirões desconstruindo os subtextos feministas em *Guardiões da galáxia vol. 2*.

Shane, que nem gostava de super-heróis, fora instantaneamente convertido. A paixão de Eva era contagiante. Sua risada, leve. A forma como falava, tão... autoritária. A certa altura, imersa em seu discurso, ela fez dos óculos uma faixa de cabeça, empurrando o cabelo para trás —

e Shane observou um dos cachos escapar, caindo em sua testa. Um momento em câmera lenta agonizante.

Eu arriscaria tudo por esse único cacho.

Shane estava ciente de que estava enlouquecendo. Andar, falar e tomar sorvete ao mesmo tempo parecia coisa demais. Felizmente, Eva se sentou em um banco do lado de fora de um boticário do século XIX. Quando por fim começou a tomar o gelato já derretido, ele fez a pergunta que estava em sua mente desde aquela manhã.

— Mudando de assunto — começou, desajeitado. — Por que você disse que sua vida estava desmoronando?

Após um suspiro dramático, Eva explicou o escândalo do Snapchat de Audre.

— ... E a Audre é ótima. Mas ela acha que sabe tudo. Está desesperada para crescer. É assustador! Me sinto tão perdida às vezes, cuidando dela, sendo mãe. Meu único exemplo é minha mãe, que era muitas coisas, mas "mãe" não era uma delas.

Antes que Shane pudesse responder, ele viu que do outro lado da rua, na esquina, uma menina de pele cor de avelã, de vinte e poucos anos e um rabo de cavalo rosa, estava olhando para eles. Ela sorriu, digitou alguma coisa em seu celular e depois riu. Felizmente, ela não estava no campo de visão de Eva.

Filha da puta, ele pensou, olhando para o outro lado. As fãzinhas jovens eram tão malucas. Do tipo que tinham "Oito" tatuado em oito partes diferentes do corpo.

— Você nunca me contou sobre sua mãe — ele disse, desviando o olhar da menina.

— Hmmm. — Eva lambeu o gelato. — Vejamos. Ela veio de uma cidade pequena, Belle Fleur. Na infância, as pessoas a chamavam de Lô, apelido para Louva. Porque nasceu com as mãos unidas em oração, como um louva-a-deus. No bayou — ela começou, com a pronúncia arrastada de Louisiana igual à da mãe —, seu nome de batismo é só uma sugestão.

— Ela sorriu. — Lizette combina mais com ela.

— Parece frágil e trágico.

— Essa é minha mãe — disse Eva, assentindo. — Enfim, ela não aprendeu nada além de ganhar concursos de beleza. Chegou ao Miss Universo em 1987, mas foi desclassificada.

— Por causa de alguma merda tipo Vanessa Williams? — perguntou Shane.

— Não, porque ela não podia participar da competição de traje de banho com uma barriga de seis meses. — Ela riu. — Nos mudamos para Los Angeles depois que eu nasci, mas ela era baixinha demais para ser modelo, e o sotaque forte demais para atuar. A salvação que encontrou foram os homens ricos. Ela virou meio que uma… amante profissional, o que foi lucrativo durante um tempo. As casas, as roupas, escolas, tudo do bom e do melhor. Acredita que não me lembro de nenhum dos apartamentos que morei quando criança? Só da vista da janela do quarto. Um lago artificial com uma fonte de sereia de mármore em Vegas. Os fundos de um restaurante persa bastante elegante em Chicago. Em Atlanta, um beco sem saída com uma enorme população de gatos de rua, que dei nomes de integrantes da Wu-Tang.

— São muitos gatos então.

— Depois de cada término, a gente se mudava. Quando me tornei adolescente, as cidades tinham ficado mais decadentes e os homens que ela escolhia eram verdadeiros pesadelos. Mas ela nunca conseguia antecipar os problemas, sabe? Era tão infantil — disse Eva. — Dormia o dia todo, saía à noite e eu ficava sozinha. — Eva fez uma pausa, com a testa franzida. — A Lizette era uma maluca. Mas, para ser justa, a mãe dela, minha vó Clotilde, também era uma lunática.

— Ela também era amante profissional?

— Não, era assassina.

— O quê?

— A vovó Clotilde tinha "ataques". Desmaiava, ficava triste, e… — Ela parou abruptamente.

— E o quê?

— Tinha dores de cabeça violentas.

Shane olhou fixamente para ela, sem piscar.

— Os moradores da cidade achavam que ela estava possuída. Ainda mais porque ela tinha dores de cabeça terríveis depois de beber o "sangue de Cristo" todos os domingos na missa. Claro, o sangue de Cristo era apenas vinho tinto barato, um jeito clássico de aumentar a enxaqueca. Mas ninguém sabia disso nos anos 50. — Eva riu um pouco. — Todo mundo achava que ela era uma...

— Bruxa — interrompeu Shane, parecendo incrédulo. — Uma bruxa com enxaqueca.

As covinhas de Eva apareceram.

— Um dia meu avô estava cantando no galpão, em um barítono alto. Reza a lenda que ela estava enfeitiçada havia um mês e não podia *suportar* o barulho, então enlouqueceu e atirou nele. O xerife tinha medo demais dela e não quis continuar o processo, mas ela foi expulsa da cidade. Deixou Lizette com uma tia e recomeçou em Shreveport. Ah! E ela se tornou uma empresária. Aparentemente, fazia uma jambalaia incrível. Ganhou dinheiro com essa história de bruxa, vendendo a receita em feiras do condado. POÇÃO DE BRUXA DA CLÔ: ESPECIARIAS BEIJADAS PELO PRÓPRIO SATANÁS. Seus rótulos, feitos à mão, aparecem em painéis estéticos do Sul no Pinterest. Minha mãe que me contou tudo isso. Ela é uma baita contadora de histórias. É a única coisa que temos em comum.

Shane afundou no banco.

— *Essa* é sua linhagem? É tudo muito sombrio e fantástico!

— Fica ainda mais sombrio. — Eva guardara essas histórias durante toda a sua vida e estava entusiasmada para contá-las. — Quando a Clô era criança, a mãe dela, Delphine, fugiu na calada da noite. Sem aviso, apenas fugiu para Nova Orleans e se passou por siciliana. Mudou Mercier para Micelli, virou dançarina, casou com um procurador-geral, teve um filho "branco", conquistou a sociedade dos anos 30 e, quando o marido morreu alguns anos depois, herdou a casa dele. Uma mulher secretamente negra era dona da melhor mansão no muito, muito racista Garden District.

— Imagina como deve ser viver com o medo de que descubram a verdade — disse Shane.

— Acho que ela não conseguia. Aos quarenta anos, se afogou na banheira na festa de Natal, com a casa cheia de aristocratas de Nova Orleans. Ela escreveu *Passant blanc* nos azulejos, com batom. Revelou por conta própria. — Eva deu de ombros. — Aparentemente, a história foi abafada. Tenho primos brancos que não sabem quem são. Encontrei alguns no Facebook. E são extremamente brancos, também. Tipo branco republicano.

— *Você tem familiares pseudoitalianos?*

Shane queria saber mais. Enquanto falava, Eva se transformava — as mãos se mexiam no ar, como se agarrassem pedaços da história, a voz fluída, se metamorfoseando. Como se tivesse vivido ela mesma aquelas histórias.

Eva era todas essas mulheres.

— Isso dá um livro — disse Shane. — Escreva, *por favor*.

— Claro, e qual seria o título? *Mães instáveis e filhas negligenciadas?* — Eva parecia já ter pensado nisso. Muito. — Além disso, preciso escrever o livro 15 da série antes de começar qualquer outra coisa.

— Esse é o livro que você mencionou no restaurante — recordou-se Shane —, aquele que disse que ninguém leria? Você está errada! É a história da América negra contada por matriarcas fascinantes e fodonas.

— Olha, a Audre não sabe de nada disso. Ela acha que a Lizette é uma heroína. Eu... distorci um pouco a história porque quero que ela se orgulhe de ser quem é — insistiu Eva. — Eu nunca nem fui para Belle Fleur.

— Então vá. — Animado, Shane virou o corpo todo para ela. — Vá.

— Não posso. — Eva balançou a cabeça. — Isso exigiria me abrir.

— Por que você não quer fazer isso?

— É uma confusão aqui dentro — ela disse, de um jeito vago.

Shane se perguntou quando foi a última vez que ela desmoronou na frente de alguém.

— Mas essas são as coisas boas — ele insistiu. — É você.

— Não posso me dar ao luxo de desmoronar — disse ela.

Eva olhou nos olhos dele. E Shane viu que ela parecia faminta. Uma coisa poderosa e protetora o atingiu. Ele queria agarrá-la e correr. O que, de acordo com o histórico deles, provavelmente não terminaria bem.

— Shane — disse ela, baixinho. — Por que você não fala meu nome?

Shane se encolheu, pego de surpresa. Era desorientador estar preso entre o que ele uma vez sentira e seus sentimentos de agora. Se Shane falasse o novo nome dela, então ela deixaria de ser uma memória. Ela se tornaria tangível. E ele teria que confrontar a realidade. Que Eva Mercy o estava desenrolando, tão lenta e seguramente como se tivesse puxado um fio.

Shane estava ali para esclarecer as coisas e ir embora. Apaixonar-se por ela não era parte do plano.

— Não posso dizer seu novo nome.
— Por quê?

Hesitante, ele disse:

— Também não posso me dar ao luxo de desmoronar.

Shane ouviu a respiração ofegante de Eva e viu seus lábios se abrirem, mas ele não ouviu o que ela respondeu — porque a garota do rabo de cavalo rosa estava parada na frente deles. Bloqueando o sol. Acenando loucamente, como se estivesse a uma enorme distância.

Arrancados de um grande momento, eles olharam para ela com uma expressão confusa (Eva) e irritada (Shane).

— Oiii! — ela gritou. — Eu sou a Charlii. Com dois Is.

— Isso responde o que não perguntei — Shane murmurou.

— Eu vi que vocês estavam com, tipo, uma vibe meio intensa. Achei que precisavam relaxar, então vim convidar vocês pra entrar! Mas tem que ser logo, fechamos às três da tarde.

— Onde? — perguntou Eva.

— Na Casa dos Sonhos. Eu sou a recepcionista. — Rabo de Cavalo Rosa apontou para uma casa comum do outro lado da rua. A porta era preta e tinha uma placa que dizia A CASA DOS SONHOS em letras maiúsculas brancas. Uma mulher que parecia trabalhar em alguma corporação no centro, vestindo conjuntinho Ann Taylor, saiu cambaleando. Ela bocejava e parecia contente.

— Ahhh — suspirou Eva, encarando Shane. — Li sobre ela no Refinery29. É uma instalação de arte que é como a hora da soneca da pré-escola, mas para adultos. Você vai, medita, dorme, relaxa. E depois volta ao trabalho, revigorado.

Shane estava cético. Vinte anos antes, ele teria roubado todos os idiotas que dormiam naquela casa.

— É seguro cochilar perto de estranhos? — perguntou Eva, quase lendo sua mente.

— Temos regras *meticulosas* — insistiu Rabo de Cavalo Rosa. — Então, a Casa dos Sonhos é uma experiência imersiva de som e luz. Os quartos são escuros, a não ser pelas suaves luzes lilás, e tem incenso e música hipnótica. Mas dependendo da posição em que estiver, em pé, sentado ou deitado, você vai ouvir tons diferentes — argumentou ela. — Aqui fora temos caos, aquecimento global, Mike Pence. Lá dentro temos paz, arte, liberdade. É tipo ficar doidão de ácido, mas de forma segura!

Ficar chapado sem drogas? Eva olhou para Shane. Shane olhou para Eva.

Dez minutos depois, Shane e Eva estavam enfiados em uma sala parecida com um útero, flutuando para longe.

A essa altura, Charlii-com-dois-Is já tinha postado, em seu iPhone 10, a foto de Shane e Eva no grupo de *Amaldiçoada* no Facebook — com uma descrição detalhada do que vira. Como assistente de coordenação de eventos da Associação de Brujxs Latinxs no Queens College, ela era uma grande fã da bruxa poderosa de Eva — mas, como eterna nova-iorquina, era descolada demais para contar para Eva.

· 14 ·

Coisas de menina

— A Sparrow sempre faz isso — lamentou Parsley Katzen, que tagarelava havia dez minutos. — Ela ama chamar atenção. Se esforça demais.

Audre não estava a fim de drama. Parsley só sabia falar de Sparrow Shapiro. E *Riverdale*. E Audre teria que ficar sentada ao lado dela pela próxima hora. Como se a detenção já não fosse ruim o suficiente.

— Usei minhas botas de plataforma novas ontem — começou Parsley. — E a Sparrow disse "Ah, eu pedi um par igual na Urban Outfitters fim de semana passado". Gata, claro que você não pediu. Só precisa de um álibi pra quando chegar na escola usando essa merda.

Esforçando-se para não revirar os olhos, Audre deu a resposta mais conciliadora em que conseguiu pensar.

— Talvez ela tenha comprado mesmo. A gente sempre compra as mesmas coisas. Olha, estamos usando os mesmos Vans do Keith Haring.

— Vans são onipresentes — debochou Parsley, e Audre suspeitava de que ela não saberia soletrar "onipresentes".

Essa história toda não é porque a Sparrow comprou as mesmas botas, pensou Audre. *É porque a Sparrow copiou sua música de entrada no bat mitzvah. Como se alguém tivesse o monopólio de "Old Town Road".*

Audre não queria continuar naquela conversa. A boa notícia é que era fácil distrair Parsley.

— Suas sobrancelhas estão *muito* lindas. Você fez micropigmentação?

— Fiz! Na Bling Brows. Ficou bom, né?

— Maravilhoso. — Audre sufocou um bocejo.

Parsley deu um gritinho e verificou seu reflexo no iPhone. Colocou a língua para fora, fez o sinal da paz e tirou uma selfie.

— Eu sou tão linda.

Perfeito. Agora Audre poderia sofrer em paz.

Passara o dia segurando as lágrimas. Mas já que sua marca registrada era Sempre Serena, nenhum dos outros quatro alunos na detenção surpreendentemente tranquila do Colégio Cheshire teria notado.

Audre poderia contar nos dedos de uma mão a quantidade de vezes que demonstrara chateação na escola. Ou que dissera um palavrão inflamado, tipo puta merda. Ou que falara mal de uma amiga pelas costas. Ninguém sabia como ela se sentia de verdade.

Audre Zora Toni Mercy-Moore era uma líder, no fim das contas! E nas mãos erradas, esse poder social poderia levar àquela palhaçada de panelinha. Assim, Audre sempre tentava parecer positiva, calma, sã. Se tivesse um dia ruim, ia para casa, desenhava alguma coisa, lia *Você é fodona: pare de duvidar do seu potencial e comece a viver uma vida incrível* e se deitava na cama, grudadinha na mãe.

Audre lidava com suas emoções sozinha. As outras pessoas só queriam falar de si mesmas, de todo modo. Se você permitisse, confiavam em você. Além do mais, terapeutas não deviam falar de seus sentimentos em uma sessão. (Aprendeu isso no terceiro ano, quando leu *Uma introdução geral à psicanálise*, de Freud.)

Então, apesar de estar presa na detenção e devastada, ela estava bem. Melhor deixar de lado o fato de que, no dia anterior, a mãe insinuara que Audre era o motivo pelo qual não tinha vida nem um namorado. Pelo qual não era feliz de verdade.

Sou um robô para que você possa ser uma borboleta.

Ela sempre sentiu que Audre a impedia de viver? Teria seu nascimento sido um erro?

Era a primeira vez que Audre e a mãe tinham uma briga tão sincera. Gostavam de provocar, não de brigar. Mas no dia anterior, no corredor principal do Cheshire, a mãe a olhara como se ela fosse a catalisadora de todo o estresse, todas as tensões e discussões do mundo.

Estou destruindo a vida dela, pensou Audre. *Posso ajudar todos que conheço, menos ela.*

E doía, porque Eva era a melhor amiga dela. É claro, Audre adorava o pai e toda a enorme e animada família estendida na Califórnia. No domingo, ia pegar o voo para passar o verão na Papaifórnia — e já sabia que ia ser incrível. Mas o pai era apenas suas férias. Eva era seu lar.

Sempre foram só as duas. Fazendo coisas de menina, criando rituais bobos, porque sim. Fazendo caminhadas cheias de aventura todo sábado. Assistindo a musicais do meio do século nas noites de quarta. Fazendo murais de colagens para manifestar as vitórias do Oscar. Frequentando o bingo de drag queens toda Páscoa. Pedindo o cardápio inteiro no brunch que faziam em junho no Ladurée (bife com molho de pimenta, macarons, bombas de chocolate, chá de lavanda e um remedinho para má digestão depois!) todo ano antes de Audre ir para a Califórnia.

Pré-adolescentes deveriam odiar as mães, porque a maioria das mães se esquecera de quanto era confuso ter doze, ou treze, ou catorze anos. Quão inútil e impotente você se sentia. Mas Eva *a entendia*. Ela validava seus pensamentos, suas opiniões. Além disso, ela não era como as outras mães. Era como a tia jovem e peculiar em uma série. Aquela para quem você corria quando sua mãe estava tensa demais para discutir o plano B.

Audre a idolatrava.

Quando Audre tinha quatro anos, tentou pular na sombra que Eva projetava nas paredes. O que ela não daria para estar na sombra de Eva.

Em seu sexto Natal, pediu ao Papai Noel para fazer com que Eva tivesse a mesma idade que ela, para que pudessem ser melhores amigas.

No segundo ano, se esgueirou até o quarto de Eva enquanto ela cochilava e pintou todo o antebraço da mãe com marca-texto. Porque ela era "importante".

Nos dias em que Eva estava ocupada demais para perceber, pegava seu anel especial no quarto e o usava. Para ser como ela e se sentir protegida pela magia da mãe.

E até hoje, quando tinha insônia, Audre ainda se enfiava na cama da mãe, o que acontecia todas as noites por volta das três da manhã. E Eva, geralmente equilibrando uma bolsa de gelo na cabeça, deitava de conchinha com a filha, a mão quente em sua bochecha. Seus lençóis sempre cheiravam a hortelã-pimenta e óleo de lavanda, que esfregava na cabeça todas as noites. Audre adorava mergulhar naquele perfume. E, se Eva não estivesse com muita dor, cantava uma velha canção de ninar para ela.

Dors, dors, p'tit bébé
'Coutes le rivière
'Coutes le rivière couler

Eva não falava crioulo, então cantava só imitando os sons. *Dou-dou ti-bei-bei.* Nenhuma das duas sabia o que a canção queria dizer, mas não importava. Era quando a parte boa do sono começava. O sono de hortelã e lavanda, o sono *dou-dou*.

Os pensamentos de Audre lentamente passaram da infelicidade à indignação. *Ela acha que sou um fardo.*

Como se fosse tão fácil ser filha de Eva. Uma babá para uma criança de doze anos? O tempo todo verificando o que ela fazia, mesmo que estivesse só indo para a casa de alguma amiga? E tinha toda aquela coisa do *Amaldiçoada*. Quando Atticus Seidman mandou uma mensagem para toda a turma com uma cena nojenta do livro 6 de *Amaldiçoada*, Audre teve que entrar no jogo, quando o tempo todo estava envergonhada até a alma.

O sexo em si não a assustou. Audre foi criada por uma mãe que usava os termos certos para as partes íntimas, era consistentemente honesta a respeito da origem dos bebês e defendia a masturbação ("O amor-próprio é fundamental!"). Sexo era uma coisa natural, mas sua mãe escrever sobre isso não. Que nojo. Ela era tão assexual! Ela era apenas... sua carinhosa e fofa mãe. Era como imaginar Pikachu escrevendo pornô.

No início daquele ano, a mãe de Ophelia Grey a proibiu de comparecer à festa de aniversário de Audre, porque Eva era uma "vendedora de obscenidades". Audre, apesar do constrangimento, defenderia Eva até a morte.

Ela disse a Ophelia que a mãe dela era reprimida e sugeriu que ela experimentasse um vibrador chamado Quarterback, sobre o qual havia lido no bitchmedia.org. Eva ficou furiosa com ela. Mas, depois da hora de dormir, Audre a ouviu repetindo a história para a tia Cece e rindo até chorar.

Audre se orgulhava da mãe, incondicionalmente. Mas, por causa de um erro, Eva não se orgulhava mais de Audre.

O que mais ela poderia fazer para agradar àquela mulher? Era uma aluna modelo. Nunca tinha beijado um garoto. Tudo bem, ela experimentou um vaporizador na noite especial para adolescentes do Brooklyn Bowl, mas quase não sentiu nada — até que foi para casa e comeu todo o seu saco de doces de Halloween durante um tutorial de seis minutos no YouTube que explicava como contornar a bochecha.

Eva não sabia a sorte que tinha por ter uma filha como ela. Se Audre não pudesse fazê-la feliz, nada o faria. Se viver uma vida seca e sem encontros era bom o suficiente para ela, então tudo bem. Mas não era culpa de Audre. Ela não tinha pedido para nascer. Aprendera essa lição em um poderoso episódio do reality show *Iyanla: Fix My Life* que falava sobre codependência.

Além disso, a ameaça de expulsão não era o fim do mundo. Audre já estava repensando se devia mesmo estudar em uma escola particular. Aquilo não era de verdade. No fundo, morria de vontade de ir para a escola pública, para experimentar a verdadeira opressão. Lá, poderia fazer a mudança de fato.

Como posso dizer que sou uma força cultural ligada no mundo quando estou cercada por tanta riqueza inútil?, ela pensou. *A escola particular é um conceito antiquado e classista.*

Sentia-se sufocada no Cheshire. E talvez essa fosse a diferença entre Eva e Audre. Eva aceitou ser sufocada. Mas Audre queria viver a vida, senti-la, fazer coisas, ir a lugares. Ser uma mulher aventureira. Como a tia Cece! Ou a vovó Lizette.

Audre queria conhecer melhor a vovó Lizette. Elas faziam chamadas de vídeo em aniversários e feriados, mas só visitara o Brooklyn algumas vezes. Eva disse que Lizette tinha medo de voar — além disso, estavam sempre ocupadas demais com a escola e o trabalho para viajar —, mas

Audre sempre se perguntou por que a avó não era mais presente na vida delas.

Nas histórias de Eva, Lizette parecia divina. Linda, única e poderosa demais para o mundo. Quando a professora de arte contemporânea de Audre atribuiu como projeto final a tarefa de pintar um ícone feminista, ela sabia que pintaria a avó. Lizette, que ganhara um zilhão de títulos na notoriamente racista e misógina indústria de concursos e, sem educação ou recursos, entrara na carreira de modelo e viajara pelo mundo com a filha. Eva estava sempre falando sobre os anos que passara na Suíça. Além disso, a avó também conseguira mandar a filha para Princeton! O que ela *não* podia fazer?

Vovó Lizette era uma verdadeira história estadunidense de sucesso.

Ela amaria me conhecer melhor, pensou Audre, abafando o discurso de Parsley sobre o que quer que fosse.

Enquanto Audre continuava a despencar, o professor-assistente que estava como supervisor, sr. Josh, surtava em silêncio. Seu topete loiro estava suado na linha do cabelo, e sua tez cor de pêssego e creme estava com um tom avermelhado. O tempo todo, ficara grudado no Twitter em seu celular, acompanhando cada tweet de fofoca com links do Lit Hub, LiteraryGossipBlog, BookBiz etc.

Agora estava andando de um lado para o outro na frente do quadro branco, esperando uma oportunidade para interromper as meninas. Parsley finalmente parou para respirar. Então, convocando todo o charme da escola preparatória que o manteve à tona em Vanderbilt quando, na verdade, queria deixar o cabelo crescer até os joelhos, escalar o monte Kilimanjaro e escrever sobre a jornada como se fosse uma versão masculina de Cheryl Strayed, ele se aproximou da cadeira de Audre.

— E aí, meninas. Tudo certo por aqui?

— Tudo certo, senhor Josh — disse Audre. — Estamos falando demais?

— Não, não, fiquem tranquilas! Audre, será que posso falar com você rapidinho?

O coração dela parou. Por Deus, o que teria feito agora? Pondo um sorriso falso no rosto, disse:

— Claro. Está tudo bem?

— Não, não! Você é ótima. É só que... droga, desculpa, estou nervoso. — Ele balançou o corpo todo como um cachorro molhado e começou de novo: — Audre, sua mãe conhece Shane Hall?

Franzindo a testa, ela perguntou:

— Quem?

— Shane Hall, o romancista? Ele escreveu *Oito* e *Gangorra*.

— Ah, ele. — Ela enrugou o nariz. Shane Hall escreveu o que ela chamava de "livros da linha F do metrô": aqueles que adultos carregavam no metrô para mostrar que estavam lendo Um Livro Importante e de Relevância Cultural. Audre era leitora compulsiva, mas não gostava dos livros da linha F. Porém, já tinha ouvido falar dele.

— Ele não foi preso por dirigir bêbado ou coisa do tipo? — perguntou Audre. — Deu no TMZ, acho. Minha mãe não conheceria alguém assim.

— Shane Hall — meditou Parsley. — Ele tem nome de dormitório.

— Acho que sua mãe com certeza conhece — disse o sr. Josh, enfiando o iPhone na cara de Audre.

Ali estava a mãe de Audre, aconchegando-se em Shane Hall em um banco. Tomando sorvete. Parecendo mais feliz do que Audre jamais vira. Um tipo diferente de felicidade. O tipo que, de fato, reflete uma pessoa vivendo sua melhor vida. O tipo de felicidade que não é contida por uma filha chata.

Mamãe está namorando esse cara?, ela se perguntou, a mente se revirando em confusão e dor. *Está apaixonada? O que foi aquele discurso de "quem tem tempo para namorar", então? Por que mentiu para mim? Ela está por aí, feliz pra caralho, enquanto eu me sinto culpada?*

— Enfim — continuou o sr. Josh. Audre já tinha se esquecido de que ele estava na sala. — Shane Hall é meu autor favorito. E tenho um manuscrito que faria de tudo para chegar às mãos dele. Está em um pen drive. Você acha que, se eu entregar pra você, você pode entregar pra sua mãe?

E, pela primeira vez em toda a sua vida escolar, Audre se deixou levar.

— Perguntinha rápida, senhor Josh — disse.

— Sim?

— PUTA MERDA, O QUE ESTÁ ACONTECENDO NA MINHA VIDA? — lamentou. Então se desculpou. E irrompeu em lágrimas.

· 15 ·

Casa dos Sonhos

Para dois cínicos céticos como Eva e Shane, a Casa dos Sonhos, logo ao entrar, parecia séria demais.

> **REGRAS DA CASA DOS SONHOS**
>
> Bem-vindo à CASA DOS SONHOS. Não é permitido fumar, utilizar cigarros eletrônicos, comer, beber, usar o celular, tirar fotos, falar mais alto que um sussurro, tocar ou trocar fluidos corporais. Este é um espaço seguro, não seja esquisitão. Favor guardar seus pertences pessoais em um dos armários. <u>Se estiver em uma sala PRIVATIVA, sinta-se à vontade para fechar a porta — mas não há trancas.</u> Cada pessoa recebe um travesseiro e cobertores recém-lavados (por meio do nosso serviço de lavanderia ecológico!). Por favor, coloque-os na cesta de linho quando terminar. Quando sua hora acabar, seu Guia do Sono lhe cutucará com gentileza. Por favor, não bata no Guia do Sono, ele(s)/ela(s)/elu(s) está/estão apenas fazendo o trabalho dele(s)/dela(s)/delu(s).
> E qual é o seu trabalho, você se pergunta? Fazer três coisas: Relaxar! Revigorar! Recarregar!
> "Revoadas de anjos cantando te acompanhem ao teu repouso."
> — *Hamlet*

Na entrada, uma Guia do Sono muito gentil entregou a eles travesseiros e cobertores recém-lavados. Supondo que fossem um casal, ela os conduziu a uma sala privativa. Aninhado nos dois primeiros andares do sobrado estilo eduardiano, o labirinto de quartos era, de fato, uma câmara sonífera. O silêncio era opcional, então alguns sussurros podiam ser ouvidos acima da trilha sonora suave, ambiente e difícil de ser identificada. O cheiro adocicado de incenso flutuava discretamente pelos corredores, cada quarto banhado em escuridão, exceto as imagens projetadas nas paredes, que buscavam induzir ao sono. Uma sala fervilhava com pontos azuis pulsando suavemente. Outra brilhava, avermelhada, graças a uma fogueira crepitante projetada na parede; era tão realista que Eva quase sentiu seu calor ao passar.

As pessoas cochilavam no chão, deitadas em travesseiros enormes, com a pele brilhando em diferentes cores. Em um quarto, uma mulher roncava baixinho. Um cara em um terno mal ajustado estava ao lado dela, os lábios murmurando um canto silencioso. Ou uma oração. Talvez ele estivesse recitando a letra de "Truth Hurts" da Lizzo. Quem poderia dizer? A questão era que estava relaxado.

Eva não conseguia se imaginar cochilando na próxima hora. Para isso, ela precisava de cinco miligramas de Zolpidem, uma bolsa de gelo, uma injeção de analgésico e seu aplicativo de ruído branco. Mas a energia de alucinação hippie *era* reconfortante. Quase sublime. A melhor parte era que aquilo fora uma reviravolta inesperada. Como Alice caindo na toca do coelho ou Dorothy cochilando nos campos de papoula de Oz. Quando saíra para encontrar Shane naquela manhã, definitivamente não imaginara que acabaria em um lugar hipnótico e nebuloso como aquele. Às 14h50.

Com a filha, a carreira e a vida caindo aos pedaços, Eva não tinha por que passar uma hora naquele lugar. Mas ali estava ela, perdida para o mundo. Parecia que o que acontecia ali não contava na vida real.

E havia Shane.

Ela não estava pronta para se despedir de novo. Queria fazer com que aquela tarde durasse mais. Não havia como fingir que, apesar de platônico, seu dia com Shane não fora a maior emoção que tivera nos últimos tempos. Era tão fácil. Assustadoramente fácil.

Eva sentia uma mudança brusca em sua personalidade quando estava perto dele. Shane a conectava de volta com seu verdadeiro eu; todos os momentos bobos, aleatórios, sinceros e sombrios que geralmente escondia ficavam à mostra. E ele absorvia tudo. O toma lá dá cá de atraí-lo e de se permitir ser atraída; meu Deus, era emocionante. Ela havia se esquecido de como existiam no espaço um do outro. Aquela velha eletricidade ainda estava lá, crepitando no ar entre eles.

Ela fazia Eva se sentir desorientada, com vontade de sugá-la em suas veias. Sentia-se ousada e sedutora — acordada depois de muitos anos com medo de sentir qualquer coisa. E, se nunca mais visse Shane depois daquele dia, ficaria bem. Aquele dia era o suficiente.

Fique ligado nessa e nas outras mentiras na Fox News às oito, ela pensou.

Quando chegaram ao quarto, Eva estendeu os cobertores no chão acolchoado, Shane afofou os travesseiros e eles se deitaram. E foi então que dois céticos cínicos ficaram com muito, muito sono.

Com os olhos pesados, Eva olhou ao redor da sala aconchegante (embora quase claustrofóbica). Era do tamanho de um modesto closet. Luzes de néon com os dizeres DURMA BEM decoravam o teto, pulsando com um brilho azul-violeta baixo e esfumado. Piscava como um batimento cardíaco. A cor transformava a pele deles em um violeta surreal e calmante.

Eva se virou para Shane, afofando o travesseiro sob sua bochecha. Ele estava deitado de costas, a mão atrás da cabeça. Ela observou enquanto ele olhava para as palavras piscantes — logo suas pálpebras se fecharam, seus cílios descansando nas maçãs do rosto.

— Preciso de um quarto assim na minha casa — murmurou.

— Onde fica sua casa?

— Verdade. Preciso de uma casa primeiro. — Ele abriu os olhos, virando a cabeça para olhar para ela. — Nunca consegui decidir onde queria ficar. Antes de começar a dar aula, me mudava duas vezes por ano. Nairóbi, Siargao, Copenhague, qualquer lugar perto da água. Laos. Fiz uma trilha de moto lá uma vez. Vietnã tem as paisagens mais impressionantes. Selvas e montanhas e cachoeiras. Grama verde como em filmes em cores. Você sente como se a topografia estivesse *te* atingindo. Você sabia que lá chamam a Guerra do Vietnã de Guerra Americana?

— E fazem muito bem — disse Eva, aninhando-se mais no travesseiro.
— Qual foi o seu lugar favorito?
— Taghazout, uma vila à beira-mar no Marrocos — disse, sem hesitar.
— Uma criança de nove anos me ensinou a surfar lá.
— Sua vida parece inventada, juro por Deus.
— É verdade! — ele insistiu. — E eu era bom. Mas machuquei a barriga quando bati nos corais. Devia ter levado alguns pontos, mas precisava fingir que não tinha sido grave na frente desse carinha, que não tinha medo de nada. Ele aprendeu a surfar antes de aprender a falar. Não tinha um dos dedinhos. Cheio de tatuagens. Parecia um pirata. Enfim, colei tudo com fita adesiva e acabou sarando.
— Não tinha uma pomada cicatrizante nessa cidade? Deixa eu ver a cicatriz.

Estava quase tão escuro que quase não dava para ver, mas Eva podia sentir que Shane sorria.

— Você está me pedindo para tirar a camisa?
— Por Deus, não. — Ela mordeu o lábio. — Só levantar um pouco.
— Está pedindo ou mandando?
— Mandando.

Ele olhou para ela por um momento com um olhar de tirar o fôlego, então levou as mãos para trás das costas e tirou a camisa. No escuro, ela distinguiu uma cicatriz irregular e inchada serpenteando na barriga dele. Mais vividamente, ela viu seus braços e seu peito forte. E o abdome levemente musculoso, e toda aquela pele macia e marrom-escura se estendendo para baixo, para baixo, até a trilha dos pecados desaparecendo em seu jeans. Jesus.

Eva queria mais que tudo lamber aquele ponto. Logo acima do jeans.

— Por que você se acha tanto?
— Você me forçou a fazer isso! — Shane sussurrou no escuro, vestindo de novo a camisa por cima da cabeça. — Vá dormir.
— Não consigo — murmurou ela. — Estou distraída.
— Por quê? — Ele virou a cabeça para encará-la. Então seus olhos se encontraram em uma conversa silenciosa. Era tudo tão onírico. Minutos

foram se fundindo um no outro. Os dois começaram a demorar mais tempo para abrir os olhos entre cada piscada, com sorrisos melosos e satisfeitos no rosto.

Por fim, Eva deu uma resposta em que nenhum dos dois acreditou.

— Estou tentando memorizar esta sala. É um bom material; talvez apareça em um livro — disse ela, bocejando e fingindo estar com sono.

— Sendo sincera, por mais estressante que seja escrever, não consigo imaginar não fazer isso.

— É impetuoso, não? — resmungou ele, os olhos focados na boca dela.

— É, é um poder muito bom. Fazer pessoas estranhas rirem, chorarem, ficarem excitadas. É melhor que sexo.

— Será?

— Não saberia dizer, na verdade — admitiu ela. — Estou no equivalente ao fundo do poço na minha vida sexual. Faz anos.

— Você? Mas você escreve cenas tão quentes.

— Minha imaginação é quente — corrigiu ela.

E às vezes é o suficiente, ela pensou. *Na maioria das vezes, é solitário.*

Certa vez, Cece diagnosticou Eva como carente de toque. (Um de seus autores escrevera um livro de autoajuda a respeito disso.) Quando alguém estava havia muito tempo sem ser tocado, ficava hipersensível ao menor toque. Havia verdade nisso. No fim de semana anterior, Eva quase teve um orgasmo enquanto lavava os cabelos no cabeleireiro. E sua cabeleireira era uma avó com seis netos.

Eva tinha evitado conscientemente o toque de Shane o dia todo. Poderia explodir se ele somente esbarrasse nela.

— Eu também estou no fundo do poço — disse Shane. — Nunca fiz sexo sóbrio.

Eva soltou uma exclamação.

— Tanto tempo assim? Por quê?

Shane não sabia como responder. Fizera muito sexo, com muitas mulheres, de maneiras cada vez mais depravadas, em grande parte bom, a maioria um borrão — e foi um alívio parar. Pessoas normais e saudáveis não usam o sexo como um tira-gosto pós-vodca.

— Nunca pensei em fazer — disse ele.

— Não sinto falta — comentou Eva, com um aceno desdenhoso. — Sendo sincera, sou quase virgem de novo. Provavelmente vai doer.

— Faz tanto tempo que não transo que ia acabar em dois segundos.

— Que bom que não vamos transar.

— Eu estou mais do que aliviado — falou Shane, com um sorriso feroz.

Eva cobriu a boca com a mão para rir, contra sua vontade.

— Por que ainda é tão fácil falar com você?

Shane olhou para ela até o brilho em seus olhos desaparecer um pouco.

— Sempre foi. Somos assim.

— Você se lembra de tudo? — sussurrou ela. — De nós?

Demorou um pouco para que ele respondesse.

— É engraçado. A última década virou um borrão, mas me lembro de cada detalhe daquela semana.

— Tinha a esperança de ter romantizado tudo ao longo dos anos. De que a gente não fosse de verdade. — Suas palavras soaram delicadas, frágeis.

Havia o som delicado e hipnótico de um piano, e do incenso saía uma fumaça rodopiando suavemente. Eva sentiu um desejo familiar. Assim como quando tinham dezessete anos, não havia espaço entre eles. Havia uma necessidade avassaladora de se aproximarem, sempre.

Sem pensar, Eva pegou a mão dele. Shane a apertou e levou a mão dela à boca, dando um beijo demorado em sua palma. Ela suspirou, eletricidade pulsando através dela. Era um toque suave, mas ela o sentia por todo o corpo.

Eva estava aprisionada na dor por tanto tempo que se havia esquecido de como era bom se sentir bem. Seu corpo inteiro despertou. De repente, ela estava ciente de tudo — de sua pele, suas células, os ossos sob sua pele. Coração palpitante, o meio de minhas pernas latejando.

Carente de toque.

Shane observou a reação dela com os olhos semicerrados. Então, correu os lábios suavemente pelo interior do pulso de Eva. Ela soltou um gemido baixo, arqueando as costas. Era eletrizante.

Sem fôlego e envergonhada por sua reação, ela se sentou, enterrando o rosto nas mãos. Não. Eles estavam em um espaço público. Atrás de uma porta destrancada. Ela era mãe! E Shane era uma pessoa muito famosa. Eles estavam mesmo destinados a serem pegos se esfregando em um estabelecimento do mundo da arte que logo seria fechado? A placa de boas-vindas dizia NÃO É PERMITIDO TOCAR! Se fossem flagrados, o Twitter iria implodir. Audre se jogaria no East River.

Mas então ela abriu os olhos. Ali estava Shane, olhando para ela, olhando para o resto do mundo como o garoto imprudente e irresistível que um dia fora — mas agora com a experiência e a seriedade de um homem adulto e uma cicatriz causada por surfar no Norte da África e as rugas mais comíveis ao redor dos olhos —, e nada importava.

Não havia inferno que ela não arriscaria por aquele homem. E ele sabia disso.

— Vem aqui — disse ele.

Eva montou nele, o cabelo caindo em seu rosto. Shane passou as mãos na parte de trás das coxas dela e em sua bunda e, sem delicadeza alguma, agarrou seus quadris e a puxou contra si. Seus lábios estavam a centímetros um do outro.

— Vinte perguntas — sussurrou ele.

— Começa.

— Por que você veio me ver, de verdade?

— Para pedir um favor.

— Mentirosa. — Shane a virou para que deitasse com as costas no chão, prendendo seus pulsos acima da cabeça com a mão. Instintivamente, as pernas dela se levantaram, envolvendo a cintura dele. — Por que você veio?

— Por você. — Ela mexeu os quadris contra os dele, desesperada por fricção. — Eu queria você.

— Você me tem — murmurou ele, deixando beijos quentes em sua garganta.

Eva tremeu debaixo do corpo de Shane, a boca dele revirando o cérebro dela. Não podia fazer perguntas óbvias para Shane (*Aonde você foi?*

Por que foi embora? Como você pôde?). Ao longo dos anos, ela praticou para não se importar com essas respostas. Além disso, aquele momento não dizia respeito a ele; dizia respeito a ela. Então foi para algo mais fácil.

— Você pensa em mim?

Devagar, ele passou a língua pelo pescoço dela, até a orelha, mordendo-a.

— Nunca aprendi a não pensar.

— Ah — disse ela. E acrescentou, trêmula: — Sua vez.

— E você fez isso? Nos romantizar? — perguntou Shane, os olhos grudados nos dela. — Ou era de verdade?

— Era de verdade — sussurrou ela, quase inaudível.

— Naquela época? — Ele se esfregou nela, fazendo-a gemer.

— S-sim — ela arfou. — Naquela época. E agora.

Abruptamente, Shane soltou os pulsos dela e segurou o rosto de Eva. Ela deslizou as mãos pelas costas dele, segurando seus ombros. Devagar, ele baixou o rosto em direção ao dela, então parou. Ele se aproximou um pouco mais. Esperara uma vida inteira para tê-la assim, ansiando por ele, cheia de desejo e desesperada — e queria aproveitar o momento.

Mas ela soltou um gemido impaciente, cravando as unhas em seus ombros, e Shane cedeu. Ele apertou a boca contra a dela, atraindo-a para um beijo inebriante e ardente. O delicioso choque foi o suficiente para fazer Eva congelar, mas então ela se derreteu nele, perdida no calor de sua boca, no deslizar de sua língua, no mordiscar provocador de seus dentes, até que ficou incapaz de formar um pensamento coerente além de *sim* e *quero* e *ShaneShaneShane*. Ele continuou beijando-a obstinadamente. Diminuiu a intensidade para um toque suave e abrasador — quase quente demais para aguentar.

Eles pararam apenas para recuperar o fôlego.

— Mais uma pergunta — disse ele.

— Ainda estamos jogando? — Ela umedeceu os lábios com a língua.

— Sim. — Shane olhou para a porta, então de volta para ela. Os olhos perversos brilhavam no escuro. — Você ainda é má?

— Sou — disse ela sem pensar, estendendo a mão para apalpar o pau dele, enorme e duro em seu jeans. Passou a mão por todo o comprimento dele, provocando um gemido baixo. — Você é?

— Sou — disse ele, puxando o vestido dela para baixo e tirando o sutiã sem alças. Abaixando-se, ele passou a boca suave e quente por seus seios, o dente agarrando um mamilo. Girou a língua ao redor dele, sugando-o deliciosamente, a barba raspando em sua pele, enquanto ia de um seio para o outro. Os gemidos trêmulos e involuntários de Eva o deixavam tão duro que Shane se perguntava como sobreviveria àquilo.

— Sou — ele grunhiu contra o peito dela. — Ainda sou mau.

— Por quê? M-me diga.

Shane ergueu a cabeça, observando-a. Eva parecia radiante, tão safada, com o vestido puxado para baixo dos braços, exibindo a calcinha quase transparente, cachos por toda parte, ofegante, trêmula, os lábios em carne viva e inchados de tanto beijar. Um hematoma surgia em seu quadril, onde ele a tinha agarrado.

— Porque sou velho o suficiente para saber que não devia — disse Shane, atraindo-a para um beijo de língua rápido e safado. — Mas vou fazer do mesmo jeito.

— Fazer o quê?

— Comer você. Bem aqui.

Então eles se jogaram um no outro. Freneticamente, Shane conseguiu tirar a calcinha encharcada de Eva de uma das pernas, enquanto ela empurrava o jeans e a cueca dele para baixo — mas não havia tempo para ficarem pelados. Ele enfiou a mão na carteira em busca de um preservativo antigo (orando silenciosamente a várias divindades para que ainda funcionasse) e o colocou. Então, cobrindo-a com seu corpo alto e forte, Shane afundou em Eva com uma lentidão excruciante, tomando cuidado para não a machucar.

Doeu, mas o ardor foi *excelente*. Querendo mais, Eva segurou a bunda dele e o empurrou mais fundo. Ela arfou, e Shane a beijou sem dizer nada — mexendo o quadril em estocadas firmes e profundas, e tudo o que ela podia fazer era aguentar, onda de prazer após onda de prazer. Quando sentiu que ela toda começava a estremecer embaixo dele, Shane deslizou a mão entre os corpos suados e seminus e colocou o dedo médio no clitóris de Eva. Esfregava lentamente enquanto a fodia com força — e foi tão bom, tão intenso, que a levou ao limite, tremendo até se acalmar.

E, quando Shane a seguiu segundos depois, colou a boca no ouvido dela e finalmente disse, murmurando com a voz embargada:

— Eva. Eva. Eva.

Dizia seu nome como um feitiço, o único nome que importava — e Eva, com o coração batendo forte, agarrou-se a ele na escuridão tingida de violeta. Sentindo-se ao mesmo tempo encontrada e perdida.

Mais tarde, Eva se arrependeu. Não do sexo. Mas de deixar Shane ali, sozinho, naquele quarto. De se levantar, vestir as roupas, pegar a bolsa e sair correndo. Sem dizer adeus. Mas, de verdade, o que ele esperava?

Eva praticou para não se importar com o *motivo* de Shane a ter abandonado. Em vez disso, aprendeu uma lição. Desde aquele dia, quinze anos antes, nunca mais se permitiu ser abandonada. Marido, namorado, amante havia muito perdido, não importava.

Eva sempre ia embora primeiro.

· 16 ·
Não há emoção segura

Ao longo dos anos, Eva tentara esquecer a semana que vivera com Shane em sua adolescência. E, honestamente, grande parte se perdera porque ela estava sempre afogada em vodca, entorpecida pelas pílulas e chapada de maconha.

Eis o que ela ainda lembrava.

Lembrava-se de estar em frente ao espelho do banheiro, tocando com cuidado o olho escuro. Mexendo no cabelo bagunçado. Com um suspiro desolado, tentava prendê-lo em um rabo de cavalo, sem sucesso. Então Shane apareceu atrás dela.

— Estou parecendo um poodle que tomou choque — suspirou.

Ele se segurou para não rir.

— Vai em frente, pode rir — disse ela. — Sei que está engraçado.

— Não, *você que é* engraçada — explicou ele. — Olha, seu cabelo podia ir até o chão. Você podia ser careca. Eu podia ser cego. E você ainda seria bonita, Genevieve.

Ele falou isso como se fosse um fato. A pele dela esquentou, como se estivesse com febre, e as mãos ficaram úmidas.

Shane deu alguns passos para trás e se apoiou no batente. Genevieve se virou para olhar para ele.

— Você pronunciou meu nome certinho — disse ela.

— Andei praticando.

— Fala de novo.

— *Jã-ne-vi-évi* — disse com um sorriso. — Pelo som, parece que o gosto é bom.

— Como uma palavra pode ter um gosto bom?

— Sinestesia. É quando você está muito estimulado e as sensações se confundem. Você vê música. Ouve cores. Sente o gosto das palavras.

— Ah. — A boca dela ficou seca. Quando piscou, ele já estava em frente a ela. Pressionando-a contra a pia. Ela segurou a respiração. Shane passou gentilmente a mão boa por trás do pescoço dela, o olhar indo de seus olhos para sua boca. Então, pela primeira vez, ele a beijou. Um selinho demorado, macio. Inocente. Ele colocou o braço engessado atrás das costas e a puxou para mais perto.

— O gosto é bom — disse ele, se afastando um pouco.

— Obrigada... muito. — Atrapalhada, ela disse as palavras fora de ordem.

Shane piscou, e parecia ao mesmo tempo convencido e encantado. Então, voltou a beijá-la ainda mais.

Lembrava-se da mãe ligando sem parar por cerca de dois dias. Não atendeu nenhuma das ligações, mas deixava o enorme Nokia carregado, por via das dúvidas (quais dúvidas, ela não tinha ideia). No terceiro dia, levou o celular para a cozinha no andar de baixo para não o ouvir tocar.

Lembrava-se do primeiro orgasmo pelo qual não fora responsável. Estavam deitados na grama perto da piscina só de roupas íntimas, assando no calor pantanoso de Washington. Shane a ouvia falar sem parar sobre *Carrie, a estranha* e *O exorcista* representarem o medo masculino da puberdade feminina.

— Eu tenho uma vontade secreta de menstruar. Só uma vez — disse ele, enquanto colocava uma pílula de TESÃO na língua e a passava para ela em um beijo delicado. — Qual o seu lance com filmes de terror?

— São um escape.

Ele foi beijando o queixo dela, descendo pelo pescoço. Parando na jugular, murmurou contra a pele dela:

— Continue falando.
— É uma forma segura de... de sentir...
— Sentir o quê?
— Intensidade — ela soltou. — Emoção, sem correr perigo de verdade.

Ele sugou a pele acima da clavícula dela. Então, deu uma mordida. Quente, úmida, forte. A eletricidade disparou no corpo dela, que deu um grito trêmulo. Shane piscou os olhos. Com delicadeza, segurou a garganta dela com a mão. Com a boca a centímetros da dela, disse:

— Não há emoção segura.

Ele apertou a garganta dela, e sentiu que amolecia. *Meu Deus*. Ela não sabia que precisava daquilo. A boca dele viajou, inquieta, por sua pele, até o ponto em que ela estava encharcada. Então ele a chupou até que ela se desfez, arrancando punhados de grama da terra.

Lembrava-se de caminhar no Adams Morgan no pôr do sol. Quando começou a chover, Shane arrombou um Chevy Nova estacionado (usando o misterioso cartão do banco) para que esperassem ali dentro. Ele estava atrás do volante, Genevieve no banco do carona, e cheiravam carreiras do pó FESTA em cima do livro de Shane, *White Boy Shuffle*, de Paul Beatty.

Alguma coisa pesava em sua mente e ela não sabia como tocar no assunto. Tentara e falhara diversas vezes. Mas naquele instante, sentindo-se elétrica com a confiança da cocaína, mergulhou de cabeça.

— Preciso perguntar uma coisa — começou.
— Beleza, o quê?
— Você é virgem?
— Virgindade é uma construção social — disse ele, orgulhoso.
— Tô falando sério — disse ela, esfregando o nariz que ardia. — Você é?
— Hm... não. — Ele parecia um pouco desconfortável. — Você é?
— Não — respondeu ela.

O que ela queria dizer era: *Não, Shane, eu não sou virgem, porque eu estava fechando o caixa da Marshalls no verão passado e o cara alto com olhar de peixe morto que trabalhava no estoque e nunca tinha falado comigo na frente dos outros me pediu para passar um tempo juntos, então fumamos maconha no cachimbo no porão da mãe dele e pedi para ele não meter, mas ele meteu, e depois me deu um "toca aqui" por não chorar. Não, Shane, eu não sou virgem. Sou o tipo de menina que voltou para fazer de novo, porque disse para mim mesma que ele me achava especial. Não sou virgem. Sou a rainha da ilusão, e os caras mentem e eu acredito, então por favor, ah, por favor, seja cuidadoso comigo...*

— ... perguntou? — Shane estava dizendo.

— Desculpa, o quê?

— Eu disse por que você perguntou.

Em vez de responder, ela mordeu o lábio, dando de ombros provocativamente. Então, agarrou o rosto dele, beijando-o até que a coisa evoluísse para uma sessão desesperada de amassos. Uma mulher parecida com Tipper Gore bateu na janela, gritando: "Vão para casa!" Genevieve olhou para ela por cima do ombro de Shane, mostrou a lâmina de seu canivete e sorriu. Com a alça do sutiã de Genevieve entre os dentes, Shane mostrou o dedo do meio para a mulher parecida com Tipper. Ela agarrou a bolsa e saiu correndo.

Odiavam todos que não eram eles.

Ela lembrou que às vezes Shane acordava brigando. Ele dava socos no ar, suando, enrolado nos lençóis. Instintivamente, ela passava a ponta dos dedos pelo peito, pelos braços, pelas costas, por qualquer parte dele que pudesse alcançar, traçando o sinal do infinito repetidas vezes, pequenos oitos, até que ele dormisse.

Foi a única coisa que o acalmou.

Essa memória era a mais fraca. Só anos depois, quando Shane publicou *Oito*, é que ela voltou.

Lembrava-se de deitar em posição fetal na cama, a cabeça guinchando, esperando que o coquetel de narcóticos fizesse efeito. A luz do sol banhava o quarto em um brilho âmbar. Shane estava deitado de bruços em um canto empoeirado, jogando Scrabble contra ele mesmo. As sobrancelhas franzidas, os lábios em um beicinho, resmungou:

— *Caralho*. É tão difícil me derrotar.

Ela o encarou até que ele olhasse para cima, o rosto radiante com manchas roxas.

— Você é lindo — ela disse. — *Beautiful*.

Com um sorriso sonolento, ele começou a cantar a poderosa balada de Christina Aguilera. Ela soltou uma exclamação e caiu na gargalhada porque, caramba, ele *soava* como Ginuwine!

Resmungando, Shane abraçou a si mesmo em uma autoconsciência quase infantil, enfiando o rosto na camiseta. Como se fosse algo novo baixar a guarda daquela forma. Como se seu lado mais bobo (e sua absurda extensão vocal) fosse só para ela.

Ela adormeceu, entregue ao encantamento, esquecendo-se de que era uma garota roubada roubando momentos em uma casa roubada — e, cedo ou tarde, teria que pagar.

Lembrava-se de ir à loja de conveniência por volta das duas da manhã e sair furtivamente com um zilhão de guloseimas. Juntos, pegaram o ônibus para a área de Barry Farm, no sudeste de Washington, onde ficava a casa em que Shane morava por ordem judicial. O Abrigo Infantil Wilson era um prédio de um andar que pertencia ao distrito e ficava em um quarteirão em ruínas. Ela não podia acreditar que as pessoas viviam ali. Parecia uma loja abandonada da Staples.

Sob a névoa noturna, esgueiraram-se pela entrada dos zeladores. Enquanto Eva esperava em um corredor que cheirava a alvejante e urina, Shane entrou nos quartos lotados, deixando bolinhos Twinkie sob o travesseiro de cada criança. Então foram embora.

Depois, sentaram-se em um ponto de ônibus a alguns quarteirões de distância. Um poste de luz quebrado iluminava o quarteirão. Uma sirene tocava sem parar.

— Queria poder proteger todos eles. São tão inocentes, sabe? Na verdade, o Mike e o Junior são duas ameaças do caralho. Mas de um jeito muito puro.

— Você é puro.

Mordendo a bochecha, ele olhou para ela.

— Se você me conhecesse melhor, não ia gostar de mim.

Apoiando o queixo no ombro dele, ela o abraçou.

— Como você sabe que gosto de você?

O sorriso dele vacilou, então sumiu.

— Eu já tive pais — ele continuou, falando baixinho. — Pais adotivos, desde quando era bebê até uns sete anos. Amava muito os dois, de verdade. E eles também me amavam. Um dia, fiz uma idiotice. Pus minha capa de Super-Homem e pulei do balcão. Quebrei o braço. Minha mãe adotiva me levou até a emergência. Estava assustada porque dava para ver o osso e eu estava perdendo muito sangue. Ela passou no sinal vermelho e bateu o carro no cruzamento. E morreu. Eu não morri. Depois disso, meu pai adotivo passou a agir como se eu não existisse. Então, me mandou embora. Quem quer morar com a criança que matou a esposa?

Genevieve, horrorizada demais para responder, entrelaçou com gentileza seu braço no dele e segurou a mão de Shane. Ela a apertou, oferecendo a absolvição da única forma que sabia.

— Enfim. Não quero que as crianças daqui também sejam levadas para a prisão como eu. Quanto mais você vai, mais difícil fica de dizer que aquele não é seu lugar. A prisão é a escola das lições não aprendidas. — Ele fez uma pausa. — Acho que vou acabar indo para lá pela terceira vez.

— Não vou deixar isso acontecer — ela prometeu. — O que você gosta de fazer? Além de brigar?

— Escrever.

— Não brigue. Escreva. — Ela se aninhou mais nele. — Pronto. Um mantra para ajudar você a ficar longe de problemas.

— Não brigue. Escreva.

— Isso mesmo. — Ela o beijou para abençoá-lo.

Lembrava-se de que eles nunca estavam sóbrios. Shane bebia para esquecer; ela se drogava para superar a dor. Faziam isso juntos —, mas ela se cortava sozinha. No banheiro, todos os dias, esterilizava a lâmina com algodão embebido em álcool e fazia algumas linhas na parte superior da coxa ou no braço, principalmente, apenas o suficiente para que as gotas carmesim-brilhante borbulhassem em uma linha perfeita. Entrava em transe dissociativo. O mundo desacelerava, a queimação fazia sua dor cessar. Um alívio abençoado a cada vez.

Shane via os cortes dela. *Eu não julgo*, ele dizia. Mas logo seus olhos começaram a se demorar sobre a pele torturada dela, turvados pela preocupação. Ambos tinham suas compulsões distorcidas, cantos diferentes do mesmo inferno.

Uma vez, porém, acordou com uma enxaqueca tão forte que seu rosto parecia derreter e implorou para que ele pressionasse seus cortes. Ele não queria, mas pressionou. Ela se retorcia, cerrando os dentes — e, quando Shane a esmagou em seus braços, ela sentiu os batimentos dele acelerarem. As lágrimas dele umedeceram as bochechas dela.

Lembrava-se de estar deitada sob a sombra de uma árvore no Rock Creek Park, perto do fim. O ciclo de altos e baixos de ambos estava começando a deixar seus nervos em frangalhos. E a enxaqueca piorava. Ela tinha acabado de vomitar atrás de uma árvore. Agora sua cabeça estava no colo de Shane, que esfregava suas têmporas com óleo de lavanda.

— Você sente saudade da sua mãe? — perguntou.

Sinto.

— Não — disse ela. — É um alívio ficar longe. Ela tenta ser boa, mas... não toma conta de mim. E tem um dedo podre do caralho pra homens.

— Ela sabe quanto você é foda, Gê? Se minha filha fosse...

— Não fale mal dela! — Ela bateu as mãos no rosto e começou a chorar tão violentamente que os dois ficaram chocados.

— Ei. Eu não vou fazer isso. Desculpa... ela parece ótima. Não chore.

— Com cuidado, ele a puxou para o colo e se aninhou em seu pescoço.

— Que se foda, chore sim.

Um tempo depois, o ritmo constante dos batimentos dele a embalou.

Algumas horas e oxicodonas depois, ela se sentiu bem o suficiente para voltar para casa.

— Por que você odeia os namorados da sua mãe?

— Eles a machucam — ela disse claramente.

O mundo estava zunindo e estourando. Pombos passaram voando por cima deles, arrulhando, mas soavam como se estivessem a quilômetros de distância.

— Eles machucam você?

Ela deu de ombros.

— Alguns deles sim. O atual, chefe dela no bar, tentou. Empurrei o cara para longe de mim e ele caiu, bêbado. Eu sei me virar sozinha.

— Qual o nome dele?

Ela disse.

— Qual é o nome do bar?

Ela parou na calçada. Shane também, olhando-a com uma expressão que poderia derreter uma pedra. Ela disse.

Lembrava-se de ter acordado naquela noite e visto que Shane não estava. Não voltou durante a noite nem no dia seguinte. Esperou por ele — tirando o pó dos móveis, esfregando o banheiro, tomando um banho atrás do outro, torturando seus braços, dormindo. Teria ele ido embora para sempre? Teria se machucado? Meu Deus, será que estava na cadeia de novo? Se estivesse, *ela que o tinha mandado para lá*.

Naquela noite, acordou com uma tempestade. Havia deixado a porta do terraço aberta e aquele lado do quarto estava encharcado. Assim como Shane, que estava encostado na porta do quarto. Era todo osso e músculos magros e camiseta encharcada e gesso encharcado e quebrado, com um corte recente na lateral do pescoço. Ela se sentou na cama e ele não se mexeu, apenas a olhou com os olhos dilatados e o capuz na cabeça, o peito subindo e descendo em movimentos violentos.

— Ele não vai mais te incomodar.

E foi assim que ela soube que era tão louca quanto ele. Seu medo evaporou e tudo o que sentiu foi um latejar perverso e potente, que a fez apertar as coxas. Ele matara dragões que ela não conseguira. Era um maldito fora da lei. E ela queria aquele poder dentro dela.

Boas garotas deveriam querer um beijo do capitão do time na formatura, não ter a boca fodida por um psicopata gostoso. Mas ela supôs que não era boa, porque estava em cima de Shane em questão de segundos, rasgando seu jeans e sua cueca boxer encharcada — chupando até que ele ficasse fraco e ela se sentisse completa.

Lembrava-se de estar no terraço ao entardecer, olhando para a piscina três andares abaixo. Sabia que tinha tomado muito... alguma coisa, porque estava em um estado de torpor sentimentaloide e histeria assustadora. Além disso, sua dor era tão forte que mal conseguia acompanhar os próprios pensamentos.

Mas seus pensamentos gritavam.

Tudo parecia tão fora de controle. Ficou repentinamente aterrorizada com sua dependência de Shane. Quando ele desapareceu, sentiu-se como se estivesse se dissolvendo. E se ele não tivesse voltado? O que aconteceria depois? Depois dessa casa, dessa aventura? Qual era o plano? Ele a desejaria quando tudo acabasse?

Perdera coisas. Perdera a saúde. Perdera Princeton. Com certeza perderia a mãe, depois de tudo aquilo. E também perderia Shane. Homens iam embora depois que dormiam com você. Era por isso que não tinha dormido com Shane ainda.

Shane era seu farol. Se apagasse, ela ficaria perdida, pisando em águas escuras para sempre.

Não vou sobreviver a isso, pensou, acariciando o plástico liso que envolvia seu canivete. *Essa dor. É forte demais.*

Talvez fosse melhor desistir, então.

Ela subiu no balaústre e se inclinou bastante, esperando que a gravidade a levasse.

Mas então sentiu o braço duro e engessado de Shane agarrá-la, deixando-a sem fôlego e puxando-a de volta para o quarto. Ele a jogou na cama e se deitou ao lado dela, pegando seu queixo com a mão boa.

— Que porra você está fazendo? — Ele a sacudiu.

Ela piscou, confusa. Suas órbitas doíam de tanto apertar os olhos durante o sono, tentando aliviar a pontada insistente em suas têmporas. Ela se perguntou por que nem sequer se incomodava.

— Não morra, amor.

— Me dê um motivo.

— Eu — murmurou ele. — Fique por mim.

— Egoísta.

— Eu sou. — Deslizou o braço sob os ombros dela, pressionando-a contra seu corpo. — Eu preciso de você, então você não pode morrer.

— Só... só me deixa ir.

Com um gemido desesperado, ele apoiou o rosto no ombro dela e implorou:

— Fique. Vou fazer valer a pena. Vou fazer ser bom pra caralho, Genevieve. Você vai ser feliz, eu prometo. Me dê a sua dor; vou fazê-la sumir. Promete que vai ficar, que não vai embora, nunca. Eu e você pra sempre. Promete.

Ela abriu os olhos.

Não queria prometer com palavras.

De alguma forma, se desvencilhou dos braços de Shane, empurrando-o para trás e montando nele. Ela pegou a faca, abriu-a e alcançou um isqueiro na mesa de cabeceira. Com mãos instáveis, mergulhou a lâmina na chama.

O peito de Shane subiu bruscamente, então congelou.

Com cuidado, ela desenhou um S irregular e desleixado no antebraço, logo abaixo da dobra do cotovelo. Foi profundo o suficiente para derramar gotas de sangue no peito de Shane.

Shane alcançou o quinto copo de vodca na mesa de cabeceira, bebeu-o, então ofereceu a ela seu braço bom. Ela mergulhou a lâmina no fogo mais uma vez e riscou um G torto no mesmo lugar no braço dele.

A dor era intensa, mas eles estavam tão exaustos que *tudo zumbia*. Apenas outra coisa para sentir. Com um grunhido feroz, ele a virou, e o resto foi caos — beijos vorazes, chupadas, mordidas, arranhões, e então Shane afundou nela, fodendo-a como se estivesse dando uma razão para que vivesse. Não parou até que ela desmoronasse sob ele, elevando-se, tremendo, soluçando e totalmente, totalmente dele.

Lembrava-se de acordar em um abraço apertado. Um cheiro familiar a envolveu, e ela se aninhou mais nele. Quando a névoa da inconsciência se dissipou, reconheceu o cheiro. White Diamonds. E drama negro.

Era sua mãe, lágrimas com rímel escorrendo de seus olhos de estrela de cinema.

À luz do dia, a sala parecia uma cena de crime. Os lençóis estavam uma bagunça; garrafas vazias espalhadas pelo chão; pílulas e pó polvilhando a mesa de cabeceira. Ela estava coberta de mordidas de amor, arranhões e cortes, o S escondido atrás de gaze. Uma garota coreana-americana furiosa com um alforje da Dior gritava ao celular. Médicos e policiais se aglomeravam ao redor da cama, e uma agulha intravenosa estava enfiada em seu cotovelo, interligada a uma bolsa de solução salina. Ela ouviu alguém dizer que teve uma overdose.

— Você tem sorte de estar viva — disse a voz etérea.

Viva, sim. Sorte, não.

— O-onde está o Shane?

— Quem é Shane? — disse Lizette distraidamente. — Ah, bebê. Se eu não posso fazer com que eles fiquem, você também não pode. As mulheres Mercier são amaldiçoadas. *Amaldiçoadas.*

QUINTA-FEIRA

· 17 ·

Pergunta não respondida

— Estou dizendo, aquela coisa lá em cima não é minha filha. Ela já foi em todos os psiquiatras do mundo, e eles me mandaram procurar você, padre. Ela precisa de um padre. Você não pode me dizer que um exorcismo não vai ser bom para ela! Você não pode me dizer isso!

Eram nove da manhã, e Eva estava assistindo a *O exorcista* no celular, na cama. Já estava acordada havia uma hora, tentando escrever. Mas então o alarme soou (seu toque era Cece cantando "escreva, escreva o livro" no ritmo de *"work work work work work"* da Rihanna), mesmo assim preferiu assistir a seu filme favorito. Aquela cena sempre acabava com ela. A filha de doze anos daquela mulher estava no quarto, possuída pelo diabo de um jeito horripilante, enquanto um padre dizia que era depressão. Não importava que a garota estivesse se esfregando em crucifixos e levitando. A mesma velha história de sempre, na verdade. Mulheres dizendo a verdade e ninguém acreditando nelas.

Depressão o caralho, pensou Eva. *Como diria a vó Clô, é o próprio Satã.*

Eva sabia cada fala de *O exorcista*, e a familiaridade sempre a acalmava. Depois da Casa dos Sonhos, ela caminhou até sua casa, cheia de vergonha, dispensou a babá, pediu pizza do La Villa para o jantar e comeu em silêncio com Audre; então, cada uma foi para seu quarto. Não conseguia olhar na cara da filha. Como poderia fazer sua rotina de sempre — perguntar da lição de casa, saber como andava o projeto de arte de Audre — quando tinha acabado de se comportar como uma vadia?

Estremecendo, Eva se encolheu embaixo do edredom branco imaculado. E se eles tivessem sido vistos? Ela já tinha procurado CASA DOS SONHOS + SHANE HALL + EVA MERCY várias vezes, e nada tinha aparecido. Por via das dúvidas, marcou um horário com uma agência especializada em limpeza de pesquisas do Google.

Estava chocada com quão imprudente tinha sido.

E havia a briga silenciosa com Audre. Elas nunca tinham brigado daquela forma. Dentro de alguns dias, Audre iria passar o verão em Papaifórnia, e Eva não podia suportar que ela fosse embora com raiva.

Antes que Audre acordasse para ir à escola, Eva colocou o café da manhã dela na mesa, com um bilhete dizendo: "Eu te amo, meu amor. Vamos conversar quando você chegar em casa". Então, voltou para o quarto. Mesmo em meio ao constrangimento, queria que a filha soubesse que ela estava ali. Mas Eva também precisava de seu espaço. Ainda estava formigando com o toque de Shane, sua boca, tudo dele — e queria se entregar a isso o máximo que pudesse.

Eva mordeu o lábio, tentando evitar que o sorriso emocionado e culpado se espalhasse. Shane. Ela havia revelado tudo para ele. Ele a decifrou e ela gozou, lenta e docemente. Queria odiar a ideia de deixá-lo entrar de novo. Estivera tão disposta a desistir de tudo.

Ao longo dos anos, em seus preguiçosos devaneios, ela às vezes se permitia fantasiar que o encontrava. Mas em seus pensamentos eles ainda eram crianças. Ela não conseguia imaginá-los se relacionando como adultos. O que quer que Shane tenha despertado nela, Eva pensou que havia superado. Mas eles não eram mais os mesmos. Eram melhores.

Puxou o edredom para perto do queixo, com as bochechas em chamas, e teve uma epifania. Shane não era uma coisa para se superar. Ele sempre se encaixaria. Não importava quão velha ou jovem ou sofisticada ou crua ela fosse. Não importava quanto tempo tivesse passado.

Shane era inevitável.

Preciso ter cuidado, ela pensou. Mas cuidado não existia com Shane. Era como entrar em um prédio em chamas. Você podia usar óculos escuros e se lambuzar com protetor solar, mas ainda estaria em chamas.

Com um gemido, esfregou a têmpora e se sentou, apoiada em três travesseiros. Tudo isso era irrelevante, porque ela havia fugido do local. Tinha que se desculpar. Mas não havia nenhum meme fofo para enviar depois de fazer sexo semipúblico com seu ex, gozar com tanta força que lágrimas brotaram de seus olhos e depois fugir com o sutiã solto pendurado embaixo do braço.

Eva pensou que se sentiria poderosa, indo embora antes de ser abandonada. Mas tudo o que sentia era um vazio. Queria ficar presa nos braços dele para sempre. Ou pelo menos até a Guia do Sono emitir uma multa por terem transado e quebrarem as regras.

Fugir não era empoderador. Uma mulher empoderada teria se permitido.

Foco, ela disse a si mesma. *Primeiro passo, mande uma mensagem para ele. Segundo, assuma o que fez. Terceiro, diga que se divertiu muito. Quarto, explique por que isso não pode continuar.*

Ela pegou o celular.

Hoje, 9h30
EVA
kkkkk?

SHANE
kkkkk? Sério mesmo?

EVA
Desculpa.

SHANE
Não, não peça desculpa. Eu mereci aquilo.

EVA
Mereceu mesmo, mas ainda assim desculpa.
Foi ridículo o jeito que fui embora.

SHANE
Não, ridículo fui eu, deitado no chão,
sozinho, com o pau pra fora.

                              EVA
              Na verdade, foi bonito de ver.

SHANE
... Obrigado?

                              EVA
                            De nd.

SHANE
Posso ver você? Preciso ver você.

                              EVA
                  Não sei se é uma boa ideia.

SHANE
Mas foi um dia perfeito.

                              EVA
              Foi! Mas... melhor deixar assim.
              Finalmente um ponto-final. Acabou.

SHANE
Aquilo pareceu o fim pra você?

                              EVA
                *Entrando em pânico em silêncio

SHANE
Sem pânico. Também tô chocado pra caralho.
Por favor, vamos nos encontrar em algum lugar?

EVA
É mais seguro por mensagem.

SHANE
Mas pq?

EVA
Ver você pessoalmente me faz esquecer
coisas que eu devia lembrar.

SHANE
Isso é um haicai?

EVA
Shane.

SHANE
Eu quero VER você. Você tá em casa? Vou aí.

EVA
Você não tem meu endereço.

SHANE
É fácil de conseguir. Tenho o número da Cece,
e você sabe que ela ama um drama.

SHANE
*Silêncio esperançoso

EVA
Merda. Seventh Avenue, número 45. Térreo.

SHANE
Tem certeza? Se você não quiser...

EVA
Vem logo, antes que eu mude de ideia.

Eva jogou as cobertas para o lado e saltou da cama, fazendo o celular voar e cair no tapete felpudo. Lidaria com aquilo mais tarde. Em vez disso, andou de um lado para o outro em sua cueca boxer e uma camiseta da turnê de reunião da Bad Boy Family, os nós dos dedos pressionados nas têmporas latejantes, a mente pulando de pensamento em pensamento.

São 9h45! Ele quis dizer que estava vindo agora ou no fim da tarde? Preciso passar blush, limpar a sala de estar — porra, não temos comida, tirando o que pedimos do Five Guys e salgadinho. Devo pegar vinho? Não, não, não, CLARO *que Shane não pode beber vinho. Calma. Se acalme. Primeiro um banho. Será que dá tempo de marcar um retoque rápido das luzes? Merda. Merda. Merda. Isso é loucura?*

Ela escancarou a porta do quarto e se apressou pelo corredor até a cozinha. Primeiro o café. Depois os analgésicos. E só então pensaria no resto.

Escorregando um pouco por causa das meias felpudas de inverno (seus pés pareciam estar sempre congelados, apesar das temperaturas quase de verão), ela correu para a cozinha.

— AH!

Eva deu um pequeno pulo e um grito digno de um filme de terror. Audre estava ali, sentada de pernas cruzadas no chão da cozinha. Curvada sobre o retrato de Lizette. Cercada por um turbilhão de penas, tintas, tiras de tecido e lantejoulas. No segundo em que ouviu o grito de Eva, ela também gritou, ficando de pé em um pulo e brandindo o pincel como uma espada.

Ambas ficaram paradas em lados opostos da cozinha, a respiração pesada, se olhando. Audre tinha uma pena cor de vinho presa na bochecha.

— O que você está fazendo aqui? — gritou Eva, colocando as mãos na cabeça. Aquele grito tinha sacudido seu cérebro.

— Hum, eu moro aqui? — disse Audre, com absoluta calma. Ela estava vestindo uma calça de moletom grande de Princeton e o Chapéu

Seletor de Hogwarts, que sempre usava quando estava trabalhando em sua arte. — Que *merda* foi essa, mamãe.

— Olha a boca!

— Ah, peço um milhão de desculpas. Qual é a resposta adequada quando sua MERA PRESENÇA leva sua mãe a uma HISTERIA AGUDA?

— Audre — disse Eva, tentando regular a respiração, a cabeça e o coração batendo descontroladamente. — Meu amor. Por que você não está na escola? Por favor, não me diga que a Bridget expulsou você. Não. Me. Diga. Isso. Porque eu vou processar o Cheshire. Ela me prometeu...

— Não fui expulsa! *Dãããã*. É o penúltimo dia de aula. Temos folga hoje. Como acontece todo ano, para que os professores possam terminar os boletins. Você não recebeu o e-mail?

Eva não conseguia acompanhar os e-mails administrativos do Cheshire. Cada vez que precisavam dar um aviso enviavam um e-mail, seja para falar sobre as epidemias de piolho ou das aulas de zumba ministradas pelos pais.

Procurando não mexer a cabeça, Eva deslizou com cuidado para o banco da mesa da copa. Audre a observou, identificando todos os sinais. Bufando, pegou uma bolsa de gelo do freezer e jogou para a mãe, que a pegou com uma mão.

— Obrigada — suspirou Eva, pressionando a bolsa de gelo na têmpora esquerda. — Tinha me esquecido de hoje. Acho que estou perdendo o juízo.

— Nada a acrescentar — disse Audre, fazendo beicinho. Ela se jogou no banco em frente a Eva, uma garota ainda não graciosa com membros molengas e um pescoço infinito que, um dia, seria elegante ao extremo. Mas naquele instante parecia uma girafa recém-nascida.

Esforçando-se para ser casual, Eva perguntou:

— Como anda o retrato?

— Bem.

— Tá uma graça. Você realmente capturou a essência da sua avó, mesmo sendo uma peça abstrata. Seu pai vai ficar tão orgulhoso.

— Papai foi um dos criadores dos personagens em *Monstros S. A.* e *Valente* — ela murmurou. — Isso não é nada.

— Tá bom, Audre — disse ela, ignorando. — Então. Você viu meu bilhete?

— Vi.

— Alguma resposta?

Audre deu de ombros, tirando o chapéu. Por baixo, seu cabelo era uma confusão de cachos, idêntico ao de Eva.

— Não. Quer dizer, sim. Tipo, acho que devemos conversar.

O lábio inferior de Audre fazia um beicinho, e ela não piscava, porque, se o fizesse, as lágrimas cairiam. Eva não devia estar tão nervosa para iniciar uma conversa difícil com a filha, mas grande parte da autoestima de Eva dependia da visão que a filha tinha dela. Ela sabia que era exagerado e pouco saudável, mas também era verdade.

— Não podemos ficar tão tensas uma com a outra, querida. Você é minha filhinha. É minha pessoa. Meu amor por você é maior que...

— Eu sei, maior que Úrsula no final dramático de *A pequena sereia*.

Eva vinha dizendo isso a Audre a vida toda. Era uma coisa delas. Mas Audre não se comoveu.

— Eu vou primeiro — suspirou Eva. — Me desculpe por ter gritado com você na escola. Não era o lugar nem a hora. Eu fiquei chocada, sabe? Você é sempre tão comportada. A última coisa que eu esperava era entrar naquela reunião e descobrir que você estava prestes a ser *expulsa*.

— Mas você age como se eu fosse a pior filha do mundo — disse ela. — Você sabe por que a Parsley levou detenção? Por causa de tequila!

— Ela levou tequila para a escola?

— Não. Ela colocou um absorvente interno embebido em tequila *na vagina*, deixou o sangue absorver e, na quarta aula do dia, estava tão bêbada que caiu.

Eva olhou para a filha, chocada.

— Tá, entendi — disse ela. — Olha, não te acho terrível. Minhas expectativas em relação a você são altas, porque quero que tenha todas as opções do mundo. Opções que eu não tive.

A filha permaneceu sentada sem dizer uma palavra. Então, arrancou a pena cor de vinho da bochecha e começou a rasgá-la lentamente na mesa.

— Audre. Diga alguma coisa.

Por fim, ela ergueu os olhos, encontrando os da mãe.

— Você se arrepende de ter sido mãe? Eu torno sua vida mais difícil?

— Não! Por que isso agora?

— Você disse que eu era um fardo, mãe. Que não consegue ter uma vida de verdade porque ocupo todo o seu tempo.

— Eu não disse isso!

As sobrancelhas de Audre se ergueram até o teto.

— É, eu disse isso — admitiu Eva. — E é verdade. É difícil, pra mim, namorar e fazer coisas espontâneas que outras mulheres solteiras fazem. Mas também não estou interessada em namorar. Eu amo minha vida do jeito que ela é! Só eu e você, filha.

— Só eu e você, né?

Eva inclinou a cabeça.

— É. Quem mais?

Audre deu de ombros com insolência. Estava agindo de forma estranha. Era mais do que a briga. Parecia esconder alguma coisa.

— A propósito — Eva continuou, agarrando-se a qualquer coisa. — Lembra quando você me chamou de perfeita? Estou longe de ser isso. Quando tinha mais ou menos a sua idade, passei por momentos muito difíceis.

— Você estudou em uma universidade da Ivy League! E escreveu um best-seller quando quase nem era maior de idade.

— Querida, eu também estava doente. Ainda mais doente do que estou agora. Quer saber como entrei em Princeton? Minhas notas caíram tanto no meu último ano que eles retiraram a oferta. Tive que escrever a redação deitada em uma cama de hospital — *na ala psiquiátrica, conte para ela* —, implorando para que a universidade me aceitasse de volta. Explicando que eu tinha uma doença debilitante.

— Sério? Posso ler? — Audre perguntou timidamente, seu humor mudando um pouco. Ela sempre tinha sede de saber mais sobre a infância da mãe. Quando Audre era pequena, fazia perguntas implacáveis a Eva.

Qual sua lembrança mais engraçada? Você já teve um crush que também se apaixonou por você? Qual foi o filme mais assustador que você viu no cinema? Eva sempre podia responder a isso. Mas não podia responder às questões mais profundas.

— Sim, querida, você pode ler — disse Eva, levantando para se sentar ao lado de Audre no banco. Audre enganchou o braço no de Eva e apoiou a cabeça no ombro dela.

— Então, você teve que lutar para voltar pra Princeton.

— Tive — respondeu Eva.

— Você também lutou para me manter na escola — começou Audre.
— Como? Quer dizer, o que você disse pra senhora O'Brien que fez com que ela mudasse de ideia?

Audre olhou para a mãe com seus enormes olhos de corça, e Eva congelou um pouco. Não estava preparada para explicar sobre Shane.

— Eu fiz um favor pra ela. Encontrei um professor de inglês para substituir o senhor Galbraith. Shane Hall. Já ouviu falar dele?

— Ahhh, já ouvi falar dele sim — respondeu Audre enigmaticamente.
— De onde *você* conhece ele?

— Bom, ele é um autor negro — disse Eva, beijando a testa de Audre.
— A gente meio que se conhece, todos nós.

— Hã. Você o conhece bem?

— Quer dizer...

— Você, tipo, *gosta* dele?

— Por que essa pergunta?

— Porque eu vi fotos de vocês dois. Por aí, ontem. E é óbvio que era um encontro.

Eva se desvencilhou de Audre e olhou para ela — boquiaberta, coração batendo forte, têmporas explodindo.

— Audre — ela começou, forçando uma risadinha casual. — Não sei o que você viu. Mas, se eu estivesse saindo com alguém, você ia saber. Fala a verdade, Shane Hall parece mesmo o meu tipo?

— Você não namora, mamãe. Qual é o seu tipo, o Homem Invisível?

Aquilo era demais. Em segundos, sua enxaqueca passou de irritante para obliterante. Com a visão começando a ficar turva, ela pegou a bolsa da mesa e procurou o frasco de analgésicos. Engoliu duas pílulas sem água e se lembrou de respirar. O efeito entorpecente envolveu a dor como a água da maré, levando-a para longe, onde era inacessível — pelo menos em até três horas, quando o efeito passaria e a dor voltaria para a costa.

Eva aceitaria qualquer trégua, por menor que fosse. Não houve descanso até os vinte e poucos anos, quando encontrou um médico que lhe prescreveu um tratamento eficaz para a dor, e era eternamente grata. Ainda mais naquele dia. Tinha que estar em sua melhor forma para aquela conversa.

— Eu me encontrei com o Shane para pedir a ajuda dele. Foi só isso! Então não, não foi um encontro! Na verdade, foi um tanto humilhante pedir um favor pra alguém com quem eu não falava havia anos. Mas eu faria qualquer coisa por você.

Audre pensou nas fotos da mãe com aquele cara. Pareciam o pôster de uma comédia romântica melosa. E a mãe parecia sedutora — de uma forma que Audre nunca tinha visto. *Ela estava literalmente se atirando naquele cara.*

Eva alegou que não tinha tempo para homens. Então, do nada, foi pega de conversinha com um homem de verdade? Dividindo sorvete em um encontro romântico em plena luz do dia? Audre vasculhou todos os posts dos fãs de *Amaldiçoada* no Twitter e encontrou mais fotos com olhinhos apaixonados por todo West Village. Eva tinha passado horas com Shane. Ou a mãe estava caidinha, ou era uma atriz de primeira.

Audre ganiu. De repente tudo fez sentido. Jogou os braços em volta dos ombros da mãe e começou a chorar e a se lamentar.

— Nãããão, mamãe! Me diz que não! Ah, eu me sinto péssima! Você está certa, sou a pior filha do mundo.

— Do que você está falando? — Eva ficou pasma com a súbita histeria de Audre.

— Sei que amor de mãe não tem limites. Quer dizer, ooiii? Eu li *Mommy Burnout*, sobre a síndrome do esgotamento materno!

— E quem não leu? — disse Eva, que nunca tinha lido. — Audre, o que você acha que eu fiz?

— Você... você... seduziu esse homem pra eu não ser expulsa da escola, não foi? Você transou com ele por minha causa. *E eu nunca vou me perdoar!*

Eva estava surpresa demais para formular uma resposta. E ela não teve tempo, de qualquer maneira — porque a campainha tocou.

Tinha se esquecido. Uma hora antes, estivera envolvida em uma intensa troca de mensagens com Shane, mas no segundo em que vira o rosto da filha todo o resto desaparecera de sua mente.

Incluindo o fato de que Shane estava a caminho. E agora ele estava ali.

· 18 ·

Uma série de decisões difíceis

Cece Sinclair tinha ótimo gosto. Todo mundo sabia disso. Era a mais poderosa editora na mais poderosa editora. Todo mundo sabia disso também. E era uma anfitriã impecável, uma jogadora de tênis em dupla tão focada que chegava a dar medo e, provavelmente, a maior defensora de autores negros e pardos de seu tempo.

Ela era muitas coisas (alguns diriam que talvez até demais), porém havia só uma única coisa que fazia seus batimentos acelerarem, a pele brilhar e renovar suas forças. Era ajudar a ligar os pontos. Você precisava do melhor alfaiate deste lado do rio Hudson? Ela ajudaria. Precisava de um convidado de última hora para ir ao Studio Museum no Harlem Gala? Ela deixaria um ator de telenovelas desempregado na sua porta em um terno às 17h30. Procurava um treinador? Uma doadora de óvulos? Um contato direto com Valerie Jarrett? Cece Sinclair era a pessoa certa.

Cece não tinha todas as respostas. Mas *acreditava* que tinha. E era de vital importância para Cece que seus amigos e associados, a elite da comunidade literária e as famílias negras mais importantes em toda a Costa Leste também acreditassem nisso.

Naquele instante, ela estava afundada em pensamentos em seu sobrado em Clinton Hill, sentada no escritório — lindamente mobiliado seguindo a estética minimalista (financiado sobretudo pelo salário do marido, Ken, dono e cirurgião-chefe na Sinclair Cirurgia Reconstrutiva). Exibindo seus melhores trajes casuais de sábado — um vestido da marca Proenza Schouler justo na cintura e esmalte na cor Sapatilha nos pés —, ela era puro glamour e agitação. Porque havia dois pontos que não conseguia ligar.

Havia muita coisa faltando na história entre Eva e Shane. Lacunas significativas. Era seu trabalho reconhecer uma narrativa totalmente desenvolvida, sem nenhum ponto cego, assim que a visse — e aquele não era o caso. Cece sabia muito bem que Shane não era só uma aventura nostálgica em tons de sépia. Ninguém ficava tão abalado por um caso a ponto de escrever sobre isso durante toda a vida adulta.

Eva estava retendo informações. E isso estava deixando Cece louca. Shane não falava, porque Shane era um enigma. Eva também não falava, porque era um enigma embrulhado em um mistério embrulhado em cortina blecaute.

BANG! O som reverberou pelo apartamento.

Meus nervos, ela pensou. *Por quanto tempo o Ken vai me obrigar a aguentar esse barulho incessante?*

Nos últimos cinco fins de semana, o marido de Cece, Ken, dedicava todo seu tempo a reformar a mesa de jantar. Martelando. As batidas a faziam apertar os dentes, mas procurava não demonstrar. Ele trabalhava com tanto afinco na clínica. Projetos domésticos o deixavam feliz. Tudo bem. Ela só queria que Ken encontrasse um passatempo mais silencioso.

Sugando o ar, Cece se levantou abruptamente e começou a andar. Ken sempre a chamava de fofoqueira e, apesar de fingir ficar ofendida, ela *era* fofoqueira. E fofocas mal contadas eram uma ofensa para as fofoqueiras. Ficavam irritadiças e propensas a tomarem decisões arriscadas por puro desespero.

E, seguindo seu desespero, ela decidiu dar uma festa. No dia seguinte. Uma festa pré-premiação, para dar início ao Prêmio de Excelência Literária Negra de domingo. Todo mundo já estava na cidade por causa do Littie e procurando sarna para se coçar. De todo modo, já passava da hora de ser a anfitriã de uma de suas recepções exclusivas para membros.

Sim, Eva dissera que "preferia morrer" a ir à mesma festa que Shane. Mas ela também era a rainha de ficar sozinha nos lugares.

Eva era uma garota perdida de dezenove anos quando Cece a conhecera. De certa forma, ela a ajudou a crescer e se sentia responsável por Eva. Cece sabia, melhor que ninguém, que Eva estava presa em sua rotina — a rotina dos livros, a rotina da vida, a rotina de tudo —, e a morte da inspiração era *desastrosa* para um escritor. Talvez Eva só precisasse de um empurrãozinho para não pensar demais. Para se libertar! Cece iria presenteá-la com um lindo contexto para se reunir adequadamente com sua antiga paixão — e, com sorte, obter inspiração para o livro. Não era seu trabalho como parteira de livros criar uma atmosfera acolhedora para ajudar seus autores a fazerem mágica?

Shane seria o convidado de honra. Os blogs literários fervilhavam; todos queriam ter um vislumbre dele na vida real. Não havia muito tempo para planejar a festa, mas, para a sorte de Cece, seus convidados nunca esperavam que o convite chegasse no tempo adequado. A espontaneidade fazia parte da diversão. E a melhor parte era que Cece por fim obteria respostas. Shane e Eva eram seus filhos escritores. E, como mãe deles, ela tinha o direito de saber tudo a respeito daquela "situação".

BANG!

O Ken tem sido um marido maravilhoso. Porém, mais cinco minutos disso e enveneno a bebida dele.

Cece estava sentada a sua escrivaninha, o cérebro de anfitriã zunindo. Convidaria os suspeitos de sempre. Teria que permitir que trouxessem os filhos, para inviabilizar a desculpa de Eva de que "não encontrei uma babá". Tudo correria bem; ela os encurralaria em um quarto de hóspedes com lanches do Shake Shack, uma babá e o Disney Channel.

Ligaria para a amiga Jenna Jones para encontrar algo fabuloso para vestir. Jenna era uma ex-editora de moda que agora apresentava um onipresente programa de estilo no YouTube chamado *A escolha perfeita*. Graças ao seu status de realeza da moda, conhecia todo o pessoal de relações públicas em todas as casas de moda (mesmo as menores, em estilo indie, que a própria Cece não conseguia acessar). Jenna era a arma secreta de estilo de Cece.

É, ela ligaria para Jenna! Se ao menos pudesse se lembrar de onde estava o celular. Não conseguia ouvir os próprios *pensamentos* com as batidas incessantes de Ken.

Cece saiu do escritório em direção à sala de jantar. Estava um verdadeiro caos. A mesa estava de cabeça para baixo no chão, e Ken agachado ao lado dela, martelando uma perna de volta no lugar.

— Ken. Você. Está. Me. Matando.

O atraente Ken, também conhecido como Billy Dee Williams Lite, ajustou os óculos no nariz e perguntou:

— As pernas parecem iguais para você?

Exalando de forma extravagante, Cece alisou o vestido e se agachou ao lado dele.

— Quase.

— Bom — disse ele e continuou a martelar.

— Querido, eu vou ouvir essas marteladas até no inferno.

— Você não vai para o inferno — Ken murmurou, um parafuso caindo de sua boca.

— Ah, para com isso. Eu já tenho um triplex lá — ela disse alegremente. Apertou o ombro dele e se levantou, voltando a andar de um lado para o outro. Havia tanto para fazer até a festa do dia seguinte.

Quando Cece era anfitriã, dedicava-se de corpo e *alma* — com a mesma energia, ela supôs, que a maioria das mulheres de sua idade se dedicava aos filhos. Mas ela nunca quis ter filhos. Os livros eram seus filhos. Eles se aninhavam a ela à noite, a mantinham aquecida, acalmavam sua mente quando seu casamento parecia fragilizado, quando suas escolhas de vida pareciam sem sentido ou seu trabalho, estagnado. No brunch, Belinda perguntou se ela já havia sentido um amor selvagem e profundo. O que Cece não sabia como dizer era que ela não precisava disso. Estava feliz por não sentir *nada* profundo demais. O melhor estilo de vida era o suficiente para ela. O começo da noite, quando havia a possibilidade de intriga e drama — em vez do fim, quando todos estavam bêbados, esquisitos e sombrios. Aprendera havia muito tempo que a vida podia ser amarga e decepcionante, se assim permitisse. Entre razões e emoções, sua missão era continuar *interessada* no mundo.

Era por isso que Cece era tão competente em farejar best-sellers. Lia um manuscrito e, sem pensar muito, sem deixar as palavras marinarem, sabia se iria funcionar. Cece mal respirava entre ler a última página de um romance e convencer a editora Parker + Rowe a comprá-lo. E, depois de quarenta best-sellers, ninguém duvidava de seus instintos.

Nem mesmo Michelle, da Chicago Robinsons (que Cece conhecera no clube de golfe Farm Neck em Vineyard quando Sasha e Malia eram apenas crianças). Na Conferência Nacional do Congresso de Grupos Políticos Negros de 2017, quando Michelle divulgou que iria escrever um livro de memórias, Cece não precisou nem ouvir o discurso. Ela sabia qual seria a isca só de ver.

— O lado Sul, querida — ela sussurrou no ouvido cravejado de diamantes de Michelle. — Lembre-se de nos mostrar o lado Sul.

— Sério? Você acha que as pessoas querem saber sobre a minha infância?

— Eu não acho, Shelly — disse Cece, sabiamente. — Eu sei.

Ela também sabia, por instinto, que havia um delicioso potencial em Eva e Shane. Eles só precisavam... de um empurrãozinho. Cece mal podia esperar para ver que magia luxuriosa sua festa inspiraria — e rezou para que Eva a despejasse nas páginas de seu novo manuscrito. Ela pode ter superado *Amaldiçoada*, mas seus fãs não, tampouco sua editora. Eva precisava entregar.

Então, ouviu Ken rir sentado no imaculado chão de painéis de madeira cor de âmbar.

— Qual a graça? — ela perguntou.

— Você está armando alguma, Celia. Consigo perceber.

— Não estou armando; estou planejando.

Ele riu para si mesmo, o mesmo parafuso saindo de sua boca.

— Minha garota fofoqueira.

Cece sorriu. Ela era fofoqueira e era a garota dele. Ambos eram verdadeiros, para o bem ou para o mal.

— Trabalhe um pouco mais na perna esquerda — disse ela, depois mandou um beijo para ele e saiu da sala.

Do outro lado do Brooklyn, Shane estava encostado na porta da casa de Eva. Ele tocou a campainha duas vezes — e nada. Talvez ela tivesse mudado de ideia. Agora ele estava repensando todas as escolhas de vida que fizera até aquele momento.

A decisão mais sensata seria ir embora. Mas e se ela não tivesse ouvido a campainha? Não. Ele esperaria um pouco mais. Ainda não podia ir.

O dia anterior fora, ao mesmo tempo, demais e insuficiente. Deixara Shane nervoso, e agora ele sentia uma vontade enorme e inquieta de estar ao lado de Eva. Queria vê-la fazer coisas, dizer coisas. Segurar a mão dela, fazê-la rir. Fodê-la sem piedade. Dar a ela tudo que havia muito tempo não tinha. Dar o melhor dele.

De acordo com as diretrizes do AA, os relacionamentos eram proibidos até que você estivesse sóbrio por dois anos. Essa regra fazia sentido, mas Shane não podia ter previsto que isso aconteceria.

Relacionamentos do ensino médio não deveriam ser significativos, ele raciocinou. *Nossos lobos frontais nem estavam desenvolvidos. Como sabíamos que era real?*

Adolescentes não sabiam distinguir entre uma paixão e algo mais profundo — quanto mais estarem certos a respeito disso. Aos dezessete anos, Shane não tinha certeza de nada. Só dela.

Sua mente voltou a um breve momento na Casa dos Sonhos. Eva embaixo dele, ofegante e extasiada, a boca macia de tanto beijar e as bochechas pegando fogo depois do clímax. E Shane profunda e existencialmente feliz. Ele enterrando o rosto no pescoço dela e a envolvendo em seus braços, agarrando-se a ela com tanta força que não conseguia imaginar deixá-la ir.

O abraço parecia monumental, como se estivessem fundindo todas as pessoas que já haviam sido ao longo dos anos. Como se estivessem fechando o ciclo. Eva aninhou o rosto no pescoço de Shane, os lábios roçando logo abaixo de sua mandíbula.

— Nunca paro de sentir saudades suas — disse ela suspirando.

Mas, antes que ele tivesse a chance de dizer a mesma coisa, ela saiu de debaixo dele. E foi embora.

Shane entendia por que ela tinha ido embora. Mas aquilo o destruíra. Ele a tinha recuperado só para perdê-la de novo.

Shane sempre se sentiu torturado pelas lembranças daqueles sete dias. Ele via tudo com clareza. Cada detalhe em cores vívidas. Nenhuma bebida poderia fazê-lo esquecer. No entanto, não contava com os detalhes aparentemente insignificantes, mas de uma importância enorme, que esquecera sobre Eva voltando para ele.

Como quando o Spotify toca uma música que você não ouvia desde a infância e te faz lembrar de quem você é. "Ah, sim, eu sou a pessoa que sabe a letra inteira de 'Wild Wild West' do Will Smith".

Quando Eva foi embora no dia anterior, Shane estava convencido a deixá-la sozinha. Doeu pra caramba, mas ele mereceu. Então se manteve ocupado pelo restante do dia. Correu dez quilômetros, relaxou, não bebeu, comeu alguma coisa, não bebeu, tentou escrever, não bebeu e depois dormiu. Mas então Eva enviou aquela mensagem. E, de alguma forma, se viu parado na frente da casa dela, esperando que abrisse a porta.

O celular tocou, e ele o puxou da calça com tanta pressa que o bolso virou do avesso.

Era Ty.

— Qual a boa — disse o adolescente.

— Ainda tentando descobrir — respondeu Shane, espiando pela janela de Eva.

Shane tinha falado com Ty no dia anterior. E dois dias antes. Ele se comprometera a verificar seus pupilos duas vezes por semana. Às vezes, apenas ouvir a voz de alguém que acredita em você pode transformar um dia de merda em uma coisa um pouco melhor.

— Ty, por que você não está na escola?

— É o penúltimo dia do ano — disse ele, sem dar mais explicações.

— Como está sua garota?

— Bem.

Então Shane fez as perguntas rápidas que fazia para todos seus alunos.

— Você está fazendo a lição de casa direitinho?

— Estou.

— Se envolveu em alguma atividade ilegal ou nefasta?

— O que significa "nefasta".

— Criminosa.

Ty fez uma pausa, pensando.

— Não?

— Se envolveu em brigas?

— A última vez foi quando você estava aqui.

— Está se mantendo hidratado? Dormindo oito horas por dia?

— Dormir é difícil às vezes. Meu cérebro não desliga. Mas o negro aqui continua tentando. Meu mantra ajuda.

— Tenho orgulho de você, cara.

Shane podia sentir o sorriso de Ty a milhares de quilômetros.

— Senhor Hall? Posso... você podia me emprestar duzentos contos?

— Duzentos dólares? Pra quê?

— O namorado da minha irmã aluga um estúdio por hora ou coisa assim, e eu pensei... faz um tempinho que estou tentando começar nessa merda toda de rap. Entrar no SoundCloud, conseguir um contrato.

Shane começou a rir. Quando Ty não se juntou a ele, ele rapidamente calou a boca.

— Ah. Tá, mas desde quando você é um MC? Você nunca mencionou o rap.

— Tá começando a rolar.

— Interessante. Qual é o seu nome de rapper?

— Em aberto.

— É esse o seu nome?

— Não, meu nome ainda está *em aberto*.

— Não leve a mal — começou Shane, com cautela —, mas o fato de você nem ter um nome artístico me faz pensar se você está falando a verdade. Todo menino negro tem um nome rapper que inventou no terceiro ano.

Ty ficou em silêncio.

— Sua irmã apresentou você para esse cara? A Princess?

— É.

— A Princess mora em um Chrysler vazio estacionado em um fast-food abandonado. Você acha que ela ia namorar um cara com um estúdio de verdade pra alugar? Não é mais provável que eles estejam enganando você?

Encurralado, Ty soltou um suspiro irritado.

— Tenho que sair daqui — implorou Ty. — Eu menti. Faz dois dias que não como. Todos acham que eu como porque tenho ossos largos, mas não. A Princess e a minha mãe pegam todo o meu dinheiro. Talvez o rap me tire daqui. Esse cara conhece empresários e produtores e tudo o mais.

— Ty, não vou te dar dinheiro pra isso. Não confio nisso. Tenho que ir, e mais tarde a gente se fala.

— Pensei que você fosse meu amigo — disse Ty, e sua voz era quase inaudível. Ele parecia destruído. — Paz.

A ligação fez um clique, e Shane se apoiou na porta da frente. Ele sabia que Ty não seria capaz de continuar no caminho reto, firme e forte. Talvez Shane fosse duro demais com ele. Talvez fosse melhor mandar o dinheiro. Tomado de emoções conflitantes, ele deu um grande gole de sua garrafa d'água no momento em que uma ruiva alta passeava com uma criança crescida amarrada ao peito e deu uma segunda olhada.

— Meu Deus. Você é o Ta-Nehisi Coates!

— Não. Mas ele ia gostar que você pronunciasse o nome dele corretamente — disse ele, bebendo o restante de água. — Aprendi da maneira mais difícil.

Então finalmente, *finalmente*, ele ouviu o interfone. Antes que Shane pudesse escolher uma emoção em que se focar, voou através da pesada porta de mogno.

· 19 ·

Homens héteros me amam

Eva demorou muito tempo para abrir a porta principal para Shane.

Estava envolvida em um debate com a garota mais teimosa, dramática e com a imaginação mais fértil que o Brooklyn já produziu. (Além de Barbra Streisand, talvez).

Audre tinha certeza de que Eva havia se prostituído por ela. E, com Shane esperando na escadaria da frente do prédio, Eva não tinha tempo de convencê-la do contrário. Estava ocupada jogando roupas aleatórias no chão do quarto, se arrumando com pressa, enquanto tentava convencer Audre de que não era bem assim. Sem contar o fato de que não estava pronta para que Shane conhecesse Audre e não fazia ideia do que dizer para ele depois da aventura na Casa dos Sonhos.

Quando ouviram a batida à porta do apartamento, Audre e Eva saíram correndo pelo corredor, mas Audre chegou primeiro. Ela abriu a porta e ficou ali, com as mãos na cintura, olhando para Shane com uma carranca estrondosa.

Ele deu um pulo, saindo ao menos quinze centímetros do chão.

— *Caralho*, meu Deus!

— Shane! Olha a boca! — Eva derrapou até a porta com as meias felpudas e deu uma bundada em Audre, tirando-a do caminho.

— Mas esta é... ela está...

— Em casa, sim — Eva balbuciou, sem fôlego. Não conseguia imaginar quão absurdas as duas pareciam. Eva com a camiseta da Bad Boy Family e um macacão jeans curto vestido às pressas, com uma versão ousada de um coque abacaxi no topo da cabeça, e Audre em seu moletom e Chapéu Seletor. Ambas respiravam com dificuldade, problemas inacabados pairando no ar entre elas.

— Shane, esta é a Audre. Audre, esse é o Shane. Hm, precisamos de um minutinho a sós. — Agarrando um Shane chocado pelo braço, ela usou toda a força que tinha para empurrá-lo de volta para o corredor, fechando a porta atrás dela.

— Vocês têm cinco minutos! — gritou Audre, a voz abafada atrás da porta.

Gesticulando para que Shane a seguisse, Eva subiu as escadas para o andar de cima, parando na porta do apartamento sobre o dela. Precisava estar em um lugar de onde Audre não conseguisse ouvir.

Com um suspiro dramático, Eva se jogou na parede secular, e Shane fez o mesmo. Ela se perguntou quantos amantes secretos aquelas paredes já teriam visto.

Ofegante, ela disse:

— Não respiro direito desde que abri a porta pra você.

— Você não me disse que a sua filha estaria aqui! — Shane se percebeu, ao mesmo tempo, em pânico e empolgado. — Caramba, ela é a coisa mais fofa que eu já vi. Você *pariu* essa menina. Um ser humano inteiro. Vai me deixar conhecê-la?

— Só porque esqueci que ela não tinha aula hoje! — Eva se sentia tonta, ainda sem acreditar que Shane estava ali, no prédio dela, naquele instante.

— Ah. *Ahhh*. — O coração dele afundou. — Olha, eu vou embora então. Não quero complicar as coisas pra você. Ou pra ela.

— Não vá.

— Jura? — Ele se animou.

— Você precisa me ajudar com meu álibi.

— Ah. — O coração dele afundou de novo. — Que álibi?

— A Audre viu fotos nossas online que algum fã tirou, tomando sorvete, agarradinhos em um banco, e ao que tudo indica parecíamos... você sabe. — Ela fez uma cara sonhadora para ele. — Tipo assim.

— O que, meio bobos?

— Apaixonadinhos.

Shane concordou, puxando devagar o lábio inferior com os dedos. Sem pressa, o olhar dele foi dos olhos de Eva até sua boca, para os seios sem sutiã e de volta para o rosto.

Eva abriu a boca. Ele sorriu, convencido e cheio de charme.

— Consigo imaginar — disse ele.

— Enfim — ela continuou, as bochechas queimando. — Ela chegou à conclusão de que eu seduzi você pra salvar a carreira acadêmica dela.

— Me seduziu? Ela usou essas palavras? — Shane apoiou o rosto nas mãos, abafando uma risada. — Ah, não.

— Nunca conheci ninguém mais dramática que ela. — Eva ergueu as mãos para o alto e revirou os olhos teatralmente.

— Eu já — disse ele, rindo.

— Esta semana está demais pra mim. — A cabeça de Eva parecia muito pesada, e apoiou a testa no peito de Shane. Ficou ali, esfregando a cabeça nele, aliviando a pressão, querendo ser acalmada.

Shane congelou por alguns instantes, assustado com a intimidade. Mesmo depois do dia anterior, ele não queria tirar uma conclusão precipitada sobre a situação deles.

— Está tudo bem — disse ele baixinho, sem tocá-la. — Posso abraçar você?

— Por favor — murmurou ela contra a camisa dele.

Inclinando-se um pouco, ele passou os braços em volta da cintura dela e a puxou, apertando-a contra si. Na ponta dos pés, ela se agarrou à camisa dele e enterrou o rosto em seu pescoço.

— Mais forte — ela gemeu, e ele a apertou. Queria ficar para sempre ali. Shane colocou os dedos no cabelo dela, massageando seu couro cabeludo.

— Você está aqui — sussurrou Eva, se sentindo tonta —, porque eu quero você aqui.

Shane fez um barulho baixinho no fundo da garganta, do qual sentiria vergonha mais tarde.

— Vamos falar sobre o que aconteceu?

— Não temos tempo para isso, minha filha acha que sou uma prostituta. Preciso consertar isso.

— Vou ajudar. — Ele passou as costas dos dedos pela bochecha de Eva com ternura, precisando sentir a pele dela. Ela soltou um leve suspiro. — A Audre tem uma imaginação fértil, o que não é de surpreender, considerando quem é a mãe dela. Eu sou ótimo com crianças.

— Mas a Audre é *minha* filha. — Eva ergueu o rosto para olhar para ele. — E não é assim que eu queria que você conhecesse ela. Quer dizer... não que eu tenha pensado em vocês se conhecerem um dia.

— Não, eu entendo — disse ele, apoiando o rosto nos cachos dela. Coco e baunilha. Arrebatador.

— Vamos dizer que nos encontramos de novo e somos velhos amigos. O que não é uma mentira — sussurrou ela, passando os braços em volta do pescoço dele e puxando-o para ainda mais perto. Ele gemeu e, sem se soltar do abraço, começou a andar, Eva acompanhando de costas, até encostá-la na parede.

— Só amigos — ele repetiu.

— É — ela suspirou.

Inclinando-se, Shane encostou os lábios no dela e, com suavidade, sugou a língua dela para dentro da boca, em um beijo devagar e profundo. Ele mordiscou o lábio inferior dela sem pressa, e a sensação era tão intensa que as pernas dela bambearam.

— Tá bom — sussurrou ele contra a boca dela antes de soltá-la de repente e se afastar. Ela piscou, quase incapaz de se manter em pé.

Satisfeito, ele colocou o dedo na covinha dela.

— Boop! Vamos, amiga.

Pouco tempo depois, Eva, Shane e Audre estavam sentados à mesa da cozinha. Uma luz suave entrava pela janela com vista para o jardim, e margaridas brotavam em um vaso de cerâmica que Eva e Audre trouxeram da viagem de verão à Barcelona dois anos antes. A mesa era de um modelo antigo que Eva encontrara em uma loja de Williamsburg prestes a fechar. Isso foi pouco tempo antes de Williamsburg entrar na moda. Era um bloco delicado e fino de sequoia-vermelha assentado em pernas de ferro. Ao longo dos anos, adquiriu sulcos e cortes estranhos, manchas de esmalte, manchas de tinta, rabiscos antigos de caneta permanente. Era uma linha do tempo viva da vida de Eva e Audre. Nenhum homem jamais se sentara ali.

E pelo rumo que a conversa está seguindo, esta será a última vez.

Shane pensara que argumentar com Audre seria fácil. No fim das contas, ele lidava, com sucesso, com uma média de vinte e cinco crianças na maioria dos dias da semana. Porém aquela era diferente.

— Antes de mais nada, quero relembrar que sou sua mãe — disse Eva. — E não preciso me defender de nada que faço. Só que não quero que você saia repetindo essa história ridícula para ninguém no colégio, então, por isso, vamos resolver as coisas. Certo, Shane?

Shane engoliu em seco. Nunca se sentira tão intimidado.

— Certo. Certo.

— O senhor Hall aqui é um velho amigo do ensino médio — continuou Eva. — Ele estava na cidade esta semana e nos encontramos para tomar um café gelado. Não usei meus poderes femininos para fazer com que ele aceitasse dar aula na sua escola no ano que vem. Eu nem sei se *tenho* poderes femininos. Pode ser que já tenha tido um dia e não sei onde enfiei. De todo modo, não houve nada disso.

— Entendi. — Audre ajustou o Chapéu Seletor e apontou para Shane. Em sua melhor voz de capitã do time de debate, ela disse: — Sua vez de falar, senhor.

Em sua melhor voz de professor de literatura inglesa de escola preparatória, Shane disse:

— Sei que estamos nos conhecendo agora. E você não tem motivos para confiar em mim. Mas tudo que fiz com sua mãe foi curtir um tempo juntos, platonicamente. É sério.

— É sério? Sério, *Shane Hall*? — Audre pronunciou o nome dele como se tivesse recentemente encontrado informações desagradáveis a respeito dele no Google. E tinha mesmo.

— Posso garantir, sou cavalheiro demais para... concordar com... o que você acha que aconteceu.

— Você foi ou não foi preso por dirigir bêbado diversas vezes? — Audre cruzou os braços.

— Audre Zora Toni Mercy-Moore! Peça desculpa ao senhor Hall agora mesmo.

— Shane — disse Shane.

— Me desculpe, senhor Hall. Foi grosseiro da minha parte — Audre se resignou. — Mas, mãe, você está sendo hipócrita! Ficou toda maluca com o irmão da Coco-Jean quando achou que a gente tinha feito alguma coisa inapropriada. Como se eu fosse ter um caso com um cliente.

— Um cliente? — Shane perguntou, surpreso. — Que serviços você oferece?

— E agora *eu* não posso reagir quando *você* está fazendo alguma coisa inapropriada?

— Eu. Sou. Sua. Mãe. — Eva bateu a palma das mãos a cada palavra, para enfatizar. — É minha *obrigação* interrogar adolescentes de dezesseis anos visitando minha filha de doze. É parte do meu *trabalho*. Mas, mesmo que eu tivesse trocado favores sexuais para manter você na escola, isso não seria da sua conta.

— Mas você não fez isso — disse Shane.

— Claro que não. — Eva agarrou a mão de Audre. — Como você pôde ao menos pensar em uma coisa tão idiota? É por que deixo você assistir *Empire*? Sério mesmo, querida. Você consegue me imaginar fazendo isso?

Audre olhou para Shane e depois de novo para a mãe.

— Acho que não — disse ela, em fraca aceitação. — Não. Acho que estou exagerando. Mas pensa em quanto fiquei confusa! Você me diz que não está namorando. E no dia seguinte está cheia de conversinha com um cara, sendo que precisa da ajuda dele. A conta não fechava. E você disse que faria *qualquer coisa* para que eu continuasse na escola.

Shane concordou.

— É uma conclusão aceitável.

— A única coisa acontecendo naquelas fotos — disse Eva — são dois amigos se encontrando.

— Bons amigos — acrescentou Shane, que pensara que seria bem mais articulado e ajudaria mais durante a conversa, mas estava sem palavras na presença de Eva e sua bebê tão magnética, que tinha a energia de uma tia-avó julgando os disparates da vizinhança sentada na frente de casa. Era fascinante ver Eva daquele jeito. Uma mãe!

Ele não passava tempo com a família havia décadas. Estava deslumbrado.

Enquanto isso, Audre apoiou o queixo na mão, os olhos indo de Shane para a mãe e vice-versa. A indignação da menina estava lentamente se transformando em curiosidade.

— Então, por que você nunca mencionou o Shane? — perguntou Audre. — E em que cidade vocês estudaram juntos? Sei que você se mudava muito por causa do trabalho de modelo da vovó.

Trabalho de modelo da vovó. Eva se encolheu ao ouvir Audre dizer isso na frente de Shane. Ele sabia a verdade.

— Foi em uma escola em Washington. Morei lá no meu último ano de escola. Faz muito tempo, querida. — Eva se levantou e foi até o balcão, pegando uma banana. — Ufa. Fico feliz por termos resolvido isso! Alguém está com fome? Tem strudel congelado! Podemos fazer na torradeira.

— Senhor Hall, desculpa pelas conclusões precipitadas — disse Audre. — Foi coisa demais pra mim. Mamãe nunca sai com homens héteros.

— Não é verdade — interferiu Eva, a boca cheia de banana. — Homens héteros me amam.

Audre se virou para olhar para ela.

— Por que vocês não se falam desde o ensino médio?

— Estive ocupada com você, Audre. E o Shane está sempre viajando.

— Mas você nunca mencionou que conhecia ele.

Audre disse "ele" como se Shane não tivesse um nome e não estivesse sentado bem na frente dela. Shane estava sendo deixado de lado, mas não se importava. Ficava feliz só de estar perto de Eva e Audre.

— Eu só... Como disse, sua avó e eu nos mudamos muitas vezes — se atrapalhou Eva. — Minhas lembranças se confundem.

ME AJUDA, ela pediu movendo a boca para Shane, por trás da cabeça de Audre.

Ele limpou a garganta e, sem pensar demais, invocou seu único superpoder. Contou uma história.

— Sabe do que mais, Audre? É difícil quantificar a minha amizade com sua mãe em termos lineares.

Termos lineares, pensou Eva, impressionada. *Estou louca para ver aonde isso vai chegar.*

— Isso vai parecer pouco relevante, mas anos atrás eu tinha uma tartaruga de estimação. Eu morava em uma barraca pequena em Popoyo, uma cidadezinha bastante frequentada por surfistas na Nicarágua. Ninguém trancava as portas e coisa do tipo. Certo dia, acordei e tinha uma tartaruga enorme na minha cama.

— Isso não é nada higiênico, não? — perguntou Eva.

— Xiiiu, mãe — disse Audre.

— Enfim, ele me escolheu, e foi assim. Soube na mesma hora que o amava. E cuidei muito bem dele. Fiz uma enorme pesquisa para saber o que tartarugas gostavam de comer e, duas vezes por dia, fazia uma pequena salada de frutas com grilos vivos para enfeitar.

— Que nojo! — Audre olhou para Eva, encantada.

— Ele gostava pra caramba de grilos — disse Shane. — Enfim, ele gostava de me seguir, e como andava devagar, eu andava mais devagar para que ele pudesse acompanhar. Andávamos pela casa juntos, como dois velhinhos.

— Hmm. Codependência — disse Audre. — Continue.

— Ele era meu amiguinho, sabe? Eu falava com ele só em espanhol.

— Por quê? — perguntou Audre.

— Ele era nicaraguano — falou ele apenas.

— Calma aí — admirou Eva. — Você fala espanhol?

— *Suficiente para hablar con una tortuga* — brincou ele.

— Você é louco — disse Eva, rindo.

Shane sorriu, visivelmente orgulhoso de si mesmo.

— Enfim, um dia voltei pra casa depois de surfar, e ele tinha ido embora.

— Aonde ele foi? — perguntou Audre.

— Passar tempo com outro escritor bêbado, imagino. Fiquei muito triste. Mas um dia ele voltou. Larguei tudo que estava fazendo para ficar com ele. Ele ficou por uns bons seis meses antes de ir embora de novo.

— Bem devagar, imagino — disse Eva.

— Lá no fundo, bem no fundinho, eu ainda tenho esperança de encontrar com ele de novo.

— Bom. Só o tempo poderá dizer o que acontece — devaneou Audre. — Senhor Hall, alguma vez você estranhou o fato de ter uma conexão tão forte com uma tartaruga?

— *Era* estranho. E, como você disse, uma relação de codependência. — Shane deu de ombros. — Mas eu aceitei. Ele apareceu um dia, e nossa amizade começou na mesma hora. Sumíamos e voltávamos para a vida um do outro, mas tínhamos essa ligação, independentemente de qualquer coisa. Eu e sua mãe somos assim. Seremos sempre amigos, não importa quanto tempo passe.

— Entendi. Só um instante. — Sem dizer mais nada, Audre se levantou e saiu do recinto.

— O que foi que eu fiz? — sussurrou ele para Eva.

— Espera para ver — Eva sussurrou de volta.

Trinta segundos depois, Audre voltou à cozinha com uma roupa diferente. Um macacão preto sóbrio e sem mangas e óculos de armação grossa sem grau.

— Querida — começou Eva. — Que roupa é essa?

— De doutorado em psicologia — anunciou ela, então se sentou no mesmo lugar. — Senhor Hall, é possível perceber, pela história da tartaruga, que você precisa de terapia. Aqui está meu cartão. Posso ajudar o senhor, se minha mãe estiver de acordo.

— Não estou de acordo — disse Eva. — Shane, faça o que fizer, não dê dinheiro para ela.

— Posso ao menos fazer mais algumas perguntas? — Audre se inclinou na direção de Shane com cumplicidade. — Como a mamãe era no ensino médio? Ela assinou seu anuário? De que clubes vocês participavam?

Shane cruzou os braços, pensando.

— Sinceramente? Ela era a menina mais inteligente que já conheci. E destemida. Dizia tudo que vinha à cabeça, como você.

A expressão de Audre se iluminou.

— Você acha que somos parecidas?

Shane olhou para Eva, parada no balcão, observando-os. Então sorriu para Audre.

— Acho, sim. Muito.

— Não, eu era toda errada. — Eva se sentou de novo ao lado da filha. Deslizou um copo de limonada para Shane.

— Nós dois éramos — acrescentou ele.

— De certa forma — disse Eva —, você me ajudou. Percebi que não era a única desajustada naquela escola.

— Eu nunca percebi que era sozinho — desabafou ele. — Não até conhecer você e não estar mais sozinho.

Então Shane e Eva compartilharam um momento, e por alguns segundos prolongados e intensos se esqueceram de que Audre estava ali. Audre sentiu a temperatura do ambiente mudar. Ela se levantou para sentar no colo da mãe.

Audre fazia isso às vezes. Enquanto Eva a ajudava com a lição de casa. Enquanto maratonavam *The Bachelor*. Apesar de ser alta e desajeitada, ela ainda precisava daquilo. Mas esse era um movimento territorial, parecido com o dos gatos — como se tivesse percebido alguma coisa de possessiva no olhar de Shane e precisasse mostrar que Eva era dela.

Eva entendeu. Ela abraçou a cintura da filha e apertou três vezes sua mão, a linguagem secreta delas para dizer *eu te amo*. Audre apertou de volta e relaxou um pouco.

— Querida, você não precisa voltar a trabalhar na sua obra?

— É, estou indo — disse Audre, pulando do colo dela e pegando a obra de arte no chão.

Shane testemunhou toda a conversa silenciosa entre elas, com a admiração e a reverência de um morador de cidade grande que visita o Grand Canyon pela primeira vez. Ele arfou.

— Você quem fez? É incrível!

— Eu gosto de colagem — explicou ela, tímida.

— Me faz pensar em Man Ray — disse Shane. — Ou, não, qual o nome dele, aquele cara de Seattle que faz colagens com revistas antigas? Ele tem uma perspectiva tão surreal da vida cotidiana. Qual é mesmo o nome dele?

Audre arfou.

— Você conhece o Jesse Treece? Uau, obrigada! Mas eu nunca conseguiria ser que nem ele.

— Bom — disse ele. — Seja você. Quem é a mulher que você representou?

— Minha filha é uma excelente artista — Eva elogiou antes que Audre pudesse responder. — Vamos mostrar seu mural pra ele!

— *Mãe*. Nããããoo.

— Anda, vamos. Me deixa ter meu momento de mãe orgulhosa, por favor.

Conduzindo os dois para fora da cozinha, Eva os levou até o corredor perto de seu quarto. A parede estava coberta por dez anos de retratos emoldurados de Eva e Audre — desenhos, esboços ou pintura com crescente sofisticação, todos feitos por Audre.

Shane ficou mudo, estudando o trabalho dela. Independentemente do material que usasse, suas peças eram brilhantes, vívidas, evocativas. Mas também notou que ela havia preenchido o fundo e o primeiro plano com melancolia, usando flores murchas e coisas vintage. Bonecas de porcelana e livros empoeirados. Objetos de outros tempos que faziam uma visita. Era quase uma manifestação da energia de Eva. Audre era feliz e bem adaptada, nada propensa à obscuridade da mãe — mas absorvia sua essência de todo modo, por osmose.

Eva observou Shane admirando a arte de seu bebê e seu coração parou. Ela não pôde evitar. Shane estava em sua casa, conversando com Audre da mesma forma que um colecionador falaria com um artista em uma exibição. Eva tentou minimizar quão prazeroso era aquilo. Quão familiar. Porque a esperança envolvia seu cérebro, como uma cobra perfurando-o com suas presas. Assim como quando ela o conheceu, naquele dia na arquibancada.

Cresça, ela disse a si mesma. *Você sabe como isso termina.*

Claro que ela sabia. Mas era tão satisfatório, que estava começando a não se importar.

— ... colagem tira um pouco da sua estabilidade — explicava Audre. — Sabe, ver elementos que não deveriam estar juntos.

— Tipo o seu retrato, certo? Com as penas e o cabelo de veludo cotelê. Quase parece que está ondulando na brisa.

— Exatamente! — Ela sorriu para Eva. — É a vovó Lizette, aliás. Ela é uma inconformista, como você. Você a conheceu, não conheceu?

— Não, nunca tive o prazer.

— O tempo que passávamos juntos era sempre na casa do Shane — Eva explicou rapidamente.

— A vovó Lizette aprecia muito a arte — disse Audre, ajustando uma moldura torta. — Quando a mamãe era pequena, ela a levou ao Museu Georgia O'Keeffe, em Santa Fé. E ao Museu Picasso, em Paris.

Shane olhou rapidamente para Eva. Eva fez uma expressão tensa. E, mais uma vez, Audre teve a nítida impressão de que estava por fora de alguma conversa.

— Bom... — disse ela, recuando. — Vou terminar minha obra.

Shane estendeu a mão para ela. Audre abriu um sorriso confiante e apertou a mão dele.

— Foi uma honra te conhecer — falou ele. — Você é muito impressionante.

— Mas peça para ela dizer a capital do Maine para você ver — Eva disse com um sorriso irônico.

— Mãe! — Para Shane, Audre respondeu: — Não sou tão impressionante assim. Só sei me comunicar muito bem para alguém da minha idade. Mas obrigada. E vê se não some.

Depois de dizer isso, Audre colocou a arte debaixo do braço e se dirigiu ao quarto. Então, parou de repente.

— Ah — disse ela, virando-se para encará-los. — Uma perguntinha rápida.

— O quê? — perguntaram Eva e Shane ao mesmo tempo.

— Qual de vocês é a tartaruga?

— Como é que é? — perguntou Eva.

— Qual de vocês é a tartaruga? Sabe, aquele que vai embora e volta, e vai embora de novo, enquanto a outra pessoa espera? — disse ela, girando nos calcanhares. — É uma metáfora, escritores. Pensem nisso.

Ela os deixou sozinhos enquanto ambos olhavam para a frente. Olhar um para o outro poderia ter começado um incêndio.

Mais tarde, eles se demoraram em frente à casa de Eva. Era pouco depois da hora do jantar, e as calçadas de Park Slope, o dia todo invadidas por crianças fora da escola, estavam se acalmando. O sol estava se pondo em listras rosa-lavanda. Audre estava lá em cima, fazendo colagem. Shane e Eva não conseguiam parar de se tocar — mão no ombro, dedos traçando as maçãs do rosto, abraços indulgentes — e pararam de tentar. Estava tudo bem com o mundo.

Eva tinha que escrever, então Shane teve que ir. Fazia quase uma hora que estavam se despedindo.

— Bom — disse ele. — Esse foi o ponto alto da minha semana. Quer dizer, o segundo ponto alto.

— A Audre gostou de você. — Eva estava tentando controlar sua vertigem. Sentia-se como se fosse explodir por toda a Seventh Avenue.

— E vocês são simplesmente mágicas juntas — disse ele. — Ela é incrível.

— Obrigada — falou Eva, radiante. — *Amigo*.

— Sempre que precisar. Amiga.

Ela bateu de leve o ombro contra o dele. Ele bateu de volta.

— Bom — disse Shane, estalando os dedos. — Vou embora. Deixar você acabar de me amaldiçoar no livro 15.

— Ah, isso me faz lembrar de uma coisa — começou Eva, hesitante. — Preciso da sua opinião. O que você ia achar se o Sebastian fosse branco?

— Seria uma maldição do caralho.

— Não, estou falando sério. *Amaldiçoada* vai virar filme. O que é muito empolgante. Mas a diretora quer que os atores que fazem o

Sebastian e a Gia sejam brancos. Sabe como é, para atrair as mídias tradicionais.

Shane não pôde deixar de rir.

— Eu? Branco? Não, para de zoar.

— Acredite, não é uma piada — disse ela, enfiando alguns fios de cabelo que tinham escapado de volta no coque.

Vendo a expressão resignada dela, Shane sabia que Eva estava falando sério.

— Você não pode permitir isso. É sério. Você tem integridade demais para essa merda.

— Eu só preciso muito que o filme seja feito. — Dando de ombros, ela se encostou no portão da frente. — Além disso, os personagens são mitológicos. Eles podem ser de qualquer raça.

Shane olhou para Eva por algum tempo, tentando ver se ela acreditava no que estava dizendo. Ou se estava tentando se convencer daquilo.

— Você sabe que não pode fazer isso — disse ele, descartando a ideia.

— Eu preciso desse filme. Isso vai me dar uma folga, para que eu possa fazer outras coisas.

— Seu trabalho como artista, uma artista *negra*, é dizer a verdade.

— Meu trabalho como artista e *mãe solo* é ganhar dinheiro — ela rebateu. — Eu já sei a verdade.

— Hmm — murmurou Shane, não convencido. — Parece que você está tentando se convencer da ideia de embranquecer seus personagens. Você não pode querer isso de verdade. *Amaldiçoada* é parte de você.

— É só uma história — disse ela, parecendo querer encerrar a conversa.

Shane se encostou no portão ao lado dela e pegou sua mão.

— Posso te perguntar uma coisa? Você foi mesmo para Paris com sua mãe? E Santa Fé?

— Nem tudo era mentira — respondeu ela, confortada pelo calor da pele dele. — Minha mãe namorou um comprador de arte uma vez. Na época em que ela ainda tinha namorados chiques. Ele a levou para vários leilões. Visitaram esses museus juntos. Só que eu não fui.

Por um tempo, eles ficaram ali, em silêncio. De mãos dadas. Perdidos em seus próprios pensamentos, acariciando a palma da mão um do outro. Remexendo os dedos juntos. Era a coisa mais natural do mundo. Então Shane colocou o braço ao lado do de Eva, e o G dele e o s dela se alinharam.

— Como — ela começou — você explica isso para as pessoas?
— Não explico.
— Simples assim, é? — Eva ficou impressionada.
— É coisa nossa — disse ele abertamente. — Sagrado.
— Queria que fosse tão fácil pra mim — lamentou ela. — Tive que inventar toda uma *mitologia* para explicar. Se esse s fizesse referência a um personagem fictício, eu poderia viver com isso.

Shane assentiu.

— É como o que você fez com a sua mãe? Reescrever a história dela pelo bem da Audre?

Eva apertou a mão dele e a soltou.

— Há mais do que você vê — confessou ela suavemente. — Entre mim e a Audre. Já passamos por muita coisa.

— Quer falar sobre isso?

Ela se afastou, os ombros caindo um pouco.

— Minha cabeça piora quando chove. Uma tempestade intensa pode me deixar no hospital por uma semana. Quando a Audre era pequena, esses episódios a perturbavam muito, então ela desenvolveu fobia da chuva. Uma gota caía e ela ficava perturbada. Durante o furacão Sandy, ela gritou até estourar todos os vasos capilares do rosto. Ficou histérica demais para sair de casa. Tive que tirá-la do jardim de infância por um tempo.

Não tem como explicar essa sensação, pensou Eva. *Saber que sua filha está atormentada e é tudo culpa sua.*

— Fui a um milhão de médicos. Desesperada para melhorar, para ser normal. Por ela. Um maluco até me deu metadona, que agora é ilegal. Quer dizer, é um opioide. Eu ficava chapada. A Cece basicamente veio morar com a gente por um ano.

— Meu Deus, Eva.

— A questão é que faço muitos dos meus deveres de mãe da cama. Pedir o jantar, verificar a lição de casa, trançar o cabelo, tudo da cama.

Fisicamente, sou limitada. Mas posso contar histórias. Transformar coisas assustadoras em coisas mágicas. Tempestades aterrorizam meu bebê? Eu digo que ela é sensível à chuva porque é uma fada do tempo, como o impundulu na mitologia sul-africana. Ela tem uma sociopata como avó? Em nossa casa, ela é uma heroína feminista excêntrica.

Fingindo uma confiança que não sentia, Eva se virou para encarar Shane. A dor estampada no rosto dele a eviscerou.

— Então, sim, eu modifico a verdade. Mas estou criando um mundo que a protege do mundo real. — Ela deu de ombros ligeiramente. — Talvez não seja apenas para a Audre. Talvez eu ajuste minhas memórias da Lizette para poder dormir melhor à noite. Não posso evitar. Sei que não devia, mas uma parte de mim ainda a venera.

Shane puxou Eva para seus braços. Ela foi com facilidade, acomodando-se em seu peito.

— Você é a pessoa mais forte que eu conheço — disse ele. — E o que você está ensinando a Audre é uma lição sobre resiliência, força, criatividade. Ela tem sorte de ter você. É uma garota muito dinâmica, e é tudo obra sua.

Eva ficou imóvel. Então se afastou bruscamente.

— Pare — pediu. — Apenas pare.

E deu meia-volta, abriu o portão e subiu até a entrada do prédio. Atordoado com essa mudança repentina, Shane a seguiu escada acima, subindo os degraus de dois em dois.

— Parar o quê? — perguntou ele.

Eva pegou o chaveiro do bolso e tentou alinhar a chave certa com a fechadura, mas se atrapalhou e o deixou cair. Shane o pegou e, com um suspiro irritado, ela se virou para encará-lo, estendendo a mão.

— Me dê as chaves.

Ele as entregou.

— Parar o quê, Eva?

— Parar de me fazer me apaixonar por você de novo!

Shane se encolheu.

— Como que eu estou fazendo isso? Está acontecendo com nós dois.

— Sério? Eu não apareci... onde quer que você viva... para perturbar sua paz, do nada. Você que veio aqui para fazer isso. De propósito.

— Quer dizeeeer, eu realmente não faço nada de propósito — disse ele, mantendo a voz leve com um tom de autodepreciação, tentando acalmá-la. — Eu não tinha nenhum plano, nenhum motivo oculto, além de me desculpar. Por causa do AA. Mas não lamento que isso tenha acontecido.

— Eu não posso fazer isso — disse ela, as sobrancelhas franzidas de estresse. — Não posso deixar você me sugar. Você acabou de conhecer minha *filha*. Tenho muito a perder.

— Sugar você — repetiu ele.

— É!

— É fácil me culpar, né?

— Como assim?

Na quase escuridão, os olhos de Shane brilharam.

— Eu apareci no Brooklyn, sem avisar. Tudo bem. Mas vamos rever os fatos. *Você* veio para a Horatio Street. *Você* me convenceu a ir para a Casa dos Sonhos. E *você* me deixou lá. Sei que distorce a história para facilitar as coisas pra você, mas nunca *te* obriguei a fazer nada. Você já parou para pensar na sua participação nessa coisa toda?

— Minha participação? — A voz de Eva subiu cinco decibéis. — Por favor, eu nem sou uma pessoa real pra você! Apenas um pedaço de ficção que você inventou.

— Não. *Você* é uma ficção que você inventou.

Ela queria dar um tapa nele.

— Legal. Vá pra casa.

— Eu vou. Mas primeiro preciso dizer isso. Você ainda se lembra daquela casa? Você me assustou *pra caralho*. Eu dormia com um olho aberto, porque estava com medo de que você se cortasse muito fundo. Ou tomasse um comprimido a mais. *Você* marcou nossa pele. *Você* fez isso. Não tem só uma pessoa perigosa aqui. São duas. Somos iguais.

Furiosa demais para falar — agitada, ciente da verdade por trás de todas aquelas palavras —, Eva deu as costas para Shane e se atrapalhou com a fechadura de novo. Quando ela se virou para encará-lo, tremendo, descarregou toda a fúria reprimida que vinha segurando havia anos.

— AONDE VOCÊ FOI?

Atordoado, ele balançou a cabeça.

— O quê?

— *Aonde você foi?* — Ela deu um passo em direção a ele, furiosa, as chaves afundando em sua mão. — Tá, nós dois somos ruins. Mas foi *você* que desapareceu. E não eu. — Com raiva, ela enxugou as lágrimas dos olhos. Casais e famílias passavam rapidamente pela rua, alheios à mulher que chorava e ao homem de aparência atormentada na entrada do prédio. — Ontem foi perfeito — continuou ela, furiosa. — Hoje foi perfeito. *Ainda* somos muito bons juntos. Olhe todo o tempo que perdemos! *Como você pôde me deixar?* Naquela manhã, quando acordei e você... não estava lá. Eu tive que aprender a respirar de novo, em um mundo sem você. Entende isso?

Eva engasgou, parando para recuperar o fôlego.

— Você me implorou pra ficar, me prometeu que nunca iria embora. Mas era tudo mentira. Você nunca nem tentou entrar em contato comigo. Nem mesmo pra ver se eu estava viva! Você se diverte arruinando a vida dos outros e saindo ileso? Você é doente ou só mentiroso? *Eu fiquei viva por sua causa.* Mas você me matou, de qualquer maneira.

— Eva...

— Eu disse a mim mesma que não me importava. — Agora, ela estava chorando sem tentar esconder. — Mas me importo, sim. Você quebrou sua promessa. Aonde você foi?

Era isso que Shane viera dizer a ela. Mas tudo havia mudado. Especialmente depois que viu o retrato de Lizette que Audre tinha feito e testemunhou como Eva havia suavizado a história da mãe.

Sei que não devia, mas uma parte de mim ainda a venera.

Shane não queria arruinar a conexão emocional de Eva com a mãe. Mas ele devia uma explicação a ela. Era a única parte daquela viagem que realmente planejara.

— Eu não te deixei — disse ele, por fim.

— O quê?

— Sua mãe nunca disse nada?

— Não — respondeu ela, com a voz embargada. — O que aconteceu?

— Eu não te deixei.

Eva ficou com uma expressão confusa.

— Eu nunca teria deixado você. Foi... sua mãe. Ela me mandou embora.

— Você está culpando ela? — Eva tremia de raiva, cerrando as mãos para firmá-las. — Perguntei por você quando acordei. Ela nem sabia quem você *era*, Shane.

— Como acha que ela chegou lá? — A voz de Shane era um misto instável de arrependimento e dor. — Encontrei o número dela no seu celular e liguei. Quando ela chegou, chamou a ambulância. E a polícia. E me mandou para a prisão.

Eva ficou pálida.

— Não.

— Pergunte para ela — disse ele gentilmente. — Pergunte.

SEXTA-FEIRA

· 20 ·

Era aquele menino

Fazia um calor de matar em Galveston, no Texas. Era sempre assim, mas ficava ainda pior no fim de junho. Ainda mais no sótão-estúdio em que Lizette Mercier comandava os ensaios. O ar-condicionado em sua frágil casa alugada se recusava a funcionar, a não ser (aleatoriamente) aos domingos, segundas e quartas-feiras.

Para combater o calor opressivo, Lizette espalhou ventiladores pelos cantos do sótão cujas paredes foram pintadas de rosa — o que fazia papéis, boás, vestidos, faixas cheias de brilhos, roupões e outras miscelâneas de lantejoulas voarem como se houvesse uma tempestade de vento. Lizette adorava o drama. Às vezes, ela até jogava confete direto no ventilador, só para que suas alunas se acostumassem com distrações durante a apresentação. Sempre havia alguma coisa que atrapalhava a concentração no palco. Luzes brilhantes, ver o namorado de repente, olhares de soslaio dos juízes. As outras competidoras fazendo coisas terríveis para estragar sua apresentação, como quando Emmaline Hargrove mostrou para ela aquele pôster de Burt Reynolds pelado em uma revista *Cosmo* dos anos 70, nos bastidores.

Quando foi isso, 1983? Não, 1984. No concurso Miss South Louisiana Mardi Gras. Emmaline Hargrove era um lixo. Mas Lizette se vingou. Primeiro mandando superbem no show de talentos ("Brick House" no clarinete) e depois mandando ver com o pai de Emmaline (Justice Peter

Hargrove). Lizette ganhou o prêmio de Miss Simpatia naquele ano. Não era o grande título, mas ficou satisfeita mesmo assim.

Às vezes, vitórias menores contam mais, ela pensou. *Essa é uma frase de efeito e tanto, na verdade. Devia imprimir em uma faixa para minhas meninas.*

Além do mais, estava na hora de substituir a faixa pendurada na parede dos fundos. PARA BRILHAR, SAIBA QUANDO COMEÇAR. Quem tinha feito aquela faixa cheia de glitter fora uma das meninas de Lizette, depois de ganhar o prêmio de Miss Lagostim Júnior. A faixa tinha dez anos e as lantejoulas haviam caído das letras ç e A de "começar". A frase PARA BRILHAR, SAIBA QUANDO COMER não fazia sentido, mas ela sempre encorajava as meninas a serem tão magras quanto possível, então ainda funcionava.

Lizette não era sentimental, mas adorava os presentes que ganhava das alunas — doces, bichos de pelúcia, buquês. Seus favoritos eram os bilhetes de agradecimento. Era a melhor instrutora de concursos de beleza de toda a região metropolitana de Galveston Beach. O que era uma façanha, considerando que comandava uma operação cuja propaganda era feita no boca a boca. Sem marketing. E definitivamente sem nenhuma rede social. Abominava a sede de atenção do Instagram, e o Facebook parecia um anuário do *Além da imaginação*. Para Lizette, todas as "conveniências" que deveriam facilitar sua vida eram, na verdade, só equivalentes tecnológicos de mosquitos zumbindo no seu ouvido. Ela odiava mosquitos. E odiava ser incomodada.

Além disso, Lizette não queria ser encontrada. A internet não era um lugar para pessoas com segredos.

Sua primeira cliente foi a filha da vizinha, a quem espiava praticando para o Pequena Miss Sempre Linda no quintal compartilhado. A esperta menina da quinta série se dedicava a criar uma coreografia com bastões, mas deixava o bastão cair o tempo todo. "Você precisa de uma varinha maior, querida", Lizette gritou sobre o portão de ferro descascado e pegajoso que dividia o gramado dela do da vizinha. "Uma que combine com suas asas!"

Lizette continuou a dar opiniões que ninguém pediu sobre a apresentação — e quando Kaileigh venceu todos os títulos da competição, soube que seus conselhos tinham sido valiosos.

Agora, ela estava ensinando Mahckenzee Foster, uma menina espevitada que rebolava, fazia sapateado e abria espacate. Lizette se inclinou para a frente em sua cadeira de diretora, observando a garotinha. Lizette não tinha formação em dança, mas entendia bastante de presença. Quando trabalhava como garçonete, a mera cadência de sua caminhada deixava as pessoas *atormentadas*. Ou, pelo menos, inspirava homens brancos bêbados e de rosto vermelho a gritar "Halle Berry" para ela. Lizette não se parecia em nada com Halle. Era aquele fenômeno de pessoas brancas que, ao verem um lindo rosto negro, diziam se parecer com o primeiro negro bonito que surgisse em sua mente. Ela foi comparada a Thelma de *Good Times*, a Jasmine Guy de *A Different World* e à garota negra de *Uma galera do barulho* que enlouqueceu — mesmo sem ter semelhança alguma.

Só mais uma forma de fazer você se sentir invisível, ela pensou. Lizette sabia que a única pessoa com quem se parecia era ela mesma. E Clô Mercier.

Contudo, ela não se incomodava com seu passado. Nada a incomodava, na verdade. Vivia em uma nuvem de Xanax, teimosamente imune a sentimentos ruins e dias sombrios. Quando um pensamento depressivo surgia, ela o afastava.

— Mais uma vez, doce Mahckenzee — ela disse amorosamente, ajustando seu quimono para que ele caísse lindamente em torno de suas pernas. Aos cinquenta e cinco anos, com olhos sonhadores de corça e cabelo cacheado caindo até os ombros, ela parecia dirigir um bordel sofisticado dos anos 40, não uma consultoria de concursos de beleza infantil.

Quando Lizette ouviu seu celular tocar pela primeira vez, ela o ignorou. O celular estava na cadeira de diretor ao lado dela, aquela que reservava para mães grudentas que queriam assistir aos ensaios. Depois de tocar seis vezes, Lizette vislumbrou o nome na tela. Ela gritou e acidentalmente esmagou a lata de coca diet com a mão direita.

— Puta merda — disse ela, pegando o celular. — Ei, ei, ei. Tá. Mahckenzee? Continue praticando, boneca, vou lá pra baixo um pouquinho. Preciso atender essa ligação.

— Tá... senhorita... dona Lizette! — ofegou Mahckenzee, que dançava direto havia quarenta minutos.

Lizette voou escada abaixo. Ela se olhou no espelho da parede, passou um pouco mais do batom vermelho-vivo nos lábios carnudos e depois se jogou sobre o sofá de couro branco.

— Olá, Genevieve — disse, com o tom mais suave e o sotaque cadenciado.

— Ah. Oi, mãe.

A filha parecia frenética. E perto, como se estivesse gritando da sala ao lado. Devia ser uma emergência o que a fez ligar em uma tarde aleatória de junho. Conversavam exatamente quatro vezes por ano: duas em abril (no aniversário de cada uma), uma em setembro (no aniversário de Audre) e uma no Natal. Ela não conseguia imaginar o motivo daquela ligação. Mas, para a filha, *tudo* era uma crise.

Lizette mal tinha visto Genevieve desde que ela se mudara. Quando voltou da ala psiquiátrica, para onde a polícia a mandou (ela nunca teria internado por conta própria sua carne e sangue, bom *Deus*), Genevieve contou, em uma longa e chorosa conversa que tiveram à meia-noite, que os terapeutas disseram que ela precisava se distanciar. Da mãe. Pela saúde dela.

Distância!

Foi isso que ela mencionou na cozinha daquele apartamento miserável que alugavam em Washington. Aquele lugar nunca parecera um lar, apenas um purgatório intermediário crivado de má sorte. Tudo desmoronou em Washington. Genevieve desapareceu. O amante de Lizette também — então, certa noite, entrou mancando em seu bar, onde ela era garçonete. Ela gritou, vendo o corpo rechonchudo e quadrado dele apoiado em muletas e o rosto machucado como se tivesse ido até o inferno e voltado.

Aproximou-se dele, a visão uma renda preta.

— Minhas condolências ao outro cara — sussurrou baixinho no ouvido peludo dele. Uma tentativa de apelar para a vaidade (nada merecida) do homem, mas ele não reagiu. Limitou-se a olhar para algum lugar acima da cabeça dela. Não era bem um olhar, na verdade; era um *desolhar*. Tinha acabado.

Não deveria ter doído tanto. Ela já havia sido dispensada. Mas aquele tinha tanto potencial! Lizette o conhecera enquanto trabalhava como garçonete em Las Vegas. Enquanto bebiam bloody marys, ele a convidou para morar em Washington, prometendo cuidar bem dela e ensiná-la a administrar o bar. Esperava que ele fosse cuidar dela para sempre. Estava tão cansada de recomeçar com outro homem a cada dois anos, apenas para ser abandonada por motivos não especificados. Quando coisas ruins aconteciam repetidas vezes, era um sinal. Deus estava dizendo para você mudar. Sua atitude, seu cabelo, seu endereço. Alguma coisa.

Então Lizette sabia por que Genevieve havia fugido. Também sabia que não importa para onde ou quão longe fosse, você não poderia fugir de si mesmo. Mas a filha estava crescida. O que poderia fazer? Ela a abraçou, a beijou e a ajudou a fazer as malas para o dormitório. E a "distância" se estendeu por anos. Até que uma noite, Lizette pegou uma revista *Glamour* no camarim onde estava dançando e viu um perfil de Genevieve na seção "Novos talentos". E descobriu que ela tinha uma filha e um ex-marido, nenhum dos quais ela conhecia.

Lizette não pôs os olhos em Audre até que a menina tivesse dois anos. Foi cruel. Ela não havia criado a filha para ter modos tão medonhos. Mas, no fim, talvez Genevieve tivesse razão em romper os laços. Genevieve era Eva agora, e ela e Audre estavam prosperando.

Tudo acaba do jeito que deveria, ela pensou.

— Qual o problema, Gê? — Ela pegou um cigarro do maço de Parliament sob a almofada do sofá e o acendeu. Em uma expiração, disse: — Deve ter acontecido algum problema.

— Você está fumando?

Lizette deu uma longa tragada e soprou a fumaça diretamente no receptor.

— Não.

— Você disse que ia parar. Eu te mandei aqueles cigarros eletrônicos. Você recebeu?

— Jesus Maria José! Por que você está se metendo na minha vida? Não me antagonize, estou no meio da aula. — Ela olhou para cima, onde os passos de dança de Mahckenzee martelavam no teto.

— Preciso te perguntar uma coisa. É importante.

— Você está estranha — disse Lizette. — Estava chorando?

— O que aconteceu na manhã em que você me encontrou na casa da Wisconsin Avenue?

Lentamente, como se estivesse se movendo na água, Lizette levou os dedos ao canto da boca. Elas nunca conversaram sobre aquilo. Genevieve sempre insistiu que não queria lembrar daquela manhã nunca mais. Fazia muito que havia decidido isso. Por que pensar nisso agora?

— Não gosto de pensar naquela manhã — disse ela. — Estou tendo um dia difícil, Gê. Tantas garotas, tão pouco tempo e estou *exausta*. Você devia ver a pequena Mahckenzee lá em cima. — Ela gesticulou para o teto com o cigarro. — Pequena que só ela, mas mira nas estrelas.

No andar de cima, as batidas de Mahckenzee estavam realmente sacudindo o teto. O lustre de cristal de Lizette, presente antigo por excelentes serviços prestados, balançava. Aquilo era perigoso. Poderia cair na cabeça dela.

Ah, bom, pensou ela, fechando os olhos. *Todos nós morremos de alguma coisa.*

— Preciso que você me conte todos os detalhes, mãe.

— Bem, por que você não perguntou isso até hoje? Quando você voltou daquele manicômio...

— Manicômio? Era a ala psiquiátrica do Howard University Hospital, não o filme *Um estranho no ninho*.

— Bom, tanto faz. Você me proibiu de discutir isso novamente. Você me fez prometer.

— Eu era uma criança!

— É, uma menina teimosa e indecisa com emoções vulcânicas. Não queria que você se irritasse, então fiz o que pediu. Além disso — continuou com altivez —, há coisas sobre as quais simplesmente não falamos. Esse é o nosso relacionamento.

— Nós temos um relacionamento?

— Por Deus, quanto drama.

— Me conta — exigiu Genevieve. — Por favor.

— Ah, tudo bem. — Lizette se apoiou nos travesseiros de seda. Com um bocejo indulgente, esticou o corpo todo como um felino, seu quimono esvoaçando e ondulando ao redor das pernas lindas de matar. Depois cruzou os pés na altura do tornozelo e acendeu o décimo primeiro cigarro do dia.

— Pense. Como...

Lizette ouviu a voz da filha falhar um pouco.

— Como o quê, Genevieve?

— Como você chegou àquela casa? — perguntou, com a voz frágil e hesitante. E Lizette não tinha certeza, mas, a julgar pela forma como Genevieve fez a pergunta, parecia que já sabia a resposta. Como ela sabia, Lizette não fazia ideia. Mas seus palpites raramente estavam errados.

Um calafrio a atravessou. Lizette sabia que estava sendo julgada. Mas não tinha ideia de onde vinha aquele interrogatório.

— Eu não quero falar sobre isso — lamentou petulantemente.

— E eu não estou nem aí.

O que ela tinha a perder? A filha já a odiava. E se Deus a estava julgando por seus crimes, mentir para a filha para protegê-la seria o menor deles.

— Vou tentar me lembrar — suspirou Lizette. — Eu liguei pra você a semana toda, mas você não atendeu. Imagine se a Audre fugisse assim?

— Ela não faria isso — disse Genevieve, colocando um ponto-final.

Lizette limpou a garganta.

— Hum, e finalmente, no domingo de manhã, meu celular tocou. Mas não era você.

— Quem era?

— Era aquele menino.

— Shane?

Shane. Lizette revirou os olhos ao ouvir aquele nome — então percebeu que não estava mais ouvindo Mahckenzee sapatear no andar de cima. Inaceitável. Ela tirou o salto cor de violeta e o jogou no teto, onde bateu com um baque surdo, caindo em seguida na mesa de centro, em uma bandeja de macarons rosa e amarelos.

Observou as cores pastel do sofá. Parecia a capa de um romance "para mulheres" dos anos 90.

— Mãe, você está aí? O *Shane* ligou pra você?

— Ligou! Quantas vezes eu tenho que dizer isso? — Lizette segurou um travesseiro contra o peito. — Ele estava todo aflito. Disse que você estava com problemas e me deu o endereço. Eu dirigi até lá tão rápido que recebi uma multa. Cheguei lá, e você... você não estava respirando. Ele chorava, dizendo que era tudo culpa dele, o que era. Porque havia drogas por toda parte. Comprimidos, bebidas alcoólicas, pura depravação. E uma navalha. Você tinha cortes terríveis! Eu sabia que tinha sido ele; você era meu bebezinho inocente.

— Ah, mãe — ela gemeu. — Jesus, você entendeu tão errado.

— Chamei a ambulância — disse ela com orgulho. — E a polícia. Eles ligaram para a garota oriental cujo pai morava lá.

— Você não pode dizer "oriental" — falou Genevieve categoricamente. — Então foi você que chamou a polícia.

— Se eu soubesse que os policiais iriam mandar você para o manicômio, não teria ligado. Mas, sim, chamei a polícia! Aquele garoto sequestrou você. Machucou você. Você estava *sangrando*. Qualquer mãe teria feito o mesmo. Imagine se fosse a Audre. Além disso, ele sabia que era culpado. Você não pode imaginar... Ele... não soltava você. Segurava suas mãos e não soltava de jeito nenhum. E rastejou na cama e abraçou você. *Bem na minha frente*. Tão desrespeitoso. Imagina se fosse seu bebê? Ele se recusou a te deixar. Quando os policiais chegaram lá, foi preciso três deles para arrastar o menino pra longe de você.

Lizette não pensava nisso havia anos, mas a lembrança ainda a enfurecia. Como aquele garoto, que claramente era o culpado, ousara ficar tão chateado? *Ela* era a mãe. *Ela* que tinha que ficar chateada. O mundo de Lizette estava desmoronando, seu namorado tinha acabado de terminar com ela, e ali estava aquele garoto, tão consumido pelo amor por sua filha que teve que ser *fisicamente arrastado para longe*.

Genevieve era uma criança. Ela nem tinha vivido ainda. Por que ela recebia aquele tipo de adoração, quando Lizette nunca havia experimentado nada nem perto daquilo? Não era a ordem das coisas. Não era justo.

— O que aconteceu então? — Genevieve perguntou, em um sussurro entrecortado.

— Fiz com que ele fosse preso e mandado pra longe. Me livrei dele. Acho que foi para o centro de detenção de menores. Me disseram que era a terceira vez. Predador em série.

Silêncio.

— De nada — disse Lizette, o nervosismo começando a dominá-la. Nada.

— Alô?

— Todos esses anos. — A voz de Genevieve soou esganiçada. — Todos esses anos, pensei que ele fosse um covarde. Um mentiroso. Eu o odiei.

— Bom, quem mais você ia odiar se não ele?

Aparentemente, Genevieve não tinha uma resposta para isso. Seu silêncio foi tão pesado, tão longo, que por um momento Lizette pensou que ela tivesse desligado.

— Você nunca percebeu que eu me cortava? — ela perguntou, hesitante. — Não é possível que não soubesse.

— *O quê?* Você era tão na sua. Como eu saberia disso?

— Toda vez que a Audre se corta com um papel, eu fico sabendo.

— Bom. — Lizette deu uma longa tragada. — Você precisa arrumar alguma coisa pra fazer da vida, Gê.

— Fui eu que me cortei. Ele não fez isso. E eu usei drogas, as suas drogas, ou as que pegava dos seus namorados, *a vida inteira*. Eu não era seu bebezinho inocente.

— Como você conseguia drogas dos meus namorados? — A voz de Lizette ficou fria, afiada. Odiava que a lembrassem de seus amores fracassados. E de como sua vida tinha sido difícil. E de que ela nunca foi capaz de consertar o que machucou a filha. Mas Genevieve sempre lhe parecera tão inacessível. A dor dela a levou a um lugar onde ninguém podia segui-la.

— Cuidei de você minha vida toda, mãe.

— Olha esse tom.

— Eu estava em agonia. Precisava de ajuda.

— Eu sei que você sofria, meu bebê. Mas o que eu poderia fazer? Orei por você; ainda oro por você. Mas você não pode lutar contra uma maldição. Eu *sempre* digo para você colocar plantas na sua casa.

A força do longo suspiro de Genevieve se estendeu por nove estados.

— Minhas meninas sempre me perguntam por que tenho tantas plantas mortas. Eu conto a elas o que a Mama Clô me disse. Plantas mortas trazem sorte. Quando uma planta de casa morre, é porque absorveu energia ruim e mau agouro. Mau agouro que era direcionado pra *você*. Elas são proteção. — Depois de soltar essa pérola, deu uma longa tragada no cigarro. — Todo mundo tem uma aflição, Genevieve. Seja mental, física ou espiritual. Você só precisa se lembrar do que tem de bom.

— Por favor, não dê uma de filósofa, mãe. Não combina com você.

— Tudo combina comigo, menos mangas *dolman* — ela disse irritada. — Olha. Não sei o que te deixou com raiva ou por que estamos discutindo história antiga. Mas quer um conselho? Supere sua infância. Eu superei a minha. Você acha que era ruim pra *você*? Eu tive que realizar atos indescritíveis com os juízes de concursos só para ter um pouco de dinheiro para comprar comida e jeans Jordache falsos.

O silêncio de Genevieve era ensurdecedor.

— Eles eram chamados de jeans Gordache — falou Lizette com tristeza.

— Você mandou o Shane embora. — Genevieve parecia estar falando mais com ela mesma que com Lizette. — Ele estava com medo de ir para a prisão de novo. Eu disse a ele que me certificaria de que isso nunca iria acontecer.

— Ah, Gê — Lizette soltou. — Aquele garoto era um predador. Isso é o que todos eles fazem! Eles querem a garota bonita, mas ficam com inveja da juventude e da vitalidade dela. Então eles atraem você para o caminho da ruína e te destroem.

— Inveja da juventude? O Shane e eu tínhamos a mesma idade!

— Bom, eu sei, mas eu estava falando de mim!

Lizette alisou o quimono sobre as pernas, irritada. Depois de outro silêncio prolongado, Genevieve finalmente falou:

— Você estava com inveja.

— Eu nunca tive inveja em toda a minha vida! Mas deixa eu te falar uma coisa. Mulheres Mercier são *amaldiçoadas*. Nós todas somos. E se eu não posso fazer um homem ficar, você também não consegue. — Lizette apertou a faixa do quimono. — Não sei por que você está tão determinada a me odiar. Você se deixa levar por um criminoso bonitinho, eu resgato você e *eu* sou a vilã? Como pode ser?

— Você realmente quer que eu explique?

— Vá em frente e me julgue. Não temo nada além do olhar impiedoso do Todo-poderoso. Você poderia ser *Mamãezinha querida* ou Clair Huxtable, não importa que tipo de mãe você seja, as filhas sempre culpam as mães por toda bagunça que fazem. — Lizette deu uma última tragada e apagou o cigarro em um cinzeiro de cristal. Em voz baixa, ela disse: — Em quinze anos, a Audre vai ter muito a dizer para o terapeuta.

— Você não entende nada do que aconteceu com você, né? — Genevieve perguntou cansada.

— Pare de ser tão rabugenta, Gê. Tivemos momentos muito divertidos quando você era pequena! Lembra aqueles pombinhos fofos?

— Eles morreram de envenenamento por chumbo.

— E isso lá é culpa minha?

— Eles morreram de envenenamento por chumbo porque, quando cantavam à noite, você jogava lápis na gaiola deles.

— Bom, como eu ia saber que eles comeriam o lápis? Você sabia?

— Tchau, mãe.

— Não fique tão brava comigo! Você sabe, garotos como o Shane devem ficar atrás das grades. — Lizette estava se agarrando a qualquer coisa, tentando apenas fazer Genevieve não desligar o telefone. Genevieve sempre a confundia. Ao engravidar, a esperança é sempre de que o bebê seja uma pequena versão de você. Uma pessoinha com os mesmos pensamentos, os mesmos sentimentos. Mas sua filha era alguém totalmente diferente. Autossuficiente, teimosa, inteligente demais para o mundo e um mistério absoluto. Lizette nunca soube de fato como criá-la, e Deus sabe que Genevieve nunca deu nenhuma pista.

— Eu salvei você de um mundo de problemas. Veja quem você se tornou! Você é... — Lizette parou de falar, porque a linha caiu.

Ah, bom. Não era a primeira vez que a filha desligava na cara dela, e não seria a última. Ela se arrastou para fora do sofá e subiu as escadas em direção a Mahckenzee, uma entre dezenas de garotas que Lizette tornara perfeitas, à sua imagem. A cada nova aluna, Lizette tinha a chance de acertar. Temporada após temporada, show após show, de novo e de novo.

· 21 ·

Que coincidência

Eva era regrada demais para fazer do Uber um hábito. Além disso, morava ao lado da linha Q do metrô. Mas não se importava com isso naquele dia. Não se importava com mais nada que não fosse falar com Shane.

Cece concordara em tomar conta de Audre aquela noite. Estava feliz demais em passar a noite com a sobrinha postiça preferida, mas com uma condição: Eva precisava *prometer* que iria à festa dela no dia seguinte.

— Sabe como é, só uma reunião com poucas pessoas para celebrar o prêmio Littie.

Apressada, Eva concordou:

— O que você quiser. Eu vou. — E saiu porta afora.

Eva mal sabia com o que havia concordado. Só tinha uma única coisa em mente.

Preciso dele, pensou enquanto pedia um Uber de trinta e sete dólares. *Preciso dele*, pensou enquanto corriam pela Manhattan Bridge até o centro. *Preciso, preciso, preciso*, ela pensou enquanto subia os degraus até o número 81 da Horatio Street.

Eram 21h45 e ventava forte naquela noite quente de sexta-feira — tão distante do calor ofuscante do dia anterior e da briga com Shane. Horatio era uma rua silenciosa, apesar de ser possível ouvir a farra distante dos riquinhos recém-graduados bebendo e festejando na área externa da cervejaria na Washington.

Mas ali, em frente à suntuosa porta azul-escura de James Baldwin, a escuridão era tão densa que sentia que poderia ser engolida por inteiro. Com o coração batendo forte, ela se aproximou da superfície lisa da porta, apoiando a testa primeiro, depois a palma das mãos. Permitiu-se inspirar e expirar diversas vezes, só para diminuir os estrondos em sua cabeça, que ameaçava explodir desde que falara com Lizette.

Então, pela segunda vez em dois dias, Eva bateu à porta de Shane. Com força dessa vez. E Shane abriu na mesma hora.

Ela mal conseguia ver qualquer coisa que não fosse ele. Não havia nenhuma luz acesa na casa. Só escuridão e mais escuridão. Mas ele estava na frente dela, uma visão de tirar o fôlego. Alto, forte, sólido. Dela.

Eva olhou nos olhos dele, e algo se remexeu dentro dela.

— Eu já sei de tudo — disse, querendo parecer bem, mas sendo traída pela voz que falhava.

— Entre.

Ela não se mexeu. Precisava dizer o que tinha ido dizer. As palavras saíam como uma enxurrada.

— Minha mãe me contou. E você era tão jovem e assustado e tentando se fazer de durão, e eu prometi que você nunca mais ia voltar pra lá. Eu prometi. E ela mandou você de volta. — Eva engoliu em seco. — Shane. Me desculpa. Me desculpa por tudo que eu disse ontem. Me desculpa por culpar você todos esses anos. Por odiar você. Eu odiei tanto você.

— Eu sei — disse ele, rouco. — Entre logo.

— Não, me escuta. Eu só odiei você porque... — Eva parou. — Porque te amar não era uma opção.

Shane desviou o olhar, o maxilar cerrado.

— Por que você não me contou? — perguntou ela. — Por quê?

— Eu não podia — confessou ele. Parecia mais jovem, vulnerável.

— Tem tanta coisa que preciso saber.

— Depois.

— Mas...

Shane a agarrou pela frente do vestido e a puxou para dentro da casa escura. Fechou a porta com força, pressionando Eva contra ela. A única luz que os iluminava era a da lua, que se projetava fraca pelas janelas salientes do apartamento, abertas.

Desorientada, Eva piscou. Estava perfeitamente ciente de tudo: do cheiro dele, da nuca áspera, da camiseta amassada, da linha de seus bíceps, de seus olhos. Shane a dominava. Deixava-a tonta.

Com um gemido, Shane apertou a boca contra a dela, beijando-a ali encostada na porta.

Enfiou a mão nos cachos dela, puxando sua cabeça para trás para beijá-la ainda mais profundamente. Devoraram-se sem parar, os beijos quentes e famintos.

— Caralho — admirou ele. — Você está aqui.

— Eu estou aqui.

Com a boca no pescoço dela, Shane colocou a mão por baixo do vestido curto e leve, deslizando-a pela parte interna da coxa. Possessivamente, ele apertou a pele macia ali. Ela se desfez.

— Me diga o que você quer — Shane falou, a voz rouca em sua orelha.

Eva o queria em cima dela, seu cheiro, sua boca, sua língua, suas mãos, *ele*. Ela queria que Shane a marcasse para que ela nunca mais se lembrasse de ninguém.

— Quero você. Por toda parte.

Shane pegou a mão dela e a levou pela escuridão até o quarto. O vento ficou mais forte, sacudindo as enormes janelas e uivando contra o prédio.

Entre beijos interrompidos, eles entraram aos tropeços no quarto mal iluminado pela lua. Havia uma sensualidade desgrenhada na cama, típica de dias de chuva, um edredom macio com a marca do corpo de Shane. Eles se deitaram juntos, um emaranhado de membros, travesseiros caindo no chão.

Segurando o queixo dela entre os dedos, Shane puxou Eva para um beijo rápido e quente. Então, sem aviso, ele a virou de bruços.

Começando pelo tornozelo, ele passou a boca pela parte de trás da panturrilha, arranhando-a com a barba por fazer, deixando um beijo ardente atrás do joelho. Ela gemeu, agarrando os lençóis, mas ele continuou, deixando uma mordida de amor úmida logo abaixo da nádega de Eva e, em seguida, arrastando *lentamente* a língua ao longo de sua coluna. Voraz, Shane empurrou os cachos suados dela para o lado e chupou o pescoço de Eva.

— Vire. — Ele a direcionou com vigor. Ela obedeceu sem pensar. Descendo devagar pelo corpo dela, ele deslizou as mãos embaixo de sua bunda, puxou-a para sua boca e começou. Sem provocar, sem avisar. O choque foi delicioso. Ela gritou. Arqueou as costas. Então ele parou.

Com um sorriso provocador, ele subiu de volta por seu corpo.

— Oi — ele falou sorrindo.

— P-por que você parou?

— Precisava te beijar — disse ele, dando um beijo tímido nela.

— Você é ridículo. Me come. *Por favor*. Me come na cama do James Baldwin.

Shane riu.

— Esta não é a cama do James. Você acha que a marca Sleep Number já existia em 1961?

— Ah. — Ela agarrou os braços dele. — Bom, então me foda na cama da Sleep Number.

— Goze primeiro. Depois vou foder você.

Antes que ela pudesse pensar, ele voltou a chupá-la avidamente. E ela estava desmoronando.

— Eva.

— O quê? — ela perguntou, navegando onda após onda.

— Eva.

— *O quê?*

— Olhe para mim.

Ela olhou para o rosto de Shane, a boca perversa nela — e *ah*, era uma visão obscena e requintada. Uma vez que seus olhos se encontraram, Shane enfiou dois dedos nela, até o fundo. Com gentileza, ele colocou os dedos na forma de um gancho e os movimentou para a frente e para trás, e foi isso. Ela gozou, tremendo.

O pico de seu orgasmo diminuiu, mas sua euforia não. Apesar de Shane reduzi-la a gelatina, Eva conseguiu montar nele. Agarrando-o, ela se abaixou com cuidado. Com um gemido gutural, ele apertou a bunda dela com uma mão, o seio com a outra, e desistiu de controlar a situação.

— Vá em frente — murmurou ele, mordendo o lábio inferior. — Pegue o que é seu.

Eva obedeceu, esfregando-se contra ele, rebolando. A respiração deles ficou entrecortada, os olhos bem fechados, ele gemeu o nome dela, ela se sentiu tomada por inteiro, ele a apertou com mais força e, finalmente, a eletricidade levou os dois ao limite.

Atordoado, Shane se sentou, puxando Eva para ele, envolvendo-a com os braços. Eva pôs as pernas ao redor das costas dele. E eles ficaram ali, abraçados, sabe-se lá por quanto tempo. Em algum momento, se jogaram juntos na cama, ainda presos um ao outro.

E não foi sempre assim?

Mais tarde, ela se sentou com Shane no terraço, com vista para um jardim escondido no quintal. A noite tinha esfriado, então estavam enrolados em uma toalha de praia enorme.

— Esta semana — ela começou. — É a história se repetindo?
— A história não se repete — disse Shane. — Mas rima.
— Quem disse isso? O Nas?
— Mark Twain.
— Mmm — ela disse. — Grandes filósofos, ambos.

Algumas horas depois, eles estavam deitados na cama. O vento aumentara de novo, sacudindo as janelas. Depois de uma foda lenta, naquela bruma pós-coito, estavam emaranhados um no outro no escuro, as costas dela contra o peito dele, o rosto dele enterrado no cabelo dela. E, finalmente, ele contou a ela o que havia acontecido naquela última manhã na cidade de Washington.

— Você não acordou — Shane disse em uma voz solene. — Eu não conseguia dar um tapa em você, como nos filmes. Mas eu te balancei com força e nada aconteceu. Você estava morrendo. E foi culpa minha. Eu tinha te dado todas aquelas drogas.

Eva puxou a mão dele do peito até a boca e a beijou. Então, a apoiou embaixo de seu queixo.

— Fiquei muito tempo segurando você, só chorando e tentando descobrir o que fazer. Então me lembrei do seu celular na cozinha. Quando peguei, vi que havia quase trinta ligações perdidas da sua mãe. E aí eu liguei para ela. E eu sabia o que ela ia pensar quando chegasse lá. *Eu* invadi aquela casa. *Eu* levei você pra lá. *Eu* já tinha sido preso. E ao longo das oito horas antes, eu tinha bebido uma garrafa inteira de vodca e cheirado sei lá quantas carreiras de heroína. Então sim, eu sabia que minha situação não era boa.

— Por que você não foi embora? — perguntou Eva. — Você podia ter ligado pra ela, se escondido em algum lugar e me encontrado depois.

— Eu não podia te abandonar — disse ele, dando fim a essa ideia. — E não consegui negar quando sua mãe me acusou de machucar você. — Ele ficou quieto. — Eu tinha quase dezoito, então fui julgado como adulto. Mas só fiquei preso por dois anos. Bom comportamento.

— Você?

— Pois é. Eu tinha mudado. Mantive a cabeça baixa. Não me envolvi em merda nenhuma mais. Lembra aquele mantra que você me ensinou?

— Lembro. Não brigue. Escreva.

— Me manteve a salvo. E eu escrevi *Oito* lá.

Eva se virou para olhar para ele.

— Desculpa.

— Não, eu que peço desculpa. Foi por isso que vim para Nova York. Desculpa por ter quebrado minha promessa. E desculpa por não ter procurado você assim que fui solto. Mas naquela época você já tinha publicado seu primeiro livro. Você era um sucesso e eu não queria estragar isso. Naquela época, estava convencido de que arruinava qualquer coisa que tocasse.

Eva olhou para ele, lembrando o que havia revelado anos antes: a perda de estabilidade, da vida feliz com os pais adotivos. A forma como se culpava por isso.

— Depois que acidentalmente quebrei meu braço, e do que aconteceu com minha mãe adotiva... — Ele parou, mexendo o maxilar. — Quando sobrevivi ao acidente de carro no caminho do hospital e ela não, comecei a quebrar meu braço de propósito. Beber o dia inteiro. E decidi que não merecia ter coisas boas.

Eva o abraçou bem apertado. Era tudo que podia fazer. Abraçá-lo forte o suficiente para sufocar aquele pensamento de vez.

Mais tarde, Shane e Eva deitaram juntos no tapete macio da sala, olhando para o vitral no teto. Shane estava de lado, mapeando os traços dela com a ponta dos dedos. Pela sobrancelha e descendo pela ponte do nariz. Segurando com cuidado o rosto dela em suas mãos, ele puxou as bochechas para trás para que os lábios dela se projetassem. Então, tocou o dedo na covinha dela.

— Diga logo — Eva falou com um sorriso.

— Eu nunca disse isso. Pra ninguém.

— Não vai doer, eu prometo.

Shane sorriu, fazendo o coração dela parar. Ele apoiou o rosto nos peitos dela, fechando os olhos.

— Pronta? — perguntou.

— Pronta.

— Eu te amo — disse Shane. — Dramaticamente, violentamente e para sempre.

Ela beijou a testa dele, o sorriso mais luminoso que o sol.

— Eu sempre amei você — sussurrou ele.

— Que coincidência — ela sussurrou de volta. — Eu também sempre amei você.

Um tempo indeterminado depois, Eva e Shane estavam comendo gelato de menta direto do pote, na cozinha de azulejos brilhantes. Ela estava sentada na bancada da ilha. Cada um deles usava uma cueca boxer de Shane, e nada mais.

— ... e eu não posso permitir que esse filme tenha personagens brancos. Não conseguiria conviver comigo mesma — confessou ela. — Mas não sei o que fazer. Não consigo nem terminar o livro 15.

— Não é para a semana que vem?

— Ando meio distraída — ela riu, lambendo o gelato da colher.

— Vou cair fora — disse ele, fingindo ir embora. — Não posso ser o responsável pelo fim da sua carreira.

— Para com isso, você não é — disse ela, agarrando-o pela cintura. — Sendo sincera, não consigo mais encontrar aquela mesma faísca para escrever. E tudo que eu quero fazer é escrever a história da minha família. Ir para a Louisiana, como dissemos. Pesquisar essas mulheres e escrever.

— Você percebe quanto é valiosa?

— Para com isso — ela zombou, pegando mais gelato. — Para a comunidade literária?

— Pra mim.

Ela olhou para ele.

— Venha comigo para Belle Fleur — falou ela de repente. — A Audre viaja amanhã para ficar com o pai por três meses. Você não vai começar a dar aulas até o fim de agosto. Temos tempo!

— Vamos — disse ele com um sorriso. — Vou ser seu assistente de pesquisa. Entre outras coisas.

— Ah, é? — Sensualmente, Eva lambeu um pouco de gelato no lábio inferior dela. — O que mais você quer ser?

Shane a observou. Então ele a puxou da ilha e a virou para que ficasse de costas para ele. Deslizou a mão pelo elástico da boxer que ela usava e, devagar, começou a massagear seu clitóris. Ela inclinou a cabeça para trás, apoiando-a no ombro dele.

— Eu quero ser tudo — disse ele, a boca na orelha dela. — Quero ser o que te faz feliz. Quero fazer você rir, fazer você gemer, fazer você se sentir segura.

Ele continuou acariciando-a enquanto ela tremia, impotente.

— Quero ser o pensamento que te embala para dormir. A memória que te tira do sério. Quero estar onde todos os seus caminhos terminam. — Ele mordeu a orelha dela. — Quero fazer tudo o que você faz comigo.

Então ele fez vibrar o dedo, e ela gozou com um grito trêmulo.

— Você está contratado — disse ela em um respiro.

Por fim, Eva cochilou nos braços de Shane pouco antes do amanhecer. Eles estavam no sofá, ou talvez na cama de novo. Mais tarde, ela se lembraria de ter murmurado:

— Você sabe que é a tartaruga, certo? Aquele que vem e vai quando quer enquanto eu espero por você?

Ela não ouviu a resposta dele, porque caiu no sono. Um sono profundo, contente e cheio de confiança.

SÁBADO

· 22 ·

A notícia se espalhou depressa

Um ótimo sábado, gente linda! Vocês estão cordialmente convidados para virem à minha casa hoje à uma da tarde. Não é preciso trazer nada além de suas personalidades deslumbrantes e as fofocas mais escandalosas da indústria. Como de costume, esta é uma festa privada. Sem celulares. Mas, como a festa será durante o dia, pais, sintam-se à vontade para trazer seus filhos. Vou transformar o quarto de hóspedes do andar de baixo em um parque para crianças, aos cuidados de uma mesa repleta de doces e hambúrgueres. (Só uma coisinha: adoro os filhos de vocês, mas por favor não permitam que eles toquem no sofá chinoiserie *da sala. Foi um presente de casamento da madrinha de meu marido, Diahann Carroll.) Até breve!*

A lista de convidados de Cece contava com autores, artistas visuais, famosinhos da internet, cineastas e designers de moda, e um total de zero pessoas ficou surpresa quando o convite chegou apenas oito horas antes da festa. Aquilo era como uma tradição para ela — e fazia todos ficarem alertas. "*Esteja* pronto para não precisar *ficar* pronto", era um de seus muitos lemas.

A cobertura em que morava era entulhada com arte moderna, cantos afiados e objetos de arte de valor inestimável, mas também era um espaço com áreas internas e externas, com um enorme terraço cheio de plantas, e as janelas do banheiro tinham vista para o horizonte da Lower Manhattan. Cece tinha trabalhado duro com Lee Mindel, designer de interiores, para fazer o espaço ser apenas um pano de fundo chique. Assim, quando recebia seus convidados, *as pessoas* se tornavam a decoração. Naquele cenário, cada convidado virava uma estrela. Destacavam-se como personagens únicas, especiais e pitorescas.

Ah, e eles *eram* mesmo personagens. Ali estavam reunidas algumas das personalidades mais barulhentas do panorama artístico negro de Manhattan. Havia Janie, memorialista que sempre tinha uma história melhor para contar. Craig, um ignóbil dono de uma galeria de arte. Tilly, a romancista gráfica que só sabia rir. Keisha, a designer de joias que se orgulhava de ser básica. Rasheed, o agente literário insuportavelmente bonito. Cleo, a fotógrafa de moda obcecada com seus dons. Lenny, o editor de filmes que fizera parte da fraternidade Omega Psi Phi na Universidade Duke e precisava que todos soubessem disso.

Todo mundo estava ali. O sol brilhava forte e quente através das janelas de Cece. Champanhe estava fluindo. Belos garçons serviam aspargos embrulhados em bacon, pequenas torradas de caranguejo e *tuiles* de parmesão. Veganos recebiam pequenos recipientes da marca Iittala repletos de frutas frescas. Um DJ (escondido na cozinha) tocava músicas calmas, mas divertidas, como Solange, Khalid e SZA. Alguns convidados conversavam no terraço, muitos estavam espalhados pelos sofás, e os pais estavam *de fato* curtindo o momento, porque suas pequenas Chloe e seus pequenos Jadem estavam lá embaixo em seus melhores conjuntos Zara Kids, abençoadamente fora de vista e bem cuidados.

Eva exibia seu visual "verão sexy" favorito: um macacão preto com um top sem alças (fazia suas pernas parecerem infinitas; e seus seios, deliciosos). Ela ajeitou os cachos para o lado com um grampo vintage e fez uma maquiagem esfumada. Estava em seu momento mulher fatal.

Ela também estava aérea depois de uma noite sem dormir e orgasmos sem fim. Nem seu cérebro nem suas pernas funcionavam direito — e se desfazia em risadinhas embaraçosas e secretas.

Eva amava Shane e ele a amava. Nada mais importava. Certamente não importava o que os outros achavam. Porém, mais cedo, tentaram planejar como agiriam naquele dia.

Hoje, 10h28
SHANE
Você vai na Cece?

EVA
Tenho que ir, ela me enganou.

SHANE
Então eu também vou. Estou com uma saudade do caralho de você.

EVA
Você me viu hoje de manhã. 😊

SHANE
Mas já sinto sua falta.

EVA
Eu também, multiplicada por 1000.

SHANE
Como vamos agir em público?

EVA
Normal.

SHANE
Mas qual é o nosso normal? Pelados?

                          EVA
                É verdade. Isso é estranho.

SHANE
Vamos dar um jeito.

                          EVA
      Você sabe que ela está dando essa festa pra
         arrancar informações de nós, certo?

SHANE
Maldita Cece. Você vai contar pra ela?

                          EVA
         Não vou precisar. Ela vai perceber.

    E, assim que olhou para Eva, Cece percebeu. Estava estampado em sua cara que tinha transado; era *óbvio*. Eva não conseguia se lembrar da última vez que se sentira tão leve. Tinha baixado a guarda! Shane a fodeu até acabar com todas as suas defesas. E agora ela estava toda boba. Animada. Radiante. Desmaiando de felicidade na frente de quarenta e cinco negros fofoqueiros. Mas não se importava. Por volta das três e meia da madrugada (depois do "gelatorgasmo"), ela teve uma epifania.
    Alguma coisa havia sido desbloqueada nela. Por muito tempo e de muitas maneiras, Eva procurara se conter. Agora queria descobrir quem era — então *ser* ela, *deliciar-se* com si mesma. Deliciar-se com tudo! Ter uma vida de verdade e vivê-la! Ela jurou a si mesma que seria honesta — com ela mesma e com todos. Sentia dor? Admitiria. Estava apaixonada? Então iria atrás. A vida era curta demais para ser qualquer coisa além dela mesma.
    Olha só pra mim, ela pensou. *Foi só trepar um pouco para me transformar em uma princesa da Disney de olhos arregalados.*

Ela não percebeu que riu alto até que Belinda e Cece a olharam com as sobrancelhas levantadas. Estavam se esforçando para conversar com o mais recente passatempo de Belinda, que trabalhava na indústria de serviços. Ela trocara o cara do supermercado por Cain, uma delicinha de pele cor de avelã que chamara para montar sua cômoda da IKEA.

Cain tinha vinte e quatro anos, era baixo e forte, sensual — e só dava respostas monossilábicas.

— Então — começou Cece, magnífica em um terninho rosa e casaco felpudo branco. — Divertida esta festa, né?

— Total — Cain disse, assentindo.

— Cain é um nome tão bonito — comentou Eva. — É bíblico?

— Bingo — respondeu ele.

— Você tem um irmão chamado Abel? — Eva riu da própria piada. — Aposto que deve ouvir isso o tempo todo.

— Real — afirmou Cain.

— Sabe, eu nunca tinha conhecido um Cain *nem* um Abel — disse Cece.

— O verdadeiro nome do The Weeknd é Abel — explicou Belinda.

— Você é irmão do The Weeknd? — Eva perguntou para Cain. — Se for, quero fazer umas perguntas sobre o cabelo dele.

— Magina — disse Cain, rindo.

Belinda mudou rapidamente o rumo da conversa para algo que ele pudesse desenvolver.

— Querido — continuou ela —, conte para elas sobre o seu negócio de DJ que está crescendo.

— Bom pra caralho — informou Cain.

Com isso, ele oficialmente esgotou as tentativas delas.

— Querido, vá buscar outra bebida pra mim. — Belinda, que estava arrasando com um top branco curto, uma saia floral comprida e tranças longas, deu um tapinha na bunda de Cain e o mandou embora.

— Uaaaaaau — disse Eva, abafando uma risadinha.

— Tudo bem, mas você viu como ele é gostoso? — sussurrou Belinda. — E ele é só o começo da minha jornada de verão da putaria.

Como se ouvisse a conversa, o DJ colocou para tocar "Hot Girl Summer", de Travis Scott. A multidão soltou um "isso aí" coletivo, erguendo as taças de champanhe.

Aqueles festeiros não estavam entre as crianças mais descoladas enquanto cresciam. Passaram a adolescência enterrados em livros de arte, rabiscando poemas em blocos de anotações durante o recreio, vivendo histórias completas em sua cabeça. Distraídos por suas micro-obsessões artísticas, muitos se esqueceram de aprender a se relacionar com o mundo. Estavam muito ocupados estudando a vida, guardando anotações para usá-las mais tarde em um romance, uma música, um roteiro, uma pintura. Eram observadores, não participantes.

Quando viraram adultos, tentaram compensar o tempo perdido. Eram agora um bando de artistas de trinta e poucos anos celebrados e aclamados pela crítica que se comportavam como alunos do ensino médio. Fofocavam como loucos, davam amassos em festas na casa dos amigos e tomavam péssimas decisões de bêbados. Prova A: do outro lado da sala, Khalil, o inevitável praticante de *mansplaining* da mesa no Museu do Brooklyn, se roçava com um vaso de plantas.

Cece agarrou o marido, Ken, pelo braço. Ele estava conversando com uma famosa titã do mundo da arte.

— Amor! Está vendo aquele homem vestido que nem o Carlton Banks? Faça ele parar.

Ken, que parecia estar completamente adormecido por trás de sua expressão agradável, beijou a titã na bochecha e saiu correndo.

— Tem crianças lá embaixo — bufou Cece. — Qual o *problema* do Khalil?

Belinda riu, irônica.

— Quanto tempo você tem?

— Na verdade, não muito, porque tenho que ser uma boa anfitriã e falar com as pessoas — explicou Cece. — Então, aproveitando que estamos aqui, madame — apontou o copo de martíni para Eva —, sugiro que você explique esse brilho todo. É sério que tive que fazer uma droga de uma festa inteira para conseguir uma explicação?

Eva mordeu o lábio e deu de ombros.

— Eu não vou aguentar esse mistério todo — disse Belinda. — Pare de ser *tão* de escorpião com lua em áries. O que aconteceu esta semana? Você some por dias e aparece aqui como se tivesse sido atropelada por um caminhão-pica?

— Quem foi atropelada por um caminhão-pica? — perguntou uma influenciadora literária famosa com dois milhões de seguidores no Instagram e ouvido bom para fofoca. Ela estava passando para pegar camarão em uma das bandejas.

— Ela disse caminhão-*pipa* — corrigiu Cece, baixinho. — Eu sei, a música está muito alta.

A influenciadora sorriu, pediu desculpa e se afastou.

Eva puxou as amigas para mais perto. Audre estava presa no andar de baixo com criancinhas risonhas, assistindo *Patrulha canina*. Aquele era um ambiente seguro.

— Meu plano era ignorar o Shane — sussurrou ela. — Mas passamos um dia juntos. E foi... divertido. *Muito* divertido. Ele conheceu a Audre! — Ela fez um gesto para que Belinda e Cece se aproximassem. — Transamos em todos os cômodos da casa de James Baldwin ontem à noite.

As amigas a olharam boquiabertas.

— *Onde?* — perguntou Cece.

— Boa! — Belinda aprovou. — Eu sempre quis ficar pelada e me esfregar por toda a casa do Langston Hughes no Harlem. Sabe como é, para manifestar os dons dele.

— Não, não, não — disse Eva. — O Shane está alugando esta semana a casa que James Baldwin morou.

— Que adorável — comentou Cece. — Dois autores bem-sucedidos se reunindo, fazendo o primeiro sexo como adultos rodeados pelo espírito de uma lenda literária...

Eva deu um gole em sua água com gás.

— *Na verdaaaade*, não foi a primeira vez. Isso foi três dias atrás. Em uma instalação de arte no centro.

— Que caralho vocês estão fazendo? — perguntou Belinda, fazendo biquinho, com inveja. — A safada aqui sou eu!

— Sei que parece loucura, mas é tudo tão natural. Quando adolescentes, era tudo selvagem demais; não estávamos prontos um para o outro. Agora estamos.

Cece irradiava satisfação. Eva admitira ter um relacionamento com Shane. Em sua festa. O preço exorbitante valera a pena.

— Você acha que podem continuar de onde pararam depois de quinze anos?

Eva não respondeu. Porque tinha parado de ouvir. Em vez disso, estava sorrindo para a porta da frente.

Ali estava Shane. Irritantemente bonito em uma camiseta escura, jeans escuros e barba por fazer de três dias — e olhando para Eva como se ela fosse o sol. Eva sorriu ainda mais, se isso era possível. Então, exibindo o sorriso do século, Shane enfiou o dedo em sua bochecha, no local exato onde a covinha de Eva estava piscando para ele do outro lado da sala. Eva deu uma piscadela para ele, fazendo arminha com a mão.

Belinda ria sem parar.

— Vocês são *bregas* demais. Eu *apoio* muito isso.

— Olha a cara das pessoas — arfou Cece, encantada com a reação ofegante dos presentes ao verem um autor misterioso aparecer. Uma festa só para convidados não era uma boa festa sem um convidado surpresa. Empurrando sua bebida para a mão livre de Belinda, Cece correu para cumprimentar seu famoso protegido.

Ela não era a única. Demorou apenas alguns minutos para Shane ser cercado por colegas bajuladores. Entre olhares doces em sua direção, Eva podia ler no rosto dele que estava desconfortável. Ele estava preso, forçado a socializar quando só queria estar com ela.

Era tudo o que Eva queria também. Ela estava a segundos de pular em seus braços. Em vez disso, ficou ali, irradiando amor na direção de Shane. E pouco a pouco, um por um, todos os presentes perceberam.

A notícia se espalhou depressa.

Ouvido perto do terraço:

— Uau, nunca vi Shane Hall sorrir — dizia uma memorialista peituda.

— Eu nunca vi Shane Hall, ponto — ressaltou um ensaísta da *The New Yorker* por trás dos óculos.

— Com quem ele está trocando olhares? *Eva Mercy?*

— Eles estão namorando — disse o ensaísta. — Eu vi fotos que fãs tiraram ontem. No Twitter.

— Fala sério — exclamou uma pessoa. — Eu sempre achei que ela fosse uma lésbica muito afeminada. Vampiro não é coisa de lésbica?

— Ela tem uma energia meio Zoë Kravitz.

— A Zoë Kravitz não é lésbica.

— Nem a Eva Mercy, aparentemente. Está olhando para o Shane como se ele fosse um prato delicioso.

Ouvido perto do bar:

— Eu transei com o Shane na BookExpo America de 2007 — sussurrou uma romancista que parecia uma gazela. — Ele foi tão fofo!

— Então não era ele, mulher — disse a agente dela.

Ouvido perto da mesa de frios:

— A Eva é tranquila pra caralho — disse uma designer de tênis que falava com a voz de uma poeta de rua da década de 90. — Não gosto da ideia de ela se apaixonar por um cara assim.

— Mas ele é lindo demais — disse uma coreógrafa da escola de dança Alvin Ailey com unhas multicoloridas.

— Me fala um homem lindo que não seja problemático.

— Verdade. Mulheres bonitas são normais, mas homens bonitos são um pesadelo.

— Quanto mais, pior — continuou a designer. — Desde que comecei a namorar homens feios, está tudo dando certo.

— E onde você encontra esses caras?

— Em dias de semana, no Atlantic Center, durante a noite. Entre o departamento de veículos motorizados, o Applebee's e o Home Depot, sabe? Mulher, você vai sair com um prato principal *e* um acompanhamento.

Ouvido em um dos sofás:

— Não acredito que Shane Hall está aqui. Ele é tão intimidador — sussurrou um jovem autor de olhos arregalados que acabara de lançar seu romance de estreia, *Eu canto pelas crianças arco-íris.*

— Somos tão talentosos quanto ele — mentiu a amiga, famosa ghostwriter. — E não somos cheios de problemas.
— Alguém disse que ele está sóbrio agora.
— Não acredito nisso. Eu estava em uma festa no jardim da Feira de Frankfurt de 2010 e vi esse homem cheirar uma roseira, inalar acidentalmente uma abelha, dar um soco no próprio nariz e cair.
— *Você é uma mentirosa.*
— Juro por Deus. Eu fiquei pensando, tipo, como esse desastre de pessoa escreveu *Oito*?
— Acontece. Olha a Mariah. Ela não consegue andar no palco sem a ajuda dos seis dançarinos porto-riquenhos dela. Mas é a voz de uma geração.

Ouvido perto da estante de livros:
— Khalil, por que você está usando camisa verde e calça rosa? — perguntou a ex dele, uma roteirista desagradável. — Você é de alguma irmandade? Ou uma embalagem de rímel da Maybelline?
— Fica na sua. Você está usando um chapéu de palha de abas largas com uma blusa de renda.Está parecendo com Ida B. Wells.
— Você vai respeitar minha referência da Migração Negra.
— Alguém me disse que a Eva está namorando o Shane — resmungou Khalil. — Você acha que é verdade? Por que ele? Tenho vontade de sentar a mão nesse cara.
— Eu queria era sentar nele — resmungou ela. — Eles *devem* estar namorando, olha como estão próximos um do outro! Caramba, a Eva está puro brilho. Que pele.
— É — Khalil concordou contra sua vontade. — Ela tem a pele de uma criança rica.
— E ouvi dizer que foi atropelada por um caminhão-pipa — sussurrou, maravilhada.

Enquanto isso, perto do quadro de Cece e Ken pintado por Kehinde Wiley...
Shane, depois de fazer o equivalente social a remar através do Atlântico, enfim estava parado na frente dela. Eles se olharam como dois bobos, o ar faiscando entre eles.

— Oi, querida — disse Shane.

O estômago de Eva se revirou. Não estava pronta para o "querida".

— Oi — ela respondeu.

Enfiando as mãos nos bolsos, Shane se inclinou na direção dela e disse:

— Todo mundo está falando da gente.

Eva deu uma olhada superficial ao redor da sala.

— Eu sei. Não é estranho? Você se importa?

Ele tocou distraidamente o lábio inferior dela, com uma expressão maliciosa.

— Nem um pouco.

Com isso, Shane passou o braço em volta dos ombros dela e beijou sua bochecha. Envaidecida, ela pegou na mão dele. Eles se encaixaram perfeitamente, como duas peças de quebra-cabeça.

O mundo inteiro ouviu o suspiro de Cece. *Et voilà*, os novos rei e rainha do baile de formatura do mundo editorial negro foram coroados. Ela teve seu momento!

Quase explodiu em aplausos.

No andar de baixo, Audre estava entediada. Estava presa em um quarto grande e gelado com oito crianças — todas com menos de seis anos. Elas estavam assistindo a *Uma aventura Lego* como se fosse realmente um bom filme. Como se fosse algo *bom*, tipo *Midsommar*.

Audre não conseguia interagir com crianças pequenas (nem mesmo quando tinha um ano). Além disso, um estudo casual das crianças ali presentes mostrou que todas elas tinham doenças mentais. Audre já havia diagnosticado uma série de crianças com TOC, TDAH e transtorno de apego. A pior era um menino de cinco anos chamado Otis. Uma ameaça total. Vestido como um pequeno rapper em jeans skinny e tênis Jordan, ele colocou uma lata de lixo em cima da cômoda e fazia cestas repetidas vezes com uma bola de basquete infantil, enterrando. A cada duas enterradas, explodia em uma dança de hip-hop agressiva. Então mostrava a bunda.

Se esses pequenos psicopatas vão ter que cuidar do mundo, pensou Audre, *o futuro não parece promissor.*

A babá, Lumusi, tinha adormecido em uma poltrona que parecia desconfortável vinte minutos antes, deixando Audre efetivamente no comando daquela pré-escola. *Que grosseria.* Ela não tinha vindo àquela festa para ser uma babá não remunerada. Na verdade, tivera a impressão de que seria uma verdadeira convidada da festa! Bebendo coquetéis sem álcool no terraço da tia Cece e do tio Ken enquanto conversava com a elite cultural sobre política, arte e eventos mundiais!

A cobertura da tia Cece era a segunda casa de Audre. Ela não deveria ter que ficar escondida no andar de baixo. Podia ouvir os sons tilintantes e proibidos de júbilo e contentamento adultos vindo do andar de cima — e nunca vivenciara tamanho Medo de Ficar de Fora.

Bufou quando Otis começou a correr em círculos, com a bunda de fora. Ela se recusava a desperdiçar seus neurônios e uma roupa adorável (um minivestido de malha) naquele jardim de infância sofisticado.

Vou cair fora, pensou Audre, e subiu as escadas.

· 23 ·

A sensação de ter uma família

— Eva Mercy!

Cece caminhou apressada até sua estante de livros que ocupava uma parede inteira, onde a querida amiga trocava carícias com o convidado de honra não oficial.

— Achei você — disse ela, empolgada. — Tem alguém que quero te apresentar.

— Agora? Por que tanta urgência? — Eva não estava com vontade de conhecer ninguém. Na verdade, não queria fazer nada que não envolvesse Shane e seus feromônios.

— É sempre importante conhecer pessoas. — Cece deu o braço para Shane e o encarou com um olhar que pretendia ser frio. — Shane.

— Cece.

— Estou muito brava com você.

— Você sempre está brava comigo. — A expressão de Shane era de pura diversão. — O que foi que eu fiz agora?

— Eu descobri você. *Eu te dei vida.* E você nunca mencionou que conheceu minha Eva na escola.

Eva mal ouviu o que diziam. Estava espreitando uma garçonete com cabelos curtos avermelhados, que oferecia bolinhos de siri numa bandeja para um casal por perto. A garçonete olhava espantada para ela e para

Shane. Confusa, Eva acenou vagamente. Conhecia aquela mulher? Não conseguia se lembrar de onde.

— ... e sim, você tem os olhos do Sebastian — divagava Cece. — Ou ele tem os seus, na verdade. Mas por que eu iria pensar que ela o criou pensando em *você*? Seria absurdo demais. Além disso, homens negros com olhos cor de mel não são tão raros assim. — Ela fez uma pausa. — Na verdade, não consigo me lembrar de nenhum. Mas a Regina King tem.

A garçonete estava rondando. Cece bateu em seu ombro e limpou a garganta ruidosamente. Com um pequeno salto, a garçonete saiu correndo. Eva estreitou os olhos, tentando dar uma boa olhada em seu rosto.

— Foi mal, Cece... não surgiu a oportunidade.

— Me poupe!

— Não, é verdade — ele riu, e era um som puro e fácil. Cece nunca o vira tão... desinibido. O que Eva tinha feito com ele? — O ensino médio era um verdadeiro inferno. Por que falar disso?

— Agora é muito melhor — disse Eva.

— Pois é — concluiu ele.

— Pois é. — Ela sorriu.

Shane deu um beijo barulhento na boca dela. Porque ele podia.

— Ahhh — suspirou Cece. — Amigos, se isso durar, me avisem se preciso me preparar para um casamento. Vou precisar dar um jeito nas minhas coxas.

— Por Deus, um casamento? — Eva apontou com o queixo para Shane. — Você nem sequer pensa em se casar?

— Eu *tenho* um pouco de inveja do seu primeiro marido.

— Shane Hall, você está me pedindo para ser sua ex-mulher?

— Seria uma honra.

— Odeio interromper o romancezinho de vocês — disse Cece. — Mas, Eva, você *precisa* conhecer a Jenna. Shane, vou roubá-la de você só por um segundo.

— Você precisa mesmo? — Ele fez uma careta. — Sou socialmente estranho demais para ficar sozinho. O que devo fazer?

Sem uma bebida, ele pensou. *O que faço em uma festa se não posso beber?*

— Você vai ficar bem — Eva reassegurou. — É só parecer melancólico e enigmático.

— Ou contar alguma história pessoal que gere identificação — sugeriu Cece.

Shane mordeu o lábio inferior.

— Tipo aquela vez que vi um cara morto ressuscitar? Eu costumava dirigir carros fúnebres e, certa vez, um cadáver se sentou do nada. Abriu o caixão com tudo. Juro, eu gritei até ficar sem voz. Descobri depois que ele tinha uma doença degenerativa na coluna que fazia o corpo se dobrar todo. O agente funerário tinha esquecido de amarrá-lo em uma tala. Sabe, pra deixar a coluna reta.

Eva e Cece pareciam devastadas.

— Melhor não falar nada — aconselhou Eva. — Finja que está ao telefone.

Cece a levou para longe. E Shane ficou sozinho.

Do outro lado da festa, a emoção da fuga deixara Audre tonta. Ela caminhou até o bar e pediu com confiança uma Sprite com granadina. Isso parecia mais sofisticado do que pedir um Shirley Temple.

Examinou o lugar. Achava que ficaria bem, contanto que evitasse encontrar a mãe, a tia Cece e a tia Belinda, que a mandariam de volta para baixo. No segundo em que entrou na multidão, a versão explícita de "Talk" de Khalid começou a tocar, e parecia sua própria música tema. Foi um desafio verdadeiro não dançar. Mas ela tinha que parecer madura. Seus coques duplos não eram de grande ajuda, mas tudo bem.

Enquanto Audre se esgueirava pela multidão, escutava com entusiasmo as conversas alheias (um passatempo subestimado, ela pensou).

Aquela festa realmente não era tão diferente dos bar e bat mitzvahs aos quais fora durante todo o ano. Observando a multidão, ela podia identificar as mulheres legais, as fingidas, os caras sedentos, os gostosões e os novatos. Perguntou-se em que grupo a mãe se encaixaria. E também *onde* estaria a mãe.

Atrás dela, Audre ouviu um trecho de uma conversa.

— Ugh, por que eu deixo ele me atingir assim? — disse chorando uma voz aguda.

— Porque você é de câncer, mana. Você é sensível e generosa. Mas você precisa proteger o *seu* brilho. Ativar a *sua* divindade. E controlar o que você deixa te afetar. — Houve uma pausa para ênfase. — Agora, se você me der licença, preciso ir pra casa alimentar meus gatinhos, Crescimento e Metamorfose.

Audre não precisou se virar para saber que era tia Belinda. Baixando a cabeça, ela correu ao longo do perímetro da festa e acabou nas portas de correr que se abriam para o terraço. Era o lugar preferido de Audre no apartamento. Com seu toque moderno e tropical — móveis brancos, fogueira elegante, vegetação exuberante —, parecia o quintal de uma *villa* argentina. Quando Audre era pequena, costumava ficar no terraço com o roupão felpudo de Cece por horas. Fingia ser uma estrela pop internacional de férias em um hotel chique depois de ter acabado de fazer uma extenuante turnê mundial. Era uma brincadeira bastante envolvente. Tomava um chá de menta invisível para acalmar as cordas vocais sobrecarregadas. Aconchegava-se com sua cadelinha invisível, Tiana. E perguntava repetidas vezes à sua assistente invisível, Bathsheba, se fora buscar a roupa lavada a seco e se agendara a depilação de sobrancelhas. Agora que pensava a respeito, percebeu que não dava um minuto de descanso.

Perdida nas lembranças da infância, Audre virou em uma esquina perto de um enorme arranjo de lírios-da-paz. Assustada, ela soltou um gritinho. Porque não estava, de fato, sozinha como pensava. Ali estava Shane, relaxando em uma enorme chaise branca.

— Oi, senhor Hall! — Então viu o celular em sua orelha. — Ah! Desculpa.

— Não, não, estou fingindo que estou em uma ligação — ele admitiu com uma risada envergonhada. Sorrindo, ele se levantou e a abraçou com um braço só.

— Por quê?

— Antissocial — disse ele, como se pedisse desculpas.

— Ah. Melhor eu ir, então? — Antes que ele pudesse responder, ela se sentou na chaise, enfiando um tornozelo embaixo da coxa.

— Não, fique! — Shane colocou o celular no bolso. Enquanto o fazia, o celular apitou. Ele ignorou. — Gosto muito de falar com você.

— Sobre o que podemos falar?

— Não sei. Não sou bom em conversa-fiada de pessoas normais. Eu sempre quero falar de coisas estranhas. Começar uma conversa sobre teorias da conspiração totalmente infundadas. Espaços liminares. Dermoides.

— Os músculos dos ombros?

— Não, esses são os deltoides — explicou Shane, tomando um gole de água com gás. — O cisto dermoide é um fenômeno da medicina. Às vezes, um embrião come seu irmão gêmeo no primeiro trimestre. Depois que nasce, crescem cistos dermoides, ou pedaços do outro bebê, em locais inconvenientes. Unhas, sobrancelhas. Dentes.

Aterrorizada, Audre levou a mão à boca.

— Imagina viver sua vida inteira com um olho piscando no seu fígado — ele disse, encantado com o público cativo.

— Você tem um cisto dermoide, senhor Hall?

— Não — falou ele, triste.

— Em situações sociais, meu impulso não é falar de coisas estranhas. É me aprofundar. Tipo, oi, eu sou a Audre e gostaria de perguntar a você sobre religião, banimento de pessoas trans do serviço militar, pessoas em situação de rua, ajoelhar-se durante o hino...

Shane ficou maravilhado.

— Tá. Vamos fazer isso.

— Isso! — Ela socou o ar. — Religião?

— Tudo bem, religião. Hum. Acho que é como fogo. Em boas mãos, o fogo pode ser usado para coisas positivas, como manter você aquecido. Assar marshmellows. Mas nas mãos de pessoas ruins, pode queimar uma bruxa na fogueira. Linchar um corpo negro. — Ele deu de ombros. — Quando usada para o bem, a religião é legal.

— Bem colocado. Proibição trans?

— Uma barbaridade.

— Pessoas em situação de rua?

— Já fui uma. Não faço ideia de como consertar esse problema.

— Justo. Você reconhece o hino nacional?

— Como o que, um golpe de marketing? — Shane balançou a cabeça. — Miles Davis disse que existem duas linhas de pensamento: a verdade e as baboseiras dos brancos. O hino nacional é uma baboseira dos brancos.

— Uau, tudo bem. *Retuitar.* Você passou.

O celular de Shane tocou no bolso pela quinta vez. Com um rápido pedido de desculpas a Audre, ele verificou o registro de chamadas. Era Ty, ligando para ele sem parar — o que parecia um pouco demais, considerando que eles haviam acabado de conversar naquela manhã (mais uma longa e frustrante discussão sobre a hipotética carreira de rapper de Ty).

Eu te ligo depois, Shane escreveu.

— Senhor Hall, qual é a fonte da sua ansiedade social? Esta festa está cheia de escritores. Gente como você.

— É o que parece, né? Mas a verdade é que todos eles me conhecem, mas eu não conheço nenhum *deles*. Ou já encontrei antes e não me lembro. Muito tempos atrás, eu costumava... — Shane parou, sabendo que não podia contar para Audre que passara grande parte dos últimos quinze anos tão bêbado que se esquecera de tudo. — Minha memória não é das melhores. Então nunca sei direito quem já conheci. É desorientador.

— Fascinante. Preciso de um exemplo.

Shane pensou a respeito, estreitando os olhos e acariciando o queixo.

— Tem um cara ali que se chama Khalil, e ele me odeia. Não faço ideia do motivo.

— Você não lembra de nenhum detalhe?

— De coração, eu nem me lembro de ter falado com esse cara alguma vez na vida. Ele é o equivalente humano de um spam no e-mail — falou com desgosto. — Mas devo ter feito alguma coisa. Quem sabe? Eu era um babaca.

— Olha, eu estudo no Cheshire — disse Audre. — Socialização de adultos não pode ser mais difícil do que a de alunos do sétimo ano. Não é difícil fazer amigos. É só ouvir ativamente. Se você ouvir com atenção o suficiente, as pessoas vão dizer o que precisam de você. E se você der o que querem, terá um amigo para a vida inteira.

Shane não pôde deixar de rir da sabedoria daquela menina.

— Você é terrivelmente esperta.

— Eu sei. — Audre sorriu, as covinhas aparecendo como as de Eva. Com um suspiro indulgente, ela se deitou nas almofadas, olhando para o quintal cheio de plantas além do terraço. — É um fardo, para ser sincera.

— Você já decifrou todos nós, não? É como se você fosse o suporte emocional do mundo.

— Eu devia patentear isso.

— Mas você tem uma amiga que seja seu suporte emocional? Suas amigas são boas ouvintes, como você?

Ela pensou em Parsley, tão obcecada com ela mesma, e quase gargalhou.

— Nããão. Amo minhas amigas, não me entenda mal. Mas a escola é tão trágica. Fazer FaceTime com meninos nas festas do pijama, fumar cigarros eletrônicos em festivais, é tudo pura bobagem. Minhas amigas são bobas. Mas eu não. Tenho quase certeza de que eu deveria ser uma adulta.

— A vida adulta é uma mentira, Audre. Somos só crianças grandes.

— Ah, eu sei disso. Estou empolgada para fazer do jeito *certo*. Melhor do que todos vocês.

Ele olhou para Audre, uma menina magra, toda membros e olhos e cérebro, e assentiu.

— Sabe do que mais? Eu acredito que você vai mesmo.

Shane ergueu seu copo de água com gás e Audre brindou com seu Shirley Temple. Ambos ficaram sentados por alguns instantes, apreciando o ar ameno e a visão pacífica do balcão de Cece. Ela poderia ver o horizonte do centro de Manhattan à distância se não fosse as duas pequenas magnólias entrelaçadas brotando na selva que era o quintal de Cece, seus galhos se estendendo até o terraço.

— Mamãe é meu suporte emocional — admitiu Audre. — Ela é a minha pessoa.

Shane sorriu discretamente.

— Almas gêmeas.

Abruptamente, Audre virou todo o corpo para enfrentar Shane.

— Você e minha mãe não são só amigos, senhor Hall.

— O quê? Somos, sim.

— Pare com isso, não sou uma criança.

— Mas você é uma criança.

— Só cronologicamente. — Sentindo-se insultada, ela cruzou os braços. — Você vai ser legal com ela?

— Legal?

Audre olhou para o lado, na direção das portas corrediças. Shane seguiu seu olhar. Nenhum sinal de Eva, então podiam ser sinceros.

— Seja legal com ela — disse, baixo e rápido. — Minha mãe não costuma expressar o que sente, mas seus pensamentos são muito altos. Eu sei que ela tem estado assustada e solitária. Ela tem um problema, mas você provavelmente sabe disso. É uma coisa de pressão barométrica. Quando chove ou neva ou fica muito quente ou muito frio muito rápido, ela sente dor. Mas álcool, estresse, barulhos altos e cheiros estranhos também causam isso. Você tem que aprender esses gatilhos. E, por favor, tenha paciência. Às vezes ela tem que ficar deitada por muito tempo. Você pode se sentir entediado, solitário ou até mesmo rejeitado, mas ela não consegue evitar. — Audre pôs a mão no ombro de Shane. — Mamãe se sente culpada por ser quem é. Faça com que ela se sinta feliz com ela mesma.

Shane assentiu, mas manteve a boca fechada. Estava sem palavras.

— Ela pode não conseguir passar batom direito, porque as mãos tremem de tanta dor — revelou Audre. — Mas passou hoje, por você.

— Estou prestando atenção — Shane conseguiu dizer, hesitante. — Entendi.

— Está chorando, senhor Hall?

— Não — disse ele, fechando os olhos com força. Não derramava uma lágrima desde aquela manhã na cidade de Washington, mil junhos antes.

Achava que tinha esquecido como chorar. — Não, não estou chorando. Estou chorando pra caralho.

— Ugh, eu tenho esse efeito nas pessoas. Mas não tem problema chorar — disse ela, entregando-lhe o guardanapo que viera com sua bebida. — Desestigmatizar a vulnerabilidade masculina é o primeiro passo para reconstruir a ruína absoluta a que os homens heterossexuais reduziram o mundo.

— Isso é tão inapropriado. Peço desculpas. — Expirando forte, Shane passou a mão pelo rosto. Meu Deus, aquela garota era uma ninja dos sentimentos. — Não se preocupe, vou ser legal com ela.

— Você tem que prometer.

Em teoria, ele sabia que fazer promessas a crianças era uma coisa perigosa. Quebrá-las era destruir a rede de segurança delas. Mas prometeu de todo modo, porque *sabia* que manteria sua palavra. De que adiantava o cansativo trabalho de se manter sóbrio se ele também não se tornasse confiável? Shane era um pai/ tio/ tutor postiço para dezenas de crianças perdidas, e jurou a todas elas que estaria a uma ligação do FaceTime, a uma mensagem de texto ou até mesmo a um voo de distância. E estava.

Não era fácil. Estar permanentemente de plantão para uma equipe de delinquentes espalhados pelos Estados Unidos era estressante demais. E consumia todo o seu tempo. Ty ligava para Shane toda vez que atingia uma pontuação alta no *Roblox*. Shane não fazia ideia do que era *Roblox*, mas se isso mantivesse Ty fora das ruas, então que bom. Shane era responsável por ele. Fizera uma promessa e apostara tudo nela.

— Eu prometo — disse em definitivo. — Posso ser sincero? Esperei muito tempo para fazer sua mãe feliz. Quinze anos pareciam trinta.

— Bom, *dãã*, por que você não procurou ela antes?

— Estava com medo.

— E agora?

— Ainda estou com medo. Mas não me importo mais.

— Você teve muitas namoradas?

— Algumas. Nenhuma como a sua mãe — disse ele. — E, ao que tudo indica, isso era um grande problema para mim.

— Senhor Hall, vou te fazer um convite — Audre anunciou grandiosamente. Ela parecia muito com Cece. — Amanhã, vou pegar um avião para Papaifórnia.

Ele a olhou inexpressivamente.

— A casa do meu pai. Na Califórnia. Eu e mamãe sempre fazemos um brunch no Ladurée antes do meu voo. Quer vir? Fazemos tudo de um jeito muito chique. Tem que usar roupas boas.

Shane recuou, um pouco surpreso.

— Sim? Mas isso para uma coisa especial entre você e sua mãe.

— É mesmo. Mas você também é.

— Você acha que sou especial? — O rosto de Shane ficou quente, um formigamento se espalhando por ele. Suas mãos tremiam. O que diabos estava acontecendo?

Essa é a sensação de ter uma família, pensou. De aceitação total, de pertencer às pessoas. Uma conexão que ofuscava tudo. Shane não sentia isso desde seus pais adotivos — havia tanto tempo que decidira que não merecia.

Então, esperava nunca mais sentir isso.

— É, você é especial. Pode dizer que eu disse isso. — Audre lhe deu um soquinho. — Aliás, você não é antissocial. Você falou comigo.

— Eu disse que não podia falar com pessoas normais. Você não é normal.

— Nós somos a equipe anormal — ela riu.

Shane se lembrou de quando dissera aquilo a Eva certa vez. *Você não é normal.* Agora, como então, era dado e recebido como um elogio. Mãe e filha se espelhavam da maneira mais marcante.

───

A mais de trezentos quilômetros de distância, em Providence, Rhode Island, Ty Boyle, treze anos, estava assustado. Ele era um cara grande, então esse sentimento geralmente não era parte de sua linguagem emocional. Mas era naquele instante, e a única pessoa para quem teria admitido estava ignorando suas ligações. Talvez ele não o estivesse ignorando. O senhor Hall não faria isso. Talvez ele estivesse apenas ocupado.

Ty estava do lado de fora de uma velha casa de madeira abandonada em Elmwood. Apesar de o senhor Hall o ter proibido, ele concordou em se encontrar com o namorado da irmã, Princess, amplamente conhecido como Other Mike, O-Mike para encurtar, em seu estúdio de gravação alugado. Aquilo não parecia um estúdio. Parecia a casa mal-assombrada na Neibolt Street de *It: A Coisa*.

Para um bairro turbulento, sobretudo no início do verão, o quarteirão estava estranhamente silencioso. Por que não havia ninguém ali fora? Ty checou a hora no celular. Eram duas e meia da tarde e O-Mike deveria encontrá-lo às duas. Ty arranjou duzentos dólares para alugar o espaço, então O-Mike iria deixá-lo gravar uma faixa. O senhor Hall não lhe dera o dinheiro, então sua nova quase namorada emprestou para ele. Ela trabalhava como caixa na loja de roupas Old Navy depois da escola e poderia recuperar o dinheiro em uma semana.

Havia dois dias que Ty vinha escrevendo suas rimas e se sentiu confiante o suficiente para mostrar algumas para ela. Ela gostou das rimas. Gostava dele.

Encostou-se na varanda imunda e enfiou a mão no bolso da calça jeans, onde estava enrolado o caderno com suas composições. Passou os dedos pela capa para acalmar os nervos.

O senhor Hall disse que não era uma boa ideia. Ele relembrou que Princess era uma drogada e uma mentirosa, e era provável que O-Mike também fosse. Mas Ty não era idiota. Pensando na remota chance de O-Mike tentar enganá-lo, Ty trouxera um revólver calibre 38. Estava no outro bolso da calça.

O-Mike só apareceu às três da tarde. Mas saiu pela porta da frente. Seguido por uma nuvem de fumaça.

— Onde você esteve? — O-Mike era um cara muito baixo e muito magro, cerca de dez anos mais velho que Ty, mas parecia ter quarenta. Quarenta e *muitos*. Lábios pretos, articulações acinzentadas, olhos vermelhos e jeans com buracos que que não estavam ali quando foi comprado.

— Bem aqui — disse Ty. — Estava esperando você.

— Negão, eu tava aqui o tempo todo. — O-Mike explodiu em uma gargalhada selvagem. Então olhou por cima do ombro, para dentro da casa. Ty pensou ter ouvido uma voz vinda lá de dentro, em meio à escuridão.

Deve ser o produtor dele, Ty pensou.

O-Mike coçou debaixo do braço e acenou para Ty.

— Você trouxe meu papel?

— É, eu trouxe. — Ty alternava o peso do corpo de um pé para o outro. O dinheiro estava enfiado no bolso com seu caderno. Mas aquilo não parecia certo. O-Mike parecia nervoso e desesperado.

Ty precisava manter o foco. O rap o tiraria de Providence. Rap era o plano. *Foco.*

— Onde fica o estúdio? — perguntou Ty.

— Me dê o papel — disse ele, fungando. — E eu te mostro.

— A Princess está aí?

— Não. — Ele se aproximou de Ty. Cheirava a maconha, cigarro e algo azedo.

Aquilo parecia errado. E ele estava sozinho. Por alguns instantes em que mal conseguiu respirar, Ty pensou em correr. O-Mike tinha um cara com ele. Ao menos um, mas podia ter mais dentro da casa.

Com a mão no bolso, Ty apertou o botão do contato de emergência no celular.

Senhor Hall, ele pensou, descontrolado. *Atenda.*

· 24 ·

História fabulosa

De volta à festa de Cece, em uma área relativamente quieta perto do enorme piano do avô de Ken, Eva estava conhecendo pessoas novas.

— Estou tão *empolgada* por vocês duas finalmente estarem no mesmo ambiente — entusiasmou-se Cece, pondo as mãos embaixo do queixo. — Jenna Jones, conheça Eva Mercy, estimada autora de *Amaldiçoada*. Eva Mercy, conheça Jenna Jones, editora de moda e apresentadora de *A escolha perfeita*.

Eva esticou a mão para apertar a de Jenna, mas a linda mulher de batom escarlate disse "gosto de abraçar!" e a apertou contra os peitos. Ela tinha um cheiro fantástico, uma mistura de perfume caro e óleo de coco.

Com um vestido longo de mangas compridas com estampa de caxemira e decote até o umbigo (Dior vintage) e brincos de pedraria tão grandes que encostavam nos ombros (mercado de rua de Nairóbi), Jenna irradiava uma forte energia de moda excêntrica.

— Ah! Eu assisti a sua websérie! — Eva arfou ao reconhecê-la. — Aquela em que os convidados fazem a peça de moda dos sonhos e você faz parceria com varejistas para vendê-la.

— Sou eu. — Ela sorriu com charme. — Desculpe, posso perguntar onde você conseguiu esse anel camafeu? Estou olhando desde que estava ali do outro lado. Ele é lindo.

Eva ergueu a mão e as três mulheres olharam para seu anel oval enferrujado com entalhes, mas impressionante.

— É um antigo anel vintage da minha mãe. Mas parece até que foi feito pra mim.

— É vintage de verdade. — Jenna virou a mão de Eva para a esquerda e para a direita. — A julgar pelo acabamento, tem mais de cem anos. Aposto que tem uma história fabulosa por trás dele.

Cece pegou uma taça de vinho da bandeja que um garçom carregava, as engrenagens em seu cérebro funcionando.

— Eva, como vai o filme? — perguntou ela suavemente. — Se você ainda não contratou um estilista para fazer o figurino, vocês duas deviam fazer isso acontecer.

Eva e Jenna suspiraram uma para a outra. Cece se sentia como se estivesse flutuando. *Conexão feita com sucesso.*

— Que filme? — perguntou um cara jovem e bonito que se materializou ao lado de Jenna. Ele se parecia tanto com Michael B. Jordan que era quase um crime.

Estendeu a mão para cumprimentar Eva.

— Sou o marido da Jenna, Eric.

— Eva, conte a ele sobre o seu filme! — A expressão de Cece era tão sorrateira que ela poderia muito bem ter esfregado uma mão na outra e gargalhado. — O Eric é um diretor indicado ao Globo de Ouro e queridinho de Sundance. Eu, hã, ouvi dizer que você está procurando um novo diretor?

O queixo de Eva caiu.

— Dispense a Dani Acosta — Cece sussurrou em seu ouvido. — Ele é o seu cara.

Com isso, seu trabalho estava feito. Cece correu para garantir que a cozinha parasse logo de servir os aperitivos. Já passava das cinco da tarde e todos estavam bebendo havia horas. Se ela não tirasse aqueles negros de sua casa logo, começariam a jogar toda a merda no ventilador.

Jenna e Eric olhavam para Eva com expectativa.

— Meu filme! Tá. — Ela limpou a garganta, estranhamente nervosa. — Bom, eu escrevo uma série sobre uma bruxa e um vampiro. Uma produtora, Sidney Grace, comprou os direitos do filme. E ela é fantástica. Mas nossa diretora quer que os personagens sejam brancos, para que o filme seja mais popular. É bem triste, na verdade. Mas fazer o que, isso é o show business. — Eva mexeu as mãos, tentando fazer do revés de sua carreira uma pequena piada.

— Que coisa horrível! — exclamou Jenna.

Eric balançou a cabeça com veemência.

— Não. Não. Inaceitável. Você escreveu o roteiro?

— Escrevi, cerca de um ano atrás.

— Bom. Isso te dá mais poder do que você pensa que tem. — Eric pegou o celular e começou a navegar por seus contatos. — Eu e a Sidney nos conhecemos há muito tempo. Estou prestes a enviar uma mensagem para ela.

— Calma, por quê?

— Porque eu vou dirigir o seu *filme*, mulher — disse ele com um sorriso radiante. — Estou em transição de carreira. Ser dono de casa é difícil; preciso voltar a trabalhar.

— Nosso filho é lindo, mas um terror — lamentou Jenna, como explicação.

— E eu sou um nerd de ficção científica — explicou ele. — Vamos fazer isso. Vamos fazer uma fantasia negra.

— Vamos. Fazer. Isso.

Eva batia palmas a cada palavra que dizia, explodindo de entusiasmo criativo.

Só então Jenna agarrou o braço de Eric e apontou para o outro lado da sala.

— Amor, estou alucinando ou acabei de ver o Otis correndo por aqui? As crianças não estão todas lá embaixo?

— Eles têm uma babá — falou Eva, tentando passar segurança. — Minha filha também está ajudando. Ela tem doze anos e é muito responsável.

— Ah, merda — reclamou Eric. — Não, é ele. Mexendo na bolsa de uma mulher. Preciso correr, nos falamos depois... — E saiu apressado.

Jenna cobriu os olhos com a mão, em completa exaustão maternal.

— Eu sabia que não seria bom trazer o Otis. Meu filho está lá roubando uma ganhadora do Tony.

Na verdade, pensou Eva, ajustando os óculos, *agora ele está mostrando a bunda para ela.*

— Você disse que sua filha tem doze anos? É ela ali no terraço com... calma, aquele ali é Shane Hall? Tipo, o autor de *Oito*?

Eva ficou na ponta dos pés e, acima da multidão, viu Audre e Shane encostados na grade, de costas para a festa — claramente em uma conversa profunda. Ela sussurrou alguma coisa para ele, e ele soltou uma gargalhada de sacudir os ombros e enrugar os olhos.

E pela terceira vez naquela semana, ela disse:

— Meu Deus, Audre.

— Ora, ora, ora — começou Eva, batendo no ombro de Audre e Shane. Os dois se viraram com a mesma cara, que dizia *ai, merda*.

— Opa! — disse Shane.

— Oi! — disse Audre.

— Audre, o que você está fazendo aqui? Você devia estar lá embaixo, ajudando a cuidar das crianças. Agora tem um garotinho aqui correndo pelado. Essa é uma festa para adultos. Você só tinha uma coisa pra fazer!

— É, aquele é o Otis — disse Shane. — A Audre me contou sobre ele. Um terror.

Audre lançou à mãe um sorriso brilhante cheio de ferros do aparelho fixo.

Eva queria ficar irritada. Mas ela não pôde deixar de ficar feliz — e emocionada — ao ver Shane e Audre criando laços. E sem ela, além do mais. Sobre o que poderiam estar falando?

Talvez fosse melhor que ela não soubesse.

— Mãe, adivinha? Convidei o Shane para nosso brunch amanhã.

Aquilo era de fato uma surpresa. A peregrinação anual que faziam juntas ao Ladurée era como um ritual sagrado. Eva chegava a reservar certo tempo para trançar cuidadosamente o cabelo de Audre em uma maravilhosa coroa. Ela até colocava pó bronzeador da Fenty!

Aquela era uma quebra surpreendente na tradição.

Nenhum amigo jamais havia ido com elas. Nenhuma tia. Nenhum homem. Audre ansiava por aquele momento chique e privado com a mãe o ano todo. Eva nunca pensou que veria o dia em que Audre estenderia um convite a alguém, ainda mais a um cara que conhecia fazia apenas dois dias. Um cara que a havia interrogado sem dó na cozinha de casa.

— Você tem certeza disso, querida? — perguntou Eva hesitante.

— Eu quero que ele vá — disse Audre, com um brilho misterioso nos olhos. — E *sei* que você também quer.

Eva nunca havia pensado em como seria convidá-lo para o mundo delas. Na logística de realmente fundir a vida deles. Mas, sim, ela o queria lá. Tomada de repente por uma onda de timidez, ela olhou nos olhos de Shane, mordeu o lábio e olhou para os próprios pés. Shane era pura confusão — estalando os dedos, retesando o maxilar.

Audre assistiu a essa dança desajeitada com irritação. Se ela não soubesse que estavam apaixonados, ou seja lá o que fosse, teria achado que eram loucos.

— Shane?

— Oi?

— Você quer mesmo vir? Não precisa se não quiser, você sabe.

Eva estava lhe dando uma forma de escapar. Talvez tudo estivesse acontecendo rápido demais. Parecia ser só um brunch, mas não era. Era um compromisso. E ela não queria pressioná-lo a desempenhar um papel para o qual não estava preparado.

Ao longo dos anos, Eva se policiava para não esperar nada de ninguém, especialmente dos homens. Nem mesmo pedir ou querer. Mas aquilo? Aquilo ela queria.

Não quero, ela pensou. *Preciso*.

— Você pode dizer não — disse ela.

— Está falando sério? Eu nem saberia como dizer não para vocês duas.

— Mesmo?

O rosto de Shane se dividiu em um sorriso irresistivelmente luminoso.

— Ladurée, por minha conta.

E Eva parecia tão feliz que Audre fez o que todo adolescente da geração z era ensinado a fazer em momentos memoráveis. Ela tirou uma foto. (No modo retrato.) Sem avisar, juntou os dois para que ficassem lado a lado. Então, recuou e apontou o celular.

— Isso é importante, vocês se reunirem assim. Sua turma do ensino médio tem um grupo no Facebook? Vocês têm que postar essa foto.

— Não — gritaram Eva e Shane ao mesmo tempo.

— Espere, aquelas duas árvores atrás estão fazendo uma sombra estranha. Os galhos estão todos emaranhados. — Audre pediu com a mão que fossem para a direita.

Eles foram. Então Shane passou o braço pelos ombros de Eva, Eva passou a mão pela cintura dele e eles sorriram.

— Sabe o que eu li? — perguntou Eva por trás do sorriso para a foto. — Os galhos de uma árvore crescem até tocarem nos galhos da árvore mais próxima. E eles ficam conectados para sempre. Porque, se ficarem bem próximas, as raízes passam a crescer juntas. Estão tão entrelaçadas embaixo que, independentemente do que acontecer acima do solo, estarão conectadas.

Shane a apertou um pouco para mais perto dele. Em voz baixa, ele perguntou:

— Você acha que nossas raízes estão conectadas?

— Mais que conectadas — disse ela.

Audre, vendo que sussurravam entre si, riu com gosto.

— *Credo.* Desculpa. Não, é bem fofo. Eu vou me acostumar com isso... tudo bem.

Shane se sentia ao mesmo tempo aterrado e leve como o ar.

A sensação de ter uma família.

No fundo do bolso, o celular continuava a tocar, ignorado. Ele estava feliz demais para lidar com aquilo.

DOMINGO

· 25 ·

O DNA não falha

O Ladurée da West Broadway era o lugar adequado no Soho para um dos salões de chá de estilo parisiense mais antigos e pretensiosos. E era uma *experiência à parte*. Conhecido pela confeitaria e pelos macarons, o restaurante era uma sucessão de adoráveis salões enfeitados com seda, cada um mais fofinho e aconchegante que o outro. Eva e Audre sempre faziam reservas no Salão Pompadour, uma sala de estar com sofás confortáveis em forma de U e lustres dourados cintilantes pendurados no teto azul-celeste.

Parecia que estavam visitando Versalhes. E, com suas roupas cuidadosamente escolhidas, elas também pareciam princesas parisienses. Princesas molecas. Audre estava arrasando com a coroa de tranças e um vestido de verão com estampa de cravos e que deixava os ombros de fora (com Doc Martens). E Eva se sentia incrivelmente romântica em um vestido frente única preto (com tênis Converse Comme des Garçons).

Havia uma coisa muito refinada em se estufar de tortas e bacon vestidas como influenciadoras. O brunch delas era sempre um evento. Mas, com um convidado para lá de especial, o dia ganhara mais brilho.

Eva se sentia tão leve e inebriada que estava quase levitando. Por causa de Shane, é claro, mas também por causa da injeção emergencial de remédios para a dor que administrara naquela manhã. Chovera a noite inteira e ela, acordada, arfava em agonia. A dor não combinava com seu vestido. Louvados sejam os ursinhos de goma e as seringas de remédios.

Eva e Audre chegaram um pouco mais cedo. Shane ainda não estava ali, o que era perfeito. Usando suas habilidades de caligrafia, Audre fez, com todo o cuidado, cartões com nomes e menus de preço fixo para cada um deles. Era uma surpresa, o toque perfeito para o que seria um brunch perfeito.

Elas conversavam enquanto esperavam.

— ... e a Ophelia continua me implorando pra ir para o acampamento com ela, mas eu não quero mesmo. Por que as pessoas acampam? Para começar, não gosto da ideia de dormir do lado de fora.

— Sabe, eu também não vejo graça. — Eva odiava acampar e suspeitava de que Audre a tivesse ouvido dizer aquilo antes. Por um segundo, foi dominada pela culpa por sentir que desencorajava a filha a tentar coisas novas.

Que se foda, ela pensou.

— Acampar é uma coisa arrogante — articulou Eva. — A floresta está repleta de animais selvagens não domesticados vivendo felizes e em paz. Como ousamos supor que somos bem-vindos à casa deles? É como se um urso invadisse nosso apartamento e dissesse: "Vai ser uma experiência muito divertida morar aqui por uma semana".

— A Ophelia disse que eu estava sendo burguesa — contou Audre, examinando o menu elaborado. — Devo pedir batatas trufadas?

— Burguesa? Os pais da Ophelia são multimilionários! — Ela mordiscou uma madeleine. — Os ricos do Brooklyn sempre querem que você pense que eles passam dificuldades. A família da Ophelia tem um Ford Focus ano 2001.

— Que estacionam na mansão em Bridgehampton! Eu sei, a *ironia*! — Audre deu uma risadinha, adorando a sessão de fofocas de adultos com a mãe.

— E, sim, pegue as batatas trufadas — Eva anunciou com supremo refinamento. — Você merece depois de ficar em primeiro lugar na competição de arte.

Eva estava muito orgulhosa de seu bebê. O retrato de Lizette que Audre fizera ganhara o maior prêmio do ano, entre todos os alunos da escola secundária, do sétimo até o terceiro ano do ensino médio. O que significava que ela conseguira um estágio no Museu do Brooklyn no ano letivo seguinte.

— Você achou mesmo que ficou bom? — Audre parecia estranhamente tímida.

— Estava de tirar o fôlego, filha — elogiou Eva, com os olhos cheios de lágrimas. — Sei que passamos por momentos difíceis esta semana. Mas você sabe que eu te amo mais que tudo, certo? Sempre terei orgulho de você. Você é minha melhor coisa.

— Mamãe! Não consigo ficar sentimental de estômago vazio. — Audre escondeu o rosto atrás do guardanapo de linho. — Mas eu também te amo. Agora, o que você vai pedir?

— Os bolinhos de siri, para começar. Quando o Shane chegar, pedimos as entradas.

Na verdade, é melhor não pegar bolinhos de siri, ela pensou. *Preciso caber em um minivestido de couro para o prêmio Littie.* A cerimônia de premiação aconteceria mais tarde naquele mesmo dia, nove horas da noite — e seu vestido era bastante apertado.

Eva nunca diria isso em voz alta para Audre. Mau exemplo de autoimagem.

Soprando o chá de lavanda, Eva analisou o cardápio mais uma vez. Então ouviu o sino da porta da frente tocar. Shane!

Ela ergueu a cabeça tão rápido que os óculos pularam no nariz. Não era ele, mas um casal de idosos com aparência de turista.

Aquilo era ridículo. Tinha que se acalmar; estava *suando*. E ficava checando o cabelo no reflexo da colher (estava arrumado em um coque chique no topo da cabeça). Que coisa ridícula. Shane a tinha visto em diversos estados de nudez várias vezes ao longo da semana anterior. Por que estava agindo como uma solteirona nervosa antes de seu primeiro encontro?

Ela precisava relaxar. E assim o faria, quando visse Shane. Faltavam apenas cinco minutos para o horário da reserva, às dez da manhã; em breve ele chegaria.

Enquanto isso, Audre estava mexendo no celular, procurando contas de fofocas no Instagram.

— Mãe, se você pudesse namorar qualquer homem em Hollywood, quem seria?

— De hoje ou de épocas anteriores? — Eva pegou outra madeleine da cesta e comeu.

— De hoje — disse Audre.

— Hum. O Lakeith Stanfield. E, honestamente, eu escolheria qualquer Hemsworth.

Com uma rajada de ar quente, a porta do salão se abriu mais uma vez. Eva olhou para a frente ansiosa. Não era Shane, apenas uma modelo e seu cachorrinho. E seu estômago afundou, só um pouco.

— E você? — Despreocupadamente, Eva verificou a hora no celular: 10h13.

— O Nick Jonas — respondeu Audre. — Mas ele está comprometido.

— E é baixinho. Como ia conseguir alcançar você?

Uma garçonete magra e muito perfumada apareceu para anotar os pedidos de aperitivos. Incapaz de se conter, Eva checou o celular. Mas não tinha notícias de Shane. Era definitivamente estranho. Nos últimos três dias, eles trocaram mensagens o tempo inteiro. Mas, hoje, nada.

De qualquer forma, mandou uma mensagem para ele.

EVA
Estamos guardando um lugar com seu nome nele.
Literalmente! Mal posso esperar pra te ver.

Às 10h40, ela ainda não tinha notícias dele. E não conseguia imaginar por quê. Não havia como ele ter esquecido — não depois de prometer a Audre. E a ela. Esfregando a têmpora, lembrou-se de respirar direito. Ficaria tudo bem. Ele apareceria.

— Já volto, querida — disse ela a Audre, afastando-se da mesa. — Vou dar uma passadinha no banheiro.

Quando estava fora do campo de visão de Audre, caminhou rapidamente até a mesa da recepção.

— Oi, você recebeu uma mensagem de Shane Hall? — ela perguntou à recepcionista, uma linda garota que parecia um elfo com um corte de cabelo curto e capri de cintura alta. — Ele vai me encontrar aqui. Tínhamos uma reserva às dez. Será que veio mais cedo? Talvez tenha confundido o horário.

Ela pegou o livro de registros todo rabiscado a lápis e verificou linha por linha.

— Não, nenhum Shane Hall apareceu esta manhã.

— Ah — disse ela, seu coração afundando.

— Mas tente ligar para ele. Isso acontece o tempo todo. Sabe como é, temos três estabelecimentos em Manhattan. Um na Madison e outro na 59. Será que ele não confundiu o local?

Eva quase deu um tapa na testa. Sentiu-se bem burra. Claro que foi isso. Não era de admirar! Se pessoas nascidas e criadas em Nova York confundiam a localização dos restaurantes o tempo todo, ele, que era novo ali, também poderia fazer isso.

E sendo sincera, o Ladurée da Madison Avenue é melhor, pensou, com intenso alívio. *Ele deve estar lá. Nós devíamos ter ido lá.*

Eva agradeceu à recepcionista e mandou uma mensagem para Shane com o endereço correto para se certificar. Depois de esperar exatamente quarenta segundos sem obter resposta, ligou para ele, mas caiu direto na caixa postal. Sentindo-se mais patética a cada minuto, Eva ligou para todos os outros restaurantes Ladurée, tentando encontrá-lo.

Nada.

Com o coração batendo forte e a palma das mãos úmida, Eva voltou ao Salão Pompadour e sentou-se. Eram onze horas.

— Onde está o senhor Hall?

— O Shane? — Eva sorriu brilhantemente. E inventou uma mentira na hora. — Eu esqueci de te contar. Esta manhã, ele mandou mensagem dizendo que estava muito feliz com o convite, mas tinha se esquecido de que tinha agendado uma entrega da IKEA pra hoje. Você sabe que os horários deles são malucos, tipo, das seis da manhã às três da tarde. Pode ser que ele se atrase.

— Ah, não! Que droga. Mas foi um convite de última hora. Espero que ele possa vir, gosto muito dele.

Eva engoliu o nó na garganta.

— Eu também.

— Ele também gosta de você — disse Audre em voz baixa. — Por que estou sussurrando? Isso é estranho. Você, com um namorado!

— Audre, você é tão dramática. Ele não é meu namorado.

— Tá, tudo bem. Aliás, você está suando tanto que seu delineador está saindo.

Eva jogou o guardanapo em Audre, que riu.

— Está animada para ver o papai? — perguntou Eva, mudando de assunto.

— Estou, sinto falta dele! É revigorante estar perto de alguém mil por cento não sarcástico.

— Ele se diverte tanto com qualquer coisa.

— E o papai me disse que a Athena abriu um spa de bem-estar e despertar. Na verdade, ela conseguiu certificado de massoterapeuta. O nome do spa é Ainda Assim Eu Me Levanto. A tia Belinda ia amar.

— Hmm. O que acontece em um spa de bem-estar e despertar?

— Esfoliação, de todos os jeitos possíveis?

Eva riu da piada, mas foi um som oco. Eram 11h17. Shane estava mais de uma hora atrasado, sem dizer nada. Enviou mais uma mensagem para ele, mas lá no fundo sabia que ele não responderia. Então começou a entrar em pânico.

Querido Deus, ela pensou. *Por favor, que ele esteja bem. E se ele começou a beber de novo? E se ele estiver caído em uma vala em algum lugar? Nova York tem fossos? E se ele estiver ferido e eu não conseguir falar com ele? Sou a única amiga que ele tem! O que eu faço?*

Ela pensou brevemente em ligar para os hospitais locais, mas rejeitou a ideia. Estava sendo dramática. E não queria assustar Audre.

Então, com a voz trêmula, Eva chamou uma garçonete para fazer os pedidos de entrada.

Quando chegaram os sofisticados e complicados pratos com ovos, Eva não estava com apetite. Não conseguia sentir o gosto da comida.

Era hora de continuar a mentira. Olhando para o celular, Eva fingiu arfar.

— Sou tão boba — disse ela. — Estive tão envolvida em nossa conversa que perdi a mensagem que o Shane mandou há algum tempo. A IKEA está atrasada, então ele não vai poder vir. Diz que está arrasado por causa disso.

— É mesmo?

— Não sei sobre o que vocês dois conversaram na casa da Cece, mas você definitivamente tem um fã.

— Nós conversamos bastante — afirmou ela com um sorriso misterioso. — Diga a ele que está tudo bem e que podemos sair depois da Papaifórnia.

Eva assentiu rápido demais.

— Claro, querida.

— Mãe, por que você está tão agitada? Está fazendo aquela coisa de balançar a perna direita na velocidade três.

— Por motivo nenhum — disse ela secamente, enfiando cerca de catorze batatas fritas na boca. — Acho que só preciso fazer xixi.

— Antes de ir para o banheiro, preciso dizer uma coisa. Acho que gosto de um menino.

Eva quase morreu sufocada com as batatas fritas.

— O quê? *Quem?* O Dash Moretti da aula de álgebra?

— Eca, não. Eu nunca namoraria um garoto do Cheshire. Sim, ele parece o Shawn Mendes, mas não tem alma. Não, esse cara, o Zion, é o afilhado da Athena.

— Ah, ele não é primo de terceiro ou quarto grau da sua madrasta? Vocês brincavam juntos quando eram pequenos.

— É, e agora ele está um *gato*. Olha o Insta dele.

Audre deslizou o celular por cima da mesa e Eva o examinou. O último post era uma foto dele, com um corte disfarçado. Definitivamente era um gato.

— Se você não me contar todos os detalhes dessa paixão em desenvolvimento, eu vou morrer.

— Claro que vou te contar! — Audre sorriu, os olhos brilhando. — E a mesma coisa pra você. É melhor você me atualizar sobre o Shane enquanto eu estiver fora. Ele me prometeu que seria legal com você.

— Ele prometeu? — As mãos de Eva tremiam, então ela se sentou nelas.

— Se não for, está morto — disse Audre, dando uma boa garfada em seu prato de ovos. — Eu posso ser selvagem, se necessário.

Eva mal conseguiu forçar um sorriso. Havia superado o pânico e se acomodado na dor e na humilhação. Era meio-dia e tinha levado um bolo. Era humilhante olhar para o relógio e ter que inventar uma mentira para proteger os sentimentos de Audre. Reerguer Eva já era ruim o suficiente, mas reerguer Audre era outra coisa.

Não permitiria que ele machucasse Audre com seu descuido, da mesma forma que a machucara antes. Por que ele se daria ao trabalho de se relacionar com Audre e, *por Deus*, prometer ser legal com Eva, se não tinha a intenção de cumprir? Eva ficou furiosa por ter baixado a guarda, por ter se permitido confiar. Por ter esperanças.

Após pagarem a conta e seguirem para o Aeroporto JFK em um carro de aplicativo com a bagagem de Audre — ainda sem notícias de Shane —, a perplexidade de Eva havia se tornado uma confusão de sentimentos. Ódio cego de Shane, e o desejo de absorver cada último momento com Audre antes que ela partisse.

Enquanto Audre se dirigia ao duty-free para comprar uma revista, Eva ligou para ele duas vezes. Um último esforço. Mas era inútil, porque Eva já sabia o que tinha acontecido: o brunch tinha sido muita pressão para ele. Não era um pensamento inverossímil. Até *ela* sentira que era um pouco cedo para receber Shane em um encontro especial com sua filha. Mas acreditava que a conexão que tinham era mais profunda, que suas raízes estavam conectadas. Certo?

Supôs que estava errada. Então Eva entrou em espiral.

Shane havia mudado de ideia. Sobre eles. Sobre *ela*. Eva era demais para ele. Não a queria de verdade. Era pressão demais assumir uma mulher e a filha. O dia anterior fora pura diversão, mas, quando chegou em casa, já longe delas, Shane percebeu que não queria uma família instantânea.

Fazia sentido.

Shane era capaz de viver uma vida luxuriosa e desimpedida, porque não tinha que dar satisfação a ninguém. Seus livros eram do jeito que eram — leves, livres, cheios de energia — porque ele era assim. Não se prendia a nada e não era responsável por ninguém. Não precisava dar notícias ou estar presente ou cumprir suas promessas.

O que eles tinham era indiscutível, e Eva não podia culpá-lo por se apaixonar de novo por ela. Mas o culpou por fazê-la acreditar que estava pronto para isso.

E por fazer Audre acreditar.

Ela fez cartões com nosso nome. Estava tão empolgada em me ver empolgada.

Presa em algum lugar entre seus sentimentos de humilhação, raiva e tristeza, Eva pediu licença e foi para o banheiro. Sentira as lágrimas chegando e não podia deixar Audre ver. Uma vez que estava no banheiro, nenhuma lágrima caiu — olhando no espelho, ela contorceu o rosto de doze maneiras diferentes sem sucesso.

Sua grande idiota, disse a si mesma, a expressão fria. *Quantas vezes você precisa aprender essa lição?*

Na fila do check-in da companhia aérea Delta, Eva sentiu uma pontada de desespero ao sentir a falta da filha. A última semana tinha sido uma enxurrada de emergências, mas Audre, como sempre, ficaria bem. Ela tinha uma vaga no Cheshire no próximo ano. Ela se divertiria com o pai durante todo o verão e talvez ficasse (ainda mais) radical no spa da madrasta. Talvez ela tivesse uma prova do seu primeiro amor adolescente. Sem Eva ao seu lado. Mas estava tudo bem, porque ela sabia que estava criando uma filha forte, inteligente e controlada, que podia se defender sozinha. Seu bebê estava crescendo.

De mãos dadas, Eva e Audre caminharam até a fila da segurança. Estava na hora do verão da sua bebê começar. Eva envolveu Audre em um abraço esmagador.

— Tchau, meu bem — disse ela, soltando-se. — Divirta-se, tá? E se cuide.

— Eu vou... não se preocupe — Audre declarou com um sorriso. — E mamãe?

— Sim?

— Sei que você inventou a desculpa da IKEA para o Shane. Sei que está triste por ele não ter vindo. Mas dê uma chance a ele. Ele é uma boa pessoa. Eu *sei* que é, eu sou *ótima* em julgar o caráter dos outros. Você afasta coisas que não são seguras e óbvias, mãe, mas o amor não é seguro e óbvio. O amor é arriscado. Corra esse risco, mulher.

Espantada, Eva nem sabia o que falar. Em vez disso, ela se dissolveu em uma risada nervosa e ofegante.

— E como é que você pode saber que o amor é arriscado?

Audre revirou os olhos.

— Oiii? Eu sei de cor todas as músicas do *Lemonade*.

Com isso, sua filhinha muito sábia se foi. Então Eva pegou um carro de aplicativo do aeroporto até a Horatio Street, número 81. Tocou a campainha duas vezes. Ninguém respondeu.

Eva sentiu isso em seus ossos. Ele já estava longe.

Shane *estava* longe. Naquela manhã, por volta das sete horas, acordou com o celular, que tocava sem parar. Sentou na cama, tateando no escuro em busca do aparelho, pensando instantaneamente que algo havia acontecido com Eva.

— Eva? Você está bem?

— Oi, senhor Hall. Aqui é o oficial Reid, do Departamento de Polícia de Providence.

— Quem?

— Providence, Rhode Island — disse a voz masculina rouca.

— Tá. — Ele passou a mão no rosto e afundou nos travesseiros. — Por que você está ligando tão cedo?

Por que você está me ligando, afinal?, ele pensou com uma súbita onda de pavor.

— Bom, tenho notícias não muito boas.

Em segundos, ele estava bem acordado.

— Ty.

— É.

— O que aconteceu com ele?

— Estou ligando do Hospital RI. O Ty sofreu um acidente ontem à tarde. Uma briga com outro adolescente em liberdade condicional. Ele foi baleado várias vezes e... o cenário não é bom.

— Meu Deus. *Meu Deus.* O quê? Onde? Ele está...

— Tudo o que sabemos é que o atirador roubou duzentos dólares dele. E ele pode ter agido com apoio da irmã do Ty, Princess. Eles estavam em uma casa abandonada em Elmwood. O Ty mencionou algo sobre um estúdio de música.

Shane olhou para a parede. Ele mal conseguia respirar.

— Senhor Hall?

— Mas ele vai sobreviver. Certo? Ele vai ficar bem?

— Os médicos não sabem. Você está por perto? O menino perguntou por você e não consigo localizar os tutores dele.

— Estou a caminho.

— Agradeço. Como disse, ele perguntou por você. E está sozinho na unidade de terapia intensiva.

Shane sabia como era estar tão vulnerável e assustado — e ficar preso em um hospital sem nenhum adulto confiável que se importasse se você viveria ou morreria. Nenhum pai para aparecer e resgatá-lo. Para fazer o que os adultos deveriam fazer.

Ele tinha que fazer o que havia prometido.

— Ok. Tá, estou a caminho.

Apressadamente, reservou o único voo de ida para Providence naquela manhã, às nove e meia. Seu voo de volta era às quatro da tarde, então voltaria a tempo para o prêmio Littie naquela noite.

E, porque não podia evitar, porque sua mente ia naturalmente para esse lugar, Shane decidiu, sem margem para dúvidas, que aquilo era culpa dele. Ty havia ligado e ele não atendera. Ty tentou falar com ele, mas Shane estava muito ocupado sendo mais feliz do que tinha o direito de ser.

E foi só naquele momento — no meio do voo, quase paralisado pela preocupação e pelo ódio de si mesmo que sentia pelo que tinha acontecido com Ty — que ele se lembrou. Congelou em seu assento, dando um suspiro lento e profundo, e foi imediatamente dominado por um suor úmido e pegajoso.

Eva. Eva e Audre.

Tinha se esquecido. Tinha se esquecido, porque não tinha experiência em ser necessário. Como um autor aclamado, ele era a pessoa favorita de muitas pessoas. Mas ninguém jamais o amou *de verdade*. Pelo menos não desde que era pequeno.

Shane era amado agora. E estava feliz. E sabia, sem dúvida, que também tinha estragado isso. Fora ingênuo o suficiente para pensar que poderia ter dado certo.

Mas Shane não foi feito para essas coisas.

━━━

Assim que Eva chegou em casa naquela tarde, parou de esperar que Shane ligasse. Em vez disso, ainda usando seu elegante vestido, deitou-se cuidadosamente por cima do edredom, pôs uma bolsa de gelo na testa e ligou para o ex-marido.

— Eva! — A voz de Troy estava cristalina e entusiástica como sempre.

— Olá! Acabei de deixar a Audre; ela está a caminho.

— Fantástico. A Athena está fazendo comida caseira para ela o dia todo. Sem glúten, é claro. E tudo vegano. Sorvete de semente de chia. A Athena é uma maravilha.

— Parece delicioso — falou, educada. — Como você está, Troy?

— Excelente! Mas não tão bem quanto você, aparentemente. Ouvi dizer que está saindo com alguém.

— Essa garota *não consegue* guardar segredo.

— É um segredo?

— Não. Acho que não. — Eva deslizou a bolsa de gelo sobre os olhos, suas órbitas *latejando, latejando, latejando*. Inconscientemente, tocou seu anel camafeu. — Posso te perguntar uma coisa? Era difícil conviver comigo?

— Nãããо — disse Troy, sem parar para pensar. — Eu só não estava pronto. Você é complicada, sabia? Pensei que você fosse um problema que precisava ser resolvido. Mas você não precisa ser resolvida. Precisa ser compreendida. Eu era jovem demais e tinha muito medo de descobrir isso.

Depois de um longo silêncio, ela se curvou em uma bola.

— Obrigada, Troy.

— Então. Ele te faz rir? Rir de verdade?

— Faz sim, pra ser sincera.

— Sempre me perguntei se havia alguém que faria isso por você. Quando estávamos juntos, parecia que alguém tinha roubado todos os seus sorrisos antes de mim.

Foi o Shane, ela pensou, apertando a barriga.

— Espero que vocês sejam felizes juntos.

— Obrigada — ela disse, muito grata por Troy ser o pai de sua filha. — Cuide do meu bebê, tá? Ela é durona, mas tão frágil. Não a deixe ficar tempo demais sozinha, com os livros e a arte. E se certifique de que ela dê umas voltas. E de que um adulto esteja sempre presente quando ela sair com o afilhado da Athena.

— Por quê?

— E lembre-se de que ela não gosta de queijo ou condimentos.

— Eu sei. Ela é minha também, lembra? — Ele riu. — A Audre está sempre bem. Ela vai ligar para você quando chegar aqui. Se cuide. Tchau, Eva.

— Tchau, Troy.

Eva ficou ali deitada por duas horas enquanto ondas selvagens e implacáveis de melancolia a atingiam. Da última vez, levara anos para superar Shane. Talvez fosse mais fácil dessa vez.

Quando finalmente se levantou, tirou o vestido, sentou-se à escrivaninha e abriu o computador.

Não era boa no amor. Mas em tecer uma narrativa? Isso, sim.

Cece estava convencida de que ela ganharia o Littie de Melhor Romance Erótico em algumas horas. Eva achava que não, mas isso *impulsionaria* o filme. Pesquisou o tal diretor no Google, Eric Combs. A julgar pela robusta página do IMDb, ele sabia o que estava fazendo. Com a visão dele, a produção de Sidney e as palavras dela, o filme aconteceria do jeito que sempre quisera. Eles *fariam* isso acontecer.

Com o rosto manchado de lágrimas de rímel e vestindo somente um shorts masculino, abriu o rascunho do livro 15 de *Amaldiçoada*. O prazo de entrega era no dia seguinte, mas ela conseguiria cumprir. Transformaria a mágoa em triunfo e *ia conseguir terminar*.

Vários minutos depois, ainda não tinha escrito uma única palavra. Então, vasculhou o fundo do armário e puxou uma pequena caixa de plástico com três cadernos cheios de coisas. Sentada no chão, pegou seus diários. Estavam velhos, gastos e cobertos de poeira. Eles haviam viajado com ela dos muitos apartamentos da mãe até o dormitório universitário e, por fim, para sua casa no Brooklyn. Cada um tinha um nome rabiscado na capa com marcador permanente, na caligrafia arredondada da Eva adolescente.

Um para sua mãe Lizette; um para sua avó Clotilde; e um para sua bisavó Delphine.

As páginas amareladas estavam cheias de anotações que fizera das histórias de família que a mãe contava para ela tarde da noite após seus encontros, sonolenta por causa dos calmantes. Pesquisas que fizera online. Indiretas anônimas nos grupos de Facebook de Belle Fleur. Ligações para os departamentos de registro da Louisiana. Desde criança, ela fazia de tudo, menos ir fisicamente a Belle Fleur para pesquisar. Ao longo da vida, ficara obcecada em tentar juntar os fragmentos que herdara. Aquelas histórias eram o sangue que a mantinha viva.

Seguindo um impulso, ligou para Lizette.

— Mãe?

— Clay?

— Quem?

— O quê?

— Você está namorando um homem chamado Clay? E minha voz parece com a dele?

— Sua voz é tão *alta*, Genevieve. Eu estava cochilando! Tendo lindos sonhos com o Clay. Que não é meu amante.

— Quem é ele, então?

— Um coelhinho da Páscoa profissional que mora aqui na rua. — E não deu mais nenhuma explicação.

— Excelente. Bom, odeio ter que incomodar, mas preciso de você.

— Duas vezes em uma semana? Fico lisonjeada. Você nunca precisou de mim pra nada.

Lizette nunca entenderia. Eva precisava dela para tudo. Ela simplesmente nunca a teve.

— Mãe, você tinha um álbum velho de recortes. Muito velho mesmo. Um cheio de fotos em preto e branco com molduras, lembra? Preciso ver as fotos da vovó e da bisa. Tudo bem que estejam desbotadas. — Lizette tinha deixado Eva olhar o álbum apenas algumas vezes. — Só... Você pode enviar por e-mail qualquer coisa que tiver? Tipo, agora?

Lizette ficou em silêncio por alguns instantes. Eva se perguntou o que a mãe estava fazendo naquele momento. Como era a casa dela. O que estava vestindo.

— Você sempre adorou ouvir histórias sobre a Clô e companhia.

— Adorava ouvir *você* contar histórias. Você é boa nisso.

— Bom, de onde você acha que veio? — Eva podia ouvir o sorriso em sua voz. — Você não é a única que é criativa.

— Acredite em mim, eu sei.

— O DNA não falha, deixa eu te dizer. — Lizette bocejou. — Vou te mandar por e-mail agora. Agradeça.

— Obrigada, mãe.

— De nada, meu bebê.

Em minutos, cinco fotos digitalizadas apareceram na caixa de entrada de Eva. Ela as abriu rapidamente — então parou de respirar por alguns instantes. As fotos falavam diretamente com seu coração.

A primeira foto era de sua bisavó Delphine. *Deve ter* sido Delphine, porque ela parecia ter vinte e poucos anos, estava rabiscado *1922* no canto da foto e a pele era clara o suficiente para se passar por uma pseudoitaliana. Estava empoleirada no capô de um Ford antigo, os lábios carnudos e o chapéu cloche demonstrando sua riqueza. Mas o carro e o traje chique ficaram em segundo plano, pois Eva se concentrou no mesmo instante nas mãos delicadas cruzadas em seu colo.

Suas mãos delicadas e seu anel camafeu.

A segunda foto era da avó Clô. Uma beldade de olhos brilhantes com um penteado da década de 40 e uma expressão sábia além de sua idade. E o anel camafeu no dedo do meio.

A terceira foto era da própria Marie-Therese "Lizette" Mercier. Era uma foto de concurso — provavelmente do fim dos anos 70, considerando o cabelo estilo Sister Sledge. A mãe usava a faixa de vencedora, ostentando um sorriso triunfante e o anel camafeu.

O anel de Eva não fora presente de algum pretendente para sua mãe. Fora transmitido por gerações, infundido com o amor, a fúria e a paixão daquelas mulheres. Suas mulheres. Seu povo. E essas histórias, assim como o anel, agora eram dela.

E, finalmente, ela sabia o que escrever.

· 26 ·

Sete dias em junho

O prêmio Littie era, em uma palavra, extravagante. A chance que o mundo literário negro tinha de se celebrar. E, já que as pessoas nascidas da diáspora africana tendem a tornar toda "celebração de si mesmos" em uma forma de arte, as festividades eram suntuosas.

Pela primeira vez, o evento seria aberto ao público *e* transmitido ao vivo na internet. Os patrocinadores incluíam Target, Cîroc, Essence, Nike e Carol's Daughter. Um empolgante momento profissional, com certeza, mas Eva estava à deriva em um mar de sentimentos conflitantes. Todos os sentimentos, ao que tudo indicava. Depois de escrever (e chorar e escrever e chorar) por horas, estava quase delirante. Tonta de dor. Zonza por causa dos remédios. Morrendo de orgulho do que escrevera. Desesperada por waffles. Com coceira por causa da cinta. E, é claro, havia seu coração.

Eva estava de coração partido. Escrevera apesar da dor, porque era uma baita profissional. Mas a dor abrasadora e desamparada que a desolava era grande demais. Era inútil ignorar. Ela se recusava a deixar que a dominasse.

Porque ainda maior que sua tristeza era sua determinação. Ela estava na cerimônia de premiação do Littie, não somente como autora indicada, mas como uma mulher em uma missão. Com cada palavra que acabara de escrever, seu propósito se tornara mais nítido do que nunca. Eva

Mercy estava focada em seu futuro, no próximo passo, e ninguém (nem mesmo Shane, nem mesmo ela) iria perturbá-la.

Essa nova Eva, a Eva *livre*, estava cansada de ser perturbada pela vida. Quanto tempo vivera morrendo de medo de mostrar seu verdadeiro eu? Havia poder em mostrar a confusão de sua vida e o que era necessário para mantê-la inteira. A semana fora libertadora. E quer ela gostasse ou não, Shane tinha muito a ver com isso.

Ela se sentia livre com ele.

Maldito seja, pensou, fechando os olhos, desejando poder banir o rosto ridiculamente adorável de Shane do cérebro.

Isso não se trata dele. Trata-se de mim. Ocupando todo o espaço de que preciso. Me sentindo confortável em ser exatamente quem eu sou. Uma mãe e uma escritora boa pra caralho, com uma doença terrível que supera todos os dias com a bunda empinada até o teto em seu vestido e cujo melhor trabalho está à sua frente.

Eva estava usando o vestido vintage de Alexander McQueen que pegara emprestado de Cece. O vestido curto de couro com mangas compridas e ombros pontudos tinha uma cor roxa gótica muito fodona ("bem Rihanna em 'Disturbia'!", dissera Cece). E porque ela *realmente* estava comprometida em ser ela mesma, usava brincos de argola de platina que mais pareciam aldravas e tênis Stan Smith.

O traje era simbólico. A cor característica de Gia era o roxo. As presas de Sebastian eram cor de platina. E, naquela noite, Eva estava se despedindo de ambos.

Mas, por enquanto, estava sentada a uma mesa redonda no deslumbrante salão de baile do Cipriani Wall Street. O espaço já era dramático, com seu grande interior semelhante a uma catedral e tetos de um quilômetro de altura — e tudo estava decorado ao estilo Renascença do Harlem. A mesa dos quarenta autores foi decorada com suntuosas toalhas prateadas e pretas e enfeites centrais inspirados na era do jazz — enormes taças de champanhe de cristal transbordando de pérolas grossas. As luzes estavam baixas e um holofote projetava "Prêmio de Excelência Literária Negra 2019" na pista de dança. A banda feminina de

R&B usava vestido melindroso (o visual contrastava ligeiramente com o repertório escolhido, que gritava "churrasco preto sofisticado" e incluía sucessos atemporais de Frankie Beverly and Maze, Mary J. Blige, Teena Marie, Kool and the Gang e vários artistas que contavam com Teddy Riley como produtor). No meio de tudo isso havia um pequeno palco com um pódio de art déco.

Era como um casamento com temática *Gatsby*. Mas com prêmios e sem bolo.

No momento, Eva aplaudia a mulher chorosa que acabara de ganhar o prêmio de Melhor Ficção Histórica. Entre lágrimas de gratidão, ela agradeceu a seu curador espiritual e à série *Reading Rainbow* de LeVar Burton — então a apresentadora, atriz da velha geração e estrela de *Black-ish*, Jenifer Lewis, cuja biografia recém-lançada se chamava *The Mother of Black Hollywood*, anunciou que haveria uma pequena pausa na cerimônia para que todos pudessem comer. Resplandecente em um cafetã azul-petróleo com cinto e turbante combinando, Jenifer parecia uma cartomante extremamente chique.

Enquanto os garçons serviam o jantar, um paillard de frango já frio, a banda tocava um cover bastante fiel de "Gin and Juice" — e as pessoas mais embriagadas se encaminhavam para a pista de dança. (Incluindo Belinda, que estava comemorando seu prêmio de Melhor Antologia de Poesia.) No fundo da sala, as pessoas na seção do público — em sua maioria fãs, leitores e influenciadores litcrários — pegavam autógrafos e atualizavam freneticamente as redes sociais, enquanto a maioria dos indicados, com os nervos à flor da pele, permanecia em seu assento beliscando o frango.

As mesas eram designadas de acordo com as categorias dos prêmios, e cada uma tinha uma atmosfera distinta.

As autoras na mesa de Melhor Literatura Feminina eram glamorosas — com maquiagem esfumada nos olhos e lantejoulas, parecendo as estrelas dos reality shows do canal Bravo em um episódio de reunião. A mesa de Melhor Biografia ostentava mulheres eruditas de cinquenta e poucos anos com cabelo à la Kamala Harris e segundos maridos adoráveis. Todos os seis ex-alunos de faculdades e universidades historicamente negras na mesa de Melhor Livro de Assuntos Políticos ou Atualidades estavam mexendo em seus iPhones para produzir conteúdo afiado no Twitter, com um leve odor de óleo de barba e maconha. Enquanto isso, os caras de podcasts na mesa de Melhor Livro Esportivo debatiam acaloradamente sobre o treino da NBA para impressionar a única mulher indicada — uma entediada e bonita estrela da WNBA que se tornara escritora e conseguia enterrar melhor que qualquer um deles.

A mesa de Eva era a de indicadas a Melhor Romance Erótico — um grupo de pessoas de aparência improvável. Longe de serem mulheres soltas e loucas por sexo, autoras de livros eróticos eram, em sua maioria, mães bem-educadas com as melhores roupas de ir para a igreja. Eva conhecia sua concorrência havia anos: Ebony Brannigan (*Paixão po$$esiva*), Bonnie Saint James (*Desejos obscuros*), Georgia Hinton (*Safados e perdidos*) e Tika Carter (*O CEO perverso 7: safada e sua*). Ano após ano, eram todas indicadas juntas. E, ano após ano, a grande dama Bonnie Saint James ganhava por sua série sobre uma ninfomaníaca furiosa que trabalhava como espiã na Paris da Segunda Guerra Mundial.

Era provável que Bonnie ganhasse de novo, e essa certeza fazia com que a noite fosse relativamente livre de estresse para o grupo de Eva. Enquanto o restante do salão estava cheio de autores nervosos e meio perdidos, as civilizadas autoras de livros eróticos falavam sobre questões profissionais.

Menos Eva, que estava meio ouvindo as garotas e meio de olho na porta do outro lado do salão. Shane não estava ali. Ele não ousaria mesmo vir? O que ela faria se ele viesse?

Não importa, ela pensou, forçando-se a comer pilaf.

— Ebony, como você *consegue* escrever com essas unhas de acrílico? — perguntou Georgia.

— O som de tec-tec é tão gostosinho. — Ela mexeu os dedos. — Parece ASMR! Tika, o que você tem feito?

— Estou dando um curso online colaborativo sobre a escrita de romances.

— Uaaaau — disse Eva, que não sabia o que era um curso online colaborativo.

— Meu último workshop foi sobre incorporar as camisinhas nas cenas de sexo — informou Tika, com seu falso sotaque nobre. Ela era de Gadsden, no Alabama, mas falava como se fosse uma personagem de *The Crown*. — É responsabilidade nossa promover o sexo seguro.

— Ah, me poupe — zombou Georgia. — Como a Zane, rainha da ficção erótica, certa vez mencionou, se uma leitora escolhe não usar proteção porque minha protagonista transou com o pai do filho da irmã sem camisinha durante uma visita conjugal, então os problemas dela são maiores do que uma camisinha.

Tika ergueu uma sobrancelha.

— A Zane disse isso?

— Bom, eu parafraseei — bufou Georgia, então mudou de assunto. — E você Eva, o que tem feito, hein, madame?

— Eu? — Perdida em pensamentos, Eva não estava preparada para participar daquela conversa. — Nada, só tenho ouvido podcasts sobre assassinato, ultimamente.

Tika apontou para ela com o garfo.

— Você não tem que entregar o livro 15 em breve?

— Ah — exprimiu ela, com um sorriso distante. — Você sabe, sou supersticiosa. Nunca falo sobre aquilo que estou escrevendo.

— Sempre tão misteriosa, Eva — Tika disse com um sorriso irônico, dando um gole no prosecco.

— *Muito* misteriosa — concordou Ebony. — Ouvimos dizer que você está namorando! Quando, como e onde isso aconteceu?

— Deixem a pobre mulher em paz — repreendeu Bonnie finalmente. Ela tinha sessenta e poucos anos e não tolerava baboseiras, e, independentemente do que estivesse fazendo, sempre parecia que preferia estar maratonando o seriado *227*. — Isso aqui não é o refeitório da escola.

Será que não?, pensou Eva, que viu chegar uma enxurrada de mensagens de Cece, sentada do outro lado do salão. No começo da noite, Eva havia contado a ela sobre o não comparecimento de Shane ao brunch — e agora estava arrependida.

Hoje, 21h23
RAINHA CECE
Querida, você está bem?

Hoje, 21h25
RAINHA CECE
Teve notícias dele?

Hoje, 21h29
RAINHA CECE
Se ele não aparecer, eu mato ele. Não, vou deixar você matar primeiro.

Hoje, 21h33
RAINHA CECE
EVA! Talvez seja bom você dar uma olhada no seu grupo de fãs no FB. A culpa é toda minha. Já estou escrevendo uma carta para a agência responsável pela comida, mas acho que uma das garçonetes na minha festa estava espiando você e o Shane. A de cabelo vermelho. Como eu ia saber que ela era uma fanática por AMALDIÇOADA? Parecia tão sofisticada!

Eva não conseguia responder às mensagens de Cece naquele momento, e definitivamente não queria ver o que estava acontecendo no grupo de fãs. Sua categoria era a próxima. Ela só queria passar por aquilo com a cabeça erguida e depois ir para casa. Sem jeito, tentou entrar na conversa, mas não conseguiu encontrar uma brecha, pois Georgia falava sem parar. Ela sempre falava no jargão dos romancistas, o que era enlouquecedor.

— ... e no meu novo romance, não consigo decidir se quero que minha protagonista feminina tenha um FPS ou um FPE.

(Felizes para sempre ou felizes por enquanto.)

— O par romântico dela é digno de um felizes para sempre? — perguntou Ebony.

— Difícil dizer. Ele está em algum lugar entre macho alfa e macho escroto.

— Adoro escrever machos escrotos — suspirou Tika. — Quem não gosta de um babaca sexy?

— Babacas sexy são superestimados — murmurou Eva.

— Seu vampiro Sebastian é um macho escroto, e ele é fabuloso — empolgou-se Ebony.

— Será que é? — rebateu Eva. — A cada vez que dorme com Gia, ele acorda do lado oposto da Terra, longe dela. Ele sabe que vai acontecer, por causa da maldição. Mas faz de qualquer jeito. Isso não é nada sexy — disse ela, jogando o cabelo com raiva. — É patológico.

— A Gia é tão culpada quanto ele — Georgia ressaltou. — Ela não é uma heroína BDPS — burra demais para sobreviver —, mas é quase isso. Sem querer ofender.

— Não me ofende. A Gia com certeza é BDPS — concordou Eva, as órbitas começando a latejar.

Agora não, pensou. *Não consigo lidar com uma enxaqueca agora. Só preciso sobreviver a esta noite.*

— Ela é uma bruxa com poderes mágicos — continuou Eva, procurando um ursinho de goma na bolsa. — Mas em todos os livros usa esses poderes para voltar para um vampiro deprimido. Ou para enfeitiçar os caçadores de vampiros que perseguem seu amado. Em nenhum momento pensou em se salvar. Em descobrir como quebrar a maldição. Ou em pelo menos colocar um feitiço de amor em algum cara normal com quem poderia ter um relacionamento bom.

— Mas aí tudo acabaria — disse Tika.

Eva sorriu sem ânimo, facas perfurando suas têmporas.

— Acabaria, não é mesmo?

Ela mal conseguiu pronunciar essas palavras antes de começar a suar frio. Entre a conversa barulhenta do jantar, as gargalhadas da pista de dança, o baixo estrondoso da banda (agora subindo para "Where My Girls At?" do grupo 702) e aquela conversa, a enxaqueca branda com que acordara tinha evoluído para "vontade de vomitar".

Ela precisava de uma injeção de analgésico, depressa.

— Você está bem, querida? — sussurrou a grande dama Bonnie, sentada ao lado dela. O restante da mesa voltou para a conversa do macho escroto.

Assentindo, Eva engoliu o ursinho de goma inteiro e se abanou com o cardápio. Estava pegando fogo.

— Eu sei o que fazer. — Bonnie arregaçou as mangas de seu blazer e agarrou os pulsos de Eva. Sem aviso, apoiou o copo de Sprite gelada neles. Eva gritou com o choque. Mas então, em poucos segundos, sentiu-se esfriar. Seus batimentos cardíacos, que estavam acelerados, começaram a diminuir.

— Truque da menopausa — Bonnie disse com uma piscadela, sempre eficiente. — Escuta, seja qual for o seu problema, você vai superar. Somos feitas de coragem e bom senso, querida. Coragem e bom senso.

— Ótimo título para o seu próximo livro. — Eva conseguiu dar um sorriso trêmulo e agradecido. Empurrou a cadeira para trás, dizendo: — Com licença. Só preciso ligar para minha filha...

Então parou. Aquela era a desculpa que sempre dava quando precisava de uma injeção para a dor. Estava cansada de recorrer a isso. Dessa vez, resolveu fazer uma coisa que nunca fizera.

— Quer saber? Não estou saindo pra ligar para a Audre. — Eva endireitou os ombros. — A verdade é que eu... tenho uma doença invisível.

— Uma o quê? — perguntou Ebony.

— Uma doença. Minha cabeça está explodindo, uma dor do caralho; tão ruim, Ebony, que seu nariz está derretendo no seu rosto e estou com medo de vomitar no vestido que peguei emprestado. Minha visão está embaçada e começando a se retorcer, tipo papel pegando fogo. Você consegue imaginar? Quando eu era pequena, achava que acontecia com todo mundo. Descrevi para minha professora do segundo ano uma vez, e ela pensou que minha mãe estava me dando LSD. Não estava tão errada, na verdade.

Bonnie agarrou sua bolsa.

— Meu Deus, querida. Quer uma aspirina?

Eva deu uma risadinha.

— Obrigada, Bonnie, mas não. Se aspirina funcionasse, eu seria uma pessoa totalmente diferente. Estaria arrasando na vida como a Chrissy Teigen! Casada com uma estrela pop agradável e apresentando game shows. Também seria a pessoa mais engraçada do Twitter. Seria mais Teigen que a Teigen.

Eva estava tão empolgada que nem percebeu que as mulheres olhavam para ela como se estivesse ficando louca.

— Na verdade, acabei de tomar um remédio de maconha. E agora vou encontrar o banheiro e me dar uma injeção de Toradol. — Ela fez um movimento como se desse uma facada na coxa. — Não, tudo bem, eu faço isso o tempo todo. Fiquem à vontade para comer meu paillard de frango. Não tem porque jogar proteína livre no lixo. Vejo vocês daqui a pouco!

Eva falava arrastado; sua visão estava embaçando — mas, por Deus, ela estava *extasiada*. Só por ter feito aquela pequena (grande) confissão! Sentia-se aliviada, livre. Com um sorriso triunfante, marchou com confiança da mesa até a pista de dança. Com a mão apoiada em uma das têmporas, tentou passar pela multidão — até ser puxada por Khalil. Ele a segurou pela cintura e a inclinou dramaticamente. Sem hesitar, ela deu uma cotovelada nas costelas dele e, ignorando seu choramingo ("VIOLÊNCIA GRATUITA, IRMÃ?"), se dirigiu para a porta.

A única coisa entre ela e as portas que levavam ao saguão era a multidão na área aberta ao público, composta de fãs, membros do clube do livro e vencedores do Concurso Goodreads, que estavam ali para apoiar seus autores favoritos. Formavam um grupo animado, agitando camisetas e bolsas representando seus livros preferidos. Uma mulher estava vestida como a capa de *The Last Black Unicorn*, de Tiffany Haddish. Outra tentava convencer Tayari Jones a assinar a capinha de seu iPhone.

Examinando a multidão em busca de uma abertura, Eva viu um grupo na parte dos fundos. Nossa, eram *bastante* barulhentos. E vestiam roupas extravagantes.

E eram familiares. Eles eram... Calma aí...

Calma aí.

Mal chegando a um metro e sessenta em seus tênis, ela ficou na ponta dos pés e viu os chapéus de bruxa, as vassouras, os anéis de platina com o s.

Uma mulher segurava uma placa com a foto de Eva e Shane tomando sorvete. Com um marcador permanente, escrevera BOA SORTE PARA EVA E SEU SEBASTIAN DA VIDA REAL HOJE! Um cara tinha a foto de Shane serigrafada em sua camiseta, acompanhada de uma citação do livro 1 de *Amaldiçoada*: SEUS OLHOS ERAM DE UM CURIOSO TOM DE MEL, COMO UM COPO DE CONHAQUE ILUMINADO PELO SOL.

Outra mulher, com cabelo avermelhado de aparência muito familiar, brandia um pôster no qual se lia: NAMORADOS NO ENSINO MÉDIO → CASAL BEST-SELLER! #SEBASTIANEGIAEXISTEM.

Namorados no ensino médio? Mas... ninguém sabia...

Eva olhou para a mulher com mais atenção. *O cabelo vermelho.* Ela cobriu a boca com a mão. Era a garçonete que não saía de perto dela na festa de Cece! Rapidamente, verificou a última mensagem no grupo de fãs do Facebook.

GRUPO DA GANGUE DAS AMALDIÇOADAS

Grande novidade para os fãs...
Vi Eva e Shane Hall em uma festa no Brooklyn. BEM juntinhos. E TAMBÉM ouvi dizer que eles namoraram no ensino médio. E ouvi dizer que Sebastian é inspirado nele. Encontramos nosso Sebastian, pessoal. #somosamaldiçoadas

A enxaqueca de Eva era de derreter o rosto, irracionalmente forte. E agora estava pensando no fato de que sua melhor amiga, por acidente, contratara uma fã de *Amaldiçoada* para servir camarões.

Eva ficou horrorizada. Queria explicar tudo — ir até aquela garçonete espiã e exigir que parasse de espalhar mentiras.

Mas... não eram mentiras. Shane *era* Sebastian. E eles *foram* namorados na escola. Todo autor buscava inspiração em algum lugar, e a inspiração dela, por acaso, era uma pessoa de verdade. Era a verdade, e a verdade dela, e ela não tinha nada a esconder.

Uma semana antes, ser exposta daquela forma a teria matado. Mas, aquela noite, Eva aceitou. *Ela* tinha feito isso. *Ela* causara o frenesi em seus fãs ao longo dos anos. Finalmente conseguiu enxergar a devoção deles como uma prova de seu bom trabalho. Para ela, Sebastian e Gia eram um fardo. Mas para seus leitores eram o amor do tipo "viver ou morrer". Uma coisa pela qual torciam.

Então, apesar da dor de cabeça e da náusea crescente, a clareza a atingiu. Aquilo era exatamente o que Eva não queria. Ela queria um amor constante. Um amor comum demais para inspirar a ficção. Um conjunto de momentos sagrados, pequenos e cotidianos — não um drama de alto risco. Queria um relacionamento que fosse uma escolha, a cada minuto de cada dia.

Lutando contra as lágrimas, abriu caminho até o grupo. Antes que alguém pudesse reagir à sua presença, Eva, abruptamente e com entusiasmo, abraçou um fã usando presas de platina.

O grupo suspirou.

— Eva Mercy, no mesmo lugar que eu! — exclamou o fã de presas. — Por que esse abraço?

— Por ficarem ao meu lado todos esses anos. Em um salão cheio de grandes escritores, vocês me escolheram. Obrigada.

Com isso, ela se dirigiu à saída. Aliviada, livre.

Shane andava de um lado para o outro no saguão, a música e os aplausos abafados flutuando pelas portas fechadas. Estava fazendo isso havia tanto tempo que começava a se preocupar que nunca teria coragem de entrar no salão de baile.

O saguão estava vazio, exceto por alguns fotógrafos e publicitários juniores conversando perto dos banners de publicidade. De vez em quando, as portas se abriam e as pessoas entravam depressa no salão. Mas ninguém o incomodou, o que não foi por acaso. Sua expressão desencorajava totalmente as pessoas a quererem conversar.

Saíra com tanta pressa do banheiro do aeroporto que mal pudera ver sua aparência. Estava com os olhos turvos e a barba por fazer e um terno Tom Ford azul-cobalto que não se lembrava de ter comprado ou colocado na mala. Dolorido da cabeça aos pés, passara o dia contraindo cada músculo do corpo. Não tinha comido nada. Ainda estava cambaleando. Ty se fora.

Quando Shane por fim chegou ao hospital, Ty estava ligado aos respiradores, inconsciente. Shane segurou sua mão grande e macia, desejando que ele acordasse. Negociou com ele, prometendo a Ty que faria de tudo para mantê-lo seguro, que iria a Providence uma vez por mês — não, duas vezes por mês. Compraria um apartamento na cidade e Ty poderia morar lá. Shane prometeu a ele que nunca mais teria que fazer nada perigoso por dinheiro, que daria a Ty tudo de que precisasse. Por fim, recitou o nome dos planetas repetidas vezes, até que sua voz falhou e a futilidade dela fez com que continuar fosse muito doloroso.

Não adiantava. Ty se fora. Então Shane disse adeus.

Sua perda parecia muito grande, muito crua para ser processada. Mas, apesar de sentir um vazio enorme, se forçou a seguir em frente. Só conseguia pensar em uma coisa agora: o que iria dizer a Eva.

Dessa vez, ele estaria preparado. Não seria como quando aparecera uma semana antes, improvisando. Ela merecia mais que isso.

Ele escreveu um discurso inteiro no avião.

Praticara no carro alugado que dirigia a caminho da cerimônia do Littie.

E agora ensaiava enquanto andava de um lado para o outro.

Shane estava pronto. Até que Eva irrompeu pelas portas do saguão, chocando-o.

Ela soltou um suspiro dramático e se encolheu, pressionando os nós dos dedos na têmpora. Ele viu um turbilhão de emoções dominarem sua expressão, então... nada. Uma calma gelada e aterrorizante tomou conta de seu rosto.

Shane esqueceu tudo o que tinha planejado dizer.

— Oi — disse ela.

— Oi — respondeu ele, rouco, sem reconhecer a própria voz. Não falava havia horas. Limpando a garganta, caminhou na direção dela. Ela cruzou os braços e, entendendo a mensagem, ele parou a certa distância.

Por Deus, Eva estava de tirar o fôlego, mesmo à distância. Shane sentiu um aperto no peito.

— Me desculpa — conseguiu falar.

— Não se desculpe.

— Eu posso explicar.

— Eu também — soltou ela, agressiva, e se aproximou para que ficassem a alguns passos de distância. — Tenho certeza que você teve um bom motivo para nos deixar esperando. Talvez tenha se esquecido. Talvez tenha sido coisa demais, rápido demais. O que é justo. Mas não fui só eu quem ficou esperando; minha filha também ficou. Você não pode fazer promessas para uma menina e depois desaparecer.

Por motivos que Eva desconhecia, aquilo pareceu atingi-lo como um soco no queixo.

— Acredite — disse Shane —, eu sei disso.

— Era só um brunch bobo, mas pensei... — Eva parou, engoliu em seco e recomeçou: — Eu sei que só faz uma semana, mas parecia...

— Mais — confessou ele, a voz falhando no meio da palavra.

Nesse momento, um grupo de mulheres passou pelas portas, a caminho do banheiro feminino, e o barulho vindo da festa ecoou no saguão. Elas passaram depressa, ignorando-os.

— Me desculpa. Me desculpa por decepcionar vocês duas. A Audre... ela é incrível. Vocês duas são mais do que pensei que conseguiria, e eu... nunca fui responsável por ninguém antes. Isso é novo. Ainda não sei como fazer.

Eva aproximou-se, examinando o rosto dele. Shane não conseguia olhar nos olhos dela, mas imaginou o que veria neles. Seus olhos estavam escuros, sua barba por fazer de dois dias, suas feições marcadas pelo luto.

— Olhe para mim — disse ela.

Quando os olhos de Shane encontraram os de Eva, seu coração disparou e explodiu, piscando como uma lâmpada gasta — e ele se perguntou por que as coisas mais doces de sua vida tinham que ser envenenadas pela tragédia.

— O que aconteceu com você?

Coçando o queixo, ele enfiou as mãos nos bolsos.

As mulheres passaram de volta e cruzaram as portas do salão. Eva e Shane ouviram Jenifer Lewis pedir que todos se sentassem, para que pudessem anunciar a próxima categoria.

Eles não se moveram.

— Me diga o que aconteceu — sussurrou ela.

— Um dos meus alunos foi baleado. — *Diga o nome dele.* — O Ty. E ele... não tinha ninguém. Estava sozinho no hospital, e machucado, sem pais que se importassem. Como nós dois. Lembra?

De olhos arregalados, Eva assentiu.

— Ele tentou me ligar. Mas eu estava ocupado demais... Estava feliz, então ignorei. Eu estava feliz pra caralho. — Shane balançou a cabeça.

— Ele morreu hoje. Se foi. Treze anos. *Treze.* Eu prometi que cuidaria dele, mas não cuidei.

— Shane.

— Acho que é isso que faço com as pessoas. Eu não mereço uma família. Não posso...

Suas palavras foram cortadas, porque Eva o envolveu em seus braços — tão forte que ela quase o deixou sem fôlego.

— Pare. Você merece uma família. Não foi culpa sua.

Shane estava quase entorpecido demais para reagir. Porém, depois de alguns momentos, ele deslizou os braços ao redor da cintura dela, puxando-a contra ele. E finalmente seus músculos relaxaram. Ele se apoiou nela, o rosto aninhado na curva de seu pescoço, cedendo à dor.

— Não foi culpa sua — ela repetiu, beijando a têmpora dele.

Shane assentiu, mas parecia absurdo — o tipo de coisa que as pessoas se sentem obrigadas a dizer quando alguém está sofrendo. De qualquer maneira, ele a apertou com mais força, segurando o couro do vestido dela.

Em algum momento, de dentro do salão, ouviram a voz abafada de Jenifer Lewis anunciar a categoria de Eva.

— De volta aos lugares, pessoal! Hora do prêmio de Melhor Romance Erótico! Onde estão minhas autoras safadinhas? Mulheeeeres, ainda bem que não escrevo tudo que se passa pela minha mente suja, ou vocês todas iam perder o emprego. Estou falando com você, Bonnie. Sabe que sou pior que você!

— É a sua categoria — Shane lembrou.

— Eu sei.

Nenhum dos dois se moveu, ainda abraçados. Ao longe, ouviram a voz estrondosa de Jenifer no microfone, pedindo ao presidente do Littie que lhe entregasse o envelope. Começou a ler o nome das indicadas.

— Não foi culpa sua — repetiu Eva, mais alto dessa vez.

Shane se perguntou se talvez ela estivesse certa. Talvez fosse verdade, e nada daquilo fosse culpa dele. E talvez houvesse pessoas por aí que realmente pudessem se livrar da culpa. Talvez ele pudesse ter sido essa pessoa se não tivesse causado a morte da mãe adotiva ou desaparecido da vida de Eva, ou se estivesse por perto quando Ty precisou dele. Até que ele aprendesse como se absolver, como se *perdoar*, não tinha porque usar o relacionamento com Eva como um escape. Aquilo só faria com que esses demônios o acompanhassem.

E, pela primeira vez, Shane ignorou o que desesperadamente queria e tomou sua primeira decisão de fato responsável.

— Eu não consigo fazer isso — ele disse. — Nós dois.

Eva deixou escapar um pequeno suspiro e se afastou dele. Com as mãos na bochecha dele, apoiou a testa na de Shane.

— Não, você não consegue.

— E Louisiana...

— Eu vou sem você — ela falou, determinada. — Tudo bem.

— Não quero machucar nem você nem a Audre — confessou ele, a voz marcada pela tristeza resignada. — Ainda não sou bom o suficiente para você. Mas quero ser, e vou trabalhar nisso. Prometo.

Shane não podia acreditar que tinha acabado, que eles estavam se dissipando como vaporosas nuvens de fumaça. Era impossível dizer o que Eva estava pensando. Ela parecia firme e decidida.

— Não faça promessas — ela sussurrou. — Nossas promessas não se cumprem.

— Eva...

— Seja gentil com você mesmo.

— Vou tentar.

— Você vai beber?

— Não.

— Vai se machucar?

Havia tanta dor nos olhos dele que Eva baixou as mãos.

— Shane?

— Nada machuca mais que isso.

A respiração de Eva ficou irregular e ela fechou os olhos, querendo esquecer a vulnerabilidade esmagadora em seu rosto. Ela nunca imaginou que perder Shane pela segunda vez machucaria tanto, de um jeito novo e adulto.

Era insuportável. Então, quase imperceptivelmente, Eva vestiu sua máscara de durona, um velho hábito que era pura Genevieve. Cruzando os braços, ergueu o queixo com falsa bravura.

— Estou pensando. Talvez a gente seja melhor como um flashback. — Ela deu de ombros exageradamente. — Sabe como é, se encontrar uma vez a cada quinze anos, durante sete dias em junho. Criar algumas lembranças. Seguir em frente.

— Talvez. — Ele olhou para ela.

Do salão de baile, a voz de Jenifer Lewis ressoou.

— E o prêmio vai para...

Eva e Shane ficaram imóveis.

— Eva Mercy! Pelo livro 14 de *Amaldiçoada*!

Shane imediatamente a envolveu em um abraço, seu rosto brilhando. E, impotente, ela tirou a velha armadura e se permitiu se deliciar nos braços dele, respirá-lo. Uma última vez.

— Você ganhou — ele sussurrou. — Você ganhou!

Ela virou o rosto para ele. E porque não conseguia imaginar não fazer isto, ele a beijou. Um beijo suave, agridoce e demorado, que irradiava por ela, em todos os lugares.

Em voz tão baixa que Shane pensou ter imaginado, Eva sussurrou:

— Mas também perdi.

~

No palco, Eva agarrou o prêmio de vidro pesado e frio. As luzes estavam fortes demais, cravando adagas em suas têmporas, então ela não conseguia distinguir rostos na multidão — o que era bom. Deus sabe que ela não havia preparado discurso algum.

— Obrigada. De verdade, *muito obrigada*. Vocês não imaginam o que este prêmio significa para mim. Eu cresci com esses personagens. Eles estão no meu DNA. E sinto muito orgulho em ver que meus leitores os amam tanto quanto eu. E é por isso que me dói muito dizer isto: não vai haver um livro 15.

Um cara brandindo uma vassoura de bruxa no fundo do salão soltou um grito agudo.

— Sinto muito, meu senhor. — Ela engoliu em seco. — Me escondi atrás desses personagens mais da metade da minha vida. Quer dizer, me escondi de modo geral. Passei tanto tempo com medo. Com medo de analisar muito a fundo quem eu realmente era, por não saber o que poderia encontrar. Que fantasmas poderia enfrentar, segredos que poderia descobrir. Melhor enterrar tudo. Pensei que não poderia ser uma pessoa bem-sucedida se tivesse demônios. Mas que pessoa plenamente realizada *não tem*? Ninguém espera que os homens sejam perfeitos. Espera-se que as mulheres absorvam traumas sutis e gigantescos e sigam em frente. Assumam o peso do mundo. Mas, quando o mundo fode com a gente, a pior coisa que podemos fazer é enterrar nossos traumas. Ser gentis com eles nos torna fortes o suficiente para foder com o mundo de volta. Então, em vez de escrever sobre Gia, uma bruxa que usa seus poderes para lutar por um homem, decidi lutar por mim mesma. Eu nem tenho certeza de quem sou, porque estive escondida por muito tempo. Mas sei que sou bisneta de Delphine, neta de Clotilde e filha de Lizette. Venho de uma longa linhagem de mulheres esquisitas, forasteiras e desajustadas. *Eu sou* desajustada. E meu propósito é dar voz a todas nós. Vou escrever a história delas, que também é minha história. Mas nunca deixarei de amar *Amaldiçoada* e meus leitores. Queria ter finalizado a série para vocês, um arco completo. Mas não consegui. Como terminar uma história de amor que você... nunca quis que terminasse?

Ela mal conseguiu pronunciar essa última frase.

— Enfim — ela continuou. — Obrigada. Por me deixarem escrever para vocês por tanto tempo.

Uma hora depois, Shane aceitou o prêmio Langston Hughes pelo Conjunto da Obra. No palco, ele ficou em silêncio por cinco segundos, depois dez. Vinte. Sua expressão era ilegível para todos.

Todos menos Eva.

Finalmente, Shane levantou o microfone e falou seis palavras:

— Dedico este prêmio para os desajustados.

E, com esse breve discurso, que foi tuitado e retuitado tão incansavelmente que os fãs de *Amaldiçoada* e *Oito* começaram a se autodenominar #turmadosdesajustados, a premiação chegou ao fim.

Epílogo

Era meia-noite do dia 4 de julho em Belle Fleur. Genevieve Mercier, filha havia muito perdida do bayou, estava sentada, olhando pela janela do quarto de hóspedes da casa da tia Da. Lá fora era puro breu, a não ser pelos fogos de artifício que de vez em quando iluminavam o céu, as cores vivas refletindo no lago em frente à casa.

O horizonte era eterno, infinito, completo. Tudo o que existia era o lago pantanoso e o céu dramático. Os Estados Unidos celebravam a si mesmos — e Eva se sentia corajosa.

Então, pegou o celular.

Hoje, 0h47
EVA
Espero que isso não seja estranho.
Só checando pra ver como você está.

SHANE
Ah! Oi! Estou bem!

EVA
Que bom! Está mesmo?

SHANE
Não. Estou triste, mas tentando não estar. Tentando me manter ocupado. Correndo doze quilômetros por dia. Pesquisando sobre alimentação saudável, de novo.

EVA
É? O que você tem comido?

SHANE
Bom… eu travo toda vez que preciso escolher alguma coisa no mercado, e acabo indo jantar na bodega. Você já comeu o bolo gelado de limão da Entenmann? É tipo a vitória dos ingredientes não naturais. Não sei. Acho que estou agitado. Não sei como ficar de luto direito.

EVA
Ninguém sabe. Mas talvez terapia possa ajudar?

SHANE
Talvez. Mas chega de falar de mim. Me conte de Belle Fleur. Tudo.

EVA
É o paraíso. Um paraíso quente, úmido e assombrado. É um lugar tão vívido. É como se as pessoas tivessem se estabelecido aqui séculos atrás e ninguém tivesse saído. Todo mundo é parente. A caixa do supermercado me perguntou "quem era meu povo" e, quando eu disse a ela que era uma Mercier, ela me contou que éramos primas de uns nove jeitos diferentes. Sinto que estou em CASA nesse bayou cheio de baixinhos que herdaram gerações de fazendas e campos e histórias e terror e raiva e brilhantismo e resiliência e *gumbo* e cultura. E todo mundo se parece comigo!

SHANE
Todo mundo se parece com você? Então é a Terra Prometida.

EVA
:)

SHANE
Eva, parece revelador. Podemos falar? Eu só quero ouvir a sua voz.

EVA
Ainda não consigo falar com você.

SHANE
Tá. Eu entendo. Ler suas mensagens é quase tão bom quanto falar com você.

DOIS DIAS DEPOIS...

Shane se jogou na grama no meio do Washington Square Park depois de correr seus doze quilômetros de sempre ao redor da Lower Manhattan. Estava coberto de suor, grudento e puto da vida. Correr deveria fazer com que ele se sentisse bem. E fazia, enquanto ele estava correndo. Mas depois o coração palpitava, o peito ardia e seus pensamentos mais sombrios e obscuros surgiam de repente, em plena luz do dia e bem altos — só havia uma coisa que ele queria fazer. E não podia. Shane não podia se arriscar a machucá-la, então tinha que encontrar uma forma de se consertar *sozinho*.

Ele queria falar com ela.

Era ali que Shane estava — deitado de costas, a apenas dois metros de um grupo de Hare Krishna meditando — quando recebeu uma mensagem dela.

Uma mensagem de voz. Apenas a voz dela.

Shane? Oi. Eu disse que ainda não podia falar com você. E não posso mesmo. Não estou pronta para ouvir sua voz, mas sei que você está sofrendo. Então, talvez ouvir minha voz possa ajudar. Só vou falar, tá? Hm. Por onde posso começar? Então, eu estou hospedada na casa da minha tia Da. Ela me encontrou na página "Crioulos de Belle Fleur" do Facebook depois que postei que estava procurando um quarto para alugar. Da é abreviação de Ida. Demora demais para pronunciar duas sílabas aqui. Além disso, ela não é minha tia de verdade; ela é sobrinha do segundo marido da minha avó, mas ninguém fica contando isso. Você ia gostar muito dela, porque...

De olhos fechados, sorrindo, Shane cruzou as mãos sobre o peito e se deixou levar.

MAIS TARDE NAQUELE DIA...

Hoje, 15h23
SHANE
Tá fazendo o quê?

EVA
Em um canto sendo covarde.

SHANE
POR QUÊ? Está tudo bem? Qual o problema?

EVA
Estou aterrorizada. A casa da tia Da é tão lindinha. Mas está na família desde 1880. É VELHA, cheia de baratas-d'água, e tem uma enorme na minha cama.

SHANE
Enorme tipo o quê?

EVA
TIPO O CHRIS CHRISTIE. TIPO O TIO PHIL. ENORME.

SHANE
HAHAHAHA. Você está no Sul, certo? Aja como tal. Atraia o bicho para dentro de um pote, coloque o pote sob a sombra de uma magnólia gigantesca, sirva um julepe de menta pra ele e dê no pé.

                                                            EVA
Eu vi a tia Da matar uma delas com o dedão. Bem no balcão da cozinha. Parecia até que tinha OSSOS quando esmagou, Shane. E eu desmoronei. Sabe, sinto que sou muito parecida com a tia Da. Mas aí, quando ela fez isso, eu percebi... tipo, caraaamba mulher, somos de dois mundos diferentes. DESCULPA, PRECISO IR, ELA SE MEXEU!!!

UM DIA DEPOIS...

Hoje, 14h40
SHANE
A barata-d'água comeu você?

                                                            EVA
                    Comeu, estou teclando da laringe dela. Tá fazendo o quê?

SHANE
Me perguntando como está sua cabeça nessa umidade.

                                                            EVA
                            Sinceramente? Estou com uma dor terrível agora.
                                                            Ainda na cama.

SHANE
Que merda. Tem alguma coisa que eu possa fazer pra ajudar? Tem entrega de comida no bayou?

                                                            EVA
                            Tô enjoada demais para comer. Sabe o que ajudaria?
                            Se você me contasse uma história. Uma original. Na verdade,
                                                    não, eu quero um poema.

SHANE
Você é muito mandona. Hmm. Sou péssimo com poemas, mas vou tentar. Espera aí.

SHANE
...

SHANE
...

SHANE
Era uma vez uma menina chamada Eva
Me apaixonei quando a vi, isso é certo
Queria poder morar naquelas covinhas
Se a vida não tivesse tantas picuinhas
Fui um idiota por não mantê-la por perto

Era uma vez um menino, Shane era seu nome
E ele mataria para aliviar a dor que a consome
Se ao menos ele pudesse mudar o passado
Se ao menos esse poema não fosse tão zoado
Mas Eva sabe que é tudo culpa dela

EVA
Esse é meu novo poema favorito da vida.

SHANE
Poderia ter sido melhor, mas nada rima com Genevieve.

NO DIA SEGUINTE...

A senhora Fabianne Dupre — ou Mama Fay, seu apelido carinhoso — tinha cento e um anos, com uma trança prateada em volta da cabeça, bochechas que gritavam "nativa de Shoshone" e nenhum dente na boca. A cidade inteira a conhecia porque ela havia ensinado matemática para quatro gerações de crianças diferentes em Belle Fleur — na pequena escolinha atrás da Igreja de Santa Francisca, que, por acaso, era a igreja norte-americana mais antiga construída por pessoas negras e o epicentro de Belle Fleur. Mama Fay conhecia Delphine, Clotilde, Lizette e todas as mulheres Mercier — então Eva fez uma ligação para a fazenda que o avô de Mama Fay construíra, onde morava com a sobrinha viúva.

Depois de servir um lanchinho leve para Eva (bolinho de carne, amêndoas cristalizadas, dois pedaços de torta de nozes, bolo de chá e chá de sassafrás), Eva se acomodou no alpendre frágil e esbranquiçado de Mama Fay. E Mama Fay, deitada em uma poltrona reclinável, presenteava Eva com histórias do passado. Com deslumbrante precisão. Mama Fay não conseguia se lembrar do que comera no almoço, mas se lembrava de liderar os protestos contra o exorcismo de Clotilde, ainda uma adolescente, em 1939.

— Sua avó ficava aqui fora trabalhando no sol quente, tendo ataques e dores de cabeça e todos os problemas e desprazeres. Ela tinha uma doença, e não era bruxaria. O idiota do pai tinha medo dela, era isso. As costas dele ficaram ruins perto do outono de 1939, e ele achava que a Clô tinha colocado raízes nele. *Jesus Maria José!* As costas dele ficaram ruins por causa de mulheres fáceis e cavalos difíceis, *não por causa da filha*. Por que as mulheres têm que ser culpadas pelos males dos homens? Olha, eu nunca me casei. Não, não, não, não sou uma dessas *mulheres diferentes*. Eu só não concordei em me diminuir pra não assustar os homens. Enfim, a Clô cresceu e se casou com um homem igual ao pai. Assustado. Uma vez, na primavera, a plantação deles secou, e o marido *e* o pai *e* o mesmo padre, Augustin, fizeram um *segundo* exorcismo nela. Ela deixou. E ficou quietinha por meses. E depois atirou no marido no barracão. O povo diz que ela atirou porque ele estava cantando uma canção religiosa lá e o som divino acordou o demônio nela. Sempre tive problema com isso. Não tinha mal na sua avó. Ela não sabia fazer uma conta de dividir, mas era uma boa menina. *Excelente* na cozinha. E *ainda melhor* atirando.

Eva estava ouvindo, mas logo se perdeu nos próprios pensamentos. Pela primeira vez, ela pôde identificar a diferença marcante entre ela e seus ancestrais (além de ser uma mãe bem-sucedida). Foi a primeira a quase acertar no amor.

Delphine, Clotilde e Lizette nunca puderam depender de seus homens. Porque seus homens nunca permitiram que elas fossem quem eram — esmagaram o verdadeiro espírito delas, a cada passo. Mas Shane fez o oposto em relação a Eva.

Mama Fay estava ansiosa para dar ainda mais detalhes, mas então o celular de Eva tocou. Pedindo muitas desculpas, Eva desceu correndo os degraus da varanda e se empoleirou em um velho balanço de pneu pendurado no galho grosso e nodoso de uma figueira antiga.

— Oi, mamãe — começou Audre, a voz clara como um sino e soando alegre.

— Querida! Estou com tanta saudade — ela disse, sem fôlego. Não falava com Audre havia três dias.

— Recebi seu pacote! Com o anel camafeu — Audre informou, entusiasmada. — Fiquei chocada! Você está me dando ele, de verdade?

— Estou. Acho que agora deveria ser seu.

— Por quê?

— Longa história. Conto quando te encontrar.

— Tá. E, mãe? Estou numa emergência. — A voz de Audre baixou para um sussurro. — Estou no shopping com meus amigos da Papaifórnia e encontramos *o menino*.

— FALA SÉRIO.

— Juro. Nós quatro comemos sorvete e conversamos... e *ai*, ele é tão fofo, mas não sei se gosta de mim. Não sei flertar.

Flertar! Eva não ia sobreviver aos próximos cinco anos.

— Bom — começou, calmamente. — O que você tem feito?

— Na última hora? Ignorado ele. Eu nem consigo *olhar* pra ele. É muito difícil; quase que prefiro voltar a sermos só amigos.

— Mas... não é isso que vocês são agora?

— MEU DEUS, MÃE, VOCÊ NUNCA ENTENDE NADA.

— Querida, não grite em público. — Eva olhou para o alpendre e viu que Mama Fay cochilava, o cabelo prateado cintilando sob a luz do sol.

— Como está o senhor Hall?

— Tenho certeza que está bem. Mas quero ouvir mais sobre *o menino*.

Ignorando Eva, Audre disse:

— Você acha estranho ele dar aula na minha escola? Tipo, vocês estão bem?

— Somos adultos, Audre. Está tudo bem. Somos amigos.

— É, foi o que *ele* disse. Ah, quando você falar com ele, conte que minha madrasta, Athena, teve um cisto dermoide. Quando os médicos o removeram, tinha uma unha nele.

— Do que *diabo* você está falando?

— Conte pra ele. Te amo, tchau!

E foi então que aconteceu. Ao tentar se levantar, o pé de Eva se enroscou na corda pendurada no balanço. Ela tropeçou e caiu, e o galho da árvore, bastante antigo, quebrou, caindo em cima dela. A extremidade irregular pousou a apenas alguns centímetros de sua jugular. Ela poderia facilmente ter morrido.

Claro, Eva já havia passado por duas experiências de quase morte. Aquela vez, na casa da Wisconsin Avenue. Depois com um vibrador. E agora isso.

Eva acreditava em sinais. Ela sabia que algo dramático iria acontecer. Só não sabia o quê.

Quando por fim conseguiu se soltar do balanço, limpando a terra do shorts e xingando para si mesma, ela viu que Mama Fay tinha acordado.

A velha senhora riu baixinho, um som encantador e tilintante.

— Ah, as mulheres Mercier. Vocês *são* todas enroladas, não é?

TRÊS DIAS DEPOIS...

Hoje, 15h14
SHANE
Estou indo embora da Horatio Street pra sempre.

EVA
Você não alugou a casa o verão inteiro?

SHANE
Não pensei tão longe assim. Pois é, preciso achar outro lugar pra morar. Estou em Crown Heights agora, prestes a ver um apartamento. Que porra é Kennedy Fried Chicken?

EVA
Fique na minha casa.

SHANE
Claro que não. Isso seria cruzar todo e qualquer limite.

EVA
Não seria, não! Ela está vazia até o fim do verão. Você ficaria de olho nela. Na verdade, me faria um grande favor.

SHANE
SERIA ESTRANHO.

EVA
Não deveria ser.

SHANE
TEM CERTEZA?

EVA
TENHO, PARE DE GRITAR. E o que é um cisto dermoide?

SHANE
Você e a Audre têm falado de mim, pelo visto.

EVA
Não, estávamos falando da Athena, madrasta dela. Que teve um desses.

SHANE
Pergunte pra Audre se a Athena tem fotos.

MAIS TARDE NAQUELE MESMO DIA...

Hoje, 17h35
EVA
Ei. Acabei de chegar a Nova Orleans. Encontrei a casa que era da minha bisavó Delphine. A que misteriosamente abandonou a vovó Clô ainda bebê e veio morar aqui para se passar por pseudoitaliana, sabe? Encontrei a neta da empregada dela para tomar um café. Ela disse que a bisa não abandonou minha vó. Quando o marido da Delphine viu que a Clô era mais escura do que ele e a Delphine, a acusou de traição — no meio da missa, na Igreja de Santa Francisca! Então ele a expulsou da cidade. Ela não tinha traído, é claro. Você e eu sabemos que as crianças negras nascem em todos os tons e cores. Mas a Delphine nunca se perdoou por abandonar a bebê. Lembra que eu disse que ela escreveu uma mensagem com batom nos azulejos do banheiro, antes de se afogar na banheira? *Passant blanc*, o termo para pessoas negras se passando por brancas. Ela não escreveu só na parede. Aparentemente, rabiscou isso no corpo todo. O filho branco pagou uma fortuna para a polícia de Nova Orleans manter esse escândalo longe dos jornais e fora dos registros, para continuar a mentira da "pureza racial".

SHANE
Isso é... de arrepiar. As crueldades do colorismo.
E pensar em tudo aquilo que não sabemos. Qual seria a versão dela dessa história?

> EVA
> É tudo muito intenso.

> EVA
> ...

> EVA
> ...

SHANE
Tudo bem?

> EVA
> Às vezes eu queria que você estivesse aqui.
> Vivendo tudo isso comigo.

SHANE
Eu só penso nisso.

NO DIA SEGUINTE...

> *Hoje, 14h15*
> EVA
> Já que passei as últimas vinte e quatro horas sendo
> a mensageira de vocês, resolvi criar esse grupo.
> Conversem entre vocês.

AUDRE
Senhor Hall!

SHANE
Senhorita Mercy-Moore! Tudo bem? Como anda a Papaifórnia?

AUDRE
Divertido, mas está diferente este ano. Estou vendo as coisas de um jeito mais... antropológico. A diferença entre as pessoas, dependendo de onde são. Tem um sotaque do Norte da Califórnia! E as pessoas se vestem diferente dos adolescentes do Brooklyn. Tipo, usam Fila em vez de Adidas. Sabe, quanto mais velha eu fico, mais minha consciência do que é legal aumenta.

SHANE
Eu gosto disso. Tem uma diferença entre ser legal e saber o que é legal.

AUDRE
Você me entende, senhor Hall. Está gostando da nossa casa?

SHANE
Estou! Mas sinto saudade de vocês. É difícil estar perto das coisas de vocês sem ter as duas por aqui para curtir.

AUDRE
Está se sentindo sozinho?

SHANE
Um pouco. Então. Sua mãe não quer que eu peça conselhos sobre terapia, maaaaas...

EVA
SHANE.

SHANE
Perdi alguém de quem era muito próximo, e está difícil. A terapia não funciona para mim. (Sem ofensa.) Alguma sugestão?

AUDRE
Você realmente deveria fazer terapia, senhor Hall. Homens negros não fazem, e é uma epidemia.

NO DIA SEGUINTE...

— Oi. Meu nome é Shane e sou alcoólatra, e às vezes viciado em drogas. Não queria vir, mas uma garotinha me disse que eu precisava falar sobre meus problemas, e, honestamente, ela tem só doze anos, mas é... esperta pra caralho. Então. Acho que estou aqui agora. Tanto faz. Bom, então obrigado por me receber. — Ele fez uma pausa. — Vocês são um grupo muito bonito.

Em uníssono, o grupo do Alcoólicos Anônimos da Igreja Batista Greenwood de Park Slope cumprimentou:

— Olá, Shane.

— Ele escreve muito melhor do que fala — sussurrou uma ruiva de olhos turvos no fundo.

NA SEGUNDA-FEIRA SEGUINTE...

No dia em que ele se mudou, Eva enviou a Shane cinco enormes vasos de dracena da IKEA.

— Para sua proteção — dizia o bilhete.

Shane não fazia ideia do que aquilo queria dizer, mas regou aquelas plantas religiosamente. Ele até as virava em direção ao sol, para otimizar a fotossíntese. Mas uma por uma, como um relógio, todas morreram. Shane não teve coragem de jogá-las fora. Eram presente dela.

Ele notou uma coisa engraçada, no entanto. Estava cercado pela flora morta, mas se sentia melhor do que nunca.

BEM TARDE NAQUELA NOITE...

Eva escrevera o dia inteiro, e agora seus olhos estavam fechando sozinhos. Ela se aconchegou na cama do quarto de hóspedes da tia Da para fazer uma pausa. Rolou os contatos até chegar em Shane. Após um tempo, ela ligou.

— É... você?

— Oi — disse ela baixinho. — Só queria ouvir sua voz. Escrevi três capítulos hoje, na casa da vovó Clô. No quarto de infância da minha mãe.

— Como foi?

— Surreal — ela confessou. — Eu nunca tive um quarto, sabe? Foram tantos que faço confusão. — Ela tirou o travesseiro de debaixo da cabeça e o agarrou contra o peito, apertando-se nele. — Posso fazer uma pergunta?

— Depende.

— Do quê?

— Nada, só queria dizer isso.

— Estou falando sério — disse Eva. — Você acha que isso que temos um dia vai acabar? Porque estou começando a sentir que não. E lutar contra parece...

— Uma coisa sem sentido.

Então, fez-se silêncio e Eva ouviu um farfalhar do outro lado da linha.

— Quer saber a verdade? Vejo você em todos os lugares da sua casa. Tudo cheira a você. Eu odeio sair pela porta. Só quero ficar aqui, estar cercado por você. — Shane ficou um pouco em silêncio. Quando falou novamente, sua voz era baixa. Lenta. Como se estivesse dizendo uma verdade que hesitava em admitir. — Tenho perambulado por aí desde sempre, e nunca estive em um lugar de que não estivesse ansioso para sair.

Quando Eva desligou, olhou para o teto pelo que pareceu uma eternidade. Se tivesse outra oportunidade, poderia confiar que Shane não iria embora?

TRÊS DIAS DEPOIS... (9h10)

— Oi — cumprimentou Eva. Eles se falavam todo dia de manhã, assim que acordavam. — O que você está fazendo?

— Nada. A caminho do YMCA de Brownsville para ser técnico de basquete.

— Brownsville? Desde quando você joga basquete?

— Não jogo, sou péssimo. Mas percebi uma coisa. Eu preciso ensinar as crianças. Estava fazendo errado antes, me aproximando demais. Tentando salvá-las porque não pude salvar minha família adotiva. Nem você. Não era saudável. Assim, só preciso gritar umas merdas motivacionais da linha lateral, construir a autoestima deles e voltar pra casa. Quer dizer... sua casa.

— Parece que isso foi feito pra você — ela disse. — Ei. Uma perguntinha rápida. Você viria aqui se eu pedisse?

— Você está pedindo?

Eva fez uma pausa. Aquilo não era saudável. Não, eles não deviam se ver. Não era este o objetivo, se separarem para se concentrarem neles mesmos? Cuidar de traumas do passado? Cada um na sua? Mas Eva não podia ignorar a voz discordante em sua cabeça perguntando se talvez houvesse uma chance de eles serem mais fortes juntos.

Seja qual fosse a maldição que caíra sobre seus antepassados, Eva a quebrara. Estava apaixonada por um homem que amava tudo a respeito dela. Ela só não sabia se tinha fé o suficiente para aceitar isso.

— Bom, se você precisasse de mim — concluiu Shane —, eu iria.

NAQUELA TARDE...

Audre estava ao redor de uma fogueira em Venice Beach, com seus amigos de verão e *o menino*. Muito divertido, mas a coisa da fogueira não fazia sentido. Estava quase trinta e dois graus. Ela usava um top, shorts de cintura alta e chinelos. Era bem o meio do verão. Por que eles estavam criando mais calor? Amava a Califórnia, mas nunca entenderia como os nativos pensavam.

Além disso, sentia falta da mãe. Haviam acabado de conversar ao telefone e ela parecia tão *séria*. E distraída, como se estivesse falando com Audre de outra galáxia. Audre conhecia a mãe, então sabia o que estava errado. O que estava faltando. E só havia uma pessoa que poderia ajudar.

Audre deu uma olhada no telefone e ligou para a pessoa mais sorrateira que ela conhecia.

MAIS TARDE NAQUELE DIA...

Hoje, 16h17
CECE
Você pode me fazer um favor?

SHANE
Não.

CECE
Sei que é de última hora, mas preciso de alguém para a mesa da
Feira do Livro de Peachtree em Atlanta.

SHANE
Não.

CECE
Por favor! Uma das minhas autoras está doente e não tenho
ninguém para colocar no lugar. Os organizadores me ligaram,
especificamente, pra pedir uma recomendação. Seria um motivo
de MUITO orgulho.

SHANE
Mas eu nem escrevo mais. Desisti. Sou professor
em tempo integral e um técnico de basquete em meio
período que mal consegue fazer três cestas. Além disso,
estou cuidando da casa da Eva.

CECE
Anda, vai. Eles vão pagar tudo! É só um fim de semana.
Não vou nem mencionar que você me deve sua vida.

NAQUELA SEXTA-FEIRA À NOITE...

Eva gostava muito de Atlanta. Ao menos da Atlanta que conhecia. Só havia visitado a cidade para conferências e sessões de autógrafos — e as viagens eram rápidas, impossibilitando qualquer experiência não turística e fora do comum. Mas parecia ser uma cidade vibrante com comida deliciosa e homens elegantes que falavam como André 3000, do Outkast. Além disso, foi a cidade que produziu Cece, então tinha que ser colorida.

Quando Cece a chamou para a "megafesta surpresa e ultrassecreta" de cinquenta anos de Ken em sua cidade natal, Eva não precisou ser convencida. Ainda mais porque Cece iria pagar o voo de todos os convidados para lá.

Belle Fleur se tornara o segundo lar de Eva. Tanto que ela quase recusou o convite por causa do *cochon de lait* que aconteceria no mesmo fim de semana. Era uma tradição crioula, um banquete a céu aberto com leitões inteiros assados, danças zydeco, brincadeiras e fofocas. Aparentemente, o tio-avô de Eva, T'Jaques, vencia o concurso do melhor leitão assado todos os anos, e aquele ano a competição era acirrada, porque seu primo de sétimo grau, Baby Bubba (que tinha oitenta e três anos), estava temperando seu leitão *havia três meses*. Além disso, a prima de quarto grau de Eva, Babette-Adele, cuidava das mesas de artesanato, e ela foi vista no café da manhã com panquecas da Igreja de Santa Francisca dando bacon com xarope de bordo para um jovem capataz robusto que não era seu noivo, e Eva estava morrendo de vontade de saber todos os detalhes.

A vida na cidade pequena era deliciosa. E Eva havia mergulhado nela, "dos pés à cabeça", como dizia a tia Da. Descobrira seu povo. Não havia como negar.

Mas também não havia como negar que não tinha feira de bolos, nem *cochon de lait*, nem baile de sexta à noite na casa de eventos Tibette Bros. (fundada em 1909) poderosos o suficiente para fazer com que se esquecesse dele.

Shane era a lembrança da qual não podia escapar. A ligação que nunca acabaria. O arrepio que não passava. Talvez esse fosse apenas o fardo dela, carregar para sempre o peso da ausência dele. Porque quem poderia dizer quando ele estaria estável o suficiente para estar com ela por completo? A realidade era que talvez isso nunca acontecesse.

Mas isso importava? Talvez ele nunca alcançasse essa estabilidade emocional. E Eva com certeza não era exatamente um exemplo de saúde mental. Talvez eles sempre fossem desastres — mas não poderiam se apoiar e crescer juntos? Ninguém era perfeito! E talvez isso fosse o verdadeiro amor entre adultos. Serem destemidos o suficiente para se manterem perto, não importasse quão catastrófico o mundo viesse a se tornar. Amando um ao outro com ferocidade suficiente para acabar com os medos do passado. Bastava se fazer *presente*.

Eva suspirou, totalmente grata por fazer aquela rápida viagem de fim de semana. Esse constante debate interno era exaustivo. Tinha esperanças de que a mudança de cenário esvaziasse sua mente.

Foi a primeira vez que se arrumou desde que saiu do Brooklyn, e realmente se dedicou a isso. Olhos esfumados, cachos soltos penteados para o lado, e um vestido floral preto curto de manga comprida. Eva apareceu no Floataway Café, um movimentado restaurante mediterrâneo, sentindo-se uma gracinha — e muito orgulhosa de si mesma, porque chegara quinze minutos antes para não estragar a surpresa. O restaurante era de tirar o fôlego. Um armazém reformado, com espaço íntimo e rústico, luzes baixas, música suave e ambiente e janelas abertas deixando entrar o ar ameno da noite. E não havia uma única pessoa lá.

Eva sabia que Belinda não poderia ir porque estava em turnê. E ela não sabia quem mais tinha sido convidado, mas com certeza ainda não haviam chegado, porque, exceto os garçons de aparência incrível e levemente trajados no estilo rockabilly, o restaurante estava vazio.

A recepcionista de batom vermelho cutucou seu ombro.

— Senhora? — Seu sotaque era como mel. — A senhora é Eva Mercy?

— Isso, estou aqui para a festa surpresa da Cece.

— Claro — ela disse, devagar. — Por aqui, para o pátio.

— Obrigada — respondeu Eva, arrumando o cabelo e seguindo a mulher pelo restaurante vazio. — Você sabe se a Cece alugou o lugar todo ou...

As palavras de Eva se dissolveram em um suspiro. O pátio estava quase em completa escuridão, arrumado como um café romântico com jardim e o céu como cobertura. Gardênias se aninhavam nos vasos pintados, espalhando sua fragrância inebriante e sensual no ar noturno.

A recepcionista a conduziu até uma pequena mesa impecavelmente arrumada com toalha branca e pratos encantadores com estampas diferentes umas das outras.

— A senhora chegou cedo — disse ela, puxando a cadeira de Eva —, mas as outras pessoas já estão a caminho. Nosso gerente informou que houve um pequeno acidente na I-85. Aposto que estão todos presos no trânsito. Você deve ter escapado!

— Ah, faz sentido.

A recepcionista assentiu e se afastou. Eva tomou um gole d'água e pegou o celular. Pensou em mandar uma mensagem para Cece, mas imaginou que ela estaria dominada pelo estresse pré-festa. Os momentos antes de uma surpresa eram sempre caóticos.

Em vez disso, se entregou ao seu prazer secreto. Nos momentos de fraqueza, percorria as mensagens que trocava com Shane, revivendo o relacionamento deles. Isso a confortava, fazendo-a se lembrar de que era de verdade.

Sem interesse, ela pegou uma gardênia do vaso em sua mesa, afundando o nariz nas pétalas aveludadas enquanto lia.

Era de verdade. Ela quase podia ouvi-lo nas mensagens. Sua voz lenta e áspera, com o sotaque de Washington, a forma como ela ficava mais grossa e devagar quando já estava tarde demais para fazer qualquer coisa que não fosse dormir, mas eles não conseguiam parar de aprender e reaprender tudo um sobre o outro...

Deus. A voz dele.

— *Eva*.

Eva se virou. Era Shane. Parado na entrada do pátio com a recepcionista, que piscou para Eva, sorriu e voltou correndo para dentro.

Ela tinha que estar sonhando. Eva fechou os olhos com força. Quando os abriu de novo, ele estava ali na frente dela (sexy e alegre em uma camisa de mangas curtas de cambraia e jeans preto). Antes que seu cérebro pudesse ordenar que a boca falasse, ele a agarrou pelos ombros, erguendo-a com seus braços fortes.

— Shane! — ela arfou, amassando a gardênia em sua mão. — O que... por que... o que você...

— A Cece não me disse que você viria!

— Claro que vim... é o aniversário do Ken! Como ela não me contou que ia convidar você?

— Aniversário do Ken? Eu vim para a Feira do Livro de Peachtree.

— Nunca ouvi falar.

— Eu também não! Mas como ia saber? Eu nunca participo dessas merdas e a Cece pediu...

— Que você viesse para Atlanta? Neste restaurante? Oito da noite de hoje?

Devagar, ele a soltou de seu abraço e ficou ali, ainda com os braços ao redor dela.

Hesitante, Shane disse:

— Ela me falou que era um jantar para os participantes das mesas da feira.

— Mas você não gosta de pessoas! Como ia sobreviver a esse jantar?

— Meu orientador do AA me aconselhou a expandir meus limites sociais. Esse sou eu, crescendo!

Eles olharam um para o outro e para a mesa romântica para dois e perceberam que Cece mais uma vez usara seus poderes infinitos para orquestrar tudo aquilo. Dentro do restaurante, ouviram a recepcionista dizer a um garçom:

— Não precisa do cardápio de bebidas, Paul. Só água com gás. Nenhum dos dois bebe.

Shane coçou o rosto, rindo. Com um suspiro engraçado, Eva olhou para o céu estrelado.

Eles tinham sido enganados.

A noite se acalmou ao redor deles enquanto se davam conta de que estavam sozinhos. Depois de querer tanto. Eva pegou a gardênia ainda na mão e a agitou sob o nariz. Ela queria um perfume para acompanhar aquela lembrança.

— Você ia me pedir pra ir a Louisiana? — perguntou Shane.

— Ia. — Eva olhou nos olhos dele. — Você teria ido?

— A mala já estava pronta. Estava só esperando você dizer.

— Acho que erramos em terminar isso. — Eva levou a flor ao peito, onde seu coração batia forte.

Shane segurou o rosto dela com as duas mãos.

— Nunca acaba, não é? Amar você nunca acaba. Seja você Genevieve ou Eva. Quer eu perca você por anos ou acorde com seu rosto todas as manhãs. Eu te amo. Você é minha casa. E eu quero você pra sempre.

Eva piscou para ele, os olhos brilhando.

— Para todo sempre?

Shane assentiu, sua boca se curvando para cima, lenta e segura.

— Ah, tudo bem — ela sussurrou. — Você me tem.

Shane sorriu e subiu a mão pela nuca dela até o cabelo. Gentilmente, ele agarrou um punhado e inclinou a cabeça dela para trás.

Os grilos cantavam daquela maneira preguiçosa do meio do verão, as gardênias perfumavam o ar e os garçons encantados se afastaram, permitindo que os amantes tivessem seu momento.

Eles se beijaram e recomeçaram, exatamente de onde estavam.

Agradecimentos

Agradeço a toda a minha família, mas especialmente à minha mãe, Andrea Chevalier Williams, e ao nosso extenso clã crioulo, os que estão perto e os que estão longe, cujas histórias são sempre fascinantes (mas *muito* menos escandalosas e dramáticas que as das Mercier, é importante dizer).

Agradeço ao meu pai, Aldred Williams. Quando não consegui pensar em um título, descrevi a trama para ele, que proclamou "Sete dias em junho!" sem hesitar. Sendo sincera, fiquei aliviada e com um pouco de inveja.

Também agradeço à genialidade da minha médica especialista em enxaqueca, Lisa Yablon, sem a qual eu não teria estado lúcida o suficiente para escrever nem uma palavra sequer.

Agradeço o senso de humor e os instintos aguçados da minha agente literária, Cherise Fisher, sempre compreensiva — e a proeza narrativa da minha tão inteligente editora, Seema Mahanian, que sabia exatamente como fazer esta história cantar.

Agradeço imensamente à minha deslumbrante e sábia filha, Lina, por sua paciência em lidar com uma mãe que está sempre escrevendo — e por me dar os melhores conselhos para "Audre". Usei todos eles!

Por fim, sou eternamente grata ao meu Francesco, que me inspirou das maneiras mais profundas e me deu espaço (literal e figurativamente) para escrever este livro quando parecia impossível. Com ele, nada é impossível.

Este livro foi composto na tipografia Minion Pro,
em corpo 11,5/16, e impresso em
papel off-white no Sistema Cameron da
Divisão Gráfica da Distribuidora Record.